BRENDA NOVAK

PAREJA PERFECTA

Editado por Harlequin Ibérica.
Una división de HarperCollins Ibérica, S.A.
Núñez de Balboa, 56
28001 Madrid

© 2009 Brenda Novak. Todos los derechos reservados.
PAREJA PERFECTA, Nº 7
Título original: The Perfect Couple
Publicada originalmente por Mira Books, Ontario, Canadá

I.S.B.N.: 978-84-9010-908-3

El amor es el demonio. No hay más ángel malo que el amor.

William Shakespeare
Trabajos de amor perdidos

Capítulo 1

El golpe que se oyó en el maletero del coche sorprendió a Tiffany de tal manera que estuvo a punto de salirse de la carretera y chocar contra una de las casas que se alineaban a su derecha. ¿Qué estaba pasando? Se suponía que el adolescente de catorce años al que su marido y ella habían bautizado como Rover estaba muerto. ¡No podría deshacerse del cadáver si continuaba con vida!

¿Qué podía hacer? Se aferró con tanta fuerza al volante que sus nudillos palidecieron bajo la piel. Necesitaba parar el coche y averiguar lo que estaba ocurriendo. ¿Cómo podía resucitar alguien muerto? ¿Habría recuperado Rover la conciencia y estaría sufriendo un ataque de pánico al descubrirse encerrado en un espacio tan oscuro? ¿O estaría intentando destrozar las luces traseras para llamar la atención del coche que los seguía?

Le parecía imposible que todavía estuviera vivo y conservara la coherencia suficiente como para ejecutar un plan. Era demasiado joven para ser tan inteligente y estaba demasiado asustado como para desafiarlos. Pero en el caso de que estuviera vivo, debía de ser consciente de que aquel era el final. Y si no hacía algo, no volvería a ver a sus padres nunca más. ¿No bastaría eso como acicate para correr cualquier riesgo?

Tiffany no estaba segura. Siempre le había sorprendido lo sumisos y manejables que eran los adolescentes que su marido llevaba a casa. Colin tenía un talento especial para los adolescentes, sabía exactamente qué clase de individuos debía elegir.

Otro golpe en el maletero y comenzaron a sudarle las palmas de las manos. ¡Maldita fuera! Se suponía que aquello no tenía por qué ocurrir. Desde luego, jamás había sucedido nada parecido.

¿Podría oír alguien el ruido que estaba haciendo Rover?

Miró por el espejo retrovisor. El cuatro por cuatro de color negro que llevaba siguiéndola durante varios kilómetros continuaba allí. La conductora, una mujer de mediana edad con gafas de sol, había bajado la ventanilla para disfrutar de la temperatura primaveral del día. El viento echaba hacia atrás su negra melena, revelando un rostro ovalado de labios llenos, un rostro que probablemente Colin encontraría atractivo, a pesar de su obvia diferencia de edad. Afortunadamente, aquella mujer no parecía más interesada en su coche que minutos antes.

O quizá sí, porque estaba comenzando a acercarse.

Un nuevo golpe puso todo los nervios de Tiffany en tensión. Sabía que tenía que detenerse. Pero si la conductora del cuatro por cuatro había visto u oído algo, también pararía. ¿Y cómo podría justificar ella el hecho de llevar a un adolescente en el maletero? Sobre todo un adolescente en las condiciones en las que estaba Rover.

Se obligó a pensar. Lo mejor era continuar conduciendo. Giraría en el próximo cruce y con un poco de suerte, el cuatro por cuatro continuaría recto. Había diferentes formas de llegar a la autopista. Y una vez fuera de la ciudad, en cuanto pasara Placerville, podría detenerse en cualquiera de las carreteras secundarias que cruzaban la sierra y esconderse en un pinar.

¿Y después qué? Una cosa era deshacerse de un cadáver y otra muy diferente ser la razón por la que esa persona no podía continuar viva.

El ruido procedente del maletero era cada vez más fuerte, más insistente. Aunque la conductora que la seguía no lo oyera, podría oírlo cualquier peatón.

Tiffany tomó aire. Tenía que arreglar ese asunto cuanto antes si no quería que Colin se enfadara. Porque como lo fastidiara todo, irían los dos a prisión.

Con el corazón martilleándole el pecho, alargó la mano hacia el bolso y hurgó en su interior hasta localizar el teléfono móvil. Presionó la tecla de marcado rápido para llamar a su marido.

—¿Diga?

—¡Colin, está vivo! —estalló tras la pausa que siguió a la pregunta.

Pero casi inmediatamente, la grabación del otro lado de la línea se cortó y Tiffany comprendió que estaba hablando con el buzón de voz.

—Lo siento, en este momento no puedo atender su llamada.

Frustrada, puso fin a la llamada. Colin se creía muy gracioso al hacer que la gente pensara que era él el que atendía el teléfono. Normalmente, hasta a ella le hacía gracia cuando caía en la trampa. Pero aquel día no tenía ganas de reír. Necesitaba a Colin inmediatamente.

—¡Socorro! ¡Mamá! ¡Papá! ¡Que alguien me ayude!

¡Eran los gritos de Rover!

Tiffany giró en el siguiente desvío a la derecha pisando el acelerador. Al oír el chirrido de los neumáticos, dos repartidores de una empresa de iluminación alzaron la mirada hacia ella, haciéndole arrepentirse inmediatamente de aquel acelerón.

Por lo menos, el cuatro por cuatro continuaba bajando por la calle Madison. Aquello le proporcionó un ligero alivio.

La mano le temblaba cuando volvió a marcar el número del trabajo de Colin.

—Vamos, deprisa. Necesito hablar con mi marido —musitó mientras sonaban los pitidos de espera.

Por fin, Misty, la recepcionista de pelo crespo y rojizo, descolgó el teléfono.

—Despacho de abogados de Scovil, Potter & Clay, ¿en qué puedo ayudarle?

–¿Misty? Soy Tiffany Bell, ¿está mi marido en el despacho?

–Déjeme ir a ver –se produjo una larga pausa tras la que Misty regresó al teléfono–. Está en una reunión.

–¿Te importaría llamarle?

–Está reunido con el jefe.

Colin, que había tenido la suerte de que le contrataran en el despacho solo un año después de haber salido de la universidad, tenía que procurar mantener contentos a los abogados de la firma, sobre todo a Walter Scovil, el más veterano de los socios. Pero en aquel momento, no podía haber nada más importante que el problema de Rover.

–Lo siento, es una emergencia.

–¡Oh! ¿Estás bien?

Esperando ser capaz de sofocar las lágrimas que ardían tras sus ojos, Tiffany parpadeó varias veces.

–Eh… su madre se ha caído, está ingresada.

Colin odiaba a su madre. No habría sido capaz de cruzar una calle para verla ni estando ella en su lecho de muerte, pero eran pocos los que lo sabían. No era la clase de información que uno solía compartir. Ambos sabían lo que podían pensar los demás si le oían referirse a su madre con los apelativos que normalmente utilizaba.

–Lo siento mucho –dijo la recepcionista–. Ahora mismo voy a buscarle.

El semáforo se puso en rojo y los coches que precedían a Tiffany comenzaron a detenerse. Tiffany estudió la intersección, preguntándose si podría desviarse al carril de la derecha o sería preferible girar a la izquierda, como todavía le permitía hacer la flecha en verde del semáforo. Cualquier cosa para evitar detenerse. Pero había demasiados coches bloqueándole el paso. De modo que no tenía otra opción que esperar a que cambiara el semáforo.

Se mordió el labio, pisó el freno… y no volvió a respirar hasta que comprobó que no se oía nada en el maletero. ¿Significaría aquel silencio que Rover había muerto?

–Tiffany, ¿por qué me llamas al despacho?

Al oír la voz de su marido, Tiffany perdió la batalla que estaba librando contra sus emociones. Mientras se secaba las lágrimas que descendían por sus mejillas, vio que el hombre que conducía la camioneta que tenía a su lado la estaba mirando fijamente y desvió la mirada.

—Es Rover —susurró al teléfono.

—¿Qué ocurre?

—Está vivo.

—¿Qué?

—¡Esta vivo!

—Imposible.

—Está vivo. Está dando golpes en el maletero y pidiendo ayuda.

—¡Entonces para el coche y sácale inmediatamente!

—¿Aquí? ¿En medio de Fair Oaks?

—¡Mierda! No, claro que no —Colin permaneció durante unos segundos en silencio—. ¿En qué calle estás?

—Me dirijo hacia el sur por Hazel. Quiero llegar a la autopista Cincuenta.

—No hagas nada hasta que no salgas de la ciudad. Entonces, para y ocúpate del problema.

Tiffany sabía que era eso lo que tenía que hacer. Pero era lo que ocurriría a continuación lo que realmente la preocupaba.

—¿Qué quieres decir con que me ocupe del problema?

Colin bajó la voz para responder.

—Haz lo que te he dicho. Termina el trabajo.

¿Le estaba pidiendo que matara a Rover? El estómago le dio un vuelco. Aquel chico había sido el juguete de Colin. Era a él a quien le correspondía poner fin a esa situación.

—Pero… no tengo ningún arma.

—Utiliza una rama gruesa. O una piedra. No es tan difícil.

Tiffany se quedó boquiabierta. ¿Cómo era posible que lo que había comenzado como una pequeña diversión hubiera terminado de aquella manera? A veces permanecía despierta por las noches, incapaz de creer que su vida hubiera escapado de tal manera a su control. No tenía idea de cómo detener aquella situación y Colin ni siquiera parecía dispuesto a intentarlo. Era un adicto a la adrenalina, a la excitación sexual, al poder, y la había arrastrado con él repitiendo siempre la misma promesa: «solo una vez más y después lo dejaré».

Ella ya solo participaba de forma secundaria. Solo intentaba atar los cabos sueltos dejados por Colin.

—Estás bromeando, ¿verdad? Sabes que yo no tengo valor para hacer algo así.

—¡No te queda otra opción!

El semáforo se puso en verde. El hombre que conducía la camioneta de al lado le dirigió una sonrisa de admiración mientras ambos aceleraban, pero a Tiffany ya no le preocupaba que pudiera pensar que estaba haciendo algo sospechoso. Rover llevaba varios minutos en silencio.

—Pero…

—O lo haces, o te juro por Dios…

No terminó la frase. No hacía falta que lo hiciera. Tiffany sabía lo que ocurriría si no solucionaba aquella situación. Tras haber perdido a su mascota, Colin la castigaría a ella.

—De acuerdo. Ya lo he entendido. Pero lleva un rato sin moverse.

—¿Entonces me has llamado por nada? —suspiró al otro lado del teléfono—. Eres patética.

—¿Cómo puedes decirme eso después de todo lo que he hecho por ti?

—No empecemos. Sin mí, no serías nada. Cuando te conocí, solo eras una gorda dejada —volvió a bajar la voz, pero Tiffany sospechaba que estaba en el despacho con la puerta cerrada. Si no hubiera sido así, no hablaría con tanta libertad—. No había un solo tipo en el instituto que te mirara siquiera, con ese pelo grasiento y esa ropa inmunda. Y ahora todos mis amigos babean al verte. Te he convertido en una modelo. Te he enseñado a cuidar de ti misma.

Desgraciadamente, cuidar de sí misma era un esfuerzo supremo que la obligaba a pasar dos horas al día haciendo ejercicio. Colin la pesaba regularmente y controlaba todo lo que comía. Quería que se mantuviera siempre en los cincuenta y cinco kilos y que tuviera los senos del tamaño de una sandía, así era como lo decía él. Las medidas de Tiffany no estaban a la altura de sus aspiraciones, pero, afortunadamente, Colin estaba más preocupado por mantener las apariencias que por satisfacer sus fantasías sexuales. Eso la había ayudado a minimizar las intervenciones del cirujano plástico en su cuerpo. Al final, se había conformado con un aumento de pecho que le permitiera llenar una copa D, un arreglo de nariz y una elevación de pómulos. Todavía tenían que cargarles nueve mil dólares en la visa por aquellas mejoras, pero a Colin no parecía importarle aquel gasto. Le encantaba que se hubieran convertido en la pareja más admirada tanto de la firma como de su vecindario.

—Lo que puedan pensar otros no me importa —contestó Tiffany.

Y era cierto. Colin era la única persona que tenía alguna importancia para ella. La única que la había querido, y no quería perderle.

—Si tanto significo para ti, ¡haz lo que te he dicho!

Al haber dejado de oír ruidos en el maletero, Tiffany comenzaba a tranquilizarse. Bajó la ventanilla para que entrara un poco de aire en el coche y separó la blusa de su cuerpo empapado en sudor.

—Sí, de acuerdo. Ya lo he comprendido.

La entrada a la autopista estaba justo a la derecha y Tiffany aceleró en la vía de acceso. Sería difícil que alguien pudiera oír a Rover una vez estuvieran en la autopista.

—Es solo que me he asustado.

—Lo sé, pequeña. Pero eres más fuerte de lo que piensas. Y eres mía, ¿verdad? Todo lo que piensas, todos tus movimientos, dependen de mí. Y yo te he preparado para que puedas hacer esto perfectamente.

Tiffany sabía que Colin era un hombre posesivo, pero se consideraba una mujer afortunada. Su marido la hacía sentirse deseada, atractiva y segura. La llevaba de vez en cuando a un salón de tatuajes para tatuarle su nombre en diferentes partes del cuerpo. Hasta entonces, lo llevaba inscrito en los senos, en el trasero y en la parte inferior de los muslos. De Colin, decían los tatuajes. Pero a Tiffany no le importaba. Colin no invertiría tanto tiempo y tanto dinero en ella si no fuera una parte importante de su vida. Y Colin solo tenía problemas con las personas que intentaban oponerse a su voluntad.

Recordó temblando el incidente que había puesto fin a su relación con Rover. Había sido culpa del chico, se dijo a sí misma. Rover conocía a Colin, sabía lo que este quería. Si Rover hubiera obedecido, como hacía siempre, quizá habría sufrido algún daño, pero al final, se habría recuperado. Colin no habría tenido motivos para matarle.

Pero por su culpa, ella se encontraba en aquel momento conduciendo hacia algún paraje remoto para deshacerse de su cadáver.

—¿Qué quieres que cenemos esta noche? —preguntó, esperando que Colin respondiera de forma favorable a un cambio de tema.

—No lo sé. Tengo que volver a una reunión.

—De acuerdo —continuaba teniendo que encargarse de aquella terrible misión, pero por lo menos se había puesto en contacto con Colin y había recibido sus instrucciones—. Buena suerte.

—Gracias por ayudarme, Tiff. Esta noche te demostraré lo mucho que te quiero —y dicho esto, colgó el teléfono.

Tiffany sonrió y guardó el móvil en el bolso. Una vez desaparecido Rover, volverían a estar los dos solos, como a ella le gustaba. Sabía que era absurdo sentir celos de los juguetes de su marido, de sus mascotas, como él prefería llamarles, pero no le gustaba lo mucho que disfrutaba Colin con las cosas que les hacía. Sobre todo con los chicos. Parecían satisfacerle más que ella con aquellos senos falsos, los tatuajes y los peligrosos juegos de dominación en los que estaban comenzando a embarcarse. A veces Tiffany tenía la impresión de que solo la quería por su aspecto. Era parte de su imagen, un trofeo que podían admirar sus amigos y compañeros.

Pero no, eso no podía ser cierto. Colin lo compartía todo con ella, incluso a sus mascotas. De hecho, Rover había estado haciendo las tareas de la casa durante semanas.

Al borde de las lágrimas, subió el volumen de la radio y comenzó a cantar. Aquello no tenía por qué ser especialmente difícil. Pasaría delante de la cabaña que habían alquilado en una ocasión para pasar el Día de Acción de Gracias, antes de que el padre de Colin hubiera comprado una casa en el campo. Se adentraría en el bosque y se desharía del cadáver. En cuanto terminara, conduciría hasta el supermercado y compraría todos los ingredientes necesarios para prepararle una cena romántica a su marido. Después, dejaría que Colin la encadenara y le diera unos cuantos latigazos. Con un poco de suerte, se olvidaría de Rover y la perdonaría que le hubiera molestado cuando estaba en el despacho.

Para cuando encontró lo que parecía ser un lugar seguro, Tiffany ya se había recuperado casi por completo. No había vuelto a oír a Rover desde que le había oído llamando a sus padres. Tenía que estar muerto, después de lo que le había hecho su marido.

Pero no lo estaba. Y cuando Tiffany abrió el maletero, se abalanzó sobre ella. Con el ojo izquierdo cerrado por la hinchazón, los labios desgarrados y el rostro cubierto de moratones y cortes, el adolescente parecía una especie de monstruo salvaje. Le dio un puñetazo para derribarla, pero después no atacó. Salió corriendo a una velocidad de vértigo, llorando y pidiendo ayuda.

Gritaba de tal manera que Tiffany no se atrevió a seguirle. Después de incorporarse con cierta dificultad, regresó al coche y lo puso en marcha ignorando los quejidos del BMW al rodar sobre los baches. En aquel momento, el coche era lo último que le importaba. Tenía que desaparecer de allí antes de que Rover consiguiera que alguien le prestara atención.

Y tenía que pensar la manera de darle la noticia a Colin.

Capítulo 2

Samantha Duncan no había estado tan aburrida en toda su vida. Al principio, había pensado que sería divertido no tener que ir al colegio. Pero la diversión había terminado la primera semana. Con su madre todo el día en el trabajo, todo se le antojaba demasiado silencioso y solitario. Sobre todo en aquella casa. Aunque era con mucho la mejor casa en la que habían vivido nunca, a ella no le compensaban todas las ventajas que supuestamente aportaba. Ella se sentía como un exceso de equipaje. Como una especie de inconveniente que Anton Lucassi soportaba a cambio del privilegio de compartir la cama con su madre.

Pero no quería pensar en ello. Le provocaba dolor de estómago, además de un profundo cansancio. Tenía que intentar pensar en algo constructivo, como decía su madre. Era otra de sus frases preferidas desde que había empezado a salir con Lucassi. Aunque nunca le habían explicado qué era exactamente algo constructivo. En cualquier caso, sabía que tenía que encontrar alguna manera de divertirse. Solo era lunes. No estaba segura de cómo iba a soportar otros cuatro días hasta que llegara el fin de semana, vagando sola en aquella casa. Le bastaba pensar que llevaba tres semanas, y estaba a punto de comenzar la cuarta, en aquella situación tan triste, para que se le saltaran las lágrimas. En aquel momento, los adolescentes de su edad que trabajaban como esclavos en el colegio le parecían unos privilegiados.

Sonó el teléfono. Sam se levantó de la tumbona, se protegió los ojos con la mano para defenderse del resplandor del sol sobre la superficie de la piscina y gimió. Era el prometido de su madre. Otra vez. Anton era insoportable. ¿Qué querría en aquella ocasión?

Estuvo a punto de no contestar, pero sabía que volvería a llamar.

—¿Por qué habrá tenido que enamorarse mi madre de ti? —gruñó antes de descolgar—. ¿Diga? —contestó con voz somnolienta, para hacerle pensar que la había despertado de una siesta.

Pero a Anton no pareció importarle.

—¿Sam?

¿Esperaba que contestara otra persona?

—¿Sí?

—No te estarás pasando todo el día delante del proyector de la televisión…

¿Para eso llamaba?

—No.

—Estupendo, porque la bombilla no dura mucho y cuesta cerca de trescientos dólares cambiarla.

—No lo sabía —contestó.

Pero en realidad, aquella era su manera de desafiarle sin buscarse problemas. Anton le había dicho a su madre lo de la bombilla cerca de cien veces. De hecho, su madre tenía tanto miedo de que pudiera llegar a romper aquel estúpido proyector que había terminado comprándole un DVD y le había pedido que no utilizara la televisión de la casa. Afortunadamente, a Sam le encantaba el cine. Y también le gustaba leer. Aunque le divertía ver algún programa de televisión de vez en cuando para romper la monotonía. Y tampoco tenía una fuente ilimitada de libros y películas.

—No es un juguete —le recordó Anton.

¿Acaso ella la utilizaba como si lo fuera?

—Sí, ya lo sé.

—¿Y qué estabas haciendo ahora?

—No estaba destrozando nada —musitó.

—¿Qué?

Sam apenas había susurrado aquella respuesta, porque sabía que no habría sido inteligente que Anton la entendiera.

—He dicho que estaba durmiendo.

Una vez más, Anton ignoró la oportunidad de disculparse por haberla molestado.

—No estarás afuera, en la piscina, ¿verdad?

¿Tampoco podía utilizar la piscina?

—Pues la verdad es que sí. He pensado que no me vendría mal broncearme un poco mientras duermo.

—Procura no manchar de aceite los cojines de las tumbonas.

—Son muy caros —le imitó Sam moviendo los labios y elevó los ojos al cielo—. No me he puesto crema.

—No estarás molesta, ¿verdad? Solo estoy intentando enseñarte a cuidar las cosas de la casa.

Así que había notado su tono. Sam apretó los ojos con fuerza y concentró todas sus energías en disimular la irritación que le hacía desear gritarle que la dejara en paz y no volviera a hablarle jamás en su vida. Si no hubiera sido por su madre, lo habría hecho encantada. Pero Zoe era muy feliz porque por fin había conseguido tener algo, ser alguien. Samantha no quería arruinarle aquella oportunidad. Ya le había destrozado la vida con el mero hecho de nacer.

—No, no estoy molesta.

—Buena chica. ¿Te ha llamado tu madre?

Ni la mitad de veces que él, aunque las llamadas de su madre eran más que bienvenidas.

—Llama para ver cómo estoy cada vez que puede. Si la gente con la que trabaja no fuera tan estúpida, podríamos hablar más.

Su madre había intentado comer con ella durante la semana anterior y habían estado a punto de despedirla porque la distancia que la separaba de la casa le hacía llegar tarde al trabajo.

—No son estúpidos, Sam. Así es el mundo real. Tiene que ser responsable en su trabajo, del mismo modo que tú tendrás que serlo en el tuyo algún día.

«Gracias por el consejo», pensó Sam. ¿Cómo podía soportar su madre a aquel tipo?

–¿Sam? –preguntó Anton al ver que no contestaba.

–Sí, estoy aquí… Y muy cansada

–De acuerdo, te dejaré dormir.

–Gracias. Por cierto, he apagado todas las luces de la casa –se estaba burlando de él, pero Anton no lo comprendió.

–Me alegro de que me estés haciendo caso. Nos veremos más tarde.

Sam esperaba que fuera suficientemente tarde, pero se obligó a terminar la conversación en tono positivo, particularmente porque le parecía divertido mostrarse exageradamente educada.

–Gracias por llamar.

Sonrió. Anton no tenía ni la más remota idea de lo que sentía por él. Y tampoco era consciente de que ella sabía exactamente lo que sentía por ella, a pesar de lo que fingía delante de su madre.

Al colgar el teléfono, le distrajo el sonido de la puerta de sus vecinos al abrirse. Tiffany y Colin Bell normalmente no estaban en casa durante el día.

Atraída por aquellas señales de vida tan cercanas a su solitaria existencia, Samantha se levantó y cruzó el césped recién cortado. Todavía estaba muy débil y caminaba lentamente, pero el médico le había asegurado que pronto recuperaría las fuerzas. Habían pasado ya dos semanas de lo que el doctor había dicho sería un ciclo de cuatro, aunque ella no entendiera muy bien lo que eso significaba. Y siempre que pudiera regresar al colegio, no le importaba.

Consiguió llegar hasta la cerca. Podía imaginarse a Anton mirándola con el ceño fruncido por haber pisado las flores que había plantado un mes atrás, pero ignoró intencionadamente el hecho de que aquello le pondría furioso. Por culpa de aquellas estúpidas flores y de otras que había en el jardín, había tenido que renunciar a su perro. Y todavía le costaba creer que su madre hubiera consentido una cosa así.

Esperando que quien fuera que hubiera salido de la casa estuviera todavía en el jardín, miró a través de un agujero entre los setos. La esposa de la atractiva pareja con la que había hablado muy de vez en cuando, estaba allí. Pero Tiffany Bell no iba con la ropa de trabajo, como cabría esperar. Como empleada de una residencia de ancianos, normalmente iba de uniforme, con batas de colores alegres y zuecos blancos. Sin embargo, aquel día iba vestida con unos vaqueros agujereados, unas playeras viejas y una camiseta tan estrecha que sus senos parecían más grandes que bajo la bata de enfermera.

—Estoy segura de que son falsas —musitó, bajando la mirada hacia su pecho plano.

A los trece años, todavía no tenía motivo alguno para perder la esperanza, pero no estaba desarrollándose a gran velocidad. Su mejor amiga, Marti Seacrest, ya utilizaba una copa B, pero ella ni siquiera necesitaba sujetador. Su madre le decía que florecería más tarde, como si eso no tuviera ninguna importancia. Pero los chicos del colegio ignoraban a las que eran como ella. Algunos, los pocos que reparaban en ella, la llamaban «cerebrito», pero no la miraban como miraban a Marti.

—¿Qué voy a hacer ahora? —gimió Tiffany.

Samantha miró a su alrededor. No había nadie en el jardín. ¿Sería posible que Tiffany estuviera hablando con ella?

—¿Perdón? —preguntó.

Tiffany volvió la cabeza tan bruscamente que a Samantha le pareció oír crujir los huesos de su cuello.

—¿Quién es? ¿Quién anda ahí?

Sam se dio inmediatamente cuenta de su error, pero ya era demasiado tarde. Apoyó las manos en la madera de la cerca y se inclinó hacia delante. Su vecina permanecía en una zona de sombra.

—Soy yo, Sam. Hoy no he ido al colegio. En realidad, ya llevo varias semanas en casa.

—¿Por qué?

—Estoy enferma.

–Pues a mí me parece que estás bien.

–Voy mejorando.

–¿Y qué hacías mirando a través de la cerca?

–Estoy aburrida.

Echaba de menos a sus amigas. Y más todavía a su madre.

Tiffany no contestó. Permanecía en el porche, tamborileando la barandilla con las uñas. Desde donde estaba, Sam no la oía, pero veía el movimiento de sus dedos.

–¿Qué te pasa? –le preguntó.

–¿Qué te hace pensar que me pasa algo?

No era solo la actitud extraña de Tiffany, sino también que iba vestida como una vagabunda. Ella, que jamás descuidaba su aspecto. Cuando no iba al trabajo, siempre vestía vaqueros de marca, tacones, sudaderas preciosas o exquisitas blusas de verano.

–Pareces… nerviosa. Y normalmente no estás en casa a esta hora del día.

Su vecina alzó entonces la voz.

–¿Es que controlas mis horarios?

–No, en realidad…

–Acabas de decir que normalmente no estoy aquí a esta hora del día.

–Porque… ¿no trabajas?

–Eso dímelo tú, puesto que parece que te dedicas a seguirme.

–Yo no sigo a nadie.

–¿Y qué te hace pensar que estoy nerviosa?

Sam estaba segura de que estaba nerviosa. Pero también sabía que se había equivocado al mencionarlo.

–Lo siento, no quería molestarte.

–¡Espera!

Sam no tenía ningún interés en seguir hablando con ella, pero Tiffany la llamó antes de que hubiera podido alejarse.

–¿Desde cuándo estás enferma?

El recelo que reflejaba su voz la hizo sentirse incómoda. No era la primera vez que oía a un adulto hablar en ese tono, sobre todo desde que Anton formaba parte de sus vidas. Pero ella no había hecho nada malo.

—Desde hace diez días.

Su vecina salió entonces de entra las sombras. Al verla bajo la luz del sol, Sam comprendió que había estado llorando. Se le había corrido el rímel y tenía los ojos hinchados.

Por lo menos, de ese modo comprendía por qué su vecina, normalmente tan amable, se estaba comportando de una forma tan misteriosa. No quería que la viera llorar.

—¿Puedo ayudarte en algo?

Tiffany cruzó el jardín. Los Bell no tenían piscina. Ni siquiera una barbacoa.

—¿Con cuánta frecuencia haces esto?

—¿El qué?

Tiffany señaló hacia la casa.

—Espiarnos.

Sam estaba cada vez más asustada.

—Ya te he dicho que no te espío.

—Pero ahora me estabas espiando a través de la cerca, ¿no es cierto?

—No. No en realidad, no. Pero te he oído salir y como estaba aburrida… —se aclaró la garganta—, se me ha ocurrido salir a saludar.

Tiffany estaba cada vez más cerca, lo suficiente como para que Samantha pudiera ver la mancha que tenía en la camiseta. Parecía… sangre. ¿Se habría cortado? A lo mejor estaba llorando por eso.

—¿Estás herida?

Tiffany la miró con los ojos entrecerrados.

Sam se mordió el labio.

—¿Eso no es sangre?

Su vecina bajó la mirada, se inclinó hacia un lado y se frotó la frente.

—¡Mierda! ¡Mierda! Yo… ¡No me había dado cuenta!

—¿Necesitas ayuda?

—No puedo… No sé qué hacer… Ha sido un día terrible.

—Puedo llamar a un médico.

—¡No llames a nadie! —las lágrimas volvieron a trazar nuevos surcos sobre los restos dejados en sus mejillas por el rímel—. Solo dile a mi marido… que necesito que vuelva a casa.

—¿Dónde está? ¿En el trabajo?

Tiffany se quitó la camiseta y la tiró al suelo, como si no pudiera soportar su contacto. No contestó.

Aunque sorprendida al ver a su vecina en sujetador delante de ella, un sujetador varias tallas más pequeño del que necesitaría, Samantha volvió a intentarlo:

—¿Qué número de teléfono tiene?

—¿Qué número…? Ahora no soy capaz de recordarlo.

De pronto, se dobló sobre sí misma, tomó aire y vomitó sobre la hierba.

¿Qué estaba pasando allí? Samantha no tenía la menor idea, pero, obviamente, era algo serio. Tenía que localizar a Colin. Él sabría qué hacer.

—¿El número de teléfono de tu marido está en la guía de teléfono? ¿Lo tienes en el móvil?

—Sí, eso es —a Tiffany le costaba respirar, pero se limpio la boca e irguió la cabeza como si hubiera superado ya las ganas de vomitar—. El móvil.

—Muy bien, no te muevas.

Sam corrió hacia la puerta que separaba los jardines de sus casas, pero se detuvo cuando Tiffany comenzó a llorar.

—Lo siento —gemía sin dirigirse a nadie en particular—. Lo siento mucho.

El llanto atormentado de Tiffany le hizo regresar a la cerca.

—¿Qué sientes? Tiffany, todo saldrá bien.

Tiffany, sentada en la hierba, se mecía en silencio.

—Sí, todo saldrá bien. No ha sido culpa mía. No puede culparme de nada.

—¿De qué estás hablando?

Tiffany se sorbió la nariz y se secó los ojos, extendiendo la mascarilla todavía más.

—Nada. No me encuentro bien. No soy capaz de pensar…

—No te preocupes. Voy hacia allí —contestó Sam, y corrió para ver en qué podía ayudarla.

Capítulo 3

Zoe colgó el teléfono con el ceño fruncido. Llevaba dos horas intentando localizar a su hija, pero no conseguía que Sam descolgara el teléfono. ¿No lo oiría? ¿Se habría quedado dormida con la radio encendida…?

–¿Perdón?

Jan Buppa, la jefa de personal, estaba frente a su escritorio. Zoe estaba tan preocupada que no la había oído acercarse. Tampoco era sorprendente, puesto que estaba sentada en un espacio abierto, junto al resto de los empleados de la oficina, y había aprendido a ignorar el movimiento y los ruidos para poder concentrarse en el trabajo.

Normalmente, era preferible ignorar el caos, pero también convenía reparar en que Jan se acercaba.

–Odio interrumpirla cuando está tan ensimismada, pero supongo que piensa terminar esos contratos antes de irse a casa, ¿verdad?

Señaló con un gesto la pila de carpetas en las que Zoe había estado trabajando desde que había llegado. Era suficientemente alta como para tenerla ocupada durante tres días, y Jan pretendía que la acabara antes de las cinco.

Zoe se acordó de Anton diciéndole la suerte que tenía al poder trabajar con Tate Commercial y forzó una sonrisa. El propietario de aquella empresa era cliente de Anton. Tenía que ser prudente y evitar que su conducta pudiera perjudicarla.

–Por supuesto. Les prometió a sus agentes que estarían listos para mañana por la mañana y lo estarán.

–Me alegro de oírlo. Solo quería asegurarme de que no había olvidado que trabajamos con los plazos marcados.

Zoe apretó los dientes cuando Jan giró sobre sus talones para volver a su mesa y deseó, una vez más, no necesitar aquel trabajo. Si se quedaba a terminar aquellos contratos, saldría más tarde de lo habitual. Y no le gustaba dejar a Sam tanto tiempo sola.

Se imaginó mandando a Jan al infierno y aquello le sirvió de distracción durante varios segundos. Pero, como le ocurría habitualmente, aquella tentación fue amortiguada por la voz de Anton recordándole: «Jan está enfadada porque te dieron el puesto a ti en vez de a su nuera. En cualquier caso, aunque el primer año sea duro, por lo menos podrás adquirir experiencia hasta que consigas la licencia. ¿En qué otro lugar podrías prepararte mejor para ser agente inmobiliario? Para triunfar, hay que sacrificarse».

Se lo decía como si él supiera todo sobre el sacrificio. A Zoe le irritaba que se mostrara tan paternalista con ella cuando en realidad, nunca le había faltado una buena casa y un plato de comida caliente en la mesa. Pero, en cierto sentido, tenía razón. Si pretendía mejorar significativamente su situación laboral, tenía que hacer concesiones. Excepto por Jan, le gustaba trabajar en Tate Commercial. Sabía que era el lugar ideal para iniciar su carrera profesional. Zoe quería hacer las cosas bien, demostrarse a sí misma que podía ser todo lo que su padre no era. Pero estaba muy preocupada por Samantha…

A pesar de las miradas inquisitivas de Jan, llamó a su prometido.

–¿Diga?

–¿Anton? ¿Has hablado hoy con Sam?

–La he llamado al medio día, ¿por qué?

–No consigo hablar con ella.

–Estará durmiendo. Cuando la he llamado, la he despertado de la siesta.

Zoe miró el reloj de la pared. Habían pasado tres horas desde entonces.

–Tiene una mononucleosis infecciosa, Anton.

–Y esa es la razón por la que está durmiendo. No es nada raro.

Su tono de voz le indicaba que pensaba que estaba exagerando. A lo mejor era cierto, pero no podía arriesgarse.

–¿A qué hora volverás a casa?

–A las seis o las siete.

–¿Por qué tan tarde? Ya ha pasado la temporada de impuestos.

–Y ahora estoy ocupándome de los clientes que han presentado reclamaciones.

–Vamos, Anton ¿no puedes pasarte unos veinte minutos por casa y llamarme para decirme si está bien?

–¿Quieres que vaya hasta casa?

Zoe llevaba todo el día luchando contra un dolor de cabeza. Se frotó la sien con expresión ausente, intentando aliviar el dolor.

–Sí.

–Pero es ridículo. ¿Qué puede haberle pasado?

–No lo sé. Por eso quiero que vayas a verlo. A lo mejor… a lo mejor ha decidido darse un baño y se ha dado un golpe en la cabeza.

–No puede bañarse en la piscina. Y, de todas formas, el agua está demasiado fría.

La luz del sol, procedente de los ventanales iluminaba el escritorio de Sam.

–Desde hace varias semanas está haciendo un tiempo razonablemente caluroso.

–No tanto como para bañarse. Además, Sam ya tiene trece años. Es suficientemente prudente como para no meterse en la piscina.

–Anton, si pudiera, iría yo misma, pero tendré que quedarme aquí encerrada hasta… –inclinó la cabeza para que Jan no viera que estaba enfadada–, quién sabe cuándo terminaré.

Aquella contestación fue seguida por una larga pausa y un suspiro.

–De acuerdo, me acercaré a casa. Pero solo te llamaré si ha ocurrido algo. La semana pasada ya te advirtieron que reservaras las llamadas personales para la hora del almuerzo.

Pero ni su trabajo ni la reputación de Anton le importaban a Zoe tanto como Sam.

–Llámame de todas formas. Siempre y cuando termine todo el trabajo que tengo encima de la mesa antes de irme a casa, no pasará nada.

–De acuerdo. Te llamo dentro de veinte minutos.

En cuanto Anton colgó el teléfono, Zoe volvió a fijar la atención en el ordenador, donde estaba insertando unas cláusulas especiales en el contrato de un local comercial en la zona de South Natomas. Terminó el documento y lo imprimió. Comenzó con el siguiente y Anton todavía no le había llamado. ¿Habría olvidado que le había prometido ir a ver cómo estaba Sam?

El reloj indicaba que habían pasado ya veinticinco minutos desde que había colgado el teléfono.

«Ya llamará», se dijo a sí misma, y decidió esperar diez minutos más. Si para entonces no había tenido noticias de Sam, volvería a llamar a Anton, aun a riesgo de discutir con él.

Los segundos pasaban lentamente. Muy lentamente. Con cada minuto iba creciendo la ansiedad.

Ocho minutos después, sonó su teléfono móvil y descolgó rápidamente. El identificador de llamadas indicaba que era el teléfono de su casa.

–Anton, ¿está bien?

Le contestó un silencio al otro lado de la línea.

–¿Anton?

–No la encuentro.

Zoe podría haber pensado que se estaba burlando de su preocupación, pero estaba demasiado serio como para que fuera una broma. Sus palabras fueron como un puñetazo en el estómago. Un puñetazo tan fuerte que tardó algunos segundos en recuperar el habla.

–¿Qué quiere decir que no la encuentras?

–He mirado por todas partes. La puerta de atrás está cerrada y hay un libro en la piscina, pero ha desaparecido.

El corazón de Zoe latía con tanta fuerza que ahogaba el repiquetear de las teclas de los ordenadores, el sonido de las conversaciones y el zumbido de la impresora.

–¿Ha dejado alguna nota?

–Si ha dejado una nota, yo no la he encontrado.

–Pero… no tiene sentido. ¿Adónde ha podido ir? Sabe que no puede salir de casa. El médico dijo que continuaba teniendo peligro de contagiar a otros.

–Supongo que habrá salido al Quick Stop a comprarse un dulce. Ahora mismo voy hacia allí.

–¿Has mirado en la piscina?

–Sí, he mirado en la piscina.

Gracias a Dios, no había encontrado a su hija flotando en la piscina.

–¿Has visto algo que pueda indicar que ha habido una pelea?

–No, nada, pero no pienses nada raro, Zoe. Ya sabes que vivimos en un barrio muy tranquilo.

Sí, Rocklin era uno de los mejores barrios de la zona metropolitana de Sacramento, los índices de delincuencia figuraban entre los más bajos de California. Era una experiencia completamente diferente a la de vivir en el sórdido parque de caravanas de Los Ángeles en el que ella se había criado. Los secuestros, los robos y los asesinatos eran algo frecuente en el barrio de su infancia, pero no allí.

–Es posible que hayan venido a verla sus amigas al salir del colegio –estaba diciendo Anton–. No hay ningún motivo para precipitarse a sacar conclusiones.

–Llamaré a los padres de Marti.

–No llames desde el trabajo.

–¿Cómo no voy a llamar por algo así?

–Yo me encargaré de todo. Si no tienes cuidado, perderás tu empleo, ¿y cómo te sentirás al enterarte de que esto solo ha sido la típica travesura de una adolescente?

Aquel no era el comportamiento típico de Sam, pero Zoe sabía que en cuanto lo dijera, Anton le recordaría que en una ocasión le había dicho que iba a ir a un concierto de música y, en realidad, había ido con su mejor amiga a casa de un chico. «Los adolescentes son adolescentes, Zoe», le había dicho entonces, «tendrás que soportar más episodios de este tipo». ¿Sería una madre demasiado protectora?

—No estaría tan preocupada si supiera que está bien. Pero se supone que no debe cansarse.

Era un argumento razonable, un razonamiento que Anton podría comprender. Pero Zoe sabía que, en cualquier caso, ella estaría preocupada. Había vivido experiencias terribles en su infancia, experiencias de las que había intentado proteger a Sam. La violación que había sufrido a los quince años y de la que su hija era fruto, era la primera de ellas. Le bastó imaginar a su hija en los brazos de un hombre como el que la había forzado en el suelo de la caravana en la que vivía para empezar a sudar. ¿Habría visto alguien a Sam cuando había salido de los grandes almacenes y habría decidido seguirla a casa?

Zoe no fue consciente de que tenía los ojos cerrados hasta que volvió a oír la voz de Jan.

—¿Qué es lo que le impide trabajar hoy, señorita Duncan?

—Yo... —Zoe tragó saliva y alzó la mirada—. Problemas personales.

—No tenemos tiempo para problemas personales.

—Me temo que no puedo evitarlo. Sé que... sé que esos contratos son muy importantes...

¿De verdad eran tan importantes?, se preguntó. En aquel momento, no había nada comparable al miedo que sentía por Zoe, pero no quería reaccionar de forma exagerada. A lo mejor Anton tenía razón y Zoe solo había salido porque estaba aburrida.

—... pero... ¿podría irme una hora a mi casa y volver esta noche para terminar el trabajo?

—¿Quiere irse a media tarde cuando tiene en el escritorio una pila de contratos de más de medio metro?

—Sí —y desesperadamente.

De hecho, Sam no era capaz de pensar en otra cosa.

Jan sacudió la cabeza.

—Las mujeres como usted son todas iguales.

—¿Las mujeres como yo? —repitió Zoe.

—Sí, las mujeres como usted. Se presentan en la entrevista batiendo con coquetería las pestañas y mostrando su figura voluptuosa con una minifalda, intentando aprovecharse de su aspecto —comenzó a mover el trasero, como si estuviera imitando el caminar de Zoe—, y después, en cuanto las contratan, se pasan el día hablando por teléfono o pintándose las uñas.

—Mientras que otras mujeres, menos atractivas, pero que se merecen el puesto, languidecen aburridas en sus casas, ¿no es cierto? Mujeres como la obesa de su nuera.

Zoe no estaba segura de quién se sorprendió más, si Jan o las secretarias que estaban sentadas suficientemente cerca como para oírla. Las tres dejaron de teclear al unísono y la miraron formando con la boca una perfecta O.

Jan enrojeció. Los ojos parecían a punto de salírsele de las órbitas.

—¿Qué ha dicho?

—Ya me ha oído —le espetó Zoe—. Y para su información, ni batí las pestañas en la entrevista ni me presenté con una minifalda. Y jamás me he pintado las uñas en el trabajo.

—¡Tampoco ha hecho el trabajo para el que la contrataron!

—¡Eso no es cierto! Si no hubiera hecho mi trabajo, hace tiempo que me habría despedido. Lleva buscando una excusa para hacerlo desde el día que empecé a trabajar —respondió.

Agarró el bolso, se levantó, cerró con fuerza un cajón de la mesa y se dirigió hacia la salida.

—No se le ocurra salir de aquí —le advirtió Jan—. Si cruza esa puerta, no podrá volver a entrar.

Zoe se volvió hacia ella.

—Pues no volveré.

Intentaba aparentar calma y frío control mientras daba la

espalda a los agentes y las secretarias de la zona de recepción. Sabía que renunciar implicaba una seria discusión con Anton. Si ponían fin a su relación, Samantha y ella tendrían que abandonar su casa. Zoe no podía pagar una casa en un barrio como aquel, ni siquiera en el suyo, sobre todo después de haberse quedado sin trabajo. Eso significaba que Samantha tendría que volver a cambiar de colegio y el ciclo volvería a empezar. El mismo ciclo que Zoe pretendía romper. Cada vez que subía un peldaño en la escalera del éxito, volvía a caer.

–¿Por qué habré dejado que esa bruja me saque de mis casillas? –se preguntaba una y otra vez mientras se dirigía hacia el coche.

Aquello la ayudó a distraerse de su verdadero problema, que no era otro que la falta de noticias de Anton. ¿Por qué no habría llamado todavía?

Intentó localizarle en cuatro ocasiones, pero continuaba contestándole el pitido que le indicaba que estaba hablando. ¿Con quién hablaría?

Probablemente estaba con Sam, pero atendiendo alguna llamada del trabajo. De lo contrario, tendría el teléfono disponible.

Pero cuando llegó a casa, descubrió que no era así. Encontró a su prometido sentado en los escalones de la entrada, con la cabeza gacha. Al acercarse a él, comprendió que estaba absorto en la conversación.

Estaba hablando con el departamento de policía, informando de la desaparición de Sam.

Zoe se llevó la mano al cuello, desesperada.

–¡Dios mío, no!

La preocupación marcaba las arrugas de la frente de Anton cuando alzó la cabeza tapando el teléfono.

–No la encuentro, Zoe. No aparece por ninguna parte.

Zoe se arrodilló en el camino de la entrada.

–Pero estoy buscando ayuda –parecía estar suplicándole con la mirada que comprendiera lo mal que se sentía por haberse tomado la situación a la ligera–. Por eso no he vuelto a llamarte. Quería poder decirte algo positivo… Quería conseguir un detective lo antes posible.

–¿Un detective? –susurró Zoe, incapaz de asimilar el hecho de que su hija hubiera desaparecido.

–No te asustes.

Le pidió a la persona con la que estaba hablando que esperara un momento y dejó el teléfono en el suelo. Se inclinó hacia Zoe, le hizo levantarse y la acompañó al interior de la casa. La dejó sentada en el sofá y salió a buscar de nuevo el teléfono, como si pudiera hacerse cargo de todo, como si todo fuera a solucionarse. Pero no era así. La verdad era que nada volvería a ser como antes.

Capítulo 4

Samantha intentó ver algo a través de la mirilla de la puerta, pero fue inútil. Era imposible ver nada. Y tampoco oía nada. ¿Se habría marchado Tiffany?

Esperaba que no, porque tenía ganas de hacer pis. Llevaba un buen rato llamándola, pero Tiffany no había respondido. Después de ayudar a su vecina en el jardín, le había preguntado por la forma de localizar a Colin. Tiffany le había dicho que tenía el teléfono móvil en el piso de arriba. Samantha había ido a buscarlo y Tiffany la había seguido para indicarle que estaba en el dormitorio, en la habitación que había encima del garaje. Pero allí no había nada, salvo un colchón desnudo. Cuando Sam se había dado la vuelta para preguntarle a Tiffany qué significaba aquello, Tiffany le había dado un empujón y había cerrado la puerta.

Samantha era incapaz de imaginar por qué. Evidentemente, Tiffany estaba sufriendo algún problema mental. A lo mejor se había vuelto loca.

Era una posibilidad aterradora, el argumento perfecto para una película. Se imaginó a sí misma en el colegio, contándoles a sus amigas la dramática historia de cómo su vecina la había encerrado en un dormitorio y después habían tenido que encerrar a aquella mujer en un manicomio. Aquella idea la mantuvo entretenida durante un rato. Por lo menos el drama de aquella tarde había roto la monotonía de los últimos diez días. Pero llevaba allí tanto tiempo que estaba comenzando a asustarse. ¿Por qué no le permitiría Tiffany volver a su casa? ¿Y dónde estaba Colin? ¿No debería haber vuelto ya del trabajo?

Estaba segura de que se avergonzaría cuando se enterara de lo ocurrido, pero Sam tenía miedo de terminar mojándose el bikini antes de que la encontrara.

Gimiendo de frustración, se apartó de la puerta y recorrió de nuevo la habitación. Ella siempre había pensado que sus vecinos, con aquel jardín tan ordenado, su ropa pija y su BMW, eran personas de muy buen gusto. Pero desde luego, aquella habitación no lo demostraba. No podía decir nada en contra del suelo. Era el mismo suelo de parqué que el de la casa del novio de su madre. Y el ventilador del techo era bonito. Pero aquel colchón manchado era más que cuestionable y los murales que cubrían las ventanas parecían pintados por un niño de seis años.

Se detuvo delante de uno de aquellos dibujos en el que aparecían varias pilas de heno con un color más parecido al del limón que al del trigo, un cielo de color azul y nubes algodonosas e intentó colocar la mano a modo de cuña detrás del mural. Tenía que haber un cristal bajo la madera. Desde el camino de entrada a la casa, aquellas ventanas parecían tener persianas. Si conseguía alcanzar el cristal, podría romperlo y gritar para pedir ayuda. Entonces, Tiffany tendría que enfrentarse a un serio problema.

Pero no tardó en descubrir que el mural estaba pintado sobre unos tablones gruesos clavados al marco de la ventana. Sam no tenía ninguna posibilidad de arrancar los tablones. De hecho, se rompió una uña al intentarlo.

—¡Ay!

Dio un puñetazo con el puño a la madera y se llevó el dedo a la boca. ¿Por qué habrían bloqueado las ventanas? Anton también tenía una habitación como aquella encima del garaje, pero la había utilizado para colocar una mesa de billar y un minibar.

—Eso es lo que hay que hacer con una habitación como

esta –gruñó, sacudiendo la mano para intentar aliviar el escozor–. Y también dejar que la gente la utilice –añadió.

Llegó hasta ella una música procedente del piso de abajo. Había alguien en casa. ¿Sería Colin?

Corrió hacia la puerta, olvidándose de su herida.

–¿Colin? –golpeó la puerta–. ¿Colin? ¡Eh, tengo que ir al baño! ¡Dejadme salir!

No tenía la menor idea del tiempo que llevaba allí, pero sabía que era tarde. Si no volvía pronto a casa, su madre se encontraría con la casa vacía al volver del trabajo.

–¡Mi madre está a punto de llegar a casa! ¡Tengo que salir de aquí!

Nada.

–¿Tiffany?

El sonido de unos pasos hizo que se le acelerara el corazón.

–¡Por favor, necesito utilizar el cuarto de baño!

–¿Sam?

Era Tiffany.

–¿Qué?

–Estoy intentando preparar una cena sabrosa y me estás poniendo muy nerviosa. ¿Quieres hacer el favor de cerrar la boca?

¿Una cena? Tiffany parecía extrañamente tranquila. ¿Qué habría sido de la mujer llorosa y asustada que había visto en el jardín?

–Déjame salir y no volveré a molestarte. Mi madre se va a llevar un susto de muerte si no me ve cuando llegue a casa.

–Me temo que no puedo soltarte.

–¿Por qué no? No sabes cómo es mi madre. Es muy protectora. Ni siquiera me deja ver HBO.

–Parece que es una buena madre.

Sí, Zoe era una buena madre. Y Sam tuvo de pronto la sensación de que había pasado una eternidad desde la última vez que la había visto. De hecho, después de haber pasado tantas horas encerrada, ni siquiera le habría importado la compañía de Anton.

–¿Puedes dejarme salir?

Se produjo una ligera pausa.

–Creo que no.

–Pero me voy a hacer pis encima.

–¡Vaya! Espera un momento, ¿quieres?

¡Por fin! Mientras esperaba a Tiffany, Sam se balanceaba nerviosa sobre los pies y suspiró aliviada cuando volvió a oír movimiento en el pasillo.

–¡Date prisa! ¡No aguanto más!

–Ya voy, ya voy.

Sonó el cerrojo de la puerta, pero se abrió tan rápido y con tanta fuerza que golpeó a Samantha en el hombro. Casi inmediatamente, Tiffany le arrojó un recipiente de metal que le golpeó en la cabeza. Samantha cayó al suelo y Tiffany aprovechó para volver a encerrarla y echar el cerrojo.

Sam, con los ojos llenos de lágrimas, se frotó la sien.

–¿Tiffany? –hablaba como una niña asustada, pero no podía evitarlo–. No entiendo nada, ¿por qué estás haciendo eso? ¿No vas a dejarme salir?

–Ya te he dicho que estoy preparando la cena –respondió–. Ya hablaremos más adelante de las normas. De momento, limítate a hacer pis en el balde.

¿Normas? Sam desvió la mirada hacia el balde que le había dado, que continuaba rodando de canto. No podía utilizarlo. Era demasiado tarde. Ya había empapado la parte de abajo del bikini.

Tiffany ya se sentía mucho mejor para cuando oyó el coche de su marido en el camino de entrada a la casa. Se había duchado y cambiado de ropa y después había quemado la camiseta con restos de sangre de Rover en la chimenea. En aquel momento no llevaba nada encima, salvo un sujetador de encaje negro que apenas contenía sus enormes senos, un tanga y unos tacones de diez centímetros. La fragancia de un caro perfume, el favorito de Colin, se fundía con el olor del pan de ajo recién horneado mientras encendía las velas de la repisa de la chimenea.

Cuando terminó los preparativos, sonrió. Todo estaba perfecto. Había conseguido limpiar la mayor parte de las cazuelas y sartenes, de modo que Colin ni siquiera tendría que ver una pila de platos sucios.

Estaba segura de que le encantaría.

–¿Tiff?

En el momento en el que cruzó la puerta, Tiffany se colocó con una postura insinuante en la entrada de la cocina.

–¿Sí? –preguntó con voz sensual.

Colin arqueó las cejas.

–Vaya, qué recibimiento –una sonrisa lasciva curvó sus labios mientras la recorría con la mirada de los pies a la cabeza–. ¿A qué se debe este placer?

–He pensado que a lo mejor te apetece rodar otra película.

Colin disfrutaba fingiendo ser una estrella del porno. Tiffany sospechaba que compartía los vídeos que rodaban con algunos amigos, y eso no le gustaba, pero rara vez se permitía pensar en ello. Lo único que conseguía cuando se quejaba o cuestionaba a Colin era comenzar una discusión. Y en realidad, ¿qué más le daba? Colin lo hacía para presumir. Suponía que podía permitírselo. Al final de cada sesión, Colin señalaba los tatuajes que la marcaban como suya.

En cualquier caso, aquella noche estaba dispuesta a hacer todo lo que Colin quisiera. Necesitaba tenerle contento, ablandarle antes de contarle lo que había ocurrido con Rover.

–¿Puedo disfrutar antes del postre?

Tiffany deslizó las manos sobre sus senos.

–Antes y después, si te apetece.

–Hoy debe de ser el día de mi cumpleaños –a pesar de lo ansioso que parecía, fue a llevar el maletín al estudio que tenía junto a la entrada principal.

Tiffany corrió a la cocina para remover la salsa para la pasta. Quería evitar que se quemara.

–¿Tienes hambre? –preguntó desde la cocina.

–De ti –Tiffany no se había dado cuenta de que Colin estaba tan cerca. Se colocó tras ella y levantó sus senos con las palmas de las manos–. Hueles tan…

Cuando se interrumpió, Tiffany sintió que se le tensaban los músculos del estómago. ¿Habría pasado por alto algún detalle? ¿Se habría despistado y habría utilizado la laca que Colin tanto odiaba? ¿Qué habría hecho mal?

–¿No te has depilado?

–¿De… depilarme? –ni siquiera había tenido tiempo de pensar en ello–. Sí, esta mañana. Estabas conmigo en la ducha, ¿no te acuerda?

–¿Cuántas veces voy a tener que repetírtelo? Tienes que depilarte por la mañana y por la noche.

–Lo hago casi todos los días, pero lleva tiempo. Y estoy completamente lisa. Mira –se frotó los brazos y fue incapaz de notar lo que quiera que fuera que la hubiera delatado. ¿Cómo era posible que Colin se diera cuenta de que no se había depilado cuando ni siquiera ella lo percibía? Era exageradamente sensible a las apariencias, a los olores, a los sabores, a cualquier matiz.

–No te lo pediría si no fuera importante.

–Por supuesto que no. Lo sé. Es solo que… quería asegurarme de tener la cena preparada antes de que llegaras a casa.

No habría tenido tiempo de ir al supermercado y cocinar si se hubiera depilado. Colin la obligaba a quitarse hasta el último pelo que cubría su cuerpo.

–No quiero excusas. No quiero ver un solo pelo. Y ya hemos hablado antes de esto.

–No tengo ni un solo pelo allí donde realmente importa.

Intentó subsanar su falta deslizando la mano por la bragueta del pantalón de su marido, pero Colin se apartó.

–No creo que me desees tanto si no has sido capaz de depilarte. ¿Crees que puedo desear a una mujer que tiene la piel de un puercoespín?

¿Significaría eso que iba a tener que dormir otra vez en el suelo?

–Yo…

Pensó en otras formas de distraerle. Estaba segura de que se pondría muy contento al enterarse de que Samantha Duncan estaba en el piso de arriba, pero quería dejar la sorpresa para más tarde. Necesitaba algo bueno, algo mejor que bueno para compensar la fuga de Rover.

–Te he preparado tu cena favorita –le dijo con el más sensual de los pucheros–. Eso te gusta, ¿verdad?

–Me gustaría si te hubieras depilado –y sin más, salió de la cocina y encendió la televisión.

Tiffany se asomó a la puerta de la cocina.

–¿Puedo ofrecerte una copa de vino?

–Claro –respondió. Pero cuando le llevó el vino, hizo una mueca de repugnancia–. Aparta tus malditas tetas. Si no eres capaz de cuidar de ti misma, no tengo ningún interés en tocarte.

Aquella era la primera noche que pasaban solos y ella la había echado a perder. ¿Por qué siempre tenía que fastidiarlo todo? Colin intentaba enseñarle lo que esperaba de ella, pero, al parecer, nunca aprendía.

–Lo siento. Si quieres… puedes azotarme después.

–¿Y aguantarte después dos días enfurruñada? No, gracias.

–No tendrás que aguantarme, te lo prometo.

Colin alzó la copa, giró el vino y bebió un sorbo.

–De acuerdo, pero solo si me dejas grabarlo.

–De acuerdo.

–Y enseñárselo a mis amigos contigo delante cuando vengan mañana por la noche.

Tiffany le miró a los ojos. Nunca le había pedido que viera también ella aquellos vídeos. Lo había insinuado y le había comentado que a Tommy y Tuttle, ambos antiguos compañeros de instituto, les encantaría disfrutar de aquellos videos. Y también a James Pearson le gustaría unirse al grupo. Tommy cojeaba por culpa de una lesión en una pierna y se avergonzaba tanto de su defecto que no era capaz de acercarse a las mujeres. James había estado casado, pero su matrimonio había terminado en solo unos meses.

A Tiffany no le gustaba la idea. Tenía miedo de que pudiera llevarlos a algo más peligroso. Pero si aceptaba, quizá Colin fuera más benévolo con ella cuando le contara lo de Rover.

—Si eso es lo que quieres…

Colin le pidió un posavasos y fue tal la precipitación de Tiffany en ir a buscarlo que estuvo a punto de torcerse el tobillo.

—Sí, eso es lo que quiero. Ahora, vamos a cenar antes de que vuelva a ponerme de mal humor.

Orgullosa de tenerlo todo casi preparado, Tiffany volvió a la cocina para servir la cena mientras Colin veía las noticias.

Este se sentó a la mesa mientras Tiffany le llenaba el plato. Lo hacía con mucho cuidado, evitando que los alimentos se mezclaran. No había olvidado la lección, desde que Colin le había lanzado un vaso a la cara y le había roto la mejilla.

Cuando terminó de servir, se sentó frente a él y esperó a que probara la comida. No tenía permiso para empezar a comer hasta que él no lo dijera. A veces Colin llegaba al postre antes de que ella hubiera probado un solo bocado. Era una prueba a la que Colin la sometía para ver si estaba dispuesta a tomar su cena fría antes que a desobedecerle.

Aquella noche, a Tiffany ni siquiera le importó que no le diera la señal. Estaba demasiado nerviosa para comer. Y, por muy bien que oliera el pan, no podía comer ajo. Temía que le dejara mal aliento.

—¿Qué tal ha ido el día? —preguntó Colin mientras comía.

Tiffany tragó saliva. Quería contarle lo que había pasado con Rover, terminar con aquello cuanto antes. Pero no podía hacerlo todavía. Colin la acusaría de haberle arruinado la cena, además de todo lo demás.

—Bien.

—¿Bien? —dejó el tenedor en el plato—. Lo último que supe de ti era que estabas con un ataque de pánico.

—Conseguí tranquilizarme —señaló la pasta—. ¿Qué tal está?

–Deliciosa. ¿Tienes hambre?

Tiffany no quería privar a Colin de la satisfacción que experimentaba al negarle la comida, al demostrarse a sí mismo lo mucho que aquella mujer le amaba, así que asintió.

–¿Cuánta?

–Estoy muerta de hambre.

–Levántate.

Tiffany se levantó sorprendida.

–Ven aquí, donde pueda verte.

Tiffany contuvo la respiración mientras se acercaba. Colin le hizo volverse y examinó hasta el último centímetro de su cuerpo.

–¿Ocurre algo malo? –preguntó Tiffany por fin.

–Estás engordando.

Para Colin, ser gordo era incluso peor que ser feo. Tiffany no pudo evitar una mueca de terror.

–Pero… pero si peso lo mismo que ayer.

–¡No me discutas! Nadie conoce tu cuerpo mejor que yo –miró la ensalada César, el pan de ajo y los fettuccini que Tiffany había preparado–. Esta cena tiene demasiadas calorías para ti. Saca algo del congelador y caliéntatelo.

Durante los últimos años, Tiffany había cenado congelados de régimen tantas veces que ya le sabían a cartón, pero Colin la elogiaba cuando era capaz de dejar comida en el plato. Por lo menos, aquella noche no le resultaría difícil renunciar a una cena más calórica.

Para cuando Tiffany regresó, su marido ya había terminado de cenar. Se estiró y se sirvió otra copa de vino mientras la observaba comer. Tiffany tomaba con mucho cuidado cada bocado.

–Muy bien –la alabó Colin–. Así me gusta. Delicada, femenina. Últimamente, hay muchas mujeres que comen como cerdos.

Tiffany sonrió, y Colin se inclinó hacia delante.

–Quítate la blusa.

Tiffany vaciló.

–¿No quieres que antes me afeite?

–No, necesito un poco de pelusilla. Si no, no seré capaz de castigarte como tengo planeado.

Esa era la demostración de que realmente la quería. Tenía que enfadarle para que pudiera pegarla.

–Lo comprendo, mi amo.

Le mostró los senos e incluso se los acarició para excitarle. Después, dejó el resto de la cena para poder recoger los platos y satisfacerle cuanto antes.

Pero Colin la detuvo cuando se dirigía hacia la cocina.

–Deja ahora eso. Estoy listo.

Pero normalmente, odiaba que dejara los platos sucios.

–¿No lavo los platos?

–Ya lo harás más tarde.

Estaba ansioso. Esa era una buena señal. Y le dio valor para confesar lo que tenía que decirle. Sí, tenía que decírselo antes de que la castigara, así terminaría con su nerviosismo de una vez por todas.

Dejó la fuente en la mesa cuando Colin le hizo volverse.

–Pero antes, tengo algo que decirte…

–¿El qué?

Tiffany se clavó las uñas en las palmas de las manos.

–Eh… antes te he dicho que hoy todo había ido bien.

Colin la miró con recelo.

–Sí.

–Pero no es cierto –se obligó a mirarle.

–¿Qué quieres decir?

Tiffany se arrodilló ante él y juntó las manos en un gesto de súplica.

–No… no ha sido culpa mía, Colin. Por favor, tienes que comprenderlo. ¡Estaba vivo!

Colin la agarró por la muñeca.

–Sí, y tú lo sabías. Me llamaste para decírmelo.

–Pero no esperaba… Se había dejado de mover, pero cuando abrí el maletero…

Colin utilizó su mano libre para pellizcarle el pezón con tanta fuerza que Tiffany no fue capaz de contener un grito.

–¿Y qué ocurrió, Tiffany? ¿Qué hiciste? –le preguntó con

una voz dura como el granito–. No le dejaste escapar, ¿verdad? Dime que no le dejaste escapar porque no seré capaz de perdonártelo.

Continuaba pellizcándole con fuerza el pezón. Tiffany tenía los ojos llenos de lágrimas, pero no se resistió, y tampoco gritó. La experiencia le había enseñado que eso solo servía para empeorar las cosas.

–No he podido hacer nada –susurró–. Ha salido de golpe y...

Sofocó un grito en el momento en el que Colin tiró de ella y le mordió el hombro.

–¿Y qué, zorra estúpida? ¿Y qué?

Jadeando de miedo y dolor, Tiffany se devanaba los sesos, intentando encontrar una respuesta.

–Me tiró. Se puso a gritar...

–¿Por qué no saliste detrás de él? Estabais en medio del bosque, podía gritar todo lo que quisiera. Y no creo que pudiera correr mucho. Viste perfectamente lo que le hice. Tú misma me ayudaste.

Porque la había obligado. A ella le había parecido odioso hacer algo así.

–No he ido detrás de él porque...

Colin le tiró del pelo y le echó la cabeza hacia atrás, pero ella continuó intentando explicarse. Hablaba tan rápido que se le atropellaban las palabras.

–Estaba gritando y me entró miedo, Colin. Por favor, no te enfades conmigo. Haré todo lo que quieras. Todo. Te he dicho que mañana por la noche estaría con tus amigos, ¿verdad? Y si quieres, montaremos una función para ellos, en directo.

Colin la pellizcó con fuerza.

–¡Deberías haber estado preparada! Pero no, no lo estabas.

Tiffany parpadeó, intentando ver a través de las lágrimas.

–¡Sí!

–¡Y me acabas de decir que todo había ido bien! Estaba sentado aquí mismo cuando me lo has dicho.

–No quería arruinarte la cena –cerró los ojos, mareada por el dolor–. Sabía que te enfadarías.

–¿Y creías que mintiéndome no me iba a enfadar? –Tiffany se encogió, esperando un golpe, y a Colin le irritó aquel gesto–. ¡Date la vuelta! –le ordenó mientras se sacaba el cinturón.

Tiffany sabía lo que la esperaba, pero por lo menos le había soltado el pezón. Se cubrió los senos, en un fugaz momento de alivio, y dio media vuelta justo antes de que Colin pudiera darle una patada. Podría sobrevivir a aquello, se dijo a sí misma. Colin la azotaba hasta cuando no estaba enfadado. Le gustaba. Y a ella no le importaba. Pero aquella noche la paliza fue despiadada y Colin parecía incapaz de detenerse. Cuanto más la pegaba, más ganas parecía tener de continuar haciéndolo.

Tiffany tenía la bilis en la garganta, pero se la tragó. Si vomitaba en la alfombra, Colin la obligaría a lamerlo, como hacía con Rover.

–Eres… idiota –no levantaba la voz. Sabía cómo evitar llamar la atención de los vecinos. Era experto en pasar desapercibido, en aparentar calma y normalidad en cualquier circunstancia–. ¿Es que quieres verme en prisión? –preguntó entre azote y azote–. ¿Es eso lo que buscas?

Le golpeaba siempre en el mismo lugar de la espalda. Tiffany no sabía cuántos latigazos más podría soportar. En su desesperación, alzó un brazo para detenerle, pero comprendió su error en el momento en el que Colin soltó el cinturón y la agarró del cuello.

–¡Debería matarte! ¿Sabes? No te mereces estar a mi lado. ¡Mira esta casa! ¡Mira todo lo que te he dado! –comenzó a apretar–. ¡No te mereces nada de todo esto!

Tiffany comenzó a ver luces negras ante los ojos, como le había ocurrido semanas atrás, cuando Colin había utilizado la cadena de Rover para estrangularla. Estaba a punto de perder la conciencia. Tenía que decirle lo de Samantha Duncan. Era la única forma de detenerle, pero no podía respirar.

Aunque el instinto de supervivencia la empujaba a luchar, se obligó a mantenerse sumisa. Sabía que no la iba a matar. En cuanto se le pasara el enfado, lloraría, le pediría perdón y sería tan dulce como siempre. Y al día siguiente, la ayudaría a curar las heridas.

Colin apartó por fin las manos de su cuello. Pero no había terminado. Continuaba teniendo aquella mirada. Alzó el puño, pero Tiffany levantó la mano para detenerle al tiempo que tomaba aire para poder hablar.

—¡Espera, no me hagas daño! —volvió a llenar de aire los pulmones—. Yo… tengo un regalo para ti.

La curiosidad le hizo vacilar, pero su mirada continuaba siendo afilada y cruel.

—¿Qué regalo? Si vas a regalarme tu asqueroso cuerpo, ya estoy más que harto.

—No… no digas eso. Te quiero.

—Sí, me quieres, pero no eres capaz de seguir una orden sencilla.

—Rover no sabe nada —una vez que podía respirar, lo veía todo con más claridad—. Le trajiste a casa en el maletero, con los ojos vendados. No sabe quiénes somos mi dónde vivimos.

Aun así, Colin le pegó un tortazo, algo que normalmente evitaba. Tiffany estaba segura de que al día siguiente caería enferma.

—¿Qué regalo tienes para mí? Y más te vale que sea bueno.

Todavía aturdida por el último golpe, Tiffany se esforzaba en organizar sus pensamientos. ¿Qué era lo que pretendía decirle? Era algo bueno, algo que podía poner fin a todo aquello.

Tenía a Sam. A Samantha Duncan. ¡Sí, eso era!

—¿Sabes… sabes la chica que vive en la calle de al lado? —se limpió las mejillas—. Esa que te gusta…

Colin tenía toda su atención puesta en ella. Tiffany advirtió que estaba en estado de alerta. Siempre le había intrigado la madre de Sam, probablemente porque Zoe Duncan no parecía fijarse en él.

–¿Sí?

–Tengo a su hija encerrada en la habitación de Rover.

Colin la soltó y comenzó a tambalearse ligeramente.

–Estás de broma.

–No. Y… –tragó saliva, esperando que aquello fuera suficiente–, es toda tuya. Tu nueva mascota. No… no me quejaré, ni intentaré detenerte hagas lo que hagas con ella.

–¿La has secuestrado?

Tiffany sentía el sabor de la sangre en la comisura de los labios. Se la limpió con la lengua y asintió.

–¿Pero es que te has vuelto loca? ¿Has secuestrado a la hija de nuestros vecinos?

El miedo la paralizó. ¿Habría malinterpretado sus continuas referencias a Zoe, sus continuos comentarios sobre lo atractiva que era, o lo atractiva que sería su hija Samantha cuando creciera? ¿Se enfadaría todavía más?

–No importa que sea la hija de nuestros vecinos, porque nadie sabe que está aquí –susurró.

Colin se frotó la barbilla, caminó hasta el sofá y retrocedió.

–Pero ahora no podemos dejarla marchar. Nunca.

–¿Quieres que la suelte? –a Tiffany le dolía todo el cuerpo: el hombro, la cabeza, la espalda, las piernas…pero tenía tanto miedo de lo que podría llegar a pasar en los minutos siguientes que ni siquiera le importaba–. Dijiste que era demasiado arriesgado. ¿No es esa la razón por la que te has enfadado tanto por lo de Rover?

Colin no contestó.

–¿Te ha visto alguien? –preguntó con la voz atemperada por el recelo.

–Nadie, te lo juro.

Colin pasó por delante de ella y comenzó a subir las escaleras de dos en dos.

Capítulo 5

Resonaron unos pasos fuertes en el pasillo. Sam los oyó y supo instintivamente que no eran de Tiffany. Tiffany apenas era más grande que ella.

Tenía que ser Colin. Por fin había llegado a casa.

Intentó encontrar algún alivio en la esperanza y la confianza que la habían sostenido durante toda la tarde. Colin la sacaría de allí, de aquella locura en la que la había encerrado su esposa. Eso era lo que se decía a sí misma. Pero cuanto más tiempo llevaba sentada con aquel bikini mojado en el suelo de madera de una habitación sin ventanas, más dudas tenía sobre las posibilidades de que llegara la ayuda que tanto ansiaba. ¿Por qué había un colchón en aquella habitación? ¿Y qué era la mancha que tenía en el medio?

No se había aventurado a acercarse; en realidad, no quería saberlo. Pero evitar el colchón significaba tener que sentarse en el duro suelo sin un mísero cojín o una manta. Y aunque el día había sido caluroso, por la noche había refrescado. Y había aumentado la humedad. El frío le helaba los huesos.

Alguien corrió el cerrojo de la puerta.

Preparándose para cualquier cosa que pudiera suceder, observó a Colin mientras este abría la puerta y bloqueaba el marco con su cuerpo.

Más alto que Anton, que medía un metro ochenta, Colin tenía los ojos castaños y el pelo oscuro y rizado. Lo llevaba peinado hacia atrás e iba vestido de traje. Ella lo admiraba muchas veces cuando le veía llegar a casa del trabajo.

—Mi vecino está muy bueno —le había dicho a Marti en una ocasión—. Deberías verle. Cuando sea mayor, me gustaría tener un marido como él.

—Te refieres a ese tipo que está casado con esa mujer de pechos tan grandes…

—Sí, ese. Son la pareja perfecta.

Sin embargo, en aquel momento no le parecía tan atractivo. No sonreía como cuando se encontraban en la calle. Permanecía en el marco de la puerta, recorriéndola de los pies a la cabeza con una mirada que le hizo encogerse por dentro.

—¿Puedo volver a mi casa? —preguntó.

—Ya hablaremos de eso más tarde. Levántate.

No hablaba bruscamente, pero sus palabras eran una orden. Consciente del miedo que le hacía temblar y del mal olor de la orina, Sam se levantó.

Colin desvió inmediatamente la mirada hacia la mancha que había dejado en el suelo.

—¿Es que no te han enseñado a utilizar el cuarto de baño?

Estaba siendo muy mezquino. Samantha se abrazó a sí misma, frotándose la piel de gallina.

—Ha… ha sido un accidente. No tenía a donde ir.

Colin señaló el balde que Tiffany le había llevado.

—¿Y para qué crees que está eso?

Sam no contestó. No hacía falta que lo hiciera. Sabía que Colin quería que se sintiera mal.

—¿Serás capaz de utilizarlo la próxima vez?

Sam tuvo que esforzarse para que sus palabras superaran el nudo que tenía en la garganta.

—No quiero hacer pis ahí. Lo único que quiero es irme a mi casa.

—Lo siento, pero no es posible.

Sam se sorbió la nariz en un intento de evitar derrumbarse, se lamió los labios y saboreó la sal de aquellas lágrimas que estaba intentando contener.

Colin la sorprendió con una sonrisa radiante.

–Necesitamos una mascota nueva.

–¿Una… mascota?

–Exacto.

–Pero… –las lágrimas caían en abundancia–, yo no soy un animal…

–No, en cierto modo, eres mucho mejor. Puedes hacer muchas más cosas que ir a buscar un palo, hacerte la muerta o dar vueltas en el suelo, ¿verdad? –esbozó una mueca al ver la marca que había dejado en el suelo–. Pero tendremos que entrenarte. Y no puedes decir que no te lo he advertido. A partir de ahora, no toleraré ese tipo de accidentes. Esta vez lo dejo pasar porque es el primer día, pero si lo vuelves a hacer, te quedarás sin comida y sin bebida hasta que yo lo decida.

¿Estaría hablando en serio? Sam le miraba boquiabierta, preguntándose si aquello era una pesadilla.

–No puedes retenerme aquí.

–Sí, eso es lo que dicen todos.

–¿Quiénes?

–¿Acaso crees que eres la primera? ¿Te crees que no sé lo que estoy haciendo?

Aquello la asustó mucho más que todo lo que hasta entonces le había ocurrido.

–No lo comprendes, ¡estoy enferma!

–A mí me parece que estás perfectamente. Es posible que tengas las rodillas un poco angulosas y el pecho demasiado plano, ¿pero qué tienes? ¿Trece años?

Samantha asintió.

–Es una edad perfecta.

–¿Para qué?

–Para adaptarse a cualquier cosa. Es increíble lo que la psique puede soportar. Me resulta fascinante estudiarlo. En unas cuantas semanas, te acostumbrarás. Probablemente incluso comience a gustarte estar aquí, y me querrás como una buena mascota.

Eso no ocurriría jamás.

–¡Pero si tengo una mononucleosis infecciosa! Es una enfermedad contagiosa. Por eso no estoy yendo al colegio.

La diversión desapareció del rostro de Colin.

–¿Qué has dicho?

–No tengo energía, no tengo fuerzas para nada. Es horrible. Con esta enfermedad, no podrás ir a trabajar, ni cortar el césped, ni…

–Tengo que trabajar. Pertenezco a una prestigiosa firma de abogados. Y supongo que no crees que los gastos de una casa como esta se pagan solos, ¿verdad?

–¿Lo ves? Seguro que no quieres que te contagie la mononucleosis. Dura muchísimo.

–Esa zorra estúpida ni siquiera ha sido capaz de hacer esto bien –musitó Colin.

Sam dio un paso hacia él.

–Será mejor que me dejes marcharme.

–Ya es demasiado tarde para eso –le espetó.

Cerró la puerta bruscamente, como si temiera contaminarse al respirar el mismo aire que ella.

–¡Espera! –le gritó Sam.

Quería preguntarle si podía lavarse, pero no se atrevía a recordarle que ella era la culpable de aquel desastre.

–Tengo frío. ¡Y hambre! –se quejó.

–Sobrevivirás –respondió Colin secamente.

Y no volvió a oírse nada más.

Sam no podía evitar los sollozos que sacudían su cuerpo. Quería estar con su madre.

Sin importarle ya la mancha, se tumbó en el colchón. Había cosas mucho peores que una mancha de dudoso origen, peores que una mononucleosis, peores que vivir con un posible padre adoptivo que no le gustaba. Por lo menos su madre y ella siempre se habían tenido, sin importar las veces que habían tenido que mudarse, o las veces que habían tenido que pagar la fianza del abuelo para sacarle de la cárcel, o ir a un comedor de la beneficencia para que dejara de sonarles el estómago.

En aquel momento, a pesar de estar en la casa vecina a la

de su madre, Samantha tuvo la terrible sensación de que no iba a volver a verla.

Colin estaba esperando la llamada a la puerta cuando sonó el timbre. Sabía que la hija de su vecina no podía desaparecer sin que emprendieran su búsqueda. La policía peinaría toda la zona.

—Ya están aquí —musitó cuando Tiffany salió de la cocina y se colocó tras él.

Dejó el mando a distancia sobre la mesita del café, se levantó y recorrió la habitación con la mirada. Todo estaba en orden. Había hecho que Tiffany se vistiera y se arreglara el maquillaje. Después, había subido al piso de arriba para drogar a su mascota. Afortunadamente, tiempo atrás había contratado a un albañil para que insonorizara la celda, como él la llamaba. Se había justificado diciendo que quería comprar una batería y no quería molestar a los vecinos con el ruido. Pero la insonorización no era tan completa como él pretendía. Afortunadamente, los somníferos que había añadido al zumo de Samantha habían funcionado porque no había vuelto a oír nada de ella desde hacía media hora.

Pronto, no se atrevería a gritar en absoluto.

—¿Y si quieren verme? —preguntó Tiffany cuando Colin comenzó a dirigirse hacia la puerta.

Tenía los labios hinchados. Pero los accidentes caseros ocurrían. Y no tenía golpes ni heridas. No había vuelto a hacerle nada visible desde que le había roto el pómulo con un vaso. Tiffany se había sometido a varias operaciones de cirugía estética poco después, y de esa forma había podido justificar sus vendajes.

—Les diremos que nos hemos chocado.

Volvieron a llamar y Tiffany miró hacia la puerta.

—Ahora vete a la cocina y termina de lavar los platos —le ordenó Colin—. Y no salgas a no ser que te llame.

Esperó hasta que oyó el agua corriendo por el fregadero y

fue entonces a abrir. Pero no era la policía, sino la madre de Sam y el hombre con el que vivía. Eso significaba que la policía llegaría más tarde. Genial, los próximos días no iban a ser nada fáciles, pero él era capaz de tener paciencia cuando era necesario. Lo único que tenía que hacer era intentar pasar desapercibido.

–Hola.

Frunció el ceño con un gesto de compasión, fingiendo sorpresa al ver restos de lágrimas en el adorable rostro de Zoe Duncan. Físicamente, era todo lo opuesto a Tiffany. Era una mujer alta y delgada, con unos senos que apenas llenarían una copa C. Pero eran auténticos, de eso estaba seguro. También estaba seguro de que Zoe había sido una mujer hermosa durante toda su vida, porque era una mujer que se hacía valer. En una ocasión había intentado coquetear con ella, pero Zoe había comenzado a hablar de su esposa, como si él pudiera olvidar que estaba casado. Y le había molestado. Ella no tenía por qué recordarle sus votos matrimoniales.

–¿Qué ocurre? Parecéis preocupados.

Apenas le quedaba ya maquillaje en los ojos.

–¿Has visto a mi hija?

Colin se rascó la cabeza.

–No, ¿por qué?

–Porque…

Se le quebró la voz, y el hombre que estaba a su lado, Anton Lucassi, si no lo recordaba mal, la agarró del brazo. Era un hombre mayor que Zoe, mayor que todos ellos, de hecho, y se atribuía más clase de la que realmente tenía. Lucassi era, básicamente, un pretencioso. A Colin no le gustaba.

–Cuando hemos vuelto a casa después del trabajo, no la hemos encontrado –explicó Anton–. Y no conseguimos localizarla.

–¿Habéis llamado a la policía?

Fue Zoe la que respondió.

–Sí, hemos estado hablando por teléfono casi una hora.

–Pero todavía no hay por qué dejarse llevar por el pánico.

Solo lleva una tarde desaparecida –intervino Anton–. Piensan que a lo mejor se ha escapado.

–No se ha escapado –replicó Zoe.

–Sam le dijo hace poco a su abuelo que estaba pensando en marcharse, así que no podemos descartarlo –insistió Anton.

A pesar de que estaba haciendo un esfuerzo visible por evitar una discusión, al final Zoe estalló.

–¿Adónde ha ido entonces?

Anton frunció el ceño.

–Normalmente, los adolescentes no escapan con un plan preestablecido. Por eso terminan en las calles.

Zoe alzó la barbilla y se volvió hacia Colin.

–La policía está en camino. Ellos se encargarán de la investigación. Pero… se nos ha ocurrido venir a preguntar por si podemos llegar a hacernos antes alguna idea de dónde pudiera estar.

–Ya entiendo –Colin se frotó el cuello y retrasó la respuesta, para hacerla más creíble–. Vaya, lo siento mucho. Me gustaría poder daros alguna noticia. ¿No es posible que esté en el cine con sus amigas?

Zoe sacudió la cabeza.

–Nunca se va de casa sin avisar.

–Eso no es del todo cierto –la contradijo Anton.

Pero Zoe permanecía en sus trece.

–Me habría llamado.

–Pase lo que pase, parece que es una gran chica –dijo Colin, intentando evitar que continuaran discutiendo.

–Sí, es magnífica… –a Zoe volvió a quebrársele la voz, pero alzó la mano para advertirle a Lucassi que terminaría ella la frase–, y tiene una mononucleosis. Se supone que debe cansarse. Por eso estoy más preocupada.

–Por supuesto, ¿qué padre no lo estaría? –Colin chasqueó la lengua, expresando su compasión.

–¿Y tú esposa? –Zoe miró tras él–. ¿Crees que ella…?

–¿Tiff? –la interrumpió Colin–. No creo que haya visto nada. Se ha pasado todo el día en casa. No anda muy bien. Pero le preguntaré y os llamaré si ha visto cualquier cosa.

–Gracias –Anton le tendió una tarjeta–. Llámanos a cualquier hora del día o la noche.

–Por supuesto. Ahora soy yo el que estoy asustado.

Anton intentó alejar a Zoe de allí, pero esta no se movía de donde estaba.

–Lo siento –dijo con los ojos llenos de lágrimas–. ¿Pero te importaría que hablara con tu mujer? Me gustaría hablar personalmente con ella. Si no… –dejó la frase sin concluir.

Aquella insistencia le irritó, pero Colin sonrió como si la comprendiera.

–Por supuesto. No hay que dejar una sola piedra sin remover, lo comprendo. Debería haber pensado en ello –volvió la cabeza–. Tiffany, cariño, ¿tienes un momento?

–Sí –Tiffany asomó la cabeza por el pasillo.

Para Colin, la hinchazón del labio era más que evidente, pero Tiffany se mantenía a distancia, y posiblemente la luz oscilante de las velas de la chimenea impedía que pudieran verla claramente. En cualquier caso, Zoe y su compañero no reaccionaron al ver la herida.

–¿Has visto a la hija de los vecinos? Se llama…

Zoe terminó la frase por él.

–Samantha.

–Sí, conozco a Sam. Pero hoy no la he visto. ¿Por qué? ¿Ha pasado algo?

–Esperemos que no.

En su precipitación, Zoe dio un paso adelante.

–Si encuentras cualquier cosa que pueda ayudarnos a encontrarla…

–Llamaremos, por supuesto –le aseguró Tiffany.

Colin recompensó a su esposa con una sonrisa, pero Tiffany le sorprendió continuando la conversación.

–¿Qué ha pasado?

Cualquiera hubiera hecho esa misma pregunta, pero Colin no quería que sus vecinos hablaran con Tiffany.

–No os preocupéis, yo se lo explicaré –dijo, como si quisiera ahorrarles el dolor de contar lo ocurrido.

–Gracias –musitaron.

Comenzaron a alejarse de allí, pero Colin les llamó.

–Si se organiza una partida para salir a buscarla, avisadnos. Estaríamos encantados de participar.

Volvieron a darle las gracias, él sonrió con amabilidad y cerró la puerta.

–¿Crees que se lo han tragado? –susurró Tiffany en el consiguiente silencio.

Colin sonrió.

–Completamente –respondió.

–La enfermedad no durará eternamente –comentó Tiffany, en un obvio intento de aplacarlo.

Al principio, Colin se había sentido frustrado y desilusionado al saber de la enfermedad de Sam. No quería arriesgarse a un contagio. Pero Sam no iba a salir de allí. Tenía tiempo más que de sobra.

–Ahora Sam forma parte de la familia. Puedo esperar.

Capítulo 6

–Eh, he estado intentando localizarte. ¿Dónde demonios te has metido?

Jonathan Stivers reconoció inmediatamente la voz de la persona que deseaba evitar. Sofocó una maldición y se volvió, dejando de lado los mensajes que tenía sobre el escritorio de la recepcionista, para ver a Sheridan Cole, Sheridan Granger desde hacía tres semanas, en la puerta de su despacho. Con el pelo recogido en una cola de caballo y el ligero rubor que cubría su rostro, estaba incluso más atractiva que habitualmente. Pero se había casado y Jonathan no quería volver a sentir aquel cosquilleo en las entrañas nunca más.

Desgraciadamente, no tenía forma de evitarlo. Esa era la única razón por la que se había esfumado desde que Sheridan había vuelto de su luna de miel. Jonathan tenía su propio negocio e intentaba trabajar en casa para mantener las distancias. Solo ayudaba en El Último Recurso cuando le necesitaban. De vez en cuando, utilizaba sus oficinas como base de operaciones, principalmente porque tenían un gran número de voluntarios que se hacían cargo del trabajo administrativo relacionado con los casos. Pero aquel día había esperado hasta las cinco para entrar con la esperanza de que Sheridan ya se hubiera ido.

–Lo siento, pero he estado ocupado.

–No con nuestros casos. Apenas te he visto desde que volví de Hawái.

–Digamos que mi verdadero trabajo se interpone en el camino.

Aunque no le importara trabajar sin recibir nada a cambio, tenía que tener suficientes ingresos para cubrir su hipoteca y sus gastos. Sheridan lo sabía. De vez en cuando, le pagaban algo a cambio de sus servicios, pero solo si aquella organización sin ánimo de lucro podía permitírselo.

En cualquier caso, Jonathan era consciente de que no era a eso a lo que Sheridan se refería.

Sheridan se cruzó de brazos.

–¿Estás trabajando en algo interesante?

Jonathan se obligó a desviar la mirada hacia los mensajes para no quedarse mirándola fijamente, o para evitar preguntarse por las noches que pasaba en brazos de su flamante marido.

–Una hermana que está buscando a su hermana pequeña, a la que adoptaron nada más nacer. Un acreedor intentando cobrar una deuda de un pobre hombre que está intentando desaparecer. El fiador de una fianza que quiere que le ayude a localizar a alguien que se ha escapado –se encogió de hombros–. Lo de siempre.

–Parece que estás haciendo mucho dinero. Y que te estás convirtiendo en un detective muy solicitado. Dentro de poco no tendrás tiempo para nosotros.

Parte de él deseaba que fuera cierto. Y no porque le importara el dinero. Más allá de para tener lo suficiente para cubrir sus necesidades, no le veía ninguna gracia a perseguir al idolatrado dólar. De todas formas, ya se había gastado todos los extras conseguidos con aquel trabajo. Lo único que sabía era que le resultaba más fácil no tener que encontrarse con Sheridan tan a menudo, y no tener que preocuparse de que Skye Willis o Ava Bixby, las dos socias de Sheridan en El Último Recurso, pudieran imaginar lo que sentía. De hecho, si no estuvieran tan concentradas en sus casos, ya lo sabrían. Pero jamás había conocido a unas mujeres más entregadas a una causa. Por supuesto, tenían motivos para aquella dedicación. Pero era precisamente su pasión por el trabajo lo que le impedía a

Jonathan alejarse de ellas. Aquellas mujeres estaban haciendo una gran labor por las víctimas de la delincuencia.

–Sí, estoy ganando toneladas de dinero.

Vio una nota de Skye que parecía urgente. Le había dejado también un par de mensajes en el teléfono que él había ignorado. Esa era la razón por la que se había arrastrado hasta allí, esperando evitar a Sheridan, pero, al mismo tiempo, deseando verla.

–Pero todavía no estoy en condiciones de comprarme un Ferrari –añadió antes de que Sheridan hiciera ningún comentario.

–Jamás te comprarás un coche de lujo. Aunque tuvieras dinero suficiente, antes de llegar al concesionario de coches se lo darías al primer vagabundo que se cruzara en tu camino.

Jonathan se golpeó la frente.

–¡Así que por eso estoy siempre en bancarrota!

–Exactamente –contestó Sheridan con una risa–. Hay demasiados vagabundos en tu vida.

–Yo no los busco –gruñó.

–Pero los ves cuando la mayor parte de la gente ni se fija en ellos.

Cuando Sheridan le halagaba con comentarios de ese tipo, Jonathan no podía evitar pensar que le apreciaba. Pero durante los cuatro años que llevaba trabajando con ella, había llegado a la conclusión de que sus maneras de quererse pertenecían a categorías muy diferentes.

–¿Has dicho que has estado intentando localizarme?

–La cantidad de mensajes que te he dejado en el buzón de voz debería habértelo dejado claro.

En realidad, le estaba preguntando por los motivos por los que no había respondido, pero él prefirió ignorar aquella pregunta silenciosa y fingir preocupación.

–¿Qué ha pasado?

Sheridan abrió los ojos como platos al ver que no parecía dispuesto a disculparse. Ni siquiera a dar una explicación.

–Es solo que… te he echado de menos. Se me hacía raro estar tanto tiempo sin hablar con mi mejor amigo.

Amigo. Para Jonathan habría sido todo más fácil si hubieran sido enemigos. En ese caso no se sentiría culpable por desear a la esposa de otro hombre.

—Sí, bueno. Tú también has estado ocupada intentando detener al hombre que te disparó hace dieciséis años. Y después, encontrando al amor de tu vida y casándote con él.

—¿Detecto celos en tu voz?

Jonathan contuvo la respiración. Hasta que las siguientes palabras de Sheridan revelaron lo que esta realmente pretendía decir.

—Algún día encontrarás al amor de tu vida. Siempre aparece cuando menos se lo espera.

Eso era lo que le había pasado a ella. Había ido a Tennessee para descubrir la identidad del hombre que la había disparado cuando estaba en el instituto y había terminado comprometida con Cain Granger, el hermano del chico que había muerto en ese mismo incidente.

—Yo no estoy en el mercado del matrimonio.

Sheridan sonrió con expresión soñadora.

—Lo estarías si supieras lo maravilloso que es.

Dios, ¿iba a tener que soportar un recital sobre todo lo que había encontrado en su marido?

—Te creo. En cualquier caso, ahora tengo que irme. Skye me necesita.

Se dirigió hacia el despacho de Skye, uno de los cuatro que daban a la zona de recepción. La oyó hablando por teléfono tras la puerta cerrada y fue un alivio saber que pronto tendría una distracción. Pero Sheridan volvió a dirigirse a él antes de que hubiera podido escapar.

—Hemos encontrado una cabaña a las afueras de Auburn que estamos pensando en comprar. Será perfecta para Cain. Hay un montón de espacio para sus perros. Y está rodeada de montañas.

—Tiene muy buena pinta.

Jonathan deseó que se metiera en su despacho y le dejara en paz.

—Cain y yo pensamos ir esta noche a echarle un vistazo.

¿Te apetece venir con nosotros a verla? Después podemos cenar los tres juntos.

Jonathan estuvo a punto de soltar una carcajada.

–Aunque te aseguro que me encantaría ver a Cain, creo que paso.

Ignorando el evidente desconcierto de Sheridan, llamó a la puerta del despacho de Skye. Esta le pidió que entrara, pero Jonathan se quedó paralizado en el momento en el que Sheridan le dijo:

–No te gusta, ¿verdad? Por eso no me devuelves las llamadas. Cain y yo ahora formamos parte del mismo paquete, pero tú no le aceptas.

Jonathan esbozó una mueca.

–No necesitas que le acepte, Sheridan. No me necesitas en absoluto –entró en el despacho de Skye y cerró la puerta tras él–. ¿Qué eran esos mensajes tan misteriosos? –preguntó en cuanto Skye alzó la mirada.

Skye arqueó una ceja.

–Hola a ti también.

Jonathan se llevó los dedos al puente de la nariz y tomó aire.

–Lo siento, tengo prisa.

–¿Es por algo que puedes cancelar?

–¿Cancelar? –repitió Jonathan sorprendido.

Normalmente, Skye era muy respetuosa con su tiempo, sobre todo porque solía hacer su trabajo a cambio de nada.

–Necesito al mejor. Y el mejor eres tú –le explicó.

Jonathan comprendió entonces que lo que él había interpretado como una cierta prepotencia, en realidad era producto del miedo.

Volvió a leer uno de los mensajes que le había mandado Skye:

Está pasando algo raro. Por favor, ponte en contacto conmigo.

–Supongo que no es un compromiso tan apremiante como

para que tenga que irme a toda velocidad –admitió al tiempo que se sentaba en una de las sillas que tenía Skye frente al escritorio–. ¿Qué ocurre?

Skye apartó los documentos del caso en el que estaba trabajando y se echó hacia atrás.

–Me ha llamado una amiga mía, una amiga a la que conocí en uno de los grupos de apoyo a las víctimas después de que Burke me atacara la primera vez.

Había sido entonces cuando había conocido a Sheridan y a Jasmine, otra de las socias de la fundación.

–¿Quién es? ¿La conozco?

–No creo que la conozcas. Se llama Zoe Duncan. Nunca ha estado involucrada en esto. En realidad, había perdido el contacto con ella hasta esta mañana. Vio el anuncio que publicamos en el *PennySaver* hace varias semanas. Me comentó que pensaba ponerse en contacto con nosotros para ofrecerse como voluntaria, pero que ha tenido que cambiar de motivo.

Skye se pasó los dedos por la melena que llevaba cortada a la altura de los hombros.

–Su hija ha desaparecido.

Jonathan permaneció durante algunos segundos en silencio.

–¿Cómo?

–Desapareció, así de sencillo.

–¿Cuándo?

–Ayer por la tarde.

–¿Cuántos años tiene?

–Trece.

–¿Era una niña problemática? ¿Es posible que se haya fugado de casa?

–Por la edad que tiene, parece lógico preguntárselo. Pero es una buena niña. Y buena estudiante.

–Las buenas estudiantes también se fugan, Skye.

–Pero no las buenas estudiantes que se están recuperando de una mononucleosis infecciosa. Si hubiera querido escaparse, habría esperado a estar mejor. Además, no tenía problemas serios en casa.

Jonathan se acarició el labio inferior con el pulgar.

–Entonces, ¿estaba viviendo con su madre?

–Sí.

–¿Y qué me dices de su padre?

–Salió de prisión hace tres meses.

Jonathan apoyó los codos en las rodillas.

–Una interesante coincidencia. ¿Por qué le encerraron?

–Violación. Violó a una niña de quince años. Ha cumplido trece años de una sentencia de veinte.

Jonathan tuvo entonces una desagradable sospecha.

–No me digas que…

–Sí, Zoe fue la víctima. Sam es el resultado de esa violación.

Jonathan le miró boquiabierto.

–¿Tuvo a la niña?

–Sí.

El impacto de aquella información bastó para que olvidara por fin su encuentro con Sheridan.

–¡Vaya mierda!

–Exacto.

–Supongo que testificaría contra él.

–Supones bien.

–Entiendo que tiene sentido preguntarse si ese cerdo no habrá localizado a la niña y la habrá secuestrado para vengarse.

Skye tomó la fotografía de su marido y sus dos hijos que tenía sobre la mesa y fijó en ella la mirada.

–Evidentemente.

–¿Sabe Zoe que lo han soltado? –quiso saber Jonathan.

–No me ha comentado nada, así que lo dudo. Al igual que la mayor parte de las víctimas, prefiere no mirar atrás.

–Tiene que haber sido él.

–Es posible. Pero si es así, lo único que espero es que su intención sea recuperar a su hija para que forme parte de su vida. Supongo que era consciente de que a Zoe no le haría ninguna gracia la idea y a lo mejor tenía tantas ganas de conocerla que tomó una decisión drástica.

–Sea como sea, me parece una buena idea para empezar a

investigar –Colin se levantó–. Entiendo que la policía está al tanto de lo ocurrido…

–Sí. Se lo han tomado muy en serio por la edad de la niña, pero no parecen completamente convencidos de que se trate de un secuestro.

–Se nos acaban de ocurrir por lo menos dos razones para que esta chica haya sido víctima de un secuestro y esto no sea una fuga.

–Sí, bueno. Todavía no te he contado que su abuelo tampoco es un modelo de conducta. Se ha pasado la vida entrando y saliendo de la cárcel por delitos relacionados con el consumo y la venta de drogas, pero es la única familia que tiene Zoe y continúa relacionándose con él. Esta mañana, el detective designado por el Departamento de Policía de Rocklin que estaba registrando las pertenencias de la niña ha encontrado una carta que le había escrito a su abuelo, pero que no había enviado.

–¿Y?

–En ella habla de lo mucho que odia a Anton Lucassi.

–¿Que es…?

Skye tomó aire.

–El hombre con el que están viviendo. El prometido de Zoe.

–¿Ha hablado alguien con el abuelo para ver si sabe algo de la niña?

–Zoe no ha podido localizarle. Le ha enviado varios mensajes, pero este hombre está viviendo en Los Ángeles, de modo que no es fácil acercarse a su casa para hablar con él.

Jonathan se acercó a la ventana y fijó la mirada en el aparcamiento.

–¿Y qué ha dicho Zoe de la carta?

–Dice que es posible que Sam no esté emocionada con Lucassi, pero que no se llevan mal.

–Así que no hay posibilidad de abusos.

–He hablado claramente con ella. Y no.

–¿Le has conocido?

–No, pero por lo que dice Zoe, es un hombre muy amable. Es propietario de una oficina de exención contributiva y la trata mucho mejor que cualquiera de los canallas con los que ha salido durante todos estos años.

Eso no tenía por qué significar nada.

—¿Tiene un récord?

—En absoluto —se aclaró la garganta—. Lo que quiero saber es si estás dispuesto a ayudarnos. Te pagaré todo lo que necesites, Jon.

Jonathan rechazó la oferta de dinero. Sabía que siempre andaban escasas de fondos. De hecho, a veces incluso él había aportado dinero a la organización.

—De momento no me hace falta. Ya te avisaré cuando estén a punto de embargarme el coche.

Skye sonrió por primera vez desde que había entrado en el despacho.

—¿Te refieres a ese montón de chatarra? No creo que vayan a tomarse ninguna molestia por él.

—Eh, todavía funciona. Mis clientes pensarían que cobro demasiado si tuviera un coche de lujo.

—¿Quién va a pensar nunca que cobras demasiado si apenas eres capaz de acordarte de que te tienen que pagar?

—Eso es porque no cuento con la ayuda de un administrativo.

—O porque no te preocupa el dinero —se puso repentinamente seria—. Entonces, ¿vas a hacerte cargo de esto?

Jonathan ajustó las persianas.

—Claro, ¿por qué no?

—Gracias.

Skye se levantó, rodeó la mesa y le tendió una nota.

—Aquí tienes el nombre y todos los datos sobre el expresidiario.

—Franky Bates. ¿El asesino de *Pshycosis* no se llamaba Bates?

Pero Skye estaba demasiado ocupada como para responder a una pregunta tan banal.

—He llamado a Lancaster, donde estuvo encerrado Franky, para enterarme de cómo fue su vida como interno.

—¿Y?

—Al parecer, encontró a Dios estando en prisión.

Jonathan elevó los ojos al cielo.

—Sí, la mayor parte de ellos lo encuentran. Pero el demonio vuelve a convertirse en su mejor amigo en cuanto salen.

Skye apartó algunos archivos para sentarse en la esquina del escritorio.

—Zoe está fuera de sí. Espero que podamos ayudarla antes...

No hizo falta que terminara la frase: «antes de que sea demasiado tarde». Era lo que siempre esperaban.

—Tendré que hablar con ella.

—Por supuesto —Skye dio media vuelta para tomar una libreta y se la tendió—. Aquí tienes la dirección y el número de teléfono. ¿Por qué no los guardas en tu base de datos?

Jonathan guardaba hasta la más pequeña información que encontraba en la BlackBerry que llevaba siempre en uno de los bolsillos delanteros del pantalón. Era la única posesión que realmente apreciaba, porque le facilitaba extraordinariamente la vida. Imaginaba que mientras tuviera aquel asistente digital y un buen ordenador en casa, no necesitaba secretaria.

Después de grabar el teléfono y la dirección de Zoe, le devolvió la libreta a Skye.

—De acuerdo, haré lo que pueda.

Zoe le siguió hasta la puerta.

—¿Qué le dirás a Zoe sobre las probabilidades de encontrar a Sam viva?

—Espero no tener que decirle nada.

—Yo he evitado darle una respuesta, pero sé que también te hará a ti la pregunta.

Jonathan, que tenía ya la mano en el pomo de la puerta, se detuvo un instante.

—Ya han pasado más de veinticuatro horas, Skye. Si Samantha ha sido secuestrada por un extraño, y creo que un padre violador entra en esa categoría, a pesar del escenario tan optimista que has pintado, los dos sabemos que la perspectiva es poco halagüeña. Es posible que a estas alturas ya no podamos hacer nada.

Skye le agarró del brazo.

—Zoe ya ha sufrido demasiado. No creo que pueda soportar algo así.

—En ese caso, le diré que cuanto antes consiga la información que necesito, más posibilidades tendremos de encontrar a Sam.

—Gracias.

Jonathan salió del despacho manteniendo la cabeza baja para evitar otro encuentro con Sheridan. Pero una vez llegó al coche, se sentó ante el volante y comenzó a preguntarse si debería regresar y disculparse. Si no podía tener una relación sentimental con ella, deseaba que su relación pudiera ser al menos la misma que mantenían antes de que se casara.

—Sí, a su marido le encantaría —musitó.

Y pegó la nota que Skye le había entregado en el espejo retrovisor. La vida de una adolescente estaba en peligro. Había llegado la hora de olvidar sus estúpidos problemas.

Capítulo 7

Le abrió la puerta una mujer alta, mucho más joven de lo que esperaba, y también más atractiva. Vestida con una sudadera azul y marrón, unas zapatillas de casa y sin maquillajes, se aferraba a la puerta como si se hubiera abalanzado a abrir en cuanto había oído la llamada y se estuviera tomando unos segundos para recuperar el equilibrio. Evidentemente, esperaba encontrarse con otra persona al otro lado de la puerta. Presumiblemente, con alguien que llevara a su hija.

—¿Señora Duncan?

—¿Sí?

—Soy Jonathan Stivers —le tendió su tarjeta—. Me envía Skye Williams, de El Último Recurso, para hablar sobre Sam.

Antes de que hubiera podido decir nada, apareció un hombre tras ella.

—Zoe, maldita sea, ¿qué haces? Ya sabes que debería haber abierto yo. Se supone que debes descansar.

Las oscuras ojeras que enmarcaban sus ojos, unos ojos de color ámbar, perfectos para la melena castaña dorada, y que habrían resultado fascinantes si no hubiera sido por el dolor que reflejaban, testificaban la necesidad de descanso. Pero Jonathan sabía que no tenía sentido forzarla. Sabía que no podía dormir. Estaba envuelta en el entumecimiento que acompañaba a la tragedia, un espacio en el que la gente continuaba moviéndose y respirando, pero dejaba de vivir.

Resistiéndose a los intentos de su compañero de guiarla de vuelta a donde quiera que estuviera descansando, se colocó un mechón de pelo detrás de la oreja y abrió la puerta.

—Adelante. Menos mal que ha venido.

—Deja que le atienda yo —se ofreció el hombre.

Jonathan quería creer que aquel era el padre o el hermano de Zoe. La diferencia de edad sugería una relación familiar. Pero el lenguaje corporal de Don Yo Me Ocupo de Todo, lo identificaba como el amante de Samantha Duncan, Anton Lucassi.

—¿Zoe? —presionó Lucassi.

Una chispa de emoción iluminó el pálido rostro de Zoe.

—No, Anton. Voy a ocuparme yo.

Anton sacudió la cabeza, claramente disgustado con aquella respuesta.

—Vas a terminar ingresada, y entonces no le serás de ninguna ayuda a Sam.

Por lo que a Jonathan se refería, aquella discusión podía esperar hasta más tarde.

—Usted es…

—El prometido de Zoe —contestó el hombre.

Justo lo que sospechaba.

—Magnífico, señor Lucassi —sonrió—. Pero quizá sea mejor que no nos preocupemos ahora por esa siesta. Necesitamos concentrarnos en el problema que nos ocupa. ¿Podrían sentarse conmigo durante unos minutos?

Un músculo se tensó en la mejilla de Lucas. Era evidente que no le gustaba recibir órdenes, pero al final, asintió y le condujo hasta un salón decorado en blanco y negro, con algunas esculturas de *art decó*. A Jonathan, más que de una vivienda, le pareció la decoración de una lujosa oficina.

—¿Puedo ofrecerle una copa? —preguntó Zoe.

Fue una invitación educada, automática, casi un intento de normalidad. Pero Jonathan percibía su fragilidad. Tenía la impresión de que iba a derrumbarse en cualquier momento. Y Lucassi no estaba ayudando. Aunque era evidente que estaba haciendo todo lo que podía, la tirantez que había entre ellos era tan evidente como la desesperación de Zoe.

–No, gracias.

Jonathan se sentó en un sofá de cuero de aspecto muy caro. Sacó una grabadora del bolsillo y la colocó en la mesita del café.

–¿Les importaría que grabara la conversación?

–Preferiría que no lo hiciera –contestó Anton.

Jonathan arqueó las cejas.

–¿Por alguna razón en especial?

Lucassi se sentó frente a él.

–Estoy preocupado por Sam y por la repercusión que todo este asunto está teniendo en Zoe. Pero todo el mundo sabe que en una situación como esta, las primeras en ser investigadas son las personas del entorno más cercano de la niña. Yo soy la última persona que habló con ella y la que descubrió que había desaparecido. Supongo que eso me convierte en sospechoso de algo. Y no puedo evitar ponerme nervioso.

–¿Le hizo algo a Sam? –preguntó Jonathan a bocajarro.

–¡Por supuesto que no!

–En ese caso, relájese y permítame hacer mi trabajo. Antes de abrir mi propia oficina, estuve trabajando durante seis años como policía en Sacramento. He pasado por esto unas cuantas veces y he aprendido que es preferible grabar cualquier conversación que pueda aportar información relevante para no perder ningún detalle. También me resulta útil observar la expresión de las personas con las que hablo, algo que no resulta fácil si tengo que escribir al mismo tiempo.

Anton se movió incómodo en su asiento.

–En el caso de que estén mintiendo.

–Sí, pero si usted no está mintiendo, no tiene por qué preocuparse.

–No sería el primer inocente que termina en prisión.

–No estoy intentando encarcelar a nadie –Jonathan le sostuvo la mirada–. Lo único que me preocupa es encontrar a Samantha.

Lucassi parpadeó, y asintió. Jonathan se inclinó hacia él.

–Estoy aquí para ayudar, ¿de acuerdo?

Zoe Duncan permanecía sentada en el borde de la silla, con la espalda recta y las manos en el regazo.

–No le haga caso a Anton. Eso solo que… los dos estamos asustados. Y confundidos.

–Lo comprendo.

¿Qué estaba haciendo una mujer tan atractiva con un hombre como Lucassi?

«La trata mejor que cualquiera de los canallas con los que ha salido hasta ahora», le había dicho Skye. Teniendo en cuenta la actitud condescendiente de Lucassi, sus relaciones anteriores debían de haber sido bastante malas. Jonathan no habría soportado a un hombre como aquel ni cinco minutos.

–¿Podrían indicarme sus nombres y sus fechas de nacimiento? Es para la grabación.

–Zoe Elizabeth Duncan. Nací el trece de septiembre de mil novecientos ochenta.

Veintinueve años. La misma edad que él. Jonathan intentó imaginársela en el segundo curso de bachillerato, habiendo sido víctima de una violación, con solo quince o dieciséis años. Y había tenido a su hija. A esa edad, apenas era una niña. Para colmo de males, Zoe no había contado con el apoyo de la familia. Sabiendo lo que sabía de su padre, Jonathan no podía evitar preguntarse cómo se las habría arreglado.

Pero aquel no era el momento de hacer ese tipo de preguntas. Volvió a prestar atención a Lucassi.

–¿Y usted, señor?

–Anton Kenneth Lucassi. Uno de noviembre de mil novecientos sesenta y cinco.

Se llevaban quince años. Jonathan ya había imaginado que era una diferencia de edad acusada.

–Señor Lucassi, antes ha comentado que usted fue el último en hablar con la hija de Zoe y el primero en llegar a casa. ¿Puede contarme lo que ocurrió?

–Llamé a Sam a la hora del almuerzo para ver cómo se encontraba. Me dijo que estaba bien y que…

–Espere un momento –Jonathan alzó la mano–. ¿A la

hora del almuerzo? Ayer fue lunes, ¿por qué no estaba a esa hora en el colegio?

—Tiene una mononucleosis infecciosa. Lleva una semana sin ir al colegio.

—Ya entiendo.

—Así que tanto su madre como yo hablábamos con ella a menudo —continuó Anton—. Pero cerca de tres horas después de que hubiera hablado con ella, Zoe me llamó al trabajo porque no conseguía localizarla.

—¿Dónde estaba?

—Trabajando.

—¿Eso era alrededor de las tres?

—Exacto —contestó Lucassi—. Zoe me pidió que viniera a casa a comprobar cómo estaba.

—Y usted lo hizo.

—A regañadientes —admitió—. No podía imaginarme que pudiera haberle pasado nada. Este barrio es muy tranquilo, ¿sabe? Pero cuando llegué —sacudió la cabeza con un gesto de impotencia—, había desaparecido.

Jonathan cruzó los tobillos y se echó hacia atrás, esperando animar a Zoe y a Lucassi a relajarse si también él parecía estar más tranquilo.

—¿Y usted, señora Duncan? ¿Cuándo vio a su hija por última vez?

—Ayer, antes de ir al trabajo. Fui a su dormitorio a despedirme de ella, como hago siempre.

—¿Dónde trabaja?

Zoe comenzó a clavarse la uña en la cutícula del dedo pulgar.

—Trabajaba en Tate Commercial, pero me despidieron ayer.

—¿Cuando descubrieron que había desaparecido su hija?

—No, antes. Un poco antes —se corrigió—. No conseguía localizarla, estaba destrozada. Y perdí la paciencia.

—Entiendo —de modo que era una mujer más enérgica de lo que parecía en aquel estado de ánimo—. ¿Su hija se había marchado sola alguna vez?

—No.

Lucassi hizo un sonido de disgusto.

—Zoe, cuéntaselo todo.

Zoe se cubrió el rostro, como si estuviera intentando recuperar la compostura. Pero no sirvió de mucho. Las lágrimas empapaban sus mejillas cuando por fin las dejó caer.

—Se enfadó mucho cuando decidí que viniéramos a vivir con Anton porque eso significó que teníamos que renunciar a su perro.

—Salió corriendo a la calle y tuvimos que perseguirla —añadió Lucassi.

—¿Adónde pretendía ir? —preguntó Jonathan.

—A ninguna parte —fue Zoe la que contestó—. Salió corriendo porque estaba enfadada. Cualquier niño se habría enfadado al tener que renunciar a su perro.

—Dijo que preferiría vivir en la calle a tener que renunciar a Peanut —volvió a añadir Lucassi.

Zoe se secó las lágrimas.

—Pero en cuanto le expliqué lo que este cambio de casa significaba para nosotras, se tranquilizó.

—Sin embargo, volvió a hablar de la posibilidad de marcharse en la nota que le escribió a su mejor amiga —insistió Lucassi.

Skye solo había mencionado la carta que le había escrito a su abuelo.

—¿Dónde encontraron esa nota?

—En su mochila.

—Pero no cree que estuviera hablando en serio —la defendió Zoe.

Lucassi se encogió de hombros.

—¿Quién puede saberlo? Es posible. Yo no sabía lo que pensaba de mí.

¿Le habría importado siquiera lo suficiente como para fijarse?

—¿Y qué pensaba de usted?

—Ayer por la noche fuimos a ver a Marti Seacrest. Es su mejor amiga, su única amiga íntima. Sam no llevaba mucho tiempo en este colegio y al principio, estaba tan enfadada por lo de su perro que se negaba a adaptarse. En cualquier caso, cuando le enseñé la nota a Marti, admitió por fin que Samantha siempre se estaba quejando de lo estricto que soy.

–¿Se considera una persona estricta? –preguntó Jonathan.

–Por supuesto que no –posó la mano en la rodilla de Zoe–. ¿Tú dirías que soy una persona estricta?

Como Zoe se quedó mirándole en silencio, frunció el ceño.

–No soy estricto. El problema es que Sam no está acostumbrada a que le pongan normas –se volvió hacia Jonathan y bajó la voz como si estuviera confiándole un gran secreto–. Siempre han vivido en casas de mala muerte, así que no han tenido que preocuparse de cuidar sus pertenencias.

–Por lo menos, en esas casas de mala muerte podía tener a su perro –replicó Zoe.

–¿Me estás culpando por lo del perro? Fuiste tú la que quería venir a vivir a esta casa. Te gustaban los colegios, el vecindario.

Zoe echaba chispas por los ojos.

–¡Me obligaste a elegir!

–Y tú tomaste la decisión acertada. La educación de tu hija es más importante que tener un perro en casa, soltando pelo por todas partes y con un olor apestoso –arrugó la nariz–. El perro está perfectamente –añadió–. Me aseguré de proporcionarle un buen hogar.

–Sigo sin comprender por qué Peanut no podía vivir en el patio.

–Porque es una zona ajardinada. Y ese maldito animal se pasaba la vida ladrando.

Jonathan tosió discretamente.

–¿Podemos intentar avanzar? –se produjo un silencio y Jonathan continuó–. ¿En qué condiciones encontró la casa cuando llegó ayer, señor Lucassi?

Zoe y Jonathan intercambiaron una mirada beligerante, pero dejaron de discutir.

–No noté nada diferente.

Por lo que Jonathan podía decir, no había ni una sola revista fuera de lugar, ni un simple envoltorio de caramelo que arruinara aquel prístino orden. No podía imaginar a una niña viviendo en aquel mausoleo. No le extrañaba que allí no pudiera vivir un perro. Pero eso no era asunto suyo.

–¿Estaban las puertas abiertas? ¿La ducha? ¿La televisión encendida? ¿Notó algo especial? Descríbame la escena, por favor.

Cada vez más nervioso, Lucassi deslizaba las manos hacia delante y hacia atrás por los brazos de la butaca en la que estaba sentado.

–Todas las puertas estaban cerradas, excepto la que conduce a la piscina. Cuando la había llamado, estaba tomando el sol, así que salí, esperando que se hubiera quedado dormida en la tumbona. Pero lo único que encontré en la tumbona fue el iPod que le regalé en Navidad, una toalla y un libro.

–¿Algún resto de comida?

–¿Comida?

–¿Una lata de refresco que ella no habría tomado? ¿Una taza de café, aunque Sam odie el café? Cualquier cosa que pudiera indicar que estaba acompañada.

–Nada.

«Nada» no le servía de ninguna ayuda. Jonathan se levantó.

–¿Podrían enseñarme la casa?

Lucassi se levantó de un salto, pero Zoe se le adelantó.

–Lo haré yo.

Obviamente, su prometido podría haber objetado, pero justo en ese momento, sonó el teléfono. Lucassi miró hacia la puerta que parecía conducir a un estudio, asintió con un gesto y fue a contestar mientras Zoe llevaba a Jonathan a la piscina a través de la cocina.

–Un lugar muy agradable –comentó Jonathan cuando llegaron al jardín.

–Sí, eso pensaba yo. Veía en esta casa todo lo que Sam nunca había tenido, todo lo que quería darle: la posibilidad de alcanzar el éxito en la vida, un buen colegio, un entorno seguro –rió con amargura–. Un entorno seguro –sollozó.

Jonathan posó la mano en su brazo para reclamar toda su atención.

–Esto no es culpa suya. Podría haber ocurrido en cualquier parte.

Zoe tragó saliva con fuerza.

–Pero se suponía que no podía ocurrir aquí. Por eso me mudé a esta casa, aunque para ello tuviera que renunciar a Peanut.

–Lo comprendo.

Tomó aire.

–¿Será sincero conmigo? –le preguntó Zoe.

Un escalofrío de advertencia recorrió la espalda de Jonathan. Sabía lo que le estaba pidiendo y no quería contestar a esa pregunta tan específica.

–Seré todo lo sincero que pueda.

–Han pasado ya veinticuatro horas, ¿qué posibilidades tenemos? ¿Encontraremos a mi hija viva?

Guiñando los ojos para protegerse del sol, Jonathan estudió la zona de la piscina. Necesitaba algún detalle, alguna pista. Y pronto. Si habían secuestrado a Sam, las posibilidades de encontrarla con vida disminuían minuto a minuto.

–Eso depende de muchos factores.

–¿Como cuáles?

Fue entonces Jonathan el que tomó aire.

–¿Cree que es posible que el hombre que la violó pueda habérsela llevado como forma de venganza?

Desapareció del rostro de Zoe el escaso color que todavía conservaba.

–¡No! Está en la cárcel.

Aunque estaba muy lejos de desear aclarar aquel malentendido, Jonathan se aclaró la garganta para decir:

–Ya no.

Zoe se le quedó mirando boquiabierta durante varios segundos.

–¿Ya está fuera?

—Han pasado casi trece años. Ha pasado encerrado más tiempo que la media.

Zoe negó con la cabeza.

—Ni siquiera sabe de la existencia de la niña.

—¿Es posible que se haya enterado a través de algún amigo, o de su padre, quizá?

—No.

—¿Y de su madre?

—Mi madre nunca ha formado parte de mi vida.

—¿Cómo la conoció Franky?

—En realidad no me conocía. Y este no es un tema del que me apetezca hablar. Él ni siquiera sabe que Sam existe, ¿de acuerdo? Por favor, no vuelva a mencionarlo —miró por encima del hombro y bajó la voz—. Anton no lo sabe. Nadie lo sabe, excepto mi padre, y solo porque en aquel entonces yo tenía quince años y vivía con él. Sam cree que su padre murió en un accidente de coche antes de que ella naciera. Yo…. No quiero que sepa nunca la verdad. Podría pensar que… —se le quebró la voz. El sentimiento que estaba intentando expresar era demasiado doloroso—, que a lo mejor no la quería.

Se llevó una mano al pecho y se obligó a continuar a través de las lágrimas.

—Eso podría hacerle dudar de mi amor. O llevarla a pensar que no es tan buena como… —se sorbió la nariz y se forzó a seguir—, otras chicas… o alguna locura de ese tipo, ¿sabe?

Jonathan no tenía la menor idea de qué le llevó a hacerlo. Probablemente la cruda necesidad de consuelo de Zoe. Pero lo siguiente que supo fue que la estaba abrazando y que no podía soltarla porque ella se aferraba a él mientras sollozaba en silencio contra su hombro.

—La encontraremos —susurró—. Y usted va a resistir por el bien de su hija.

No importaba que acabaran de conocerse. La empatía que se había producido entre ellos hacía que aquel contacto pareciera completamente natural… hasta que Lucassi salió de la casa.

–¿Consuela con tanta ternura a todos sus clientes?

Jonathan sintió que Zoe se tensaba. Cuando se apartó de él, se tambaleó ligeramente y Jonathan deseó poder consolarla durante varios minutos más. Aun así, comprendía los motivos por los que a Lucassi no le gustaba lo que había visto.

–Solo a aquellos que no encuentran consuelo en otra parte –contestó, y comenzó a caminar a lo largo de la piscina a grandes zancadas.

–Pida todo lo que necesite, y quédese el tiempo que haga falta –dijo Zoe.

Después, debió meterse en casa, porque cuando Jonathan se volvió, el único que estaba en el patio era Lucassi.

Capítulo 8

Colin se acercó a la ventana y miró a través de las persianas, como había hecho tantas veces la noche anterior. Observar la actividad en la casa de Lucassi estaba resultándole fascinante. Mucho más de lo que había anticipado. Lamentaba hasta tal punto perderse cualquier cosa que estuviera ocurriendo en aquel territorio que le había costado ir al trabajo y había vuelto a casa lo antes posible. Jamás había estado tan cerca, jamás había sido testigo tan directo del caos provocado por sus hazañas. Técnicamente, en aquella ocasión, era la hazaña de Tiffany. Pero esta había raptado a Samantha para él, y a él no le disgustaba la situación. Incluso había dejado de preocuparse por Rover. Si este hubiera sido capaz de revelar algún detalle comprometedor, la policía ya habría ido a buscarle. Pero el único policía que había aparecido por su casa había sido el detective que había pasado a última hora de la tarde para preguntar si habían visto a Samantha Duncan.

–¿Qué está pasando? –preguntó Tiffany tras él.

Tenían la televisión a todo volumen. Colin habló por encima de las voces de los actores.

–Hay alguien allí.

–¿Otro policía?

–No.

–Probablemente sea un amigo de la familia. Ha estado yendo y viniendo gente durante todo el día, para llevarles comida y brindarles su apoyo.

Tiffany sonrió como si compartiera su entusiasmo por el espectáculo que se estaba desarrollando en la puerta de al lado, pero Colin sabía que no era así. Afortunadamente, no le importaba. Tiffany estaba dispuesta a hacer todo lo que él necesitaba que hiciera. ¿Qué más daba si le gustaba o no?

—¿Se ha pasado por allí algún vecino? —preguntó Colin.

—Sí, varios, ¿por qué?

Colin se apoyó contra la pared, esperando poder ver a la gente que entraba en casa de Lucassi.

—Zoe se mudó a este barrio pocos meses después que nosotros. No creo que conozca a nadie tanto como para haber hecho amistad. Desde luego, nunca se ha mostrado muy cariñosa con nosotros.

—Tampoco se puede decir que haya sido antipática.

—Ha sido muy fría y distante, y no intentes decirme lo contrario. Durante todo el tiempo que lleva viviendo aquí, apenas he podido cruzar un par de palabras con ella.

Tiffany parecía estar pensando en cómo responder, pero últimamente, reprimía cualquier posible respuesta.

—Estoy seguro de que los vecinos se muestran compasivos por su situación. Y Anton lleva mucho tiempo viviendo aquí.

—¿Quién más ha pasado por su casa?

—El pastor de la iglesia, sus padres y su secretaria.

Colin esperaba que contestara algo así como «un hombre con un cuatro por cuatro de color blanco, una mujer en un Audi rojo...».

—¿Cómo sabes que era el pastor de la iglesia? ¿Por el traje?

—Oí a Anton hablando con él mientras le acompañaba al coche.

Colin se enderezó y se cruzó de brazos.

—¿Estabas tan cerca?

—Estaba en el jardín, cortando las malas hierbas. Pensé que, ya que estaba en casa, podía dedicarme al trabajo de jardinería.

Las apariencias eran extremadamente importantes. Era poco probable que sus vecinos les prestaran ninguna atención por mantener la casa en condiciones. Pero había obligado a fingir a Tiffany que estaba enferma por una buena razón.

–Si no quiero que esos cotillas de la residencia monten un escándalo por culpa de tus labios, ¿crees que tengo algún interés en que te vean los vecinos?

Tiffany le miró asustada. Aquello lo excitó y le hizo desear lo que ella le había ofrecido la noche anterior.

«Más tarde», le había dicho. Era lo que siempre le decía. Eso era lo mejor de estar casado con alguien como ella, alguien a quien los demás habían ignorado. Alguien tan agradecido por ser digno de su amor que le profesaba una lealtad perruna. Tiffany nunca le abandonaría, hiciera lo que hiciera.

–Nadie me ha visto la cara. He mantenido la cabeza gacha todo el tiempo y no he hablado con nadie –se echó a reír–. Creo que ni siquiera se han dado cuenta de que estaba allí. Estaban demasiado preocupados por Samantha.

La irritación, unida a la excitación, ponía todos los músculos de Colin en tensión. Pero la actividad de sus vecinos le parecía mucho más emocionante que la perspectiva de una sesión de sometimiento con su esposa, así que decidió ignorarla. De momento.

–¿De quién crees que será ese coche que está aparcado enfrente de la casa? Ese pedazo de chatarra debe de llevar miles de kilómetros encima.

Tiffany se acercó a la ventana que había al otro lado de la chimenea y miró a través de la persiana.

–Es la primera vez que lo veo. Antes no estaba allí.

–El conductor es un hombre alto, de alrededor de un metro noventa y unos noventa kilos de peso. Y necesita un corte de pelo.

Tiffany alzó las manos.

–No me suena de nada.

El hombre al que Colin acababa de describir cruzó de pronto la puerta del jardín de la casa de los Lucassi para acceder a la suya.

–¡Viene hacia aquí! –susurró Colin, y Tiffany, que estaba empezando a apartarse, regresó a la ventana.

–¿Puede ser un detective? –preguntó, mirándole fijamente.

Colin hizo un sonido de disgusto.

–Tú estabas aquí cuando vino el detective, Tiff. Sabes qué aspecto tenía.

–Pero puede haber más detectives, ¿no? A lo mejor la policía ha organizado un grupo especial para el caso.

–No creo que hayan sido tan rápidos… sobre todo cuando todavía pueden pensar que se trata de una fuga.

–O a lo mejor ya saben que no ha sido una fuga.

–¿Qué se supone que quiere decir eso?

–Nadie se escaparía de casa con una madre que la quiere tanto.

Colin no reaccionó al deje de nostalgia que acompañaba las palabras de Tiffany. A Tiffany nunca la habían querido. La madre de Tiffany, que había muerto cinco años atrás víctima de un disparo de su propio hijo, había sido incluso peor que su propia madre. Su madre solía pegarle regularmente, pero la de Tiffany había ignorado completamente a su hija. Habiendo sido testigo de lo que aquella negligencia había supuesto para Tiffany durante los años que habían estudiado juntos en un colegio de Modesto, Colin había llegado a la conclusión de que el abandono era mucho peor que los malos tratos. Por lo menos, que los malos tratos que no provocaban lesiones físicas permanentes.

–No conocen a Zoe. Y tampoco te conocen a ti. Mi madre siempre se aseguraba de hacerme heridas que no pudieran verse. A lo mejor Zoe es igual. Es posible que no sea tan buena como quieres creer.

–Es muy buena –insistió Tiffany.

Sonó el teléfono, pero Colin no se movió. Sabía que Tiffany contestaría. Estaba dispuesta a hacer cualquier cosa para facilitarle la vida. Aquel era el precio a pagar a cambio de ser querida.

–¿Diga?

Colin escuchó a su esposa al tiempo que observaba al hombre que parecía estar inspeccionando el patio. En ese momento, Lucassi miró hacia la ventana y Colin se apartó de un salto. No creía que pudieran verle desde fuera, pero aun así, no quería correr riesgos innecesarios.

—¿Colin? —le llamó Tiffany.

Colin no quería que nadie le molestara.

—¿Sí?

—Tommy quiere hablar contigo. Dice que no le has llamado para decirle a qué hora tiene que venir esta noche.

Colin vaciló un instante, debatiéndose entre la fascinación por los movimientos del invitado de sus vecinos y la obligación de responder a su amigo. Consciente de que no podría averiguar la identidad de aquel desconocido por la mera observación, se acercó al teléfono y tomó el auricular.

—¿Diga?

—Eh, Colin, ¿qué te pasa?

—Nada.

—¿Jugamos al póquer esta noche?

Colin nunca les había hablado a sus amigos de sus mascotas y no tenía por qué empezar a hacerlo en aquel momento. Pero estaba deseando divertirse un rato con Tiffany y, a lo mejor, incluso dejaba que sus amigos se divirtieran también con ella. Sus amigos hablaban a menudo de lo mucho que había cambiado desde que se había casado con él, como si soñaran continuamente con aquel tórrido cuerpo. Pero si iban a su casa, tendría que justificar los labios hinchados de su esposa. Y si se pasaba el efecto de los somníferos que le había dado a Samantha y esta empezaba a gritar otra vez, no sería fácil justificar tanto ruido.

Con toda la actividad que se estaba desarrollando en casa, era demasiado arriesgado.

—No, tengo tanto trabajo que he tenido que traérmelo a casa.

—¿Estás seguro de que no tendrás ni una hora libre? He alquilado la mejor película porno que puedes imaginarte, tío. Sé que James se lo pasaría genial con ella.

—Esta noche no.

La desilusión se tradujo en un corto silencio, pero Tommy intentó disimularlo rápidamente.

–De acuerdo, no pasa nada.

–Puedes venir el viernes –le propuso Colin. Para entonces, la situación se habría relajado lo suficiente como para organizar una partida–. Y podré ofrecerte algo mejor que esa maldita película.

–¿Qué puede haber mejor que una película porno? –preguntó Tommy entre risas.

–El porno en directo –contestó–. Trae pizza y cerveza, pídele a James que traiga lo que queda de la coca que ha estado reservando y yo me encargaré de proporcionar la diversión.

Tiffany le estaba mirando de hito en hito cuando colgó el teléfono. Colin era consciente de sus dudas, pero no le importó. También ella disfrutaría. Él se encargaría de que sus amigos se sometieran a ella, de que hicieran todo lo que les pidiera. Sería ella la que estaría a cargo de la situación. Para cuando terminara la velada, probablemente estaría dispuesta a pedirle que lo repitieran.

–¿Qué pasa? –preguntó Colin, desafiándola con la mirada.

Tiffany bajó la cabeza.

–Nada.

Colin volvió a la ventana. Ya no podía ver al hombre que había estado husmeando por su jardín, pero el coche continuaba aparcado en la acera.

¿Quién demonios era ese tipo? Tenía algo que le ponía nervioso. Era más joven que el detective al que había conocido el día anterior y parecía un hombre fuerte y decidido.

–Es imposible que puedan encontrar ninguna huella de Sam en nuestro jardín, ¿verdad? –no era la primera vez que lo preguntaba, pero quería asegurarse de que Tiffany no le ocultaba nada.

–Es imposible que encuentren nada.

–¿La vio alguien entrar?

–Creo que no. Pero en el caso de que alguien la hubiera visto entrar en casa, solo tenemos que decir que salió a los pocos minutos. El hecho de que estuviera aquí no significa que le hayamos hecho nada. No tenemos antecedentes criminales ni ninguna motivación que pueda convertirnos en sospechosos. Tú eres abogado de un bufete dedicado al sector inmobiliario y yo tengo un trabajo respetable. Tenemos una reputación excelente, nuestra casa es perfecta. Necesitarán algo más que haberla visto entrar en nuestro jardín para conseguir una orden de registro.

En realidad, solo estaba repitiendo lo que el propio Colin le había repetido ya varias veces, pero era cierto. No tenían ninguna maldita razón para registrar su casa.

Aun así, aquel tipo continuaba inquietándole.

—¿Cuándo has ido a ver a Sam por última vez?

—Le he dado de comer antes de que llegaras a casa.

Colin arqueó una ceja.

—¿Qué le has dado?

Tiffany contestó tan bajo que Colin no pudo oír lo que decía.

—¿Qué le has dado? —repitió, dejando que fuera su tono el que le advirtiera que le convenía hablar más claro.

La expresión atemorizada de Tiffany le daba un aspecto casi infantil, sobre todo con el labio hinchado.

—Los restos de la cena de anoche.

Colin puso los brazos en jarras.

—¿Mi comida?

—No te gusta comer lo mismo durante dos días seguidos.

—Pero eso no significa que tenga que comerlo ella. Esto no es un hotel de lujo.

—No sabía si tenía que darle lo mismo que le daba a Rover o si esta iba a ser una mascota diferente.

—Los perros son mis mascotas preferidas.

—Entonces, ¿quieres que le dé el pienso que queda en el garaje?

—Por supuesto, ¿por qué vamos a desperdiciarlo?

Regresó a la ventana. Estaba oscureciendo. Habían encendido la luz en la cocina de Lucassi y Colin podía verle hablando con su invitado. ¿Dónde estaría Zoe?

—Cuando se acabe, avísame, para comprar otra bolsa —añadió.

Tiffany se sentó en el borde del sofá.

—De acuerdo.

—¿Se encuentra mejor?

—No puedo decírtelo. Apenas habla. Cuando le he llevado la comida, me ha preguntado que si podía irse a casa. Cuando le he dicho que no, ha vuelto a tumbarse y ha seguido durmiendo.

—¿No ha comido nada?

—Ni un bocado.

—Pues lo siento por ella.

Ya no había nadie en la cocina de Lucassi. Se habían cambiado de habitación.

Renunciando a la vigilancia, decidió subir al piso de arriba y echar un vistazo a su mascota. Si sus amigos no iban a pasar por allí aquella noche, tendría tiempo para comenzar a entrenarla.

La habitación de Samantha estaba impoluta. La ropa colgada en el armario agrupada en función de su color y los zapatos debajo, perfectamente alineados. La cama estaba hecha, los armarios ordenados y su bisutería en un joyero de madera encima de la cómoda. Lo único que delataba que se trataba de la habitación de una adolescente era el tablón de corcho que había apoyado contra una de las paredes. Jonathan imaginó que Lucassi no le había dejado clavarlo. Un hombre tan preocupado por su casa no permitiría que se hiciera un agujero extra en una pared, y menos para colgar lo que él seguramente consideraría tonterías.

Jonathan se detuvo frente al tablón y estudió las fotografías que Samantha había colocado en él: fotografías de Samantha con una amiga, Samantha en Disneyland con un hombre que tenía el mostacho de Sam Elliot y Samantha con su madre. También había fotografías de Samantha con Zoe y con Lucassi, pero estaban colocadas de manera que a Lucassi apenas se le veía. Podría tratarse de un descuido involuntario, pero Jonathan pensó que probablemente no lo fuera.

Al esconder la imagen de Lucassi, Sam estaba revelando las ganas de hacer desaparecer a aquel hombre de su vida.

–¿Lo ve? No hay nada –dijo Lucassi, que se había sentado tras el escritorio de la niña. En el escritorio había un libro de texto y un folio con la fecha del día anterior en el que Samantha había escrito la respuesta a algunos problemas de álgebra. Seguramente, tenía que haber objetos personales en los cajones. En alguna parte tendría que guardar Samantha sus cosas, pero aquel libro era lo único que había fuera de su sitio en toda la casa. Evidentemente, Samantha había estado estudiando antes de salir a la piscina.

–¿Quién es este? –Jonathan le mostró la fotografía de Sam con el hombre del bigote.

–Su abuelo, Ely Duncan. Y por si no lo ha deducido por sí mismo después de ver los tatuajes y ese bigote tan ridículo, es un abuelo bastante diferente a los demás.

–¿En qué se diferencia?

Jonathan ya tenía alguna información sobre el padre de Zoe, pero quería oír lo que tenía que decir Lucassi al respecto.

–Es un viejo motero, y al parecer, es incapaz de mantenerse fuera de la cárcel.

–¿Quiere a Sam?

–No creo que quiera a nadie, salvo a sí mismo. En caso contrario, le habría dado una infancia mejor a Zoe.

–Claro que me quiere.

Zoe permanecía en el marco de la puerta. Se había lavado la cara y se había recogido el pelo en una cola de caballo.

–Es solo que... –continuó diciendo–, es demasiado disfuncional como para vivir de otra manera.

Jonathan observó la fotografía detenidamente, estudiando el duro rostro del padre de Zoe.

–¿Dónde está ahora?

–En Los Ángeles.

–Si es que no está en la cárcel. Zoe no ha vuelto a tener noticias suyas desde que vino a vivir conmigo –añadió Lucassi.

–No está en la cárcel –replicó Zoe–. El detective Thomas, que está a cargo del caso de Sam, ya lo ha comprobado. Incluso han enviado a alguien de la policía de Los Ángeles a la caravana en la que vive, pero nada… Nadie sabe dónde puede estar.

–¿Cuántos meses han pasado desde la última vez que tuvo contacto con él? –le preguntó Jonathan a Zoe.

–Nueve.

–¿Y eso es normal?

Zoe hizo un gesto con el que parecía querer decir que no podía dar una respuesta.

–Nunca hemos tenido una comunicación muy fluida, pero esta vez ha pasado más tiempo del habitual –se interrumpió–. El verano pasado tuvimos una discusión.

–¿Sobre…?

–Quería que Sam se quedara una semana con él para poder llevársela a Disneyland.

–Por lo que veo, ya la había llevado en otra ocasión.

Zoe inclinó la cabeza.

–Sí, hace dos años. Yo fui con ellos.

–¿No quería que volviera a llevarla?

–No quería que fuera sola a California. No confiaba en que mi padre pudiera ofrecerle un ambiente apropiado para una adolescente. Y… –volvió a interrumpirse–, yo acababa de encontrar trabajo, así que no podía ir con ella.

Teniendo en cuenta lo que le había pasado a la propia Zoe cuando vivía con su padre, parecía lo más sensato.

–¿Su padre está al tanto de lo ocurrido?

–Le he enviado varios mensajes, pero no me ha contestado.

–Probablemente esté tirado en un callejón, o de borrachera –aventuró Lucassi.

Jonathan prefirió ignorar aquel comentario.

–¿Y esta es Marti, la mejor amiga de Sam? –señaló otra fotografía.

–Exacto.

–¿Puede darme el teléfono de sus padres? Me gustaría hablar con ella.

–Por supuesto.

Se sabía el teléfono y la dirección de Marti de memoria. Se los dictó y Jonathan guardó ambos datos en la Black-Berry.

–Si sirve de ayuda, la policía ya la ha interrogado. Dice que Samantha se estaba comportando igual que siempre, que no había conocido a nadie nuevo y que jamás se iría de casa.

–¿La policía ha preguntado por el vecindario?

–Esta tarde –contestó Zoe.

–Nadie ha visto nada. Simplemente, ha desaparecido –añadió Lucassi.

–Encontró la puerta del jardín abierta cuando descubrió que no estaba –Jonathan había preguntado por aquel dato cuando habían salido al jardín.

–Exacto.

–Samantha no ha desaparecido. O bien salió, o reconoció al secuestrador cuando este entró –afirmó Jonathan.

–¿Por qué está tan seguro?

–No se la han llevado a la fuerza.

–Y es imposible que haya huido –aseguró Samantha.

Jonathan estaba de acuerdo. Y eso era lo que más le asustaba. Nada de lo que Sam había hecho evidenciaba una posible fuga. No había ningún acontecimiento que la pudiera haber ocasionado. No le había confiado a su mejor amiga su intención de marcharse y no había desaparecido ni una sola prenda de ropa. Además, estaba enferma y haciendo los deberes. Si pensaba marcharse, ¿por qué iba a molestarse en terminar las tareas que le habían mandado en el colegio?

Pero si conocía y confiaba en su secuestrador, era probable que el culpable fuera el abuelo de la niña o el novio de la madre.

Jonathan esperaba que fuera Ely Duncan el culpable. Porque si era Anton Lucassi, un hombre capaz de permanecer en la misma habitación que Zoe fingiendo tal preocupación y sin mostrar el más mínimo arrepentimiento, Samantha ya estaría muerta.

Capítulo 9

–¿Qué piensas de todo este asunto? –la voz de Skye adquiría un tono metálico a través del teléfono.

Jonathan permanecía en la cocina de la casa con dos dormitorios y dos baños que había comprado en Broadway. La casa tenía un gran potencial, pero solo habían pasado seis meses desde que se había convertido en propietario y todavía no había encontrado tiempo para hacer una sola mejora. Como normalmente trabajaba mientras comía, la cocina se había convertido en una suerte de estudio que utilizaba más que la habitación en la que tenía el archivador y el escritorio.

–No creo que haya sido el padre violador.

–¿Por qué no?

El perro de Jonathan, un akita llamado Kino, le olfateó la mano, demandando atención. Su vecina se encargaba del perro cuando Jonathan estaba trabajando. Los akitas necesitaban una gran interacción social y no estaban preparados para pasar mucho tiempo solos. Pero Ronnie, un diminutivo de Verónica, había tenido que viajar a San Francisco aquel día, de modo que Kino llevaba todo el día encerrado y estaba deseando salir.

Jonathan quería sacarle a dar un paseo, aunque ya eran casi las once de la noche, pero antes quería comer algo.

–Espera un segundo –le dijo al perro antes de retomar la conversación–. Sam conocía a la persona que se la llevó.

–Así que no había nada que indicara que pudiera haberse resistido –dedujo Skye.

–Nada –buscó en el refrigerador–. Y puesto que cree que su padre murió en un accidente de coche, no creo que hubiera dado la bienvenida a nadie que se hubiera presentado en su casa diciendo ser su progenitor.

–Me preguntaba cómo habría manejado Zoe la historia de su embarazo, pero nunca he querido entrometerme.

Jonathan tiró tres recipientes a la basura porque la comida se había estropeado. Localizó las sobras de la noche anterior y las metió en el microondas. No le apetecía especialmente una lasaña, pero no se atrevía a comer nada más de lo que tenía en el frigorífico, excepto la mostaza, el Ketchup y los pepinillos en vinagre.

–Lo mantiene prácticamente en secreto. Solo lo sabe su padre.

–¿Anton no sabe nada?

Si Skye le hubiera conocido, no le habría hecho esa pregunta.

–No, y Zoe se comporta como si no quisiera que lo supiera.

–Cuanta más gente lo sepa, más posibilidades hay de que Sam lo averigüe.

Jonathan se inclinó para ver la comida girar en el microondas.

–Pero si no puedes confiar en el hombre al que quieres, no sé si se puede hablar de una relación sólida.

–A lo mejor no están particularmente unidos.

–Están comprometidos.

–Los compromisos ya no son lo que eran.

Jonathan se cruzó de brazos y se apoyó contra el mostrador.

–Dudo que se lo dijera incluso en el caso de que se casara con él. Creo que tiene miedo de que la abandone. O de que eso le ponga por encima de ella. No quiere darle tanto poder –sacó la comida del microondas, pero continuaba estando fría, así que volvió a meterla–. O a lo mejor es solo que, sabiendo el poco respeto que tiene Anton por su padre, tiene miedo de que la cosa empeore si se entera de lo que le ocurrió cuando estaba a su cuidado.

–Es posible que Sam le abriera la puerta a Franky –aventuró Sam–. Hay niños que le abren la puerta a cualquiera. No son conscientes del peligro. Les han enseñado a ser educados y abren la puerta con una sonrisa a todo el mundo.

–La puerta de la calle estaba cerrada cuando Lucassi llegó a casa. Era la puerta de atrás la que continuaba abierta.

–En ese caso, ¿tú que piensas que puede haber pasado?

Jonathan miró hacia la cafetera de reojo mientras sentía los efectos de una nueva jornada laboral de quince horas. Sabía que no dormiría si sucumbía a la tentación, pero hasta que le rindiera el sueño, podía utilizar el empuje que le daría la cafeína.

–Es más probable que sea Lucassi que Franky.

–Pero Lucassi no tiene antecedentes penales.

–Eso no significa que no haya sido él. Si hubiera sido un desconocido, Sam habría gritado. Es razonable pensar que alguien podría haberla oído. La vecina de la puerta de al lado estuvo todo el día en casa.

Ignoró intencionadamente el parpadeo del contestador. Probablemente eran llamadas relativas a otros casos de los que no tenía tiempo de ocuparse. Tomó la fotografía de Sam que Zoe le había entregado.

–Desde luego, habría tenido oportunidad de hacer cualquier cosa.

–Si alguien hubiera intentado llevársela a la fuerza o si ella hubiera intentado resistirse, habrían encontrado una silla caída, una mesa movida. En su bebida no había ninguna sustancia tóxica y quienquiera que se la haya llevado, no estaba interesado en su iPod. Estaba encima de la mesa, a plena vista.

–De acuerdo, a lo mejor tienes que vigilar de cerca a Lucassi, pero eso no descarta a Franky Bates como posible sospechoso.

–Si me dedico a perseguir a ese ex presidiario y al final resulta ser una pista falsa, habremos perdido un tiempo valioso. Ya sabes lo que dicen de las primeras cuarenta y ocho horas.

Pensó en Zoe, en su belleza y en su fragilidad, y en lo extrañamente bien que se había sentido al tenerla entre sus brazos. Habían pasado años desde que se había fijado en una mujer de esa manera, en una mujer que no fuera Sheridan, y eso le hacía sentirse esperanzado y asustado al mismo tiempo. Zoe era una mujer comprometida, ¿en qué demonios estaba pensando?

—Ignorar a Franky es arriesgado.

Jonathan dejó la fotografía sobre el montón de archivadores en los que guardaba sus casos.

—Lo sé, pero en este negocio, todo es arriesgado. Tengo que seguir lo que me dice mi intuición, y actuar rápido.

—¿Así que crees que es Lucassi?

—O el abuelo. Sam se llevaba bien con Ely, aunque Zoe y él están algo distanciados.

—No me digas que Zoe ha cortado por fin con su padre.

—No. Por lo menos no de forma permanente. El verano anterior, no dejó que Sam fuera a verle, por razones obvias, y, al parecer, ahora él está enfadado —sonó la alarma del microondas. Jonathan lo abrió, sacó la lasaña, y estuvo a punto de tirarla al quemarse la mano—. ¡Mierda!

—¿Qué ha pasado? —preguntó Skye.

Kino inclinó la cabeza y lo miró como si estuviera pensando en lo estúpido que podía llegar a ser su dueño.

—¿Tú qué miras? —gruñó Jonathan.

—¿Perdón? —preguntó Skye riendo.

Jonathan quitó la tapa del recipiente y movió la mano para despejar el vapor.

—Estaba hablando con Kino.

—Jon, tienes que encontrar cuanto antes una mujer.

La mente de Jonathan conjuró inmediatamente la imagen de Sheridan abrazada a su marido.

—Estoy demasiado ocupado.

Skye bajó la voz, dándole una inflexión muy significativa.

–Ahora que Sher se ha casado, deberías intentar cambiar de objetivo.

Jonathan ahogó un gemido. Al parecer, Skye no era tan ajena a sus sentimientos como él pensaba.

–No sé de qué estás hablando.

–¿Ah, no? Entonces, ¿qué os ha pasado?

Jonathan frunció el ceño mirando a Kino, que inclinaba la cabeza en la otra dirección.

–Nada.

–Jonathan, Sheridan está destrozada.

¿De verdad quería oír aquello? No, Sheridan no podía sentirse peor que él.

Sacó un tenedor del cajón de la cocina y lo hundió en la lasaña, que se había convertido en una sustancia más dura que el caucho.

No iba a soportar aquella cena, pensó, y la tiró a la basura.

–Está felizmente casada. Lo superará.

–¿Y tú?

Jonathan agarró una rebanada de pan y le hizo un gesto al perro, señalando la puerta.

–Yo también lo superaré.

El sonido del cerrojo al girar hizo que Sam se escondiera bajo el colchón. Si no quería que Colin la viera en traje de baño, era la única opción que tenía.

Había oído hablar de hombres a los que les gustaba tocar a las niñas en lugares que no debían. Era lo único en lo que había podido pensar desde que Colin había estado en su habitación por última vez. Anton los llamaba «pedófilos» y su madre «basura», decía que eran lo peor de lo peor. Para Sam, también Colin era basura. Pero no estaba segura de que fuera un pedófilo. ¿Los pedófilos podían ser hombres atractivos y trabajar como abogados? ¿Podían estar casados con mujeres tan guapas como Tiffany?

Sam había viso algunas noticias en las que aparecían

hombres mayores a los que detenían por intentar conectarse con chicas de su edad a través de Internet. Algunos de esos hombres no eran del todo feos. Deseó poder recordar más detalles sobre aquel tema, pero la verdad era que no le había prestado mucha atención porque siempre había estado segura de que a ella no podría ocurrirle nada parecido. El sexo era una cosa demasiado seria, incluso con un chico de su edad. Y jamás le habían preocupado los acosadores de Internet. Su madre ni siquiera le dejaba tener una página en MySpace o abrirse una cuenta en Facebook.

Se abrió la puerta y Sam solo fue capaz de ver una figura oscura antes de que Colin la cegara al encender la luz.

–¿Por qué te escondes? –le preguntó.

Guiñando los ojos para protegerse del resplandor de la luz, Sam le vio entrar y cerrar la puerta tras él. Llevaba algo en la mano… El corazón se le cayó a los pies. ¡Era un látigo!

–¿Eso… para qué es? –preguntó con los ojos llenos de lágrimas.

Colin acarició el mango de cuero.

–¿Esto? Para divertirme. ¿A ti no te parece divertido?

–No… si vas a pegarme con él…

–Esa es la buena noticia. Que lo use o no, dependerá completamente de ti.

Sam se llevó las manos a los ojos, intentando contener las lágrimas. No podía quedarse allí, llorando como un bebé. Tenía que convencerle de que la dejara marcharse.

–¿Por qué depende de mí?

–Porque si haces lo que te digo, no me veré obligado a utilizarlo.

Oh, no. El nudo que se le formó a Sam en la garganta tenía el tamaño de una naranja. Colin era un pedófilo. Lo sabía por su forma de mirarla, por su forma de sonreír.

–Por favor –musitó–. Déjame en paz. No te he hecho nunca nada. Te juro que si me dejas salir, no le contaré a nadie que habéis sido Tiffany y tú los que… los que me habéis encerrado. Diré que ha sido otra persona, alguien que llevaba una máscara.

–Sí, claro. Seguro que nos delatarás en cuanto te sientas a salvo.

–¡No, de verdad!

–Deja de decir tonterías. No vas a ir a ninguna parte. Y ahora, sal de debajo del colchón y déjame verte.

Pero Sam no se movió. Se estremecía al pensar en lo que Colin podía llegar a hacerle si le gustaba lo que veía.

–¿Por qué… por qué quieres que esté aquí cuando tienes… una mujer tan guapa?

–Esa es una buena pregunta. Yo mismo me lo he preguntado muchas veces. Pero… no lo sé… supongo que es por la misma razón por la que tengo un látigo. Me divierte. Y ahora, ¡levántate!

–No puedo, estoy enferma. Y si… y si te acercas demasiado…

–Sí, eso ya me lo has advertido –la interrumpió–, pero ahora, déjame advertirte otra cosa a ti –dio una patada al colchón y Sam se acurrucó instintivamente e intentó desaparecer en el hueco que había entre el suelo y la pared–. Si vuelves a negarte a responder una de mis órdenes, no tendrás que preocuparte de tu enfermedad, porque estarás muerta.

Hizo restallar el látigo contra la pared y Sam gritó asustada.

–Shhh –la ordenó Colin–. Esa es la primera regla que voy a enseñarte. Pase lo que pase, tienes que estar callada.

Volvió a restallar el látigo. La correa pasó tan cerca de ella que Samantha sintió vibrar el aire por encima de su cabeza. Para entonces, estaba tan asustada que apenas fue capaz de emitir un gemido. Pero incluso eso le pareció excesivo a Colin.

–¡He dicho que tienes que estar callada! –gritó con un gruñido amenazante.

El látigo restalló por tercera vez. Sam estaba segura de que iba a pegarla. Lo vio llegar y se cubrió la cabeza. «No grites», se ordenó, «no grites».

Oyó el chasquido y esperó el consiguiente dolor. No sabía cómo era posible que Colin hubiera fallado. Pero así era. Incluso él parecía sorprendido.

–Tienes suerte. Esta noche no tengo muy buena puntería –el látigo se le resbaló de las manos mientras lo enrollaba.

Las lágrimas rodaban una tras otra por el rostro de Samantha. No podía detenerlas, de modo que ni siquiera lo intentó.

–¿Por qué quieres hacerme daño?

–¿No imaginas la respuesta?

–No –sacudió la cabeza, impotente e indefensa.

–Yo pensaba que eras una chica inteligente –esbozó una mueca que pretendía ser una sonrisa–. Te daré una pista. Por la misma razón por la que tengo el látigo.

–¿Porque te divierte? –preguntó con voz temblorosa.

–¡Ahí lo tienes! –se colocó el látigo bajo el brazo y aplaudió–. ¡Excelente! Tú y yo vamos a llevarnos bien, lo sé.

–¿Colin? –le interrumpió Tiffany tras llamar a la puerta.

–¿Qué quieres? –gritó él en respuesta.

–Te llama tu padre por teléfono.

–Dile que le llamaré más tarde.

–¿Estás seguro? Creo que es mejor que contestes como si esta noche fuera como todas las demás. Ya sabes, hasta que la cosa se calme. Es tarde y…

Colin se cruzó de brazos y permaneció así durante varios segundos, mirando fijamente a Sam.

–De vez en cuando me sorprende demostrándome que tiene cerebro –comentó.

Sam no respondió.

–En cualquier caso, no debería estar aquí. Esto solo me sirve para desear algo que no puedo tener… todavía.

–¿Colin? –repitió Tiffany.

–Ya voy.

En ese momento, Tiffany debió de marcharse, porque no volvió a decir nada. Colin recitó una lista de normas y le advirtió a Sam que la pondría a prueba y que haría mejor en no olvidar ni una de ellas. Después, añadió una advertencia que la asustó más que cualquier latigazo.

–Tienes dos semanas para recuperarte, sea cual sea tu enfermedad.

–Mononucleosis infecciosa.

–Sí, ya me lo has dicho

–¿O qué? –susurró la niña.

Colin rió suavemente.

–¿De verdad quieres saberlo?

–No.

–Me lo imaginaba.

Cuando se marchó, Sam memorizó todo lo que le había dicho Colin. No quería darle ningún motivo para utilizar ese látigo que tan divertido le parecía. Pero, para su alivio, los minutos fueron convirtiéndose en horas y Colin no volvió a aparecer.

Era tarde, ya eran más de las doce, pero Zoe no podía dormir. Se sentó en el porche, con el teléfono inalámbrico en el regazo y la mirada fija en la calle oscura, esperando oír el sonido de los pasos precipitados de su hija en la acera, o su voz gritando un aliviado «mamá».

Pero no ocurrió nada. Todo seguía como la noche anterior.

Por lo menos, Anton se había ido a la cama. Zoe no estaba segura de si iba a ser capaz de continuar soportando su compañía. Dijera lo que dijera, hiciera lo que hiciera, todo la molestaba. O a lo mejor la irritación se debía al extraño resentimiento que de pronto había surgido en ella, un resentimiento que ni siquiera sabía albergaba hacia Anton. Por el perro que no había dejado conservar a Sam. Por el celo con el que se protegía a sí mismo y a sus pertenencias. Aquella casa nunca le había resultado tan ajena. Incluso la forma en la que Anton describía al abuelo de Sam la molestaba, a pesar de que no mintiera. Ella podía enumerar todos los defectos de Ely, pero no era capaz de oír a Anton mencionarlos sin enfadarse.

Zoe no sabía si estaba harta o, sencillamente, estresada, pero aquello lo complicaba todo. Porque si estaba harta, tendría que dejar a Anton, de la misma forma que había dejado a los hombres que le habían precedido.

¿Y dónde iría en aquella ocasión? Antes de mudarse a casa de Anton, había vendido sus muebles. Él esperaba que contribuyera a los gastos de mantenimiento de la casa, que eran más altos de los que ella había tenido que afrontar en el pasado, así que le entregaba su sueldo cada dos semanas y no había podido ahorrar absolutamente nada. No se había preparado para una separación porque consideraba a Anton como una especie de caballero andante, el único hombre que podía convertirse en el padre que siempre había querido para Sam.

Pero en vez de hacer realidad aquel sueño, estaba descubriendo que era incapaz de convertirlo en algo propio. Incluso había terminado renunciando a su trabajo.

De todas formas, no podía abandonar aquella casa. No podía irse de allí hasta que recuperara a su hija. Le bastaba imaginar a Sam regresando a aquel lugar y descubriendo su ausencia para que un dolor lacerante le atravesara el corazón.

Las lágrimas rodaban por sus mejillas, pero no las secó. Estaba demasiado cansada para combatir los sentimientos que la invadían. Su impotencia era casi tan terrible como el miedo. Se sentía como si estuviera caminando sobre arenas movedizas. No podía salir corriendo y ponerse a buscar, como se habría imaginado haciendo si alguna vez se hubiera imaginado a sí misma en aquella situación, porque si se movía de allí, podía perderse una llamada o una visita que pudiera devolverle a su hija. Cuando salía de casa, le preocupaba no estar de guardia. Pero cuando estaba quieta, en casa, deseaba poder salir a buscarla de una forma más activa.

De modo que permanecía en una suerte de limbo, atrapada entre el miedo a marcharse y el miedo a quedarse, y sintiendo que las arenas movedizas iban hundiéndola poco a poco. Si no luchaba contra el estupor y el pánico, temía terminar paralizada.

El tictac del reloj de péndulo, el único sonido que se oía en toda la casa, le recordó lo que pensaría su prometido del hecho de que estuviera levantada a aquella hora. Que estaba actuando de forma irreflexiva, que no se estaba ateniendo al plan original. Le había prometido que se levantarían a primera hora, repartirían carteles con la fotografía de Sam y organizarían una partida de búsqueda. Había insistido en que la policía estaba haciendo todo lo que podía y en que deberían confiar en que el detective Thomas hiciera su trabajo. Los medios de comunicación estaban ya al tanto de la historia y habían incluido una breve noticia en los informativos, solicitando a cualquiera que pudiera haber visto a Samantha que se pusiera en contacto con la policía.

Pero a pesar de todo, sus acciones parecían pueriles contra el potencial horror. Tenían que hacer más. El menor detalle, a veces descubierto al azar, podía servir para desvelar el misterio.

Rezando para no perder las fuerzas, se sentó en la mecedora del porche. En aquel estado de nervios, no estaba segura de cómo iba a sobrevivir hasta que saliera el sol.

El olor a tabaco procedente del jardín de al lado le hizo volver la cabeza. Al parecer, había salido alguien en los pocos segundos que había estado fuera del porche.

Forzó la mirada, buscando la fuente del humo que llegaba hasta a ella, y vio a su vecino. Colin estaba sentado en los escalones de la entrada.

—No sabía que fumabas —dijo.

No tuvo que elevar la voz. El sonido llegaba fácilmente en el frío silencio de la noche.

Colin se levantó y cruzó la cerca que separaba los jardines. Iba vestido con un par de vaqueros desgastados, una sudadera vieja y las zapatillas de casa. Zoe nunca le había visto con un aspecto tan informal; aquel hombre parecía tener poco que ver con el elegante abogado con el que se cruzaba durante el día.

—Fumo muy poco —tiró la ceniza a un lado—. Solo cuando estoy nervioso —dio una larga calada a su cigarro—. Tiff y yo estamos pensando en formar una familia. Jamás habría pensado que este no fuera un barrio seguro.

La desaparición de Sam estaba haciendo que todo el mundo se sintiera vulnerable.

—Es… —eran muchas las palabras que se amontonaban en su cerebro, pero todas le parecían igualmente inadecuadas–, espantoso –dijo por fin.

—Por supuesto que sí. Si yo estoy nervioso, supongo que tú estarás destrozada. Esta noche he visto la noticia en el informativo.

La compasión le hacía sentirse bien. La necesitaba. Pero, por alguna razón, no era capaz de aceptar la de Anton. En aquel momento, ni siquiera podía permitir que su prometido la tocara.

—Estoy completamente… –buscó de nuevo la palabra precisa. Aquella vez no tardó en descubrir la que necesitaba para describir cómo se sentía–, perdida.

Colin cruzó la cerca y se acercó al porche.

—Lo siento mucho.

Su compasión hizo que le resultara más difícil contener las lágrimas.

—Gracias. Te lo agradezco.

La brasa del cigarrillo resplandecía en la oscuridad e iluminaba la parte inferior del rostro de Colin cada vez que se lo llevaba a los labios.

—¿Cómo podría ayudarte?

—Mañana por la mañana repartiremos carteles con su fotografía. ¿Podrías llevarte algunos?

Debió de quedarse mirando fijamente el cigarrillo, porque Colin se lo ofreció, y Zoe se sorprendió aceptándolo.

Sintió el ardor del humo en los pulmones, pero inhaló profundamente, recordando el efecto relajante que tenía años atrás la nicotina. Había pasado tanto tiempo desde la última vez que había fumado un cigarrillo… Entonces tenía diecinueve años y vivía con Johnny Ruzzo, un fumador empedernido que había llegado a ser tan violento que había tenido que dejarle por el bien de Samantha.

—Por supuesto. Si fuera necesario, incluso podría faltar al trabajo.

Miró por detrás de Zoe hacia la casa, donde Anton estaba durmiendo, y el resentimiento que Zoe había estado combatiendo resurgió, en aquella ocasión con un nuevo rostro. ¿Cómo era posible que Anton pudiera dormir cuando su vecino, que era prácticamente un desconocido, estaba tan afectado por la desaparición de Sam que no podía conciliar el sueño? ¿Anton habría sido siempre así? ¿Habría estado ocultándose todo lo que de él no le gustaba para hacer realidad el sueño que estaba intentando alcanzar?

La actitud de Anton, la suya propia... Todo resultaba muy confuso...

Colin se pasó una mano por el pelo.

—¿Por qué esperar hasta mañana?

Zoe, que estaba a punto de llevarse el cigarrillo a la boca, se tensó.

—¿Qué quieres decir?

—Es evidente que no puedes dormir. Yo tampoco. Podemos ir a la fotocopiadora de Douglas y preparar el cartel. Está abierta las veinticuatro horas del día.

—Pero...

—Así estarán preparados para cuando todo el mundo se levante.

A Zoe le parecía razonable, teniendo en cuenta que la alternativa era una agonizante espera.

—¿Quieres venir conmigo?

—Por supuesto.

—Pero es muy tarde. No puedo esperar que...

—Ya basta. No me importa nada en absoluto.

Con un asentimiento de cabeza, Zoe dio una nueva calada al cigarrillo antes de devolvérselo. Le gustaba aquella actitud decidida y activa. Lo único que estaba consiguiendo al esperar mientras Anton dormía era volverse loca.

—De acuerdo. Déjame ir a buscar las llaves del coche.

—No hace falta.

Tras una última calada a su cigarro, lo apagó en el camino de cemento, sacó las llaves del coche del bolsillo de los vaqueros y las hizo tintinear delante de ella.

—Yo conduzco.

Zoe intentó no pensar en cómo se enfadaría Anton al ver una colilla en su puerta.

—Pero necesito la fotografía de Sam, y el bolso...

—Por supuesto. Ve a buscar todo lo que necesites. Mientras tanto, iré poniendo el coche en marcha.

Mientras Zoe entraba en la casa, el agradecimiento por la buena disposición de Colin y por su apoyo en un momento en el que estaba tan hundida, le hizo sollozar con alivio:

—Menos mal que puedo contar con mis vecinos.

Colin permanecía sentado al lado de Zoe, en la zona de los ordenadores de una tienda de fotocopias.

—¿Deberíamos poner algo más?

Zoe fijó la mirada en el cartel que acababa de hacer. Jamás se había imaginado a sí misma en una situación como aquella. La experiencia de los dos días anteriores era casi surrealista. Y la camaradería que había surgido entre su vecino y ella aumentaba aquella sensación de ensoñación. Veinte minutos atrás, lo único que había cruzado con Colin había sido algún saludo ocasional y algún comentario sobre el tiempo. En aquel momento, se sentía más unida a él que al propio Anton.

—Así está bien.

Habían incluido en el cartel la fotografía de Sam, su fecha de nacimiento, su altura y su peso, además de una descripción del bikini que llevaba el día de su desaparición, el último lugar en el que había estado, el teléfono de Zoe y el de la policía.

—A no ser que pienses que también deberíamos incluir mi dirección.

—No, no sería seguro.

—Estoy dispuesta a hacer cualquier cosa que pueda servir de ayuda.

—Pero ya sabes lo que una persona mentalmente inestable podría llegar a hacer. En una ocasión, supe del caso de una madre que recibía llamadas en las que le decían que su hija todavía estaba viva y más tarde descubrió que el asesino había matado a su hija casi inmediatamente.

Zoe se estremeció.

–¿La persona que llamaba estaba relacionada con el... asesino?

Apenas era capaz de pronunciar aquella palabra. No quería pensar en lo que podía llegar a pasarle a una niña secuestrada por un desconocido.

–No, era una persona que no tenía nada que ver con el caso.

–¿Pero quién va a ser capaz de hostigar a una madre en un momento así?

–Es terrible, pero sucede, así que tendrás que estar preparada. Dar tu número de móvil ya es suficientemente arriesgado, así que no des también tu dirección.

Sintiendo desaparecer parte de la tensión, algo que le ocurría por primera vez desde que había sabido de la desaparición de su hija, Zoe se reclinó en la silla. Debería haber hecho aquellas fotocopias muchas horas atrás, antes de que Anton se hubiera ido a la cama.

–La verdad es que haber terminado con esto me sirve de ayuda –dijo con cierta satisfacción.

Colin le sonrió.

–Es una pena que haga falta una tragedia como esta para que dos vecinos lleguen a conocerse, ¿verdad?

Zoe posó la mano en su brazo.

–No tengo palabras para agradecerte lo que has hecho por mí.

–No tienes por qué dármelas –le cubrió la mano–. Es lo menos que puedo hacer.

Sonriendo, Zoe se separó de él y desvió la mirada hacia el reloj que había en la pared. Solo había un cliente cuando habían llegado, pero ya se había ido. Eran las únicas personas que quedaban en el establecimiento, aparte del empleado que había estado suministrando la tinta a las impresoras.

–Ya está a punto de amanecer.

Colin se levantó.

–Será mejor que imprimamos las fotografías si queremos ponerlas en circulación antes de que todo el mundo se despierte.

–¿Y tu trabajo?

Colin disimuló un bostezo.

–Podría llamar diciendo que no me encuentro bien, como te he dicho antes, pero olvidaba que tengo una reunión importante. Repartiré unos cuantos carteles y después me acercaré por el despacho.

–¿Y no tendrás problemas por llegar tarde?

Colin se encogió de hombros.

–¿Estás de broma? No tienen ningún interés en perderme.

–Es una lástima que tengas que ir a trabajar. Estarás agotado.

–Sobreviviré.

La falta de sueño hizo que Zoe se tambaleara al levantarse, pero Colin la sujetó con expresión preocupada.

–¿Estás bien?

Zoe suspiró y asintió.

–Me pondré bien.

–Estoy seguro de que encontrarás a tu hija.

Zoe le detuvo antes de que siguiera caminando.

–¿De verdad lo crees?

–Por supuesto –la abrazó–. Y haré todo lo que pueda por ayudarte.

Había habido veces en el pasado en las que a ella no le había gustado cómo la miraba Colin. Le parecía demasiado consciente de su condición de mujer y aquello la incomodaba. Estaba casado. Pero debía de haberle juzgado de forma equivocada, porque había sido Colin el que la había ayudado a pasar la noche más dolorosa de su vida. Aunque la noche anterior había sido horrible, al final había llegado a convencerse de que la desaparición de Sam había sido un terrible error que pronto se solucionaría. Pero ya había pasado demasiado tiempo como para seguir engañándose.

–Gracias otra vez.

Colin estaba ya en el mostrador.

–No tienes por qué dármelas. ¿Quieres que hagamos las copias en color o en blanco y negro?

–En color.

En realidad, Zoe no tenía dinero para permitirse aquel lujo, pero tenía miedo de que la gente no reconociera a Sam si no mostraba una fotografía lo más parecida posible.

Colin soltó un silbido.

–Pero te va a costar un dineral.

–No me importa. Estoy dispuesta a pagar lo que sea para que vuelva.

–Es una chica con suerte…

Zoe le miró desconcertada.

–¿Con suerte?

–Por tener una madre que la quiere tanto.

–Gracias –susurró.

Estuvo a punto de contarle cómo había concebido a Sam. Necesitaba hablar, explicar cómo se había sentido cuando había ocurrido. Hablar de la lucha que había librado intentando decidir si tener o no un bebé. Del día que había ido a la clínica y no había sido capaz de cruzar la puerta. Su padre se sentía demasiado culpable por lo que su hija había tenido que soportar como para obligarla a abortar. Y así era como había tenido una hija, su hija, lo que más apreciaba en el mundo. Le resultaba difícil pensar en lo cerca que había estado de poner fin al embarazo. A lo mejor esa era la razón por la que quería hablar. Y tenía la sensación de que podía confiarle cualquier cosa a aquel abogado. Al fin y al cabo, no tenía ningún motivo para contar a nadie aquella información. Pero el dependiente la interrumpió antes de que hubiera tomado una decisión.

–¿Qué puedo hacer por usted? –le preguntó a Colin.

–Hágame mil copias –le tendió el cartel.

El dependiente anotó el dato mientras Zoe se reunía con ellos junto a la caja registradora.

–¿Cómo va a pagar el encargo?

Zoe buscó en el bolso.

–Con tarjeta de crédito.

No tenía la menor idea de cómo iba a hacerse cargo de aquel pago cuando se lo cargaran en la cuenta. A Anton no le iba a hacer mucha gracia que hubiera elegido la opción más cara y probablemente se negaría a ayudarla. Su primera esposa le había dejado sin blanca antes de dejarle por otro hombre y aquella experiencia le había convertido en un hombre receloso y cauto a la hora de gastar dinero. Le diría que era una imprudente, como le había dicho en el pasado cuando había gastado en Sam cantidades que desbordaban su presupuesto.

Pero ya se preocuparía de aquel problema al cabo de un mes.

Si Sam regresaba, ya averiguaría la forma de pagar aquella deuda. Y si para entonces todavía no había vuelto, conservar la tarjeta de crédito sería el menor de sus problemas.

Capítulo 10

Anton estaba en el porche, con una taza de café en la mano, cuando Colin y Zoe regresaron. Zoe le saludó con la mano mientras Colin aparcaba, pero Anton no le respondió.

–Vaya –Colin chasqueó la lengua–, me temo que vas a tener problemas.

–Desde luego, no parece muy contento –confirmó Zoe.

Pero al menos tenía aspecto de haber descansado, lo que a Zoe le dolió casi tanto como su expresión de enfado.

Colin le puso la mano en la pierna.

–Si quieres, puedo explicarle dónde estábamos.

–No, ya has hecho suficiente por mí. Gracias.

–¿Quieres dejar de darme las gracias? Te comportas como si nunca hubieras tenido un amigo –dijo Colin sin apartar la mano.

Con la cantidad de personas que habían pasado por su infancia y la cantidad de veces que se había mudado de casa, la vida de Zoe había sido demasiado inestable como para mantener relaciones permanentes. Le dolía separarse de alguien después de haber establecido un vínculo afectivo, así que no se permitía mantener relaciones demasiado profundas con nadie, salvo con Sam. Sam, además de su hija, había llegado a ser su mejor amiga.

Pero pensar en ello le provocaba un dolor insoportable en el pecho, justo en el momento en el que por fin estaba comenzando a sentirse mejor.

Salió del BMW de Colin y sacó la caja de carteles que habían dejado en el asiento de atrás. Colin insistió en llevársela. Caminó a su lado y se la tendió a Anton cuando llegaron al porche.

Anton apretó los labios en una dura línea.

–¿Qué es esto?

–Carteles –Colin se frotó las manos como si hubiera representado un gran esfuerzo llevarlos hasta allí–. Hemos coincidido esta noche en el jardín, ninguno de los dos podía dormir, así que hemos decidido no perder el tiempo.

Anton fijó la mirada en la colilla que había en el camino y la alzó después hacia Zoe.

–¿Y no podías habérmelo dicho? ¿No has sido capaz de pensar que me preguntaría dónde estabas, sobre todo teniendo en cuenta que tu coche estaba aquí?

Al darse cuenta de que estaba preocupado por ella, el enfado de Zoe desapareció. ¿Estaría buscando un chivo expiatorio, desahogando en Anton el miedo y la tensión? Era posible.

–Lo siento –se disculpó–. Estaba tan obsesionada con los carteles que ni siquiera se me ha ocurrido pensar que pudieras despertarte antes de que volviéramos.

Anton arrugó la frente, como si estuviera haciendo un gran esfuerzo para reprimir sus sentimientos. Alargó el brazo hacia ella y la abrazó mientras ambos intentaban sostener la caja con los carteles.

–No vuelvas a hacerlo.

–No lo haré –susurró Zoe.

Colin se aclaró la garganta, probablemente para recordarles que todavía estaba allí.

–Debería ir marchándome. Hoy tengo muchas cosas que hacer –comenzó a caminar, pero se detuvo antes de llegar al césped–. Eh, casi me olvido de mis carteles. Iré dejándolos por todas las tiendas que me encuentre de camino al trabajo.

–¿Lo harás?

Zoe sonrió animada. Sentía mucho haber asustado a Anton, pero Colin estaba ayudándola de una forma extraordinaria.

–Por supuesto. Dame… la mitad.

–¿Tantos?

–Le dejaré unos cuantos a Tiff, para que también ella nos ayude.

Zoe le tendió la caja.

–Estás siendo de gran ayuda, Colin.

–No tienes ni por qué mencionarlo –le guiñó el ojo–. Estaremos en contacto.

Al lado de Anton, Zoe le observó mientras caminaba hacia la casa. Cuando desapareció, Anton se agachó para recoger la colilla del suelo.

–¿Fuma?

Zoe sabía la opinión que tenía Anton sobre los fumadores, y se enfadó al recordar el cigarrillo que había compartido con él.

–Por lo visto, solo cuando no puede dormir.

Anton cruzó el jardín para tirar la colilla en la basura.

–¿Estás preparado para comenzar a repartir los carteles? –le preguntó Zoe cuando volvió.

–Por supuesto.

–Estupendo. Vamos.

Zoe se colocó el bolso, pero Anton negó con la cabeza.

–Yo me encargaré de todo. Tienes que intentar dormir. Llevas casi cuarenta y ocho horas levantada y apenas has probado bocado. No sé cómo te sostienes en pie.

El dolor era más fácil de soportar cuando estaba haciendo algo. Las dudas crecían cuando se detenía, era entonces cuando se activaba el mecanismo del sufrimiento. Y la forma en la que Anton intentaba hacerle aminorar el ritmo le hacía sentirse peor.

–No puedo, Anton. No me importa llevar este ritmo. No me importa estar agotada. Estoy histérica y dispuesta a hacer todo lo que tenga que hacer. Estoy dispuesta a pagar cualquier precio. ¿No lo comprendes? –le agarró del brazo–. Tengo que encontrarla, Sam. ¡Mi hija es lo único que me importa!

El color abandonó las mejillas de Anton.

–¿Y yo? ¿Yo no te importo?

Zoe se obligó a disminuir la fuerza con la que le agarraba el brazo. ¿De verdad había dicho eso?

–Lo… lo siento. No pretendía decir eso.

Pero en el fondo, sabía que no era cierto.

Tiffany estaba sentada a la mesa de la cocina, con zapatillas y en bata, cuando Colin entró. Todo su cuerpo reflejaba tristeza, pero a Colin no le importó. Por fin había conseguido que su vecina se fijara en él, habían pasado varias horas a solas y aquello le había puesto de muy buen humor.

–¿Dónde estabas? –le preguntó su esposa.

Colin detectó tristeza en su voz. Tenía mucho miedo de perderle y nada de lo que él pudiera decirle mitigaba aquel temor. Tenía tan profundamente arraigada la idea de que no era digna de su amor, de que no era digna del amor de nadie, que no era capaz de superarla. Era a Nancy a la que había que agradecérselo. Y al hermano de Tiffany, que le había metido un tiro a su madre.

Colin suponía que tampoco había ayudado mucho la manera en la que la había tratado. Pero aun así, Tiffany había tenido suerte al encontrarle. Él podía haber conseguido una mujer mucho más segura, aunque el esfuerzo que implicaba seducir a una mujer que estuviera a su nivel no le merecía la pena.

–He estado fuera –dejó la caja con los carteles encima de la mesa con un golpe sordo–. ¿Dónde está el desayuno?

–No he hecho desayuno. No sabía si ibas a volver.

Colin puso los brazos en jarras y observó con el ceño fruncido su aspecto descuidado.

–¿Estás intentando convencerme de que eres fea?

Tiffany le miró a los ojos.

–No.

–Entonces, ¿por qué no te has duchado?

Era raro verla fuera de la cama con el pelo revuelto y sin

maquillaje. Desde un primer momento, Colin le había dejado muy claro que quería que estuviera atractiva todas las horas del día. Eso significaba que tenía que ducharse dos veces al día, una por la mañana y otra al salir del gimnasio, antes de que él llegara a casa al atardecer. Era posible que otros hombres soportaran que sus mujeres parecieran brujas, pero él quería que Tiffany fuera la mujer explosiva que él había creado.

–Son solo las seis de la mañana –musitó malhumorada.

–¿Y? Ya estás perdiendo el tiempo. ¡Vamos!

Tiffany se levantó, pero permaneció en la entrada del comedor.

–¿Por qué no me dices dónde has estado?

Colin sacó una caja de cereales del armario y se los echó en un cuenco.

–¿A ti qué te parece? Porque estaba con otra mujer –Tiffany le miró boquiabierta, pero él no pudo resistir la tentación de torturarla un poco más y sonrió con lascivia mientras abría la nevera–. Y era una mujer muy atractiva.

A Tiffany comenzó a temblarle la barbilla.

–¿Era la recepcionista de tu oficina? –susurró.

–¿Misty? –Tiffany era tan crédula que él no pudo menos que echarse a reír–. ¿Esa zorra grasienta? Por favor…

–Entonces, ¿quién? –comenzó a jadear.

Era evidente que estaba hiperventilando. Si él continuaba con la broma, se desmayaría y podría darse un golpe en la cabeza.

–Ya basta, Tiffany. Estaba bromeando. Ya sabes que para mí no hay otra mujer. ¡Estaba con Zoe!

–¿Con la vecina?

Tiffany hipaba mientras intentaba recuperar la compostura.

–Estábamos haciendo los carteles –señaló la caja que había llevado–. ¿No has visto esto? ¿No quieres saber lo que hay dentro?

–No lo comprendo –buscó su rostro con el dolor todavía patente en la mirada.

Colin dejó un cartón de leche encima de la mesa y la abrazó.

–Tranquilízate, ¿quieres? Estoy aquí y no voy a dejarte nunca. Hemos ido a hacer los carteles con la fotografía de Sam. ¿No te parece gracioso?

Tiffany consiguió soltar una leve risita.

–Es una suerte estar enamorado de ti. Porque tus inseguridades me vuelven loco –Colin le palmeó el trasero–. Ahora, ve a ducharte antes de que cambie mi opinión sobre ti.

–De acuerdo –contestó Tiffany, pero no se movió.

–¿Qué pasa ahora? –le espetó Colin.

–¿Cómo has coincidido con Zoe? Estabas en la cama cuando me quedé dormida.

–Me he levantado a ver cómo estaba Samantha y he salido a fumar un cigarrillo. Zoe estaba en el jardín.

–¿Y te has ofrecido a ayudarla?

Colin sonrió con orgullo.

–Brillante, ¿eh?

Tiffany posó entonces la mano en la caja con los carteles.

–¿Por qué los has traído a casa?

–Solo he traído unos cuantos. Le he dicho que los repartiremos.

Tiffany parpadeó sin entender.

–¿Y vamos a hacerlo?

–Desde luego, ¿por qué no? ¿Qué puede resultar más convincente que dos vecinos compasivos haciendo todo lo que está en sus manos para ayudar?

Tiffany sonrió, pero Colin sabía que no le gustaba la idea. No era de las personas que disfrutaran con los engaños, ni siquiera con una mentira tan elaborada. Estaba aliviada porque sabía que se había preocupado por nada. Eso era todo.

–Eres muy inteligente.

–Desde luego.

–¿Colin?

Colin ya había empezado a desayunar.

–Ha pasado tanto tiempo desde que… –se desató la bata–, ¿no me echas de menos?

Colin frunció el ceño. Su expresión seductora le parecía completamente falta de atractivo después del tiempo que había pasado con Zoe.

–Estoy desayunando, ¿es que no lo ves?

Tiffany agachó la cabeza como si la hubiera abofeteado.

–Pero es que nunca has estado un día entero sin… y menos dos –se sentía abandonada.

–Estoy ahorrando energía.

–¿Para qué?

–Les he dicho a los chicos que vengan el viernes por la noche.

–¿Quieres que me prostituya… para tus amigos?

–Es solo sexo, Tiff. No quiere decir nada. Quiero presumir de ti porque estoy muy orgulloso de cómo eres.

–Pero yo no tengo ganas de… estar con ellos.

–No estoy hablando de que tengas una aventura. Estoy hablando de organizar una fiesta. Estarás tan colocada que ni siquiera te importará.

Pero Tiffany no contestó.

–Vamos, no seas aguafiestas, se lo he prometido a los chicos.

Tiffany le miró con expresión lastimera.

–¿Tengo que hacerlo, Colin?

Colin soltó una maldición y dio un golpe a la caja de cereales. Los cereales salieron volando en todas direcciones.

–¿Por qué me haces esto? ¿Por qué tienes que estropearlo todo?

Tiffany se cubrió la cabeza, temiendo otro de sus estallidos.

–Yo solo quiero hacer el amor contigo –musitó, asomando la cabeza entre los brazos.

–Si no ayudas a mis amigos a pasárselo bien, no volverás a estar conmigo –le advirtió–. Y ahora, recoge todo este desastre. Tengo que darme una ducha o llegaré tarde al trabajo.

–Te he traído algo.

Sam se acurrucó en una esquina y miró a Tiffany, que entró en la habitación, cerró la puerta tras ella y avanzó lentamente. Llevaba una manta vieja de color azul, la clase de manta que alguien tiraría a un perro para que la mordiera. Pero Sam agradecía incluso una manta vieja. No tenía la menor idea del tiempo que hacía en el exterior. Sin ventanas, era imposible saberlo. Pero estaba helada. Tiffany la había dejado con aquel bikini mojado, probablemente para castigarla por no haber sido capaz de contenerse.

Samantha había pedido que le llevaran ropa, pero no le habían proporcionado una sola prenda.

—¿Qué día es hoy?

Estaba empezando a perder la noción del tiempo. Pasaba la mayor parte del día acurrucada, intentando combatir el frío, con un hambre constante y el miedo cada vez mayor de que Anton hubiera convencido a su madre de que estaban mucho mejor sin ella.

—Es viernes. Colin acaba de ir a trabajar.

Sam odiaba a Colin, no quería oír nada de él. Peo se alegraba de saber que no estaba en casa. La noche anterior, la había asustado.

—¿No estás contenta? —Tiffany frunció el ceño, obviamente decepcionada con la falta de respuesta de Sam—. Colin me ha dicho que puedo dártela como recompensa si me recitas todas las normas.

¿Cómo recompensa? La trataban como si de verdad fuera una mascota. Si Tiffany estaba loca, Colin estaba mucho peor.

Sam se abrazó las rodillas, buscando calor.

—¿Por qué no vas a trabajar?

—Colin ha pensado que si me quedo un día más en casa, el labio estará mucho mejor —le explicó Tiffany encogiéndose de hombros—. Ya está prácticamente bien, ¿no te parece?

—Lo que me parece es que deberías dejarle.

La sonrisa desapareció del rostro de Tiffany.

—No digas eso, es mi marido.

—Eso no me importa. No es bueno ni contigo ni con nadie.

–No sabes lo que estás diciendo. Sam me quiere… Haría cualquier cosa por mí.

Samantha alzó la barbilla.

–¿Y lo que te ha hecho en el labio?

–Me choqué contra su cabeza, eso fue todo.

–A mí me dijo que me abofetearía como a ti si no dejaba de llorar.

Tiffany se arregló un rizo. Tenía el pelo casi perfecto. Y también el maquillaje.

–Eres una sabelotodo, ¿sabes? Aquí estoy, intentando ser amable contigo y mira cómo me tratas –tiró la manta hacia la puerta–. Colin nunca me permitiría darte la manta en estas circunstancias.

Samantha se arrepintió inmediatamente de su conducta. Tensó los brazos alrededor de sus piernas.

–¡Espera! Me sé las normas.

Odiaba someterse tan fácilmente. Quizá, si hubiera estado completamente vestida, habría sido diferente. Pero ansiaba taparse casi más que poder disfrutar de comida humana.

Tiffany inclinó la cabeza como si se lo estuviera pensando.

–¿Estás pidiéndome otra oportunidad?

Samantha recordó lo difícil que era taparse bajo aquel colchón. ¿Y qué ocurriría cuando se curara y a Colin ya no le diera miedo tocarla?

–Sí.

Tiffany arqueó las cejas con un gesto de desafío.

–Sí, ama.

–Sí, ama –repitió Sam, al tiempo que gritaba por dentro «te odio, te odio, te odio».

–Estupendo –Tiffany volvió a sonreír–. Recítalas.

Samantha no había comido una sola bolita del pienso que Tiffany le había servido en un cuenco, pero aun así, tenía ganas de vomitar.

–Me dirigiré a él llamándole amo y a ti llamándote ama.

Tiffany soltó una carcajada.

–¿Y qué más?

Sam fijó la mirada en el cubo de basura que le habían dejado en una esquina.

–Usaré eso como cuarto de baño y lo limpiaré yo misma cada día.

–¿Y?

–Si me porto bien, seré recompensada.

–¿Con qué?

–Con comida, mejores ropas y la oportunidad de ver el sol.

Arrugando la nariz, Tiffany empujó con el zapato el cubo de basura para colocarlo en una esquina.

–¿Lo del sol lo ha dicho él?

–Ha dicho que tendría que hacer las tareas de la casa.

Pero para hacer las tareas de la casa, tendría que salir de aquella habitación, y las otras habitaciones tenían puertas y ventanas. Era en eso en lo que tenía que concentrarse, en la posibilidad de asomarse al mundo exterior, de ver su calle, su casa, a su madre.

–¿Y si intentas escapar?

–Me matará –respondió Samantha–. Si hago cualquier ruido, me matará, si no hago lo que él diga, me matará, y si no hago lo que tú digas, me matará.

–Perfecto.

Con un suspiro, Tiffany le entregó la manta. Samantha la agarró y se cubrió con ella.

Tiffany miró la comida que había en el cuenco.

–No has comido nada.

Samantha la fulminó entonces con la mirada.

–¿Te lo comerías tú?

–Tienes que comer. Tienes que comer por lo menos algo.

Fue tal el alivio que sintió Sam al poder arroparse con la manta, que estuvo a punto de llorar. Aunque ya había llorado tanto que no entendía cómo le quedaban lágrimas.

–¿Samantha? Estoy hablando contigo, ¿quieres que te quite la manta?

¡No! Haría cualquier cosa para conservarla, cualquier cosa para combatir el frío y contar con una barrera contra el miedo.

—No, ama.

De pronto, estaba temblando, y no tenía la menor idea de por qué.

—Mírate —dijo Tiffany, como si su mera visión la repugnara—. Como no te tranquilices, vas a mojarte otra vez.

Las lágrimas resbalaban por la barbilla de Sam.

—No… no puedo parar de temblar.

A los ojos de Tiffany asomó una sombra de amabilidad.

—Te diré una cosa, si comes una croqueta, solo para ir acostumbrándote, después te traeré un sándwich.

¿Era una trampa? Samantha pensó que era posible, pero cambió de opinión cuando Tiffany volvió a decirle:

—Si se te ocurre contarle a Colin que te he dado algo más que comida para perros, no volveré a darte nada, ¿entendido?

La esperanza creció en el interior de Samantha y los temblores comenzaron a ceder. ¿Sería posible que Tiffany se convirtiera en su aliada en aquel infierno?

—No… no se lo diré, te lo prometo.

—De acuerdo, entonces. Hazme una promesa más.

—¿Qué?

Tiffany se acercó a ella y bajó la voz.

—No te resistirás a Colin, haga él lo que haga.

Samantha retorcía la manta con los dedos.

—Porque te matará —la taladró con la mirada y dijo sin pestañear—: No mentía cuando te ha dicho que lo haría.

Capítulo 11

Jonathan se despertó sobresaltado. No se había dado cuenta de que se había quedado dormido.

Parpadeando, se frotó la barba que le sombreaba la barbilla y miró el reloj. Eran más de las nueve y todavía estaba sentado a la mesa de la cocina con el ordenador portátil. No se había movido de allí desde que había vuelto de pasear a Kino la noche anterior.

—Mierda —musitó.

Kino, que se había quedado dormido a sus pies, aulló en respuesta y se levantó dispuesto a dar otro paseo, pero tendría que ser Ronnie la que saliera con él. Jonathan necesitaba encontrar cualquier pista que le condujera al padre de Zoe Duncan. Y rápido. El tiempo iba en su contra.

Había pasado horas examinando varias bases de datos, incluyendo la NexisLexis, buscando información sobre Ely Duncan, pero nada de lo que había encontrado le había parecido relevante.

Decidió recurrir al teléfono, iniciar una cadena de gente a la que seguir, buscar a alguien que hubiera oído algún rumor y estuviera dispuesto a compartirlo, o que pudiera ponerle en contacto con algún amigo o pariente que pudiera saber algo.

Utilizando una guía telefónica, llegó a conseguir los números de teléfono de los vecinos de Ely, pero los únicos a los que pudo localizar no estaban dispuestos a hablar. No se fiaban de él, aunque les dijo que estaba trabajando para la hija de Ely.

Jonathan imaginaba que podía continuar llamando, pero no se sentía muy optimista. Aquella no era la clase de gente que estaba dispuesta a dar detalles sobre nadie y, probablemente, no le era de mucha ayuda el hecho de que la policía ya se hubiera dado una vuelta por allí. Sospechaba que los vecinos de Ely habían pasado una buena parte de sus vidas eludiendo a maestros y asistentes sociales y después a policías y, posiblemente, incluso a cazadores de recompensas.

Probablemente el propio Ely acababa de saltarse la libertad bajo fianza. Eso explicaría la reserva de sus vecinos. Pero Jonathan había investigado y no había encontrado ninguna causa abierta en los juzgados.

Bostezó, se reclinó en la silla y marcó el teléfono de Zoe. Esta contestó al primer timbrazo.

—¿Diga?

Jonathan hizo una mueca al detectar su ansiedad. Sabía lo que estaba desando oír.

—Soy yo, Jonathan.

—¿Tienes algo?

Nada sobre Ely, pero durante las primeras horas de la madrugada, había encontrado algunos detalles sobre Franky Bates. Tenía la dirección de su madre en San Diego. Y las posibilidades de que una madre supiera dónde estaba su hijo siempre eran muchas. También tenía pruebas de que Franky había solicitado un trabajo en un restaurante en esa misma ciudad, un trabajo que no le habían dado, y también había intentado conseguir una tarjeta de crédito en el Macy's local.

—Me temo que no.

Esperó un momento para darle tiempo a lidiar con la decepción y continuó:

—He intentado hablar con alguno de los vecinos de tu padre. He llamado por lo menos a unos diez. La mayor parte no han contestado.

—Para ellos, cualquier hora antes de las doce es demasiado pronto.

–He conseguido hablar con un tal R. Butler.

–¿R?

–Me ha dicho que se llamaba Rhett, pero que se reían de él cuando lo decía.

–Rhett Butler. Un tipo gracioso.

–Sí, eso cree él.

Frustrado con su falta de progresos, Jonathan se levantó y comenzó a pasear por la habitación.

–Asumo que no estaba muy dispuesto a colaborar.

Parecía tan abatida que Jonathan odiaba tener que decirle nada más, pero necesitaba su ayuda.

–Asumes bien. Me ha dicho que no había vuelto a ver a tu padre. También he hablado con Tilly Smith y con una tal Heather Hatfield. ¿Conoces a alguna de ellas?

–No, ¿qué han dicho?

–Más o menos lo mismo.

–A la gente que vive en ese parque de caravanas no le gusta que los desconocidos husmeen en sus vidas. Todos tienen muchos secretos que guardar.

Jonathan se detuvo para asomarse a la ventana que había sobre el fregadero de la cocina y vio que el jardín estaba cubierto de malas hierbas. ¿Cuánto tiempo había pasado desde la última vez que había cortado el césped?

Se volvió haciendo una mueca. Probablemente, sus vecinos estaban comenzando a impacientarse, pero tendrían que esperar unos cuantos días.

–Sí, esa fue la impresión que tuve.

–Entonces, no has localizado a mi padre.

Y menos a Sam.

–Todavía no le he encontrado, pero no renuncio. Quiero ir a Los Ángeles.

–¿Crees que servirá de algo?

–Sí, si vienes conmigo.

Se produjo un momento de silencio, causado seguramente por la sorpresa.

–Llevo mucho tiempo fuera de allí. No creo que conozca ya a nadie.

–Tendrás más posibilidades de comunicarte con los vecinos que yo, o que la policía.

–Pero es muy posible que la gente con la que has hablado te vuelva a repetir lo mismo. Seguramente no saben dónde está mi padre. La gente aparece o desaparece, dependiendo de la frecuencia de las redadas antidroga.

A Jonathan le costaba imaginar a Zoe creciendo de niña en aquel ambiente. La persona en la que se había convertido no parecía haber sufrido un pasado como aquel. A no ser que se fijara uno en la desconfianza que conservaban sus ojos, y de la tendencia a mantener el mundo a distancia. ¿Cuánto tiempo llevaría huyendo de aquel pasado? Probablemente había empezado a huir mucho antes de abandonar la caravana en la que había crecido. Y en aquel momento, allí estaba, viviendo en el extremo opuesto, en un respetable barrio de clase media y convertida en el perfecto ejemplo de una activa mamá de un barrio residencial.

–Lo comprendo, pero creo que merece la pena intentarlo. Estamos a solo una hora en avión. Lo único que tenemos que hacer es tomar un avión, llamar a un par de puertas y conseguir que esos tipos hablen.

–No puedo irme de Sacramento. ¿Qué pasaría si Sam…? Podría volver a casa y…

–Tienes un móvil. Y Anton puede encabezar la búsqueda en tu ausencia. Confías en él, ¿no?

Zoe no contestó.

–Es tu prometido.

–Pero estamos hablando de mi hija. A nadie le importa tanto como a mí.

–Estamos trabajando contra reloj, Zoe. En este momento, tenemos que confiar en él y en la policía. Saldremos ahora mismo hacia el aeropuerto y allí montaremos en el primer avión que salga. Esto es demasiado importante como para confiárselo a nadie.

–De acuerdo –dijo por fin.

–¿Hay alguien, algún pariente o amigo que pueda ayudar a Anton?

–Está Colin, supongo.

–¿Colin?

–Mi vecino. Está haciendo todo lo posible por ayudar.

–Si la encuentran, seguro que te llamarán.

–Lo sé. Es solo que… se me hace muy duro irme de aquí.

–No te preocupes. Volveremos inmediatamente si surge cualquier motivo para hacerlo, aunque eso signifique tener que alquilar un coche y venir conduciendo. Creo que merece la pena ir a Los Ángeles.

Y quizá a San Diego. Siempre que Franky se mostrara cercano y accesible, Jonathan imaginaba que sería posible mirar también bajo esa piedra y determinar si el padre biológico de Sam tenía alguna relación con la desaparición. Sin embargo, no pretendía que Zoe le acompañara en aquel viaje y no le veía ningún sentido a empeorar la situación comentándolo.

–¿Podrías estar en el aeropuerto dentro de cuarenta y cinco minutos?

–Lo intentaré. ¿Tengo que llevar equipaje?

–Llévate algo de ropa. Dependiendo de lo que encontremos o de la disponibilidad de los vuelos, es posible que tengamos que quedarnos a pasar la noche.

–¿A pasar la noche?

–Depende de lo que nos encontremos –repitió.

–Ojalá no tengamos que quedarnos.

Se oyó una voz tras ella, probablemente la de Anton, preguntando:

–¿Qué ocurre?

Sam tapó el teléfono para contestar, pero aun así, Jonathan le oyó contestar:

–Me voy a Los Ángeles con el detective de Skye.

Aumentó el volumen de la otra voz y, para entonces, Jonathan tuvo la certeza de que era Anton.

–¿El hombre que te estaba abrazando en el jardín?

Cuando Zoe llegó al aeropuerto, Jonathan ya había sacado los billetes. La había llamado cuando iba de camino para decirle que salían de la nueva terminal. La estaba esperando junto a la zona de los carritos en el momento en el que se detuvo en la acera el cuatro por cuatro de Anton.

A Anton no le hacía mucha gracia que Zoe se marchara. No había dicho una sola palabra en todo el trayecto y pareció aumentar su mal humor cuando vio al hombre que iba a acompañarla. En cuando Zoe salió, rodeó el cuatro por cuatro, sacó una maleta con ruedas del asiento de atrás y se la tendió.

Zoe odiaba que estuviera haciendo aquello más doloroso de lo que ya era. Ni siquiera estaba segura de estar haciendo lo que debiera. Sam podía estar cerca, sufriendo graves problemas. Pero habían pasado ya dos días desde la desaparición de su hija. A lo mejor Sam ya no estaba en Sacramento. Podían habérsela llevado a cualquier parte.

Sosteniendo un puñado de carteles, Zoe escrutó a la multitud con la mirada, solo por si acaso. Ya no era capaz de pensar de forma coherente. Llevaba demasiado tiempo sin dormir.

Jonathan estudió su rostro en silencio y frunció el ceño.

—Pareces cansada.

Zoe se había peinado el pelo hacia atrás y se había puesto maquillaje, pero no había sido capaz de disimular las enormes ojeras que orlaban sus ojos.

—Gracias —musitó.

Pero Jonathan no se disculpó.

—¿Has dormido algo desde que Sam desapareció?

La sonrisa de Zoe fue tan crispada que ella misma se preguntó por qué se habría tomado la molestia de sonreír.

Anton la abrazó un instante.

—Superaremos todo esto —la consoló lacónico.

Pero Zoe tenía la sensación de que estaba intentando convencerse a sí mismo más que a ella. Su abrazo no la ayudó a sentirse mejor. Fue demasiado mecánico, demasiado tenso. Y había mucha gente a su alrededor. Tenía que estudiar cada rostro, cada familia, a todas y a cada una de las niñas. Sobre todo a las niñas.

–¿Zoe? –la llamó Anton.

Zoe parpadeó e intentó fijar en él su atención.

–Te llamaré más tarde.

Estaba comportándose de forma casi robótica, pero para responder de manera más sincera, tendría que pensar y sentir, y no quería derrumbarse. Tenía que continuar luchando fuera como fuera. Por Sam.

Anton le apretó el brazo con cariño y se fue sin dirigirle a Jonathan una sola palabra. Avergonzada por un desprecio tan evidente, Zoe evitó mirar al detective volviéndose para ver a las personas que había tras ella.

–Vamos –dijo Jonathan, y comenzó a caminar.

Zoe tuvo que correr para alcanzarle y cuando llegó a su lado, estuvo a punto de buscar su mano. No era la primera persona destrozada que Jonathan veía. Zoe lo dedujo por el aura de cansancio que siempre le acompañaba. No la rechazaría, porque la comprendía. Pero era un impulso extraño en una mujer comprometida, especialmente hacia un hombre al que acababa de conocer.

–Espero que podamos localizar a mi padre.

Sintiéndose una persona completamente diferente sin Samantha, se desplazaba entre la multitud arrastrando la maleta tras ella. Miró la cola de gente que esperaba a pasar los controles de seguridad.

–Haremos todo lo que podamos –le prometió Jonathan.

–¿Cómo has conseguido mi billete? –preguntó Zoe, dándose cuenta tardíamente de que no era así como funcionaba el transporte aéreo en la era de la amenaza terrorista–. ¿No has necesitado mi tarjeta de identificación?

–He hablado con uno de los empleados del aeropuerto. Le he dicho que habías olvidado la tarjeta y que por favor imprimiera las dos tarjetas de embarque con la mía.

–¿Y eso pueden hacerlo?

–Depende del nivel de motivación.

Que, para disgusto de Zoe, debía de haber sido bastante alto. Había gastado mil dólares en los carteles. ¿En qué otros gastos podría incurrir? Aquel viaje no era barato, y la mayor parte de sus discusiones con Anton eran por motivos económicos.

Tragó saliva.

—¿Cuánto te debo?

Jonathan la miró.

—Nada.

El orgullo batallaba contra el alivio en el interior de Samantha.

—¿El Último Recurso se hace cargo de todo?

El silencio de Jonathan sugería que así era. Por lo visto, era la fundación la que se hacía cargo de los honorarios de Jonathan y de los gastos del viaje. Eso era lo que se suponía que hacían las organizaciones benéficas por personas como ella, se decía a sí misma para sentirse mejor. Pero le dolía. Quería ser autosuficiente. De niña había tenido que vivir de las limosnas del gobierno y vestir con ropa procedente de donaciones, y lo mismo le había ocurrido cuando se había convertido en una madre adolescente.

—Agradece conocer a esa organización y olvídate de todo lo demás —musitó.

Aunque Samantha había tenido noticias del detective Thomas en varias ocasiones y sabía que la policía había asignado una nueva dotación de policías para buscar a Sam, gracias a Skye había más personas decididas a resolver aquel caso.

Llegaron al final de las escaleras y se sumaron a la multitud que cruzaba la pasarela por la que se accedía al otro lado. Pero Zoe no había superado todavía su estupefacción por la forma en la que Jonathan había conseguido su billete.

—El hombre que te ha dado mi billete, ¿no está incumpliendo las normas de seguridad? —le preguntó.

—En realidad no —dio un paso para seguir la cola—. Aquí volverán a cotejar tu tarjeta de identificación y la tarjeta de embarque.

—Pero pareces nervioso.

—No quiero perder el avión.

—¿Hay posibilidades de que lo hagamos?

—Hemos venido con muy poco tiempo.

¿De verdad era necesario aquel viaje? Era un movimiento lógico, pero si su padre realmente podía ayudarla, sería casi como una ironía. Ely nunca había estado a su lado cuando le había necesitado. Y en el estado en el que se encontraba, la perspectiva de reencontrarse con su padre no era apetecible. Habían tenido una discusión terrible la última vez que habían hablado por teléfono. A Zoe le habría gustado estar más fuerte, estar más preparada para la inevitable confrontación. Recordó la que había sido su última conversación:

—No tienes derecho a exigir ningún tipo de relación con Sam.

—Es mi nieta.

—¿Cómo puedes decir eso? ¡Ni siquiera querías que la tuviera!

—Estaba intentando protegerte.

—Ya era un poco tarde para protegerme, ¿no te parece? Deberías haber pensado en eso antes de dejarme a solas con Franky Bates.

Aquel dardo envenenado había conseguido su objetivo. Todavía recordaba la emoción que enronquecía la voz de su padre.

—Eras demasiado joven para asumir la responsabilidad de criar a una niña.

—Di la verdad, papá. El problema no era yo. Sabías que continuarías gastándote el dinero que teníamos para la comida en tu siguiente dosis y no querías añadir la culpabilidad de robarle la comida a un bebé.

Había mantenido aquella conversación telefónica estando sola, en el coche. Desde aquel día, había deseado muchas veces que hubiera tenido lugar en cualquier otra parte para no haber podido hablar tan libremente. Pero la tensión de un nuevo trabajo, el pesar por negarle a su hija un viaje que le encantaría y el enfado por tener un padre al que no podía confiarle a su hija la habían desquiciado.

La voz de Jonathan irrumpió en sus pensamientos.

—¿Tienes la tarjeta de identificación preparada?

Zoe rebuscó en el bolso, sacó la cartera y le mostró su carné de conducir al guardia de seguridad. Colocó después la maleta en la cinta transportadora junto a los zapatos, el bolso y el jersey, pero cuando sus pertenencias pasaron por los rayos X, no se movió. Permaneció donde estaba, clavada al suelo y agarrando los carteles contra su pecho mientras miraba a la gente que la rodeaba siguiendo sus vidas como si no ocurriera nada.

Aunque odiaba llamar la atención, no podía permanecer en silencio. ¿Y si alguna de aquellas personas había visto a Sam?

Jonathan había recuperado ya los zapatos cuando se volvió hacia atrás y vio que Zoe no le seguía. Bajó la mirada hacia sus manos y advirtió la tensión con la que se agarraba a los carteles, como si de ellos dependiera la vida de Sam.

–Vamos a perder el avión –le advirtió.

–Solo quiero pegar un cartel.

Era tan importante para Zoe que apenas podía respirar, y Jonathan debió comprender que no se movería de allí sin pegar por lo menos un cartel, porque no protestó. Llamó a un aparte a uno de los responsables de la seguridad, inclinó la cabeza e intercambió con él algunas palabras.

Cinco minutos después, había carteles distribuidos por toda aquella zona y todo el mundo la miraba fijamente. Alguien se atrevió incluso a susurrar:

–¿Es su hija?

–¡Sí! –contestó Zoe, para que la oyera todo el mundo–. ¡Es mi hija y tengo que encontrarla! ¿Pueden ayudarme, por favor?

Su súplica fue recibida con compasión, sorpresa y abierta curiosidad, pero nadie dio un paso hacia ella.

Un segundo después, Jonathan la había agarrado de la mano y estaba arrastrándola por la terminal, con la maleta rebotando tras ella. Montaron en el avión un segundo antes de que el auxiliar de vuelo cerrara la puerta.

Capítulo 12

Colin no interrumpió su trabajo cuando Misty, la recepcionista del bufete de abogados, llamó a su despacho.

Concentrado como estaba en el contrato de adquisición de una urbanización, gritó:

—¿Qué pasa?

Misty asomó la cabeza.

—Tengo un mensaje para usted.

Colin alargó la mano sin mirar y ella entró para dejarle una nota.

Colin dejó la nota en el escritorio y continuó trabajando. Ya la atendería más tarde. Tenía que aumentar su rendimiento, que había descendido la semana anterior, cuando Rover había comenzado a causar problemas. No quería llevarse trabajo a casa aquella noche. Quería estar disponible para consolar a Zoe.

—¿Qué es eso?

Al oír la voz de Misty, Colin desvió la mirada del ordenador y advirtió que no se había marchado. En vez de irse rápidamente, como siempre hacía, estaba señalando el montón de carteles que tenía encima de la mesa.

—Es la hija de mi vecina.

—¿Ha desaparecido?

—Eso dice el cartel, ¿no?

Misty no se dio por ofendida. Leyó el cartel y frunció el ceño, haciendo aparecer en su rostro regordete unos hoyuelos muy poco atractivos.

–¡Qué pena!

Aquel lloriqueo le crispó los nervios. Casi todo el mundo reaccionaba de la misma forma al ver el cartel, sobre todo las mujeres. Pero la inmediata preocupación de Misty le irritó. Era tan condenadamente sentimental... Misty era una mujer de treinta y cinco años, con más que un ligero sobrepeso, y soltera. Siempre estaba hablando del último gato o perro abandonado que había adoptado. Se sumaba cada semana a una nueva causa y presionaba a todo el mundo para que se uniera a ella. Un día vendía galletas de las girl scouts y al día siguiente las revistas de la escuela local.

La única vez que Colin la había ayudado en algo había sido en el Paseo por la Diabetes, y no porque tuviera el menor interés en salvar a nadie. No conocía a muchas personas en el mundo que se lo merecieran. Sencillamente, le había parecido divertido ofrecer una suma generosa para incentivar a Misty a terminar la caminata y después verla al borde del infarto.

Desgraciadamente, Misty había superado indemne su objetivo. Colin había pensado que por lo menos, después de haberle hecho realizar tamaño esfuerzo para reunir cien dólares, Misty abandonaría aquella causa. Pero los organizadores le habían regalado una estúpida chapa en la que ponía: *Estoy cambiando el mundo*, que había sido para Misty motivo de máxima satisfacción y Colin se había jurado que no volvería a colaborar con ella nunca más.

Si por él hubiera sido, la habría despedido por el mero hecho de ser gorda e insufrible. Pero sus socios la adoraban y estaban entusiasmados con su gran corazón, como les gustaba decir. Si tenía un gran corazón era porque era una mujer enorme, pero eso no impedía que el resto de abogados le hiciera invitaciones y regalos en ocasiones especiales. Misty tenía toda una colección de animales de peluche en los armarios del despacho y numerosas placas y estatuillas con notas empalagosamente dulces. Su última frase preferida era: «Las tres claves para la felicidad en la vida son: tener algo que hacer, tener alguien a quien amar y algo que esperar».

Si Misty supiera lo que él esperaba de ella…

–¿Y… les está ayudando? –preguntó.

Colin sonrió al detectar el respeto que reflejaba su voz. Aquello era una novedad. Misty y él nunca se habían llevado bien, pero había bastado aquella muestra de bondad para que Misty cambiara su opinión sobre él. Dios, qué infeliz.

–Exacto.

–Oh –señaló el cartel–. A lo mejor no es tan malo…

Colin inclinó la cabeza.

–¿No me digas que me habías juzgado? Yo pensaba que eras una buena cristiana.

Misty se mordió el labio.

–Pero cuando pegué ese cartel en la sala de personal sobre los gatos sin hogar, alguien escribió: *muerte al minino*, y Marnie dijo que había sido usted.

Caramba, ¿tan terrible podía llegar a ser? Colin tuvo que controlarse para no reírse en su cara.

–Sí, fui yo, pero era una broma, por supuesto. ¿Quién puede ser tan cruel con un pobre gatito?

A Misty pareció gustarle aquella ridícula respuesta. Al parecer, pensaba que por fin habían encontrado una suerte de terreno común y se mostraba aliviada al verlo actuar de una manera que le permitía establecer algún vínculo con él. Vivía en un mundo estúpidamente pequeño y protegido.

–Es justo lo que me imaginaba.

Ansioso por volver al trabajo después de haber perdido unos minutos en impresionar a la madre Teresa, Colin se aclaró la garganta.

–Encontraste un hogar para tu gatito, ¿verdad?

–Sí.

–Estupendo –sonrió–. ¿Querías algo más?

–No, es solo que… estoy preocupada por la hija de su vecina. Si quiere, me encantaría ayudar.

Colin estuvo a punto de enviarla al infierno. Estaba disfrutando del papel que tenía en aquel caso, no quería tener que competir por la atención de Zoe. Pero, consciente de que Misty había cambiado la opinión que tenía sobre él, vio que aquella era una gran oportunidad para mejorar su imagen en el bufete. Con sus vecinos. Con la policía. Nadie sospecharía de un buen vecino que estaba haciendo tales esfuerzos para que Sam regresara a su casa.

–Si tienes tiempo libre, hemos organizado una partida de búsqueda para este fin de semana –dijo.

Pero no había terminado la frase cuando Misty ya había respondido de forma afirmativa. ¿Es que la gente no podía ocuparse de sus propias vidas? Al parecer, Misty no tenía nada mejor que hacer que intentar conseguir otra de sus ridículas chapas.

–¿Por dónde será la búsqueda?

–En el barrio y en los terrenos sin urbanizar que tenemos más próximos –se aseguraría de enviar a Misty justo entre los zarzales que cubrían el arroyo.

–¿Cree que puede estar muerta?

–Espero que no –bajó la voz–. Esto es solo... por si acaso.

–Claro que estoy dispuesta a ayudar.

Sorpresa, sorpresa...

–Genial.

–A lo mejor quieren unirse a la búsqueda otros abogados y sus secretarias. ¿Le importa que se lo pregunte?

–Por supuesto que no. Diles que pensamos dedicar todo el día a la búsqueda si es necesario, puesto que soy amigo de la familia. No espero tanto de ellos, por supuesto, pero agradeceré todo el tiempo que puedan dedicarme.

Caramba, sonaba como un auténtico héroe. A lo mejor los medios de comunicación se hacían eco de su esfuerzo.

Se imaginó a sí mismo en televisión. Y aumentó su amor por Tiffany porque, gracias a ella, estaba disfrutando de aquella dimensión añadida a un juego ya de por sí emocionante.

–¿Quiere que le llamen las personas que estén interesadas en ayudar?

¿Por qué sufrir la molestia de doce interrupciones por separado cuando podía dar una gran impresión de una sola vez?

–No. Nos reuniremos en el aparcamiento de Sierra Colle-ge el sábado a las ocho de la mañana.

Misty frunció el ceño.

–Pero todavía faltan dos días para entonces. ¿Y si apare-ce antes?

Samantha no iba a aparecer nunca. Por lo menos viva. Pero se había confiado demasiado. Tendría que tener más cuidado.

Le tendió una libreta.

–Pídeles a todos los que piensen venir que apunten aquí su nombre y su número de teléfono. Si se suspende la bús-queda, les llamaré.

–Espero que esa niña haya vuelto con su familia para en-tonces.

Consciente de que Zoe le agradecería infinitamente que apareciera con refuerzos, Colin sonrió. Le había encantado lo agradecida que se había mostrado la noche anterior. Jamás olvidaría la descarga eléctrica que había atravesado su cuer-po cuando se habían tocado.

–Yo también.

Superada por el agotamiento, Zoe se había quedado dor-mida antes de que el avión despegara y no se había movido en todo el vuelo. Pero habían aterrizado una hora después, y una hora no bastaba para proporcionarle el descanso que ne-cesitaba. Jonathan lamentaba tener que despertarla, pero no podía sacarla en brazos del avión.

–¿Zoe? –la sacudió ligeramente–. Ya hemos llegado.

Zoe abrió los ojos, revelando las pupilas dilatadas y un iris de sombras ambarinas. Jonathan medio esperaba encon-trar confusión en su mirada después de un sueño tan profun-do, pero Zoe parecía despejada. Parpadeó como si no quisie-ra enfrentarse a la carga que la esperaba, pero en cuanto se desabrochó el cinturón, se levantó y salió caminando a toda velocidad del avión.

Llevaban el equipaje con ellos, así que Jonathan se diri-gió directamente hacia un mostrador para alquilar un coche.

–¿Por qué no vamos en taxi? –preguntó Zoe.

–No es la mejor manera de viajar cuando necesitas ir a diferentes lugares.

–¿Vamos a ir a alguna otra parte, además de al parque de caravanas?

–Si tenemos que hacerlo, lo haremos. Hemos venido hasta aquí para conseguir toda la información que podamos. No sé si será fácil o difícil, pero tenemos que prepararnos para lo peor.

Sacó la tarjeta de crédito, alquiló un coche y en cuestión de minutos estaban dirigiéndose hacia el parque de caravanas Mount Vernon. Tuvieron que enfrentarse a un tráfico espeso, pero el cielo azul, el sol, y la temperatura le hicieron preguntarse a Jonathan por qué no se habría ido a vivir más al sur.

Según el GPS del coche, estaban a media hora de camino, pero Zoe estaba ya destrozándose las cutículas, como si temiera el momento de la llegada.

–¿Estás bien? –preguntó Jonathan.

–Todo lo bien que puedo estar.

–¿Qué te pasa? Además de lo obvio –añadió al instante.

Zoe consiguió reír.

–Es que ha pasado mucho tiempo desde que… –alzó la mirada hacia las palmeras que se alineaban a ambos lados de la carretera. Los recuerdos eran tan vivos como si nunca se hubiera marchado de allí.

Y también dolorosos. Zoe no quería volver. Solo estaba allí por Sam. Jonathan lamentaba tener que pedirle otro sacrificio, pero si no hacía su trabajo, nunca podría recuperar a su hija.

–¿De dónde es tu madre? –preguntó, con la esperanza de distraerla.

–De Alabama.

Jonathan comprobó la dirección que marcaba el GPS cuando llegaron a la autopista.

–¿Dónde se conocieron tus padres?

–Aquí, en un club.

—¿Cuántos años tenía ella?

—Dieciocho.

—¿Y qué la trajo aquí desde Alabama? ¿Quería ir a la universidad?

Zoe se echó a reír.

—No, lo mismo que empuja a otras muchas jóvenes a venir a Los Ángeles, el sueño de convertirse en una estrella del espectáculo.

Jonathan percibía cierto disgusto en su voz, pero si Zoe se parecía a su madre, comprendía por qué pensaba que podía tener alguna oportunidad.

—¿Consiguió ser actriz?

—En una ocasión dijo un par de frases en un episodio de Los Duke de Hazzard. Y también hizo de extra en *La casa de la pradera*.

No era un currículum particularmente impresionante.

—Supongo que no la pagaron mucho.

—No.

Casi deseando haber alquilado un descapotable, Jonathan ajustó los ventiladores del aire acondicionado. Hacía un día muy agradable.

—¿Cómo se ganaba la vida?

—Por lo que me contó mi padre, tenía trabajos muy mal pagados y vivía de los hombres que cazaba.

Menudo historial. Jonathan casi se arrepentía de haber preguntado.

—¿Es así como conoció a tu padre?

—En aquella época, mi padre estaba ganando bastante dinero.

Lo que le convertía en un objetivo apetecible para una mujer que estaba luchando para ser actriz.

—¿A qué se dedicaba entonces?

Zoe arqueó una ceja.

—Dice que trabajaba en un taller de reparación de radios completamente legal.

—Pero…

—Estoy segura de que era un desguace de coches robados.

Tuvo que cumplir dos años de condena por robo cuando yo estaba en quinto y sexto grado, así que, supongo que no te costará llegar a la misma conclusión.

–Genial –dijo Jonathan con un silbido–. ¿Quién se hacía cargo de ti cuando estaba encarcelado? ¿Tu madre?

En realidad, Zoe ya le había dicho que su madre no había formado parte de su vida, pero a lo mejor la distancia no había sido tan grande como parecía.

Zoe cambió de postura en el asiento y se aflojó el cinturón de seguridad, como si le resultara demasiado opresivo.

–No. Para entonces, mi madre ya se había ido. Yo me quedaba con su novia.

El GPS indicaba que faltaban diez minutos para que llegaran a su destino.

–¿Era amable contigo?

–No se portaba mal. Pero fue ella la que introdujo a mi padre en el mundo de las drogas, así que no le tengo una gran simpatía.

–¿Era adicta?

–Terriblemente adicta. No me sorprendería que a estas alturas hubiera muerto por sobredosis.

–Por lo que dices, asumo que la relación no duró mucho.

–No. Cortaron poco después de que mi padre saliera de la cárcel.

Jonathan condujo en silencio. Al cabo de unos minutos, preguntó:

–¿Cuánto tiempo estuvieron juntos tus padres?

–No sé ni si llegaron a formar una verdadera pareja. Él le proporcionaba un lugar para dormir, y ella le proporcionaba… –bajó la voz–. Bueno, estoy segura de que te imaginas perfectamente lo que le proporcionaba. Así fue como mi padre terminó cargando conmigo.

¿Cargando con ella?

–¿Cuándo se fue tu madre?

–Antes de que yo naciera. Pero regresó para dejarme en la puerta de la caravana con una nota en la que decía que no iba a permitir que un embarazo inesperado arruinara su carrera.

Al parecer, la madre de Zoe era más irresponsable que su padre.

–¿Qué ha sido de ella?

–No tengo ni idea. No volvimos a tener noticias suyas.

–¿Y has intentado localizarla alguna vez? ¿Enterarte de lo que ha sido de su vida?

Eran cosas que la gente hacía constantemente. Él podía ayudarla si quería, pero Zoe respondió sin vacilar:

–No.

Habían llevado vidas opuestas, comprendió Jonathan. Él había tenido unos padres que le habían apoyado en todo y la mejor hermana mayor que un tipo podía pedir.

–¿Y el resto de la familia?

Zoe apoyó un codo en la ventanilla y hundió los dedos en el pelo para impedir que el viento lo empujara sobre su rostro.

–Mi padre tiene un par de hermanos con hijos, pero no teníamos relación con ellos. Supongo que no querían hacerse responsables de mí. Ya estaban hartos de sacarle de líos antes de que yo apareciera.

–¿Les conoces?

Zoe miraba hacia el frente con los ojos entrecerrados.

–Les vi en un par de ocasiones, pero los dos se fueron de California cuando murió mi abuela. Uno se instaló en Idaho y el otro en Kentucky.

–Entonces, ¿tu padre es de Los Ángeles?

–De Bakersfield, que está cerca de aquí.

–¿Tus tíos conocen a Sam?

–No. Es posible que sepan de su existencia, pero no la conocen.

–¿Qué fue de tus abuelos?

Zoe alargó la mano hacia el bolso, sacó las gafas de sol y se las puso. Jonathan tenía la impresión de que se sentía mejor así, como si las gafas fueran una especie de refugio, una forma de esconder sus sentimientos.

–Mi abuelo murió en un accidente de caza cuando mi padre era un niño. Mi abuela trabajaba en una biblioteca e hizo todo lo que estuvo en su mano para criarle tanto a él como a sus hermanos. Pero murió joven por culpa de un coágulo, después de una operación de vesícula. Yo tenía ocho años.

–¿Tenías relación con ella?

Pareció desaparecer parte de la tensión de Zoe.

–Mucha. No podía ayudarnos económicamente, pero me quería mucho y se ocupaba de mí cuando mi padre tenía problemas. Le rompía el corazón ver en qué se había convertido su hijo mayor.

Estaban a menos de dos kilómetros del parque de caravanas. Zoe se aferró con fuerza al bolso y Jonathan dejó de preguntar por su pasado.

–No ha cambiado mucho –comentó Zoe cuando vieron la señal de Mount Vernon con un lateral roto y apoyada en el poste que debía sujetarla.

Jonathan abandonó la carretera para tomar aquel camino plagado de surcos y baches.

–¿Desde cuándo está así esa señal?

–Desde la última vez que estuve aquí.

Jonathan vio entonces aquellas viviendas oxidadas y sacudió la cabeza.

–¿Qué pasa? –preguntó Zoe.

–Me cuesta imaginarme a una niña viviendo aquí.

–Yo no fui niña durante mucho tiempo.

Capítulo 13

—Es obvio que hace mucho tiempo que no viene por aquí.

Zoe permanecía frente a la destartalada caravana en la que había crecido, mirando hacia el abandonado espacio que la separaba de las demás, un terreno que nadie reclamaba, pero que quizá en otro lugar alguien podría haber considerado un jardín. Ya había llamado, pero no había obtenido respuesta y la puerta estaba cerrada.

Jonathan también se había puesto las gafas de sol, que había sacado de su equipaje en cuanto habían salido al ardiente sol. Estaba muy guapo con ellas. Con aquel rostro delgado y de facciones duras, podría haber aparecido en cualquier cartel de propaganda del ejército. ¿Cuántos años tendría? ¿Los mismos que ella? ¿Sería más joven? Sí, seguramente era más joven, porque Zoe se sentía como una anciana.

—¿Cómo lo sabes? —le preguntó.

—Por las malas hierbas —señaló el lugar en el que su padre solía aparcar el coche—. Si mi padre hubiera estado aquí recientemente, quedarían huellas de las ruedas del coche.

—Una buena forma de combatir las malas hierbas —Jonathan se quitó las gafas y alzó la mano para protegerse del resplandor del sol y poder mirar por una ventana.

—Aquí no hay otra.

—Me pregunto si funcionará en mi jardín.

Zoe miró debajo del felpudo, buscando la llave que su padre solía dejarle, pero había desaparecido.

–Tendremos que entrar a la fuerza.

Jonathan bajó la voz.

–Has llegado muy rápido a esa conclusión.

–No he venido hasta aquí para nada.

Jonathan sonrió.

–Me gusta esa forma de pensar. Dame un segundo.

Dio media vuelta y un instante después, Zoe oyó un sonido procedente del interior de la caravana. A los pocos segundos, la puerta se abría de par en par.

–Tus deseos son órdenes para mí.

La cadena repiqueteó sobre ellos mientras Jonathan le hacía un gesto para invitarla a pasar. Zoe miró por encima del hombro para comprobar si alguien les había visto.

–Un trabajo rápido.

–He visto cuartos de baño con puertas más seguras.

La caravana seguía amueblada con los muebles de segunda mano y la alfombra raída que Zoe tan bien recordaba, pero estaba más ordenada, e incluso limpia. Aquello fue una verdadera sorpresa. Cuando ella vivía allí, tenía que limpiar, cocinar y hacerse cargo de la casa.

–¿No podía haber aprendido antes a cuidar de sí mismo? –gruñó.

Cuando había vivido allí con Sam, la casa continuaba hecha un desastre.

Jonathan se acercó a ella.

–¿Qué has dicho?

–Nada.

Nada importante. El sarcasmo era su manera de combatir la nostalgia que la envolvía como una ola gigante y la arrastraba hacia el pasado. Y una vez de nuevo en su casa, tenía que enfrentarse a un nuevo temor, un temor con el que no se había permitido encararse hasta entonces. ¿Y si aquel padre al que decía odiar había muerto? ¿Y si había fallecido por culpa de una sobredosis, o al caer en la camioneta por un precipicio?

Las últimas palabras que habían cruzado podrían ser las últimas que se dijeran para siempre.

Debería haberle llamado y haber hecho todo lo posible para poner fin a su distanciamiento. Pero había empleado todas sus fuerzas en conseguir la aprobación de Anton, en ser como él. Había tenido éxito. Había conseguido una vida estable en un barrio residencial. Pero solo podía mantener aquella fachada mostrando el mismo desprecio que Anton por las debilidades de su padre.

Sin embargo, en aquel momento se sentía como si no conociera a la persona en la que se había convertido. ¿De verdad quería ser una copia de Anton, o de su familia o sus amigas? La mayoría de ellos no tenía compasión alguna por personas como las que vivían en aquel parque de caravanas. Pero, al fin y al cabo, ¿no era ella una de ellas?

—Eh.

Zoe parpadeó y se volvió de nuevo hacia Jonathan.

—¿Sí?

—Si tu padre estuviera herido o algo peor, te lo habrían notificado.

Zoe sonrió ante su capacidad de comprensión. Era un hombre extraordinariamente vital y la apoyaba sin juzgarla. En eso no se parecía a su prometido. De alguna manera, Jonathan no tenía que recurrir a los juicios absolutos y a una rutina reglamentada para compensar su...

¡Basta! ¿Por qué tenía que pensar tan mal de Anton? ¿Le culpaba quizá de la desaparición de Sam?

No estaba siendo justa.

De una u otra forma, siempre había sido capaz de enfrentarse a los golpes que le había dado la vida. Pero no estaba siendo capaz de afrontar aquello...

De pronto, se le ocurrió algo evidente. Aunque Ely había pagado aquella caravana mucho tiempo atrás, no era el propietario del pedazo de tierra sobre el que se asentaba. Tenía que pagar todos los meses por el alquiler del terreno, como hacían todos los que vivían en el parque.

—Alguien está manteniendo al día sus mensualidades, porque si no, habría recibos en la puerta —dedujo.

Jonathan accionó el interruptor y la luz se encendió.

–Y los electrodomésticos están conectados. ¿Dónde recibe el correo? Si podemos averiguar cuándo recogió el correo por última vez, quizá obtengamos alguna respuesta.

–Antes nos metían las cartas por debajo de la puerta, pero hace unos años, la oficina de correos puso varios buzones en la calle. Los vi cuando vine hace un par de años.

Con Sam, cuando habían ido los tres a Disneyland y habían disfrutado de lo lindo, hasta que Ely había salido después de la visita al parque y había regresado completamente borracho y gritando que no podría volver a verlas nunca más. Zoe había sacado a Sam de la cama y se habían marchado antes del amanecer.

–Tendremos que preguntar a los vecinos. Quizá haya alguien que le esté recogiendo la correspondencia.

Aferrándose a la esperanza de que sus miedos fueran infundados, por lo menos en lo referente a su padre, Zoe recorrió la caravana. Vio lo mismo que había visto durante su última visita. Su habitación no había cambiado desde que había abandonado el que había sido su hogar con su hija, a los diecisiete años. La cómoda blanca sin pomos en los cajones continuaba apoyada en la pared, e incluso quedaban algunos de sus collares colgados en el espejo. El póster de David Hasselhoff que había clavado con chinchetas en la pared opuesta seguía en su lugar. Y tampoco habían desaparecido las pegatinas con las que había adornado las puertas del armario.

A sus años, le resultaba difícil creer que se hubiera quedado embarazada apenas dos años después de que su padre le hubiera comprado aquel edredón de color rosa princesa. Tenía entonces solo dos años más que Sam.

–Una gran decoración –alabó Jonathan divertido.

Las gafas de sol colgaban en aquel momento del cuello de su camiseta.

–Gracias –contestó Zoe con una débil sonrisa.

Jonathan la agarró del brazo.

–¿Estás llevando bien todo esto?

–Sí.

Pero «bien» era un término muy relativo. Definitivamente, había estado mucho mejor.

–¿En qué estás pensando? –le preguntó.

Estaba recordando el día que su padre le había comprado aquel edredón. Lo deseaba con tanta fuerza que Ely se lo había comprado aun a sabiendas de que probablemente tendrían que pasar hambre durante toda una semana.

A lo mejor había sido demasiado dura con él.

–En nada que pueda cambiar el mundo.

–Nadie es completamente bueno o completamente malo.

–Eso es lo malo, ¿no crees? –tomó aire–. La vida sería mucho más fácil si pudiéramos clasificarlo todo en categorías completamente cerradas.

–Desde luego, le facilitaría el trabajo a la policía –cruzó el pasillo para asomarse al dormitorio de su padre y en aquella ocasión, fue ella la que le siguió–. ¿Ves algo que te resulte extraño? –le preguntó.

–Está hecha la cama.

–¿Eso es todo?

–Y no huele a marihuana.

–¿Es la droga que eligió tu padre?

–Es más barata que las demás, así que supongo que más que una elección, es una necesidad.

–Tiene sentido –comenzó a caminar por la habitación y se detuvo al ver una fotografía en el espejo–. ¿Eres tú?

Por supuesto. Era la fotografía que le habían hecho en segundo grado. Le faltaban dos dientes. Los bordes de la fotografía estaban rotos y desgastados, como todo en la caravana.

–Sí.

–A lo mejor tu padre está cambiando de vida –aventuró Jonathan.

Ely juraba y perjuraba que así era. Cuando habían discutido porque no quería dejar a Zoe sola con él, le había prometido que llevaba meses limpio y que pensaba seguir así.

–Vamos Zoe, confía en mí, aunque solo sea por una vez

–le había suplicado–. Le he preparado tu dormitorio y le he comprado esas galletas que tanto le gustan. Además, tengo dinero. Últimamente he estado trabajando.

Sam habría querido decirle que sí, pero no podía. La de la sobriedad era una de las promesas que su padre nunca había sido capaz de cumplir.

Cuando Jonathan regresó al salón, ella continuó en el dormitorio. Necesitaba estar a solas, sobre todo cuando presionó el botón del contestador y se oyó a sí misma preguntando.

–¿Papá? Papá, ¿dónde estás? Necesito hablar contigo. Por favor, llámame –un pitido–. Ha pasado algo grave papá, a Sam. Contesta, por favor, no sigas enfadado conmigo –otro pitido y otro mensaje–. Maldita sea, papá, ¡si quieres volver a verme, descuelga el teléfono! –en el siguiente mensaje, había desaparecido ya todo rastro de enfado–. ¿Papá? Por favor, te necesito.

Zoe se frotó las sienes para aliviar la tensión, que prometía convertirse en un dolor de cabeza. Durante los cinco días anteriores, había estado batallando para contener las lágrimas. En aquel momento, quería llorar y no podía.

–¿Dónde estás? –musitó por fin–. ¿Por qué nunca estás a mi lado cuando te necesito?

Una llamada a la puerta principal le cortó la respiración. Giró rápidamente para ver quién era.

Jonathan alzó la mano para detenerla mientras él cruzaba el cuarto de estar para abrir la puerta.

–¿Quién es usted? –preguntó una voz femenina–. ¿Es usted la misma persona que me ha llamado a primera hora de la mañana?

Zoe salió a la puerta y se quedó boquiabierta.

–¡Zoe!

La recién llegada, una mujer de unos cincuenta años, iba en bata, a pesar de que eran ya más de las doce del mediodía.

–Estás más guapa que nunca. No me extraña que tu padre esté tan orgulloso de ti. Pero… ¿qué haces por aquí?

–Yo podía preguntarte lo mismo. Lo último que supe de ti fue que te habías ido a vivir a Misisipí con tu hijo mayor.

Sharon Thornton ya no llevaba el pelo teñido de un negro intenso, como años atrás. Tenía el pelo gris plateado. Y aunque el tiempo había profundizado las arrugas de su rostro, parecía más feliz.

–Estuve allí durante ocho largos años, pero el clima era insoportable. Dios mío, no sabes la humedad que hay en Misisipí. Y si quieres que te diga la verdad, había demasiada gente en esa casa. La mujer con la que se casó Danny... –sacudió la cabeza–, es verdad que consiguió enderezar mi vida. Pero es una auténtica bruja.

–Así que estás otra vez aquí.

–Justo en la puerta de al lado –señaló una vieja caravana que estaba a un tiro de piedra de la del padre de Zoe y que años atrás había pertenecido al viejo Montgomery.

–Sharon vivía en la número 10 –le explicó Zoe a Jonathan–. Y me cuidaba de vez en cuando.

–Cuando estaba menos colocada que su padre –añadió Sharon pesarosa–. Pobre criatura. Es un milagro que nos haya sobrevivido.

Aunque no era la mujer que había introducido a su padre en el mundo de las drogas, no había ayudado precisamente a resolver el problema. De hecho, solía consumirlas con él. Pero a Zoe siempre le había gustado.

Sharon desvió la mirada hacia Jonathan y se cerró la bata con fuerza.

–¿Tu padre no te lo ha contado?

–¿Qué tenía que contarme?

–Fue él el que me pidió que volviera.

–¿Y ahora... estáis juntos?

Sharon se sonrojó violentamente.

–Creo que eso es lo que le gustaría a él. Pero no me casaré hasta que recomponga completamente su vida. Ahora que he salido del agujero, no voy a permitir que ni él ni nadie vuelva a hundirme.

–Entonces deberías mantenerte alejada de él –replicó Zoe, incapaz de contenerse.

–En realidad, no tenía otra opción. Tu padre había destrozado su camioneta varios meses atrás, así que no podía trabajar. Había tocado fondo cuando me llamó, y no podía decirle que no. A nuestra edad, es ahora o nunca, ¿lo comprendes? ¿Dónde estaría yo si la zorra de mi nuera no me hubiera puesto en mi lugar?

Zoe jamás había oído llamar a alguien «zorra» con tanto respeto.

–¿Cuánto tiempo llevas sobria?

–Un año y tres meses.

Por lo menos eso ya era un buen historial.

–Es magnífico, Sharon.

Los ojos de Sharon chispeaban de emoción mientras inclinaba la cabeza hacia Jonathan.

–¿Este es Anton? Tu padre me dijo que estabas viviendo con alguien. Con un hombre que tenía su propio negocio, nada más y nada menos. Con alguien respetable.

–No, no es Anton.

Sharon sonrió radiante.

–¿Lo has cambiado por este?

Entonces fue Zoe la que se sonrojó.

–No, Jonathan no es mi novio.

–Pero también tengo mi propio negocio, ¿eso cuenta?

–Oh, Dios mío, no la provoques –le suplicó Zoe.

–¿Qué quieres decir? –replicó Sharon–. Solo estoy diciendo algo obvio. ¿A qué mujer no le gustaría tener a un hombre como este en la cama?

Zoe se sonrojó todavía más.

–Es un detective privado.

Y también uno de los hombres más atractivos que Zoe había visto en su vida. Comprendía que a Sharon le hubiera impresionado, pero habría preferido que mantuviera su admiración en secreto.

La sonrisa coqueta de Sharon desapareció al instante y su nivel de entusiasmo también disminuyó varios grados.

—Así que has sido tú el que me has llamado.

—Sí —contestó Jonathan.

—¿Y qué estás haciendo tú con un detective privado? —miró a Zoe con el ceño fruncido.

—Ahora mismo, buscar a mi padre. ¿Sabes dónde está?

Sharon no respondió.

—Sharon, el problema no es él. Sam ha desaparecido. Por eso he venido.

El color volvió a abandonar el rostro de Sharon.

—¿Ha desaparecido? ¿Qué quieres decir?

—Estaba enferma y no podía ir al colegio. Estaba tumbada en una de las tumbonas del jardín… y desapareció.

Sharon se llevó la mano al corazón.

—¿Cuándo?

—El lunes —a Zoe comenzaba a dolerle la cabeza. Necesitaba comer algo—. ¿Tú crees que…? Bueno, sé que mi padre quería verla y…

—¡No! Jamás se llevaría a Sam sin tu permiso. ¡Nunca te daría un susto como ese!

—¿Pero estaban en contacto?

—No.

—¿Se llamaban? ¿Se escribían cartas?

—No, tu padre está en rehabilitación, Zoe.

Zoe se quedó paralizada.

—¿Desde cuándo?

—Desde hace un mes, casi.

—Entonces, ¿quién está pagando las cuentas de la casa?

Sharon no contestó inmediatamente, con lo que le demostró a Zoe que la situación era tal como había imaginado.

—Las pagas tú, ¿verdad?

—Mientras él esté…

Zoe sacudió la cabeza.

—Oh, Sharon.

—No me está utilizando.

—Ya ha estado otras veces en rehabilitación, ¿qué te hace pensar que esta vez será diferente?

—Porque lo es. Lo ha pasado muy mal. Seré sincera contigo. Incluso después de que yo volviera, continuó teniendo recaídas y recaídas, hasta que le amenacé con llamarte para decirte que había vuelto a drogarse. Y no hizo falta nada más.

–¿Y por qué no ha intentado decirme siquiera que estaba en rehabilitación? –preguntó Zoe, apoyándose en la pared para mantener el equilibrio.

Jonathan la observó preocupado al darse cuenta de que estaba intentando controlar el mareo, pero Zoe le ignoró. Estaba completamente pendiente de la respuesta de Sharon.

–Tenía miedo de que no le creyeras y necesitaba demostrarte que iba en serio. Sabe que te lo debe –la esperanza comenzaba a crecer en el interior de Zoe–. Y supongo que, estando ya tan cerca del verano, tenía la esperanza de que cedieras y dejaras que Sam pasara unos cuantos días con él. Habla constantemente de vosotras –señaló la cocina–. Tiene un bote en el que está ahorrando dinero y estoy segura de que no lo tocará por nada del mundo. Es para pagarle a Sam una excursión a Disneyland.

Zoe no soportaba seguir escuchándola. ¿Cuántas veces habría oído la misma conversación?

–¿Cómo sabes que sigue allí?

–Llamo prácticamente cada día para comprobarlo. Y nos escribimos. Todavía no ha violado ni una sola norma. Ni una –sonrió con orgullo–. Y lo más importante de todo es que no va a renunciar. Lo sé porque los martes tienen unas horas de visita. Ayer estuve con él.

–Tendré que llamar, solo para estar segura –contestó Zoe.

Jonathan sacó su BlackBerry del bolsillo, pero Sharon le detuvo.

–No os darán ninguna información si no os conocen. Es preferible que llame yo.

Marcó el número y esperó sin respirar apenas.

–Va a destrozarle enterarse de que Sam ha desaparecido.

Jonathan chasqueó los dedos para llamar la atención de Sharon.

–Si está allí, no le digas nada.

Sharon clavó en él la mirada.

–¿Cómo no voy a contarle que su nieta ha desaparecido?

–Como se lo digas, a su edad, estará perdiendo una gran oportunidad. Ahora mismo está donde tiene que estar –contestó Zoe.

El mareo iba en aumento a medida que crecían sus esfuerzos para asimilar los sentimientos contradictorios que albergaba hacia su padre: gratitud por haber estado a su lado cuando su madre la había abandonado, decepción por su forma de vida, disgusto, amor… Al parecer, su relación con Ely estaba configurada por sentimientos extremos.

–Si le decimos lo de Sam…

Zoe no pudo terminar la frase. Alguien acababa de contestar en el centro de rehabilitación y Sharon estaba asintiendo, para hacerle saber que comprendía lo que quería decir.

–¿Quién eres? –preguntó por teléfono.

Se produjo una pausa.

–Hola, Doug. Soy Sharon Thornton. ¿Qué tal estás?... Mira, llamo para saber cómo está Ely… Genial –contestó con la mirada baja–. Me alegro de oírlo. No, no hace falta que le digas que he llamado. Le escribiré. Gracias, todos estamos haciendo lo que podemos… Sí, claro. Lo sé, sí.

Se despidió y cortó la llamada.

–¿Y? –preguntó Zoe.

Sharon le devolvió a Jonathan el teléfono.

–Sigue bien, y no sabe nada de Sam, porque si no, habría organizado un alboroto.

Zoe se aferró al brazo de Jonathan, pero cuando sintió el duro contorno de su músculo y el calor de su piel, dejó caer la mano como si le quemara.

–Sam no está con él. Tenemos que volver a Sacramento.

Pero Jonathan no parecía tan aliviado como ella.

–Volveremos mañana por la mañana.

–¿Por qué dejarlo para mañana? Si vamos ahora mismo al aeropuerto, seguro que encontramos un avión para esta misma tarde.

–Tenemos que ir a la ferretería para arreglar la puerta.

–Eso puedo encargárselo a un amigo –contestó Sharon, mientras les urgía a salir–. Es un carpintero retirado, no le costará nada arreglar una puerta. Id a buscar a Sam.

Zoe la abrazó.

–Gracias, Sharon.

–Estaré pendiente de tu padre y te mantendré al tanto de todo. Espero… espero que encuentres a Sam.

–Lo sé.

Zoe siguió a Jonathan y volvió a agarrarle del brazo cuando llegaron al coche.

–Entonces, ¿volvemos a casa?

–Tú sí. Te llevaré al aeropuerto.

–¿No vas a venir conmigo?

–Antes tengo que hacer otra parada.

¿Adónde quería ir? ¿Al centro de rehabilitación? No tenía ningún sentido.

–¿Adónde pretendes ir?

Jonathan evitó su mirada.

–A San Diego.

Un escalofrío recorrió la espalda de Zoe. Sabía que el hombre que la había violado era originario de San Diego.

–¿Qué vas a buscar en San Diego?

Pero Jonathan no contestó.

–Espero que no sea a Franky Bates.

–Ahora que Ely ha dejado de ser sospechoso, tenemos que asegurarnos de que Franky no tiene a Sam –respondió Jonathan con evidente pesar.

Tenía sentido. Pero la mera posibilidad de que Franky quisiera volver a su vida hizo que a Zoe le flaquearan las rodillas. De pronto, el suelo pareció elevarse para salir a su encuentro.

Tiffany había mantenido su promesa. Le había llevado un sándwich de mermelada y mantequilla de cacahuete después de que Sam se hubiera forzado a comer varias croquetas de pienso para perros. Pero eso había sido horas y horas atrás y

Sam comenzaba a tener hambre otra vez. El estómago le gruñía constantemente.

¿Pero dónde estaba Tiffany? ¿Y Colin? Seguramente, habría vuelto del trabajo después de tantas horas. Sam odiaba estar allí encerrada y no llevar nada de ropa encima, pero, sobre todo, echaba de menos a su madre.

Vio la comida para perros al lado de la puerta. Si quería volver a ver a Zoe, necesitaba comer. Si no recuperaba las fuerzas, no podría moverse. Pasarse el día aguantando y rezando no era suficiente. Nadie iba a poder ayudarla...

—Tengo que arreglármelas sola —susurró para sí.

Al final, renunció a continuar acurrucada debajo de la manta y fue a buscar la comida para perros. ¿Se atragantaría si continuaba comiendo? ¿Vomitaría?

En cualquier caso, seguro que no terminaba peor de lo que estaba... Pero la posibilidad de tener que comerse su propio vómito en el caso de que se le revolviera el estómago le impedía intentarlo siquiera. Ya le habían advertido las consecuencias, y estaba convencida de que Colin disfrutaría cumpliendo su amenaza.

Presionó la oreja contra la puerta e intentó oír algo. ¿Estarían Tiffany y Colin en casa? La casa parecía vacía, pero no podía estar segura. No sabía por qué, pero en aquella habitación no se oía nada. A lo mejor los Bell estaban cenando en el piso de abajo. Si hacía ruido, Colin subiría a castigarla.

«Te matará. En eso no mentía».

Las lágrimas cayeron sobre el cuenco de comida para perros. Apenas tenía fuerzas para alzar la cabeza. Cerró los ojos con fuerza, tomó unas bolitas de pienso y se las metió en la boca.

Tras masticarlas a toda velocidad, se ayudó con agua del segundo cuenco. Por lo que ella sabía, podían haber sacado el agua del mismo retrete. Sería muy propio de su amo hacer algo tan asqueroso. Pero no le quedaba otra opción. Tenía que mantenerse suficientemente fuerte como para escapar en el caso de que se le presentara una oportunidad...

La comida para perros era tan repugnante que le costaba

creer que a los perros les gustara, pero por lo menos la ayudó a llenar al estómago, que dejó de sonarle. No tardó en encontrarse un poco mejor. Hasta que vio algo que hizo que su miedo alcanzara nuevas cotas.

A lo largo del rodapié, descubrió una fila de marcas diminutas hechas con un objeto punzante, o quizá con una uña. No eran marcas dejadas al azar. Estaban agrupadas de cinco en cinco. Cuatro líneas verticales y una que las cortaba. La persona que había estado encerrada en aquella habitación antes que ella, la que probablemente había dejado las manchas en el colchón, llevaba la cuenta de algo. Y Sam estaba segura de que no se equivocaba porque ella tenía ganas de hacer lo mismo.

Las marcas representaban días. Los días que había pasado en aquella habitación, encerrado y siendo tratado como lo estaba siendo ella... como un perro.

Se tumbó en el suelo y fue contando los grupos hasta llegar al último.

Sesenta y seis días en total. Sesenta y cinco más uno.

¿Qué habría pasado el último día?

Capítulo 14

—¿Qué te pasa? —preguntó Tiffany.

Ansioso por contarle a Zoe que había organizado una partida de búsqueda para el sábado por la mañana, Colin había ido a casa de los vecinos, pero Anton Lucassi le había dicho que Zoe no estaba en la ciudad.

—No está en la ciudad —repitió Colin, caminando nervioso por el salón—. Qué estúpido. ¿Adónde puede haber ido?

Tiffany musitó una frase que Colin no alcanzó a entender.

—¿Qué? —la levantó del sofá agarrándola de la blusa y la elevó hasta que sus narices se rozaron—. Si tienes algo que decir, habla claro.

—He dicho que te preocupas más por Zoe que por Sam.

Colin la soltó con el ceño fruncido.

—La chica está enferma. ¿Qué quieres que haga, si lo que tiene puede ser contagioso? ¿Crees que quiero agarrar una mononucleosis?

—No.

—Exacto.

—Pero podrías entrenarla. Pasaste horas entrenando a Rover. Te encantaba.

—Sí, pero esta chica es más inteligente que Rover. No será tan divertido.

Además, la emoción de poder ir a casa de su vecina no duraría eternamente. Quería estar con Zoe, quería compartir con ella cada uno de aquellos minutos cargados de emoción.

La recordó aceptando su cigarrillo y llevándoselo a los labios.

—Seguro que miente —dijo mientras intentaba recuperar la compostura.

Tiffany parpadeó al advertir su excitación.

—¿Quién?

—Anton.

—Pero no tiene ningún motivo para mentir sobre Zoe.

—¡Claro que tiene motivos! Quiere deshacerse de mí. Me ve como una amenaza.

—¿Por qué vas a ser tú una amenaza?

—Porque soy mucho más joven que él, por eso. Puedo darle a Zoe un placer con el que él no podría ni soñar. Estoy seguro de que la mitad de las veces ni siquiera se le levanta.

El miedo oscureció las facciones de Tiffany.

—¿Por qué hablas así, Colin? ¿Estás bromeando otra vez?

No estaba bromeando, pero no iba a conseguir nada dejando que Tiffany supiera lo mucho que admiraba a Zoe. Al principio, él creía que Zoe era una persona altiva y distante, pero después de haber estado con ella, había comprendido que solo era… recelosa. Y se preguntaba qué le habría hecho ser así.

—¿Colin? —le urgió Tiffany.

—Claro que estoy de broma. ¿Tú qué crees?

Tiffany alzó la barbilla.

—Entonces, ¿por qué estás enfadado con Anton?

—Porque estoy intentando ayudarle y ha rechazado mi ayuda.

—¿Que estás intentando ayudarle? ¡Pero si tú eres el culpable de que estén desesperados!

—No, la culpable eres tú —respondió él con una mueca—. Y él no sabe que tenemos algo que ver con la desaparición de Samantha.

—Seguramente no lo ha hecho a propósito. Estará afectado por la desaparición de su hijastra.

–¡Sam no es su hijastra!

–Pero lo será cuando se case con Zoe.

Colin negó con la cabeza.

–Imposible. Zoe no es ninguna estúpida. No va a casarse con él. Ese hombre no es suficientemente bueno para ella.

Asomó un brillo extraño a los ojos de Tiffany; un brillo que a Colin le recordó al hermano de su esposa, que pasaba los días esperando en el corredor de la muerte.

–¿A qué viene tanto interés en la vecina? –preguntó Tiffany–. ¿Qué te ha pasado de repente? Estás haciendo que me arrepienta de haber traído a Sam.

A Colin le entraron ganas de emprenderla a puñetazos para desahogar la irritación que le provocaba aquel conato de desafío. Imaginó la satisfacción de sentir los nudillos destrozando el rostro de su esposa, pero justo en ese momento, apareció una cara conocida en la televisión que le dejó completamente helado.

–Sube el volumen.

Motivada por su expresión y por la dureza de su voz, Tiffany se apartó de él antes de que pudiera pegarla y corrió a obedecer. Después, se apartó del televisor para que Colin viera el avance informativo.

–... Se trata de un adolescente de Antelope, al que encontraron desnudo y terriblemente herido. Cuenta una historia terrible. Al parecer, fue secuestrado en un coche por un hombre que le torturó durante semanas. A las once, ampliaremos esta información.

Zoe permanecía junto a Jonathan frente al mostrador de recepción de un discreto hotel de San Diego. Odiaba tener que quedarse allí a pasar la noche, pero después de su desmayo, Jonathan no había permitido que regresara sola a casa y se habían visto atrapados en un atasco de tráfico que había hecho imposible ir a ver a la madre de Franky, de modo que Zoe imaginaba que no tenía mucho sentido insistir en marcharse.

El detective Thomas la había llamado para ponerla al tanto de las últimas noticias y le había asegurado que tanto él como sus compañeros continuaban buscando a su hija. Pero no habían encontrado nada.

–¿Quieren cama de matrimonio en las dos habitaciones? –preguntó el recepcionista sonriendo con amabilidad.

Jonathan se volvió hacia Zoe.

–¿Voy a tener una habitación para mi sola? –preguntó Zoe.

Jonathan pareció sorprendido.

–¿No es eso lo que quieres?

Definitivamente, no. No podía estar sola. La preocupación y el miedo que había conseguido mantener a raya hasta entonces se la comerían viva.

–No.

Zoe esperaba que Jonathan dijera lo que era evidente, que a Anton no le haría ninguna gracia enterarse de que habían compartido habitación. Pero ella no pretendía traspasar ninguna línea, de modo que no entendía por qué iba a enterarse. Tenía que superar una noche más sin noticias de Sam y estar con Jonathan era más fácil que enfrentarse sola a aquellas horas interminables.

Afortunadamente, Jonathan no cuestionó su decisión. Ni siquiera hizo ningún comentario. Se limitó a asumir sus deseos como si fuera completamente normal que compartieran habitación. Y Zoe tuvo la certeza de que no había interpretado equivocadamente su intención cuando le oyó pedir una habitación con dos camas.

El recepcionista frunció el ceño mientras consultaba el ordenador.

–Estamos en temporada alta. No creo que tengamos una habitación doble –contestó, pero continuó mirando la pantalla. Unos segundos después, volvía a sonreír–. Tienen suerte. Ha habido una cancelación.

Zoe había insistido en acompañarle a recepción en vez de quedarse en el coche para poder pagar la reserva. Sabía que la organización para la que trabajaba Skye tenía más gente a la que ayudar, que no era fácil para ellos mantenerse a flote. Y no quería abusar cuando estaba infinitamente agradecida por la ayuda que Skye le estaba prestando. Pero Jonathan apartó la tarjeta de crédito que Zoe puso sobre el mostrador.

—De eso me encargo yo.

—Jon, no puedo...

Jonathan la miró arqueando una ceja.

—¿Qué?

—Aceptarlo.

—¿Por qué no?

—Porque me hace sentirme culpable. Como una... aprovechada... o...

—Tendría que quedarme en un hotel aunque tú no estuvieras aquí –la interrumpió–. Relájate un poco, para variar.

Esbozó una sonrisa que le valió una sonrisa de Zoe, seguramente, la primera que había asomado a sus labios de forma natural desde la desaparición de Samantha.

—Eres tan... –se interrumpió bruscamente.

Había estado a punto de decir «guapo». Apenas había podido contenerse. Seguramente, porque era completamente cierto. Había pensado en ello varias veces durante el día, pero sabía que era preferible no decirlo, especialmente en un momento como aquel. La culpa la tenía el agotamiento. Estaba demasiado cansada como para ser prudente.

Jonathan la estudió con atención, frotándose la barbilla.

—¿Qué?

Zoe se sintió sonrojarse.

—Amable.

Aunque desvió la mirada, sospechaba que sus ojos ya habían dicho lo que ella no quería decir.

Jonathan no hizo ningún comentario al respecto. Firmó el recibo que el recepcionista le tendió junto con un mapa de aquel complejo hotelero.

—Quédate aquí. Voy a buscar el equipaje –le dijo, y salió.

Cuando le vio regresar con las maletas, Zoe experimentó una renovada sensación de disgusto ante la admiración que sabía estaba reflejando su rostro. ¿En qué demonios estaba pensando? ¡Se sentía atraída por aquel hombre!

Y estaba segura de que él lo sabía.

–¿Cómo ha ido el día? –preguntó Skye.

–Bien.

Jonathan oía correr el agua de la ducha e intentaba no pensar en que Zoe estaba desnuda bajo el agua caliente. Teniendo en cuenta la situación, había que ser un desgraciado para imaginárselo siquiera, pero las hormonas eran las hormonas, y parecía incapaz de detener el flujo de imágenes eróticas que fluían por su cerebro.

En el instante en el que Zoe había empezado a decir algo en el vestíbulo y se había interrumpido bruscamente, había comenzado a fluir una corriente de sexualidad entre ellos que era difícil ignorar. Aunque probablemente habían sido sexualmente conscientes el uno del otro durante todo el tiempo, aquella conciencia había permanecido en todo momento en un segundo plano. Sin embargo, desde que habían llegado al hotel, Jonathan tenía la sensación de que eso había cambiado.

–¿Bien? –repitió Skye, obviamente sorprendida al ver que no se abalanzaba a ponerle al corriente de los acontecimientos del día–. ¿Ely tiene a Samantha o no?

–No, Ely tiene la suerte de vivir fuera del mundo. Lleva un mes siguiendo un programa de rehabilitación.

–¿Suerte? Yo no diría tanto. Pero por lo menos no está en la cárcel. La rehabilitación es una buena alternativa.

–La pena es que esperaba que fuera él el que tuviera a Sam. Y las otras opciones no son tan atractivas.

–¿No ha podido decirte nada? ¿No ha sabido nada de su nieta?

–Por lo que nos ha dicho la mujer que le recoge la correspondencia, no ha tenido carta de Sam desde hace semanas.

–¿Entonces no le habéis visto?

Jonathan cambió la hora de la radio despertador de la habitación, que iba con más de cuatro horas de retraso.

–No, Zoe tenía miedo de que se hundiera al enterarse de la desaparición de su nieta y volviera a las andadas.

–Bueno, ella le conoce mejor que nosotros.

–Supongo que su decisión tiene más que ver con ella que con él. Está demasiado frágil como para enfrentarse a los problemas que tiene con su padre en medio de esta crisis.

–Tendrás que empezar a buscar al padre biológico de Sam –le recomendó Skye.

–Lo sé –dejó la radio despertador en su lugar–. Estoy en ello.

–¿Le has encontrado ya?

Jonathan apoyó los codos en las rodillas y fijó la mirada en las flores de la alfombra.

–Todavía no, pero ya he empezado a hacer algunas comprobaciones. Creo que está en San Diego.

Dejó de sonar la ducha e imaginó a Zoe saliendo de ella y envolviéndose en una toalla. Inmediatamente, elevó los ojos al cielo. ¿Qué demonios le pasaba? Estaba enamorado de Sheridan desde hacía años.

Pero también estaba cansado de esperar a una mujer que no tenía ninguna posibilidad de alcanzar. Y la belleza y la fragilidad de Zoe le atraían como un imán.

Se apretó con fuerza el puente de la nariz en un vano intento de dominar aquella atracción.

–En cuanto nos levantemos mañana por la mañana...

–¿Cómo que «nos»?

–Zoe está aquí conmigo.

Skye elevó inmediatamente el tono de voz.

–¡No pretenderás llevarla a ver a Franky Bates!

–Por supuesto que no.

–Bien –se produjo un breve silencio–. ¿Qué pretendes entonces?

Intentar no pensar en ella de una forma sexual. Intentar recordarse que le había pedido que compartiera la habitación con ella porque le daba seguridad, porque le consideraba una persona en la que podía confiar. Intentar recordarse que el que le hubiera dicho que era amable no podía ser interpretado como una invitación a... nada. E, incluso en el caso de que lo fuera, Zoe no estaba en condiciones de tomar una decisión de ese tipo.

—Pretendo hacer todo lo que pueda mientras esté aquí.

Zoe salió del cuarto de baño envuelta en una nube de vapor. Jonathan se permitió dirigirle una mirada fugaz y vislumbró una franja de piel dorada sobre un pijama rosa de tirantes que dejaba sus brazos y sus hombros al descubierto y permitía contemplar su escote. La melena la llevaba envuelta en una toalla.

Jonathan tomó aire y recuperó rápidamente el control con una palabra que fue más eficiente que cualquier otra: comprometida.

—Preferiría conseguir un vuelo para Zoe para mañana por la mañana, pero eso nos llevaría más tiempo que dejarla esperando en el hotel mientras voy a ver a la madre de Franky. Y no nos podemos permitir el lujo de perder un solo segundo.

Estaba hablando con Skye, pero Zoe se volvió para enfrentarse a él.

—No me vas a dejar en ninguna parte.

Jonathan no podía contestar sin revelar que estaban en la misma habitación. Afortunadamente, Skye estaba hablando y no la oyó.

—¿Crees que la madre de Zoe te dirá dónde puedes encontrarle?

—Cosas más raras he visto.

—Es muy posible que quiera proteger a su hijo.

—Por alguna parte tengo que empezar.

Zoe le miró con el ceño fruncido mientras se quitaba la toalla. Llegó hasta Jonathan la fragancia de su champú.

Ansioso por colgar el teléfono antes de que Zoe volviera a hablar, Jonathan le dijo a Skye.

—Tengo que colgar. Estoy agotado.

Pero Skye no había terminado.

—Espera un segundo. ¿Dónde está Zoe? Me gustaría hablar con ella.

Jonathan pensó rápidamente una respuesta. Y dijo la primera mentira que se le ocurrió.

–Está en otra habitación. Tendrás que llamarla al móvil.

Afortunadamente, Skye no lo cuestionó.

–Lo haré. La llamaré esta noche.

Con un suspiro, Jonathan presionó el botón para colgar el teléfono, lo dejó a un lado y se dirigió al cuarto de baño. Se dijo a sí mismo que debía ignorar a Zoe y concentrarse en su inmediato destino. Pero no lo consiguió. Alzó la mirada al pasar a su lado y sus ojos se encontraron en el espejo.

–¿Por qué le has dicho que estoy en otra habitación? –preguntó.

En aquel momento, mentir para ocultar que iban a pasar la noche juntos le parecía menos inofensivo que cuando estaban en la recepción del hotel. Él la comprendía, pero ¿de verdad quería Zoe que los demás supieran que compartían habitación?

Apoyó el hombro en la pared y se permitió deslizar la mirada sobre ella. Zoe bajó los párpados para ocultar su reacción, pero entreabrió los labios, y su respiración pareció acelerarse. Era evidente que sentía la misma excitación que vibraba en las venas de Jonathan.

Para demostrarlo, Jonathan se colocó tras ella, posó la mano en su cintura y le rozó el cuello con los labios.

Zoe no se volvió, no cayó rendida entre sus brazos, pero tampoco le detuvo.

–¿Tú también lo sientes? –musitó Jonathan cuando Zoe se estremeció.

Zoe tragó saliva y le miró con más deseo que confianza, pero asintió.

–Por eso se lo he dicho –respondió Jonathan.

Después, se obligó a dirigirse al cuarto de baño y cerró la puerta.

–¿Qué vamos a hacer? –preguntó Tiffany.

Llevaba horas nerviosa, desde que había oído en el avance informativo que Rover había abierto su enorme bocaza. Pero en aquel momento, una vez terminado el informativo de las once y tras haber visto y oído la noticia en la que aparecían imágenes de un Rover comatoso en el hospital, rodeado de sus familiares, estaba casi histérica.

—¡Colin, no quiero ir a la cárcel como mi hermano!

—No vas a ir a la cárcel, así que cierra la boca. ¡Rover está en coma!

—Pero podría despertar.

—No va a despertar. Ya has oído lo que ha dicho el médico. Tiene el cerebro dañado y solo hay un veinte por ciento de probabilidades de que sobreviva.

Colin estiró las piernas y las apoyó en la mesita del café. Tenía trabajo pendiente. Tenía que preparar un juicio que no había podido terminar en el despacho, pero no se sentía con ánimos para hacer nada.

—¿Y si ya le ha dicho a la policía el coche con el que le secuestraron? Su colegio está delante de la casa de tu padre.

—Tráeme una cerveza —le ordenó Colin.

Tiffany no se movió, pero en cuanto Colin entrecerró los ojos, se levantó y corrió a la cocina. Colin la oyó abrir el refrigerador y después un armario. Segundos después volvía con una cerveza que Colin aceptó, pero solo después de golpearle la mano cuando intentó pasársela por el pelo.

—Déjame en paz.

—Soy tu esposa, ¿no quieres que te toque?

—No estoy de humor.

—Así que estás preocupado.

En realidad, no. Si Rover se despertaba, probablemente sería incapaz de ofrecer una descripción coherente, o de recordar siquiera su propio nombre. En realidad, estaba más enfadado que asustado. Quería ver a Zoe esa misma noche. Había planeado todo lo que iba a decirle. Se había imaginado compartiendo otro cigarrillo a escondidas con ella. Un abrazo compasivo, un beso inocente, una caricia no tan inocente...

—Colin, ¿no vamos a hacer nada?

–¿Qué podemos hacer? No estamos en una serie de televisión. No podemos entrar a escondidas en el hospital para asfixiarlo. Además, tampoco es necesario. No saldrá de esta. Le golpeé con un bate de béisbol, tiene que tener el cerebro destrozado.

–Por lo menos tendrías que pensar en esa posibilidad.

–¿Por qué? ¿De qué va a servirme? Vivamos al día, ¿de acuerdo? Eso forma parte del riesgo. Es el precio que pagamos por la diversión.

–Pero yo no quiero ir a la cárcel –repitió Tiffany.

Tiffany le estaba sacando de quicio. Colin ya no tenía ningún interés en Rover. Rover pertenecía al pasado. Tenía a Samantha. Y gracias a ella, tenía a Zoe a sus pies, metafóricamente hablando, por supuesto. Pero él añoraba el día en el que aquella imagen llegaría a hacerse realidad.

–¿Colin?

–¿Qué? –replicó malhumorado.

–¿No te importa que nos descubran?

–¿Quieres hacer el favor de dejarlo ya? No nos van a descubrir, no es tan fácil.

–Sabe cómo nos llamamos. Aunque él nos llamara «amos», estoy segura de que alguna vez nos oyó llamarnos el uno al otro.

–Casi siempre que estaba con nosotros estaba drogado. Puede intentar describirnos, pero tú has visto tantos programas sobre investigaciones policiales como yo. Son incapaces de encontrar nada hasta que no aparece un hecho casual o una coincidencia demasiado evidente como para pasarla por alto. En realidad no les importan ni Rover ni lo que le pueda pasar al resto del mundo. Lo único que les importa es recibir su próxima paga.

–No todos los policías son iguales.

–Te estoy diciendo que son idiotas. ¿Cuántas veces has oído al narrador de A&E explicar que si no hubiera sido por una información, que llevaba mucho tiempo siendo ignorada a pesar de haber estado archivada durante años, un asesino podría haberse librado de la cárcel? –bebió un sorbo de cerveza–. Es un milagro que sean capaces de atrapar a nadie, Tiff. Incluso en el caso de que sepan que eres culpable, tienen que demostrarlo y superar cualquier posible duda, y no hay nada que pueda demostrar la historia de Rover –frunció el ceño–. No le habríamos hecho ningún daño si no se hubiera negado a bajarse los pantalones. Ya sabes lo que pasa cuando me enfado. A veces no soy capaz de dominarme.

Tiffany se sentó a su lado en el sofá.

–Pasó mucho tiempo con nosotros. ¿Quién sabe cuánta información podemos haber revelado? No esperábamos que se escapara.

–Pero incluso en el caso de que diga algo y la policía se fije en nosotros, no podrán demostrar que somos culpables.

–Pueden venir aquí y registrar la casa. Y encontrarán a Sam. Tenemos que deshacernos de ella.

–Y lo haremos. Pero no tenemos prisa.

–¿Cómo sabrás cuándo ha llegado el momento de hacerlo?

–Porque estaré pendiente de todo.

Tiffany se mordió el labio.

–Me pregunto si se acordará de nuestro modelo de coche.

–Deja de preocuparte.

–A lo mejor deberíamos cambiarlo

–¿Y cómo vamos a comprar otro?

Tenían un presupuesto muy ajustado. Colin ganaba un salario decente, pero no tan alto como el de los socios más antiguos. Y el salario de Tiffany era una miseria.

–Si tuvieras estudios y ganaras más de diez dólares por hora, a lo mejor era una opción. Pero apenas vales nada –la agarró por la barbilla para examinar la herida del labio–. Hablando de dinero, mañana vas a ir a trabajar.

–Pero si todavía tengo el labio hinchado.

–No me importa. Ya no tiene tan mal aspecto y llevas días sin ir a trabajar.

Tiffany no contestó. Colin sabía que odiaba cambiar cuñas, ¿pero por qué iba a ser él el único que tuviera que esclavizarse día tras días?

–¿Van a venir tus amigos el viernes?

–Por supuesto.

En un primer momento, la pregunta le irritó, pero también le hizo recordar que había mejores formas de pasar la noche que estar gruñendo en un sofá.

–Quítate eso –le ordenó, y tiró de la blusa.

Tiffany se quitó la blusa obediente, dejando al descubierto uno de los sujetadores de encaje que Colin le había comprado la última vez que habían ido al centro comercial. Siempre le compraba los sujetadores una talla más pequeña, para que se desbordaran sus senos.

–Me gusta.

Deslizó el dedo por sus senos henchidos, acariciando los tatuajes con su nombre. A lo mejor, la noche no iba a ser tan aburrida como pensaba. Podía atar a Tiffany a la cama, boca abajo, y fingir que era Zoe.

Capítulo 15

Zoe todavía estaba temblando cuando se había acostado. ¿Qué le había pasado? Estaba pensando en Franky Bates, lo que siempre le provocaba un tenso nudo en el estómago, y de pronto, Franky había desaparecido por completo de su mente. Cuando Jonathan la había tocado con aquella inmensa ternura, la había consumido una pasión como jamás la había experimentado en su vida.

¿Se trataría simplemente de la tan mentada atracción por la fruta prohibida? ¿Qué habría hecho si Jonathan hubiera seguido tocándola? ¿Si aquella mano que con tanta suavidad descansaba en su cintura hubiera ascendido hasta su seno?

Ahogó un gemido y se escondió bajo las sábanas.

Le habría empujado, por supuesto. Y si había alguna posibilidad de que hubiera reaccionado de otra forma, no quería saberlo. Ya se sentía suficientemente mal por haber disfrutado con aquella muestra de afecto.

«¡Ya basta!», se ordenó. Aquella reacción no significaba nada. Era la menor de una plétora de preocupaciones, como la de conseguir que Sam regresara a casa. No era ella misma.

—Olvídalo —se dijo en voz alta.

Pero por mucho que lo intentara, no podía. Continuaba sintiendo la dureza del músculo del brazo que había tocado unas horas antes, el calor de su aliento acariciando su nuca, el cosquilleo que había recorrido su cuerpo cuando había movido los labios sobre su cuello.

Apartó las sábanas, se sentó en la cama y agarró el teléfono. Tenía que llamar a Anton. Le había llamado varias veces a lo largo del día y sabía que él llamaría si hubiera habido algún cambio, pero necesitaba hablar con él, aunque solo fuera para recordarse que tenían una relación. Desde que Sam había desaparecido, no se sentía conectada con nadie. Pero esa no era una excusa. Tenía que negarse a más arrepentimientos, no podía enfrentarse a otra ruptura, a otra mudanza.

Estabilidad. Ese era el objetivo. Conseguir una estabilidad que su padre no había sido capaz de proporcionarle. Anton era un hombre decente, estable. Cuando se había ido a vivir con él, había decidido que sería para siempre. Necesitaba mantener aquel compromiso.

Sonó en aquel momento su móvil. Sin necesidad de mirar, Zoe supo que era Skye. Pero no descolgó el teléfono. Necesitaba hablar con Anton.

Cuando por fin atendió la llamada, su prometido parecía tan cansado como ella.

—Lo siento, estaba hablando con el detective Thomas —le explicó para justificar su retraso.

—¿Quieres que llame más tarde?

—No, no te preocupes, ya ha colgado.

Zoe se apoyó en el cabecero de la cama.

—¿Qué te ha dicho?

—No gran cosa —suspiró pesadamente—. Están tan perdidos como nosotros. Han intentado seguir unas cuantas pistas, pero no les han llevado a nada.

Víctima de un frío repentino, Zoe se enterró bajo las sábanas.

—No puedo continuar con esto —se lamentó.

—Desgraciadamente, no te queda otra opción, Zoe. Nadie busca esta clase de problemas. Son cosas que, sencillamente, ocurren.

Hablaba más como un padre que como un amante. ¿No podía ofrecerle un apoyo más íntimo? ¿No podía hacerle saber que podía contar con él? ¿Que siempre la apoyaría? ¿Que estarían juntos en todo el proceso?

Deseando no haber llamado, decidió que había llegado el momento de colgar el teléfono.

–Estoy agotada. Te llamaré mañana.

–¿Dónde estás ahora?

–En Los Ángeles –esbozó una mueca tras decir aquella mentira, pero no quería que supiera que estaba en San Diego.

–Eso ya lo sé, ¿pero dónde vas a dormir?

Zoe se acurrucó en la cama. Le daba miedo transmitir a Anton la culpabilidad que sentía.

–En un hotel.

Como a Anton no le había hecho mucha gracia que viajara a Los Ángeles con Jonathan, esperaba que la siguiente pregunta fuera sobre cómo iban a pasar la noche, pero no fue así.

–¿Cómo vas a pagar la habitación? –preguntó en cambio.

Zoe estuvo a punto de soltar una carcajada. Ella preocupada porque iba a pasar la noche con el detective privado de Skye y él preocupado por ciento veinte dólares.

–El Último Recurso se hace cargo de todo –contestó.

Por lo menos, ella creía que era la organización benéfica la que corría con los gastos, aunque la tarjeta que Jonathan había utilizado parecía ser suya.

–Menos mal. Cuanto más dure todo esto, mayores serán los gastos.

–¿Estás enfadado porque imprimí los carteles en color?

–Entiendo que lo hicieras, pero creo que no es la mejor manera de utilizar los recursos, sobre todo ahora que la policía me ha dicho que deberíamos ofrecer una recompensa.

¡Por supuesto! ¿Cómo no se le habría ocurrido antes?

Probablemente porque no tenía dinero.

–¿Cuánto?

Deseó, por millonésima vez, tener tantos recursos como Anton, disponer de ahorros y poder hacerse cargo de sus propios gastos.

–Diez mil dólares.

Eso no era nada comparado con lo que habría dado ella para recuperar a su hija. Pero no los tenía y sabía lo mucho que representaban diez mil dólares para un hombre tan ahorrador como Anton.

–¿Y a ti qué te parece?

–Que podríamos intentarlo.

Zoe se aferró con fuerza a las sábanas. Anton iba a ofrecer una recompensa, y ella iba a permitir que lo hiciera, aunque diez minutos antes se había descubierto deseando a otro hombre. ¿En qué clase de mujer la convertía aquello?

–Gracias, Anton –tragó saliva, intentando deshacer el nudo que tenía en la garganta. Si con aquel dinero conseguía que Sam regresara a casa, haría todo lo que Anton quisiera–. No te defraudaré.

–¿Qué?

Cesó el sonido de la ducha.

–Nada.

–Intenta dormir. Estás diciendo cosas sin sentido.

–Buenas noches.

–Te quiero.

–Te...

Zoe comenzó a contestar con las mismas palabras, pero justo en ese momento, se abrió la puerta del cuarto de baño y salió Jonathan llevando solamente una toalla alrededor de la cintura... y las palabras se negaron a abandonar sus labios.

–Buenas noches –repitió. Y colgó el teléfono.

Zoe sabía que no iba a poder dormir. Estaba agotada, pero, al igual que la noche anterior, la preocupación y el nerviosismo no iban a permitirle pegar ojo.

Aunque Jonathan no había vuelto a decir nada desde que había salido del cuarto de baño, por sus movimientos, sabía que también él estaba despierto. Estaba en la cama de enfrente, con los vaqueros puestos, seguramente porque no tenía otra alternativa.

Zoe se sintió ligeramente culpable de su incomodidad, pero aun así, prefería no estar sola. Los sonidos amortiguados del hotel, la oscuridad, las sombras y aquellos muebles tan poco familiares para ella, habrían hecho imposible que pasara la noche sola. Y nada, ni siquiera el estar sola en otra habitación, podía cambiar el hecho de que el detective privado de Skye ejercía una poderosa atracción en ella. Se había encendido la llama en el primer encuentro, cuando la había abrazado para consolarla, en vez de mantener las distancias, como habría hecho cualquier otro en su lugar. Entonces estaba demasiado alterada como para notarlo. Pero lo había notado al día siguiente, y al otro. Y, por supuesto, también aquella noche.

Después de arreglar las sábanas, se estiró el camisón, que se le había enredado en la cintura, y se tumbó de cara a la pared. Anton iba a ofrecer una recompensa por Sam. Tenía que concentrarse en lo amable y lo generoso que estaba siendo, en vez de profundizar en la capacidad de Jonathan para satisfacer de manera intuitiva sus necesidades. Era Anton el que había prometido casarse con ella, adoptar a Sam y convertirse en la clase de padre que ella nunca había tenido, la clase de padre que deseaba para su hija.

Ahuecó la almohada. Sam... ¿Volvería a verla otra vez? ¿Podría haberse enterado Franky Bates de su existencia?

El hombre que la había violado parecía capaz de cualquier cosa, pero...

La voz de Jon irrumpió en sus pensamientos.

—¿Crees que debería ir a la farmacia?

La mente de Sam conjuró inmediatamente la imagen de una caja de preservativos.

Oh, Dios santo...

—¿Para qué? —preguntó tentativamente.

—Para comprar somníferos.

Zoe soltó la respiración que había estado conteniendo. No pasaba nada. Estaba bien. Pero tenía frío. La mayoría de la gente encontraría la habitación perfectamente caldeada, pero ella no conseguía entrar en calor hiciera lo que hiciera.

—¿Para mí? No, no quiero tomar nada para dormir —volvió a dar media vuelta en la cama—. Tengo que estar alerta por si se me necesita.

—Tienes que dormir, Zoe. Tienes que intentar dormir.

Zoe no respondió, pero después de pasar un buen rato dando vueltas en la cama, admitió por fin la verdad.

—¿Jon?

—¿Qué?

—No puedo dormir. Ni siquiera soy capaz de entrar en calor.

Le oyó levantarse y dio por sentado que iba a ir a la farmacia. Pero Jonathan no salió de la habitación. Retiró las mantas de su cama y se acostó con ella. Zoe estuvo a punto de protestar, de decirle de forma tajante que no iba a permitir que la tocara. Sabiendo ya que tenía que estar alerta para no cometer un desliz, no iba a serle infiel a Anton.

Pero Jonathan no hizo ningún avance sexual. Se limitó a abrazarla y a acurrucarla contra él.

Pronto, el sonido de la respiración de Jonathan, lenta y constante, comenzó a tener el efecto de un metrónomo en su cabeza. Por primera vez desde que la habían despedido del trabajo aquel lunes, se sentía segura. Tenía algo a lo que aferrarse. Ella no iba a ir a ninguna parte, y tampoco Jon. De hecho, él ya se había quedado dormido.

Intentando ajustar el sonido de sus respiraciones, poco a poco, fue entrando en calor y se quedó dormida.

Cuando sonó el despertador a la mañana siguiente, Tiffany se despertó con un agudo dolor de cabeza y los senos doloridos. Colin la había tenido despierta casi toda la noche. Había tomado Viagra y quería hacer el amor una y otra vez... El problema era que nunca era capaz de terminar. Cada vez que Tiffany pensaba que estaba a punto, gemía y se retorcía para ayudarle. Pero no había funcionado. Al final, Colin se había dormido agotado, a su lado, pero la había dejado atada a los postes de la cama, por si se despertaba y le apetecía volver a hacerlo.

Pero tras haber dormido apenas una hora, tenía que empezar a prepararse para ir a trabajar.

—¿Colin?

Colin asomó la cabeza de entre las sábanas revueltas.

–¿Qué?

–Es hora de ir al trabajo.

–¡Mierda!

Se levantó de un salto y se dirigió al cuarto de baño sin mirarla siquiera.

–¿No vas a desatarme?

–¿Por qué voy a tener que desatarte? Anoche no te esforzaste nada –respondió desde el baño.

Tiffany se dijo que era preferible ignorarle. Estaba de mal humor. Y ella ya se lo esperaba.

Pero Colin quería una respuesta. Regresó junto a la cama y se cernió sobre Tiffany con los ojos inyectados en sangre y la boca retorcida en una mueca de desprecio.

–¿Me has oído?

–No fue culpa mía –se defendió–. Te dejé utilizar todo lo que quisieras.

Las tenazas en sus senos así lo atestiguaban. Allí continuaban, las había dejado durante tanto tiempo que el dolor estaba comenzando a provocarle náuseas.

–Todo lo que quisiera –musitó Colin como si no fuera cierto–. Mañana es cuando voy a hacer de verdad lo que quiera.

Le quitó por fin las tenazas. Tiffany esperaba que le besara los senos, o que se los acariciara para aliviar el dolor que le había causado. Pero Colin se limitó a dejar las tenazas en la mesilla y a desatarle las muñecas.

–Creo que deberían volver a operarte los senos.

En cuanto tuvo las manos libres, Tiffany se frotó los senos.

–¿No son suficientemente grandes?

–En absoluto –arrugó la nariz con gesto de aparente disgusto mientras la recorría con la mirada–. O a lo mejor es que has engordado. Es asqueroso.

Tiffany sabía que no había ganado ni un gramo. Lo comprobaba todos los días

–¿Quieres que pese menos de cuarenta y cinco kilos?

–Quiero correrme solo con mirarte.

En vez de desatarle los tobillos, se encogió de hombros con un gesto de indiferencia y se alejó de ella.

–Será mejor que te des prisa y que vayas al gimnasio. Hoy quiero media hora extra de ejercicio.

Tiffany apartó las manos de sus senos doloridos, pero le temblaban de tal manera que apenas podía desatarse los tobillos. Cuando por fin se liberó, las venas le habían cortado la circulación hasta el punto de que le resultaba difícil caminar. Aquellas lesiones menores no le habrían importado si la noche hubiera transcurrido como normalmente lo hacía. Le encantaba sentirse capaz de complacer a su marido. A veces, Colin había terminado llorando sobre su vientre desnudo, diciéndole lo mucho que apreciaba su amor y su paciencia.

–¿Ya estás vestida? –le preguntó desde la ducha.

–Casi.

–Cuando salgas hoy, compra un collar para Sam como el que usábamos con Rover.

Tiffany se olvidó inmediatamente de todos los dolores. Esperaba que Colin no se hubiera dado cuenta de que el collar de Rover había desaparecido.

–¿Dónde está el de Rover? –preguntó.

–No lo encuentro. Eso era lo que estaba buscando anoche cuando al final decidí conformarme con la cera.

Tiffany tenía quemaduras en el vientre y entre los muslos, allí donde Colin había dejado caer la cera derretida, pero aun así, prefería la cera al collar. La última vez que Colin le había hecho ponérselo, se había desmayado. De hecho, se había asustado tanto que en el caos que había seguido a la fuga de Rover, había decidido esconderlo. A veces, Colin se excitaba tanto que no era consciente de lo que hacía.

–¿Estás pensando en empezar a divertirte con ella? –preguntó, aliviada al pensar que podían volver a un terreno familiar a pesar de que hubiera perdido el collar.

–Sí, estoy pensando en llevaros a la cabaña de mi padre el sábado por la noche. Pasaremos allí el Día de la Madre. Nos ayudará a olvidarnos de Rover.

–¿Cómo sacaremos a Sam de casa?

–Como sacamos a Rover. La drogaremos, la meteremos en una caja y la sacaremos como si fuera parte del equipaje.

–¿Y qué haremos cuando lleguemos allí? Recuerda que no podemos tocarla, está enferma.

–Pero podemos colocarla. ¿Te acuerdas de lo gracioso que estaba Rover cuando le hicimos fumar crack?

En aquella ocasión, Rover les había proporcionado uno de los momentos más divertidos de sus vidas.

–Sí, puede ser divertido –Tiffany terminó de atarse las playeras–. Me voy al gimnasio.

–¿Tiffany?

Tiffany se detuvo en la puerta.

–¿Sí?

–Siento lo de esta noche. Creo que estaba más afectado por lo de Rover de lo que quería admitir.

–Lo comprendo.

–¿Me quieres?

De pronto, los senos ya no le dolían tanto.

–Claro que sí.

–Si no quieres que vengan mis amigos mañana por la noche, no me importa.

A Tiffany no le gustaba competir por la atención de Colin con sus amigos, pero había sido ella la que había dejado escapar a Rover, y después de lo que había pasado aquella noche, quería demostrarle a su marido que todavía podía excitarle. A lo mejor, después de aquel gran sacrificio, se olvidaba de Zoe.

–No, que vengan. Se lo pasarán tan bien que te estarán agradecidos durante meses.

–¿De verdad?

El entusiasmo de Colin borró sus últimas reservas. Sería capaz de soportarlo durante una noche. Como Colin había dicho, probablemente también se divertiría. Siempre se lo pasaba bien cuando su marido disfrutaba.

–De verdad –respondió.

Aquel día, al volver del gimnasio, encontró una docena de rosas en la puerta. La tarjeta que acompañaba las flores decía:

Jamás encontraré a nadie como tú. Eres perfecta. Gracias.

Capítulo 16

–Voy contigo.

Jonathan estudiaba la expresión obstinada de Zoe con las llaves del coche alquilado en la mano. Zoe acababa de terminar de hablar con Skye, pero tampoco Skye había sido capaz de convencerla de que no le acompañara.

–¿Y qué ocurrirá si le encontramos?

El sueño le había sentado bien a Zoe. Vestida con un vestido de verano y un jersey blanco, parecía ligeramente recuperada, y estaba más guapa que nunca. Jonathan deseó no ser tan agudamente consciente de su atractivo, pero después de lo que había ocurrido aquella noche, sabía que eso no iba a cambiar. Todavía podía oler su fragancia, y sentir la textura de su piel en los labios.

Junto a Sheridan, Zoe era la mujer más guapa que había visto en su vida.

Y estaba tan fuera de su alcance como ella.

–De eso se trata precisamente, ¿no? –dijo–. Queremos encontrarle.

–No sería nada fácil para ti un enfrentamiento con él.

–Nada de esto es fácil para mí –terminó de recoger los cosméticos y cerró la bolsa de aseo–. ¿Estás listo?

Pero Jonathan le bloqueó el paso a la puerta y posó la mano en su brazo con un gesto que podría haber utilizado para llamar la atención de cualquier otra mujer. Pero la energía que fluyó entre ellos le hizo ser de nuevo consciente de que Zoe no era una clienta más. Significaba algo para él, algo más. Y no quería ni verla sufrir ni verla asustada.

–Zoe, confía en mí. Sé cómo manejar todo esto.

–Confío en ti. Pero tanto tú como yo sabemos que mi decisión no tiene nada que ver con eso.

Jonathan dejó caer la mano, temiendo comenzar a acariciarla.

–¿Quieres enfrentarte a él?

–Quiero hablar personalmente con él, analizar su respuesta y llegar a mis propias conclusiones para tener la certeza de que estamos haciendo todo lo que podemos en lo que a él respecta. No puedo confiar en que tú, ni nadie, haga eso por mí. Esta necesidad es algo... instintivo, algo que no se le puede negar a una madre. Lo comprendes, ¿verdad?

Desgraciadamente, lo comprendía. E incluso era capaz de apreciar cierta ventaja en el hecho de tenerla a su lado. Zoe conocía a Franky o, por lo menos, le había conocido en otra época.

Zoe sonrió, pero era evidente que estaba forzando la sonrisa, porque sus ojos continuaban mostrando recelo.

–Además, creo que me vendrá bien verle siendo adulta. Por fin estaré frente a él de igual a igual. A lo mejor así no me parece tan fuerte ni tan amenazador.

–¿Cuándo le viste por última vez?

–Cuando testifiqué en el juicio.

–A lo mejor volver a verle solo te sirve para revivir una pesadilla.

Zoe consiguió echarse a reír mientras sacudía la cabeza.

–De esa experiencia nació mi hija, Jon. El recuerdo de lo ocurrido ha estado siempre presente. No voy a revivir nada, porque siempre ha formado parte de mi vida.

Tenía razón. Con un suspiro, Jonathan señaló hacia la puerta, esperando no tener que arrepentirse de su decisión. Zoe ya había sufrido demasiado. Si ella se lo hubiera permitido, él habría preferido protegerla, pero no era tan condescendiente como para pensar que sabía mejor que Zoe lo que le convenía.

Caminaron hacia el coche en silencio. Jonathan dejó el equipaje en el maletero, se puso las gafas de sol y se sentó tras el volante.

—¿Estás lista? —le preguntó cuando estuvieron los dos en el interior de coche.

Zoe se puso sus propias gafas de sol y, una vez más, Jonathan tuvo la impresión de que la ayudaban a poner una barrera entre ella y el resto del mundo.

—Lista.

Jonathan vaciló antes de poner el coche en marcha.

—Corremos otro riesgo.

—¿Cuál?

—Si no ha sido él, si no sabe siquiera de la existencia de Zoe, lo sabrá a partir de ahora.

Deseó poder ver lo que Zoe estaba ocultando tras las gafas, pero le resultó imposible.

—Lo sé.

De alguna manera, Zoe siempre había sabido intuitivamente que llegaría el día en que tendría que volver a verse cara a cara con Franky, aunque solo fuera por el miedo que había llegado a tenerle. Lo ocurrido sugería que no había actuado de manera premeditada. La había violado porque estaba sola en casa y él estaba drogado. Había sido un delito oportunista. Al menos eso era lo que había declarado en el juicio. Franky no la había acosado, y tampoco había intentado ponerse en contacto con ella después del juicio.

El fiscal incluso había admitido que parecía arrepentido una vez recuperada la razón. Pero el arrepentimiento no significaba nada para Zoe. Solo tenía quince años cuando aquel hombre la había forzado a entrar en su propio dormitorio y le había levantado la falda. Suponía que era normal pensar que volvería a hacerlo si tuviera oportunidad, que era lógico temer que pudiera comenzar a acosarla si le recordaba su existencia.

Jonathan detuvo el coche en la acera, delante de la casa de la madre de Franky. La radio dejó de sonar cuando Jonathan apagó el motor. Zoe se secó las manos sudorosas en la falda del vestido y alargó la mano hacia la manija de la puerta, pero Jonathan la detuvo.

–¿Por qué no voy yo antes?

–No –replicó ella, y salió del coche.

La casa no era una verdadera casa. Era solamente la planta baja de un edificio de dos plantas situado en una de las zonas más deprimidas de la ciudad. No había plantas en el jardín, solo algunos trozos de césped allí donde el tráfico humano no lo había destrozado. Un sillón viejo con un cenicero en uno de los brazos ocupaba el porche.

–¿Cuánto tiempo lleva su madre viviendo aquí? –musitó cuando Jonathan comenzó a caminar tras ella.

–Por lo que yo he averiguado, compró la casa en el sesenta y cuatro... así que hace bastante tiempo. ¿Qué estaba haciendo Franky en casa de tu padre?

–Su novia vivía en el parque, en la caravana número 5.

–¿Y se metió en la caravana de tu padre porque sabía que estabas tú allí?

–No, en realidad, creo que no me buscaba a mí. Estaba colocado y buscaba más drogas.

–¿Tú padre traficaba en aquella época?

–Digamos que no tenía un trabajo fijo.

–Entendido.

Cuando Jonathan levantó la mano para llamar al timbre, Zoe estuvo a punto de detenerle. Necesitaba otro minuto más para prepararse. Pero Sam podía estar en cualquier otra parte. No podía permitirse el lujo de perder el tiempo, de modo que no hizo movimiento alguno.

Una mujer encogida, de no más de un metro cincuenta y cinco de altura y de unos ochenta años, llegó hasta la puerta. Iba vestida con una camisa de poliéster de color morado con unos pantalones a juego y zapatos ortopédicos. Llevaba gafas bifocales.

–¿Señora Bates?

Fue Jonathan el que habló. Zoe tenía la boca demasiado seca como para pronunciar palabra.

La mujer que acababa de abrirles la puerta les miró alternativamente.

—Soy Eva Norris, la madre de Sandra Bates.

—Estamos buscando a Franky.

Al oírle, la preocupación oscureció sus ojos de color chocolate.

—¿Qué quieren de él?

—Ha desaparecido una joven y nos gustaría saber si sabe algo al respecto.

—Imposible. Pondría en riesgo su libertad condicional. Se está portando perfectamente.

—Solo quiero hablar con él —la tranquilizó Jonathan—, ¿puede decirnos dónde está?

La mujer no contestó.

—Está en peligro la vida de una niña —insistió Jonathan.

Eva Norris fijó la mirada en el vacío y gritó después, volviéndose hacia la casa.

—¡Franky!

—¿Qué, abuela? —contestó Franky al instante.

—Sal.

Aquel era el momento. Zoe estaba a punto de encontrarse cara a cara con el padre de Sam. Con el hombre que la había violado.

Presa de un repentino pánico, ansiaba agarrar a Jonathan de la mano, pero no lo hizo. Tenía que pensar en Anton. Tenía que enfrentarse ella sola a aquella difícil situación.

Jonathan la miró, sin duda alguna para ver cómo se encontraba. Pero no hubo tiempo para hablar. Un segundo después, Franky Bates apareció detrás de su abuela y Zoe apenas podía respirar. Era muy distinto del hombre que ella recordaba: más alto, más fornido, más arreglado. Y su nariz y su barbilla se parecían extraordinariamente a las de Sam.

—¿Qué ocurre?

Franky aceptó la tarjeta que Jonathan le tendió, pero no la miró. Desvió la mirada hacia Zoe y se quedó boquiabierto.

—¿Qué estás haciendo aquí? —dijo sin apenas aliento.

Jonathan contestó antes de que pudiera hacerlo Zoe.

—Soy un detective privado de Sacramento. Estoy aquí para...

—¿Te la has llevado tú? —le interrumpió Zoe, demasiado impaciente como para aguantar una explicación.

Jonathan arqueó las cejas.

—¿Si me he llevado a quién? —preguntó Franky.

—A mi hija.

A pesar de lo notable del parecido, jamás se le habría ocurrido decir «nuestra hija».

Franky levantó las manos como si Zoe le estuviera amenazando con una pistola.

—No sé de qué estás hablando. Hace trece años te hice mucho daño. He pensado muchas veces que me gustaría tener la oportunidad de pedirte perdón, de decirte que lo siento. Lo siento mucho, de verdad.

Zoe fue por fin capaz de tomar suficiente aire como para responder, pero Franky continuó antes de que ella hubiera podido decidir lo que iba a decir.

—No espero que me perdones, pero no ha habido un solo día estando en prisión en el que no me haya arrepentido de lo que hice. Estaba en unas condiciones lamentables. En caso contrario, jamás habría hecho lo que hice.

Su abuela debió de advertir el arrepentimiento que reflejaba su voz, porque le agarró del brazo. Franky le reconoció el gesto con una sonrisa cargada de tristeza.

—No pretendo que sirva de excusa, pero he pagado por lo que hice y... me gustaría tener una segunda oportunidad.

—¿Has estado por California desde que saliste?

—No —sacudió la cabeza con firmeza—. No me he movido de aquí. Puede preguntárselo a mi abuela. Mi abuelo murió hace diez días. El funeral fue la semana pasada y desde entonces lo único que he hecho ha sido buscar trabajo —señaló una furgoneta relativamente nueva aparcada en la acera—. Mi abuelo me dejó esta furgoneta para que pudiera continuar buscando trabajo. Quiero empezar desde cero y eso es lo que he estado haciendo.

Visiblemente aliviada por la aparente sinceridad de su nieto, su abuela asintió.

–Es cierto.

Franky todavía estaba nervioso, pero su nerviosismo no despertaba la desconfianza de Zoe. Estaba avergonzado, arrepentido. Se humedeció los labios y continuó hablando, intentando convencerles de que no había hecho nada

–Jamás habría ido a buscarte, no quiero hacerte ningún daño. Ni siquiera sabía que tenías una hija...

De pronto, pareció comprender los motivos por los que podrían haberse puesto en contacto con él y comenzó a retroceder.

–Un momento... No es mía, ¿verdad? Quiero decir que... no es esa la razón por la que estás aquí.

Zoe dio media vuelta y se alejó de allí antes de que las lágrimas desbordaran sus ojos. Franky no tenía a Sam. Ni siquiera sabía que existía, tal y como ella pensaba. Aquel viaje había sido una pérdida de tiempo. Sentía una fuerte presión en el pecho y no podía respirar. Habían pasado tres días desde la última vez que había visto a su hija. ¿Dónde estaría Sam?

Jonathan intercambió algunas palabras con Franky. Parecía estar anotando su número de teléfono. Después, la siguió por el camino de la entrada.

–¿Es mía? –gritó Franky cuando estaban ya en el coche.

–Por supuesto que no –contestó Zoe, pero no se volvió.

No quería verle. No quería darle más información.

–Es mía, ¿verdad?

–No –respondió Zoe, y abrió la puerta del coche.

–Si no es hija mía, ¿a qué venía todo esto?

–Eso ya no es asunto tuyo –Jonathan rodeó el coche para sentarse en el asiento del conductor.

Franky pasó por delante de su abuela y comenzó a avanzar.

–¿Qué le ha pasado? ¿Está bien?

Ojalá ella lo supiera...

–¡Buena suerte con el trabajo! –le deseó Jonathan.

–¿Pero qué ha pasado con esa niña? ¿Puedo ayudar en algo?

–En nada. No puedes hacer absolutamente nada –replicó Zoe, y cerró la puerta.

Franky hundió las manos en los bolsillos del pantalón. Sus hombros parecieron desplomarse.

–No puedes soltar una bomba como esa y marcharte.

Las palabras de Franky llegaron hasta Zoe a través de la puerta que acababa de abrir Jonathan.

–Si de verdad te arrepientes de lo que hiciste, eso es exactamente lo que nos vas a permitir hacer –contestó Jonathan, y se metió en el coche.

–Llámeme –gritó Franky tras ellos. Su voz sonaba más débil una vez habían cerrado las puertas–. Prestaré toda la ayuda que pueda. Por favor, llámeme...

La radio volvió a sonar en cuanto Jonathan puso el motor en marcha. Estaba muy alta, pero Jonathan arrancó y se alejó de allí antes de bajar el volumen.

–¿Estás bien?

–Tenemos que volver a Sacramento –dijo Zoe.

–Ahora mismo vamos hacia el aeropuerto.

Zoe se aclaró la garganta.

–¿Te ha dado su número de teléfono?

–Sí, ¿lo quieres?

–No.

No tenía ningún miedo de Franky Bates. Podía cerrar definitivamente aquel capítulo de su vida. Pero lo que en otro tiempo habría sido una gran fuente de alivio, apenas le proporcionaba algún consuelo. No había encontrado nada que pudiera ayudarla a encontrar a Sam. No deberían haber ido hasta allí, no deberían haber perdido tanto tiempo.

Jonathan le tomó la mano. Zoe sabía que no debería permitir que la consolara. Eran muchas las cosas que se escondían bajo la superficie, muchas las cosas que la confundían y la tentaban. Pero, de alguna manera, aquella conexión le parecía absolutamente vital y no era capaz de renunciar a ella... Sobre todo cuando alzó la mirada y le vio observándola con una expresión tan intensa.

–Podemos ser amigos –dijo Jonathan.

Parecía decirlo para quitar importancia al hecho de tomarle la mano, como si quisiera justificar aquel contacto.

–Podemos ser amigos –repitió Zoe.

Pero eso no cambiaba nada. Jonathan entrelazaba los dedos con los suyos de una forma posesiva, profundamente personal, incluso sexual. Y en aquel momento, Zoe supo que era una suerte que se dirigieran hacia casa. No podía luchar contra la atracción que sentía por Jonathan estando tan asustada y tan preocupada por Sam. Sin su hija, su propia estabilidad no le preocupaba lo suficiente como para intentar conservarla. De hecho, ni siquiera le importaba conservar su propia dignidad.

Capítulo 17

Regresar a casa fue peor que haberse marchado. La casa en la que había vivido durante diez meses le resultaba más ajena incluso que el día anterior, tan extraña como el resto de las casas de la calle, la mayor parte de ellas a oscuras, porque era martes y eran casi las doce de la noche de un martes. Días atrás se sentía orgullosa de vivir en aquel barrio, de formar parte de aquella comunidad. Había consultado revistas de moda, había cambiado de aspecto y, por fin, tenía la sensación de haber conseguido encajar en aquel ambiente.

Sonriendo con amargura ante aquella ilusión hecha añicos, recogió el bolso mientras Jonathan echaba el freno de mano. Como había dejado el coche en el aparcamiento del aeropuerto, se había ofrecido a llevarla a casa. Ella había aceptado con la excusa de que de esa forma le ahorraría a Anton el tener que salir de casa tan tarde. Pero, en realidad, no solo había aceptado por una cuestión práctica. Todavía no estaba preparada para despedirse de Jonathan. O quizá no estuviera lista para ver a Anton. No era capaz de decidir cuál era la respuesta.

Vio luz en la ventana del cuarto de estar. Su prometido la estaba esperando levantado. Suponía que era un gesto amable por su parte, pero no debería haberse tomado la molestia. Quizá al día siguiente consiguiera averiguar por qué se sentía más unida a Jonathan que al hombre con el que había aceptado casarse.

¿Le estaría idolatrando como a un héroe? ¿Le admiraba porque parecía mucho más capaz de ayudarla a encontrar a Samantha? ¿Sería únicamente una cuestión de atracción física?

Fuera cual fuera la razón, le deseaba como no había deseado a ningún hombre desde hacía mucho tiempo. Y eso solo servía para aumentar sus problemas.

¿Cómo era posible que se hubiera deslizado aquella extraña atracción en medio de la niebla del desconcierto y el dolor cuando nada más era capaz de hacerlo? Aquello era lo que más la confundía.

–Buenas noches –dijo antes de salir.

Jonathan no hizo ademán de tocarla. No había vuelto a tocarla desde que le había tomado la mano al salir de casa de Franky.

–No renuncies a la esperanza –la animó con una sonrisa.

–No –musitó.

Pero si su hija continuaba viva, ¿por qué no habían encontrado ninguna pista que ayudara a encontrarla? ¿Por qué no habían recibido ningún mensaje pidiendo un rescate?

–Gracias por todo.

–Me acercaré mañana por aquí. A primera hora tengo que ir al aeropuerto por una cuestión relacionada con otro caso, pero después quiero hablar con tus vecinos, con los profesores de Sam, con sus compañeros, con cualquiera que pueda darme alguna pista de dónde puede estar.

Si seguía aquella pista, ¿la encontrarían muerta? ¿Descubrirían su cadáver en el campo o en un callejón?

A pesar de la imagen macabra que conjuró su mente, Zoe consiguió dirigirle a Jonathan una sonrisa fugaz antes de cerrar la puerta del jardín. Después, permaneció tras ella, esperando a que se marchara. Y solo cuando vio desaparecer las luces del coche en una esquina, comenzó a caminar hacia la puerta principal.

–¿Quién era?

La voz llegaba desde la casa de sus vecinos.

–¿Colin?

Zoe entrecerró los ojos y esperó a que sus ojos se adaptaran a la oscuridad.

–Sí, soy yo. Siento haberte asustado. He oído el coche y he pensado que la habías encontrado –su forma de arrastrar las palabras delataba que había estado bebiendo.

–No.

–¿No hay nuevas pistas?

–Ni tampoco viejas. Por lo menos el detective Thomas no ha encontrado ninguna que haya dado algún resultado.

La maleta que llevaba tenía ruedas, pero no le apetecía dejarla en el suelo. No tenía ganas de hablar con Colin en aquel momento. Y menos si estaba bebido. Tenía que entrar cuanto antes en casa y enfrentarse a Anton.

Colin chasqueó la lengua.

–Es una lástima.

–Siento no ser más sociable, pero estoy agotada. Espero que me perdones si... –hizo un movimiento para dirigirse hacia la casa, pero él la detuvo.

–Eh, no tan rápido, llevo toda la noche esperando.

–¿Para...?

Colin no se lo aclaró.

–¿Quién era ese tipo con el que has venido?

Definitivamente, había bebido demasiado. Colin y su esposa celebraban fiestas de vez en cuando. En aquellas ocasiones, Zoe y Anton escuchaban la música procedente de su casa a altas horas de la noche, pero como no era algo que ocurriera a menudo y rara vez invitaban a más de un amigo o dos, eso nunca había representado un problema. A lo mejor estaban celebrando una de aquellas fiestas...

–Jonathan es un detective privado –le explicó–. Está colaborando con la investigación.

–¿Se llama Jonathan?

Zoe vaciló. El tono receloso de Colin le hacía sentirse insegura.

–Sí. Jonathan Stivers, ¿has oído hablar de él?

–Hasta esta noche, no. Pero es un hombre atractivo. Eso tengo que reconocerlo.

¿Cómo se suponía que tenía que responder a eso?

—¿Cómo lo sabes si apenas le has visto?

—Estuvo aquí la otra noche.

—Ah, es cierto.

Se cambió la maleta de mano en el momento en el que Colin comenzó a caminar hacia ella. Cuando su vecino salió de entre las sombras, vio que solo llevaba puestos unos pantalones de chándal. Tenía el pelo revuelto, como si se acabara de pasar la mano por la cabeza.

—¿No confías en que la policía sea capaz de llevar a término la investigación? —le preguntó.

—Están haciendo todo lo que pueden. Pero cuanta más ayuda tengamos, mejor.

—En realidad, son unos inútiles —se rascó el pecho desnudo—. Pero ese Jonathan... ¿es bueno?

—Creo que sí. Es un hombre inteligente.

—Sin embargo, acabas de decir que no ha encontrado ninguna pista nueva.

Comenzó a acariciarse un pezón y Zoe deseó alejarse cuanto antes de allí. Nunca le había visto sin camisa y le resultaba extraño que hubiera salido a hablar con ella estando medio desnudo. Suponía que tenía prisa por alcanzarla, ¿pero por qué tenía que acariciarse?

—Es un caso difícil —dijo.

—Parece que estás a la defensiva.

Estaba defendiendo a Jonathan, lo cual era una nueva prueba de hasta qué punto le gustaba.

—Estoy intentando ser justa.

Colin dejó caer la mano y Zoe evitó mirar hacia su torso desnudo.

—No creo que sea tan difícil como todo el mundo dice —se burló—. Seguro que hay algún delincuente sexual viviendo en este barrio. Deberían marcar las puertas de sus casas con una equis.

¿Podría estar Sam tan cerca? Tenía sentido, sobre todo después de haber eliminado a Franky como sospechoso y a su padre como posible refugio.

Desvió la mirada hacia la calle a oscuras.

–La policía comentó que había varios en esta zona –en realidad, los había en cualquier zona.

–¿Y qué está haciendo la policía, o Jonathan, al respecto?

–Les están interrogando a todos y están comprobando dónde han estado últimamente.

–Como si paseando por el barrio y entregando tarjetas pudieran resolver un delito.

Colin también estaba preocupado por Sam y Zoe se lo agradecía. Pero estaba en una situación demasiado delicada como para soportar que sugiriera que aquellos que estaban apoyándola eran demasiado inútiles e incompetentes como para encontrar a su hija. «No pierdas la esperanza...».

Por mucho que Colin pretendiera apoyarla, aquella noche no le estaba sirviendo de ayuda. Tenía que alejarse de él antes de terminar cayendo en la desesperación.

–Buenas noches.

–¿Adónde te ha llevado, Zoe? –preguntó, como si no estuviera dispuesto a dar por terminada la conversación.

Había pronunciado su nombre con especial suavidad, como si pretendiera que sonara... más íntimo.

Era por culpa del alcohol. Le estaba haciendo comportarse de forma extraña. A Zoe le habría gustado fingir que no le había oído. Pero no podía responder a la amabilidad de la noche anterior mostrándose antipática con él, aunque estuviera bebido.

Alargó al final el asa de la maleta y la dejó en el suelo.

–A Los Ángeles.

–¿Y por qué a Los Ángeles?

Zoe miró por encima del hombro. ¿Dónde estaba Anton? Si Colin había oído el coche de Jonathan, también lo habría oído él. ¿Por qué no habría salido a recibirla o a hacerse cargo del equipaje?

A lo mejor había intentado esperarla despierto y al final se había quedado dormido...

–Mi padre vive allí. Teníamos la esperanza de que Sam se hubiera puesto en contacto con él.

–Parece razonable –Colin metió las manos en los bolsillos del pantalón, bajándolos de tal manera que se hizo evidente que no llevaba nada debajo.

Zoe palideció...

–Sí, bueno...

–Por aquí te hemos echado de menos.

¿La habían echado de menos? ¡Pero si solo había pasado una noche fuera!

–Es... muy amable de tu parte –se volvió hacia el camino de su casa, pero Colin saltó la verja y la siguió.

–Tengo una pregunta que hacerte.

Haciendo un gran esfuerzo para no perder la paciencia, Zoe esperó.

–¿Sí?

–¿Has pensado en mí mientras estabas fuera?

A Zoe se le erizó el vello de la nuca.

–¿Perdón?

Colin le dirigió la que pretendía ser una encantadora sonrisa.

–Ya me has oído.

–Pero no estoy segura de lo que quieres decir.

La carcajada de Colin la animó a esperar que se tratara de una broma, pero lo que dijo a continuación la confundió todavía más.

–Así que quieres que juguemos.

–No sé de qué estás hablando.

La luz del porche de la casa de Colin se encendió y Tiffany asomó la cabeza.

–¿Cariño?

Zoe respiró aliviada, pero Colin ni siquiera se volvió.

–Tu esposa te está llamando –le advirtió Zoe.

Colin la miró con el ceño fruncido.

–¿Y?

–Supongo que quiere hablar contigo.

–Y yo quiero...

–¿Colin? –le interrumpió Tiffany.

Colin reaccionó a la segunda llamada.

–¿Qué? –gritó con impaciencia.

–Esta noche has bebido demasiado. Creo que deberías entrar.

Colin elevó los ojos al cielo.

–Parece que nunca tiene suficiente. No sé si sabes lo que quiero decir.

Zoe temía que pretendiera explicárselo, pero, afortunadamente, no lo hizo.

–Tiene razón, será mejor que vuelvas a casa.

–Supongo que sí –se encogió de hombros y comenzó a regresar a su jardín–. Sí, sí, ya voy –gruñó antes de despedirse de Zoe–. Nos veremos mañana.

–Espero que no –musitó Zoe mientras se cerraba la puerta de los Bell y se apagaba la luz del porche.

Libre por fin, entró en casa arrastrando la maleta tras ella. Y descubrió que Anton no estaba dormido, sino sentado a la mesa de la cocina, con una copa frente a él.

–Si estabas despierto, ¿por qué no has salido? –le preguntó–. ¿No has oído a Colin? Estaba muy raro, casi como si quisiera seducirme. Creo que estaba bebido.

Anton dio un sorbo a su copa, pero continuó con la mirada fija en el reloj de la pared.

–¿Anton?

Dejó la maleta en el suelo en el momento en el que Anton fijó en ella sus ojos enrojecidos.

–¿Es verdad? –le preguntó.

De alguna manera, Zoe supo que no estaba hablando de su vecino. Su mente regresó a aquellos segundos que Jonathan había permanecido tras ella en el cuarto de baño, y al momento en el que se había quedado dormida entre sus brazos. Pero estaban completamente vestidos y ni siquiera se habían mirado. El deseo estaba allí, sí, lo cual ya constituía suficiente traición, pero a Zoe le parecía imposible que aquello pudiera traducirse en una amenaza real. La crisis que estaba sufriendo le hacía sentirse cerca de la persona que mejor parecía comprender su dolor, eso era todo. Aquella no era la vida normal.

Pero aun así, ¿cómo se habría enterado Anton de lo de Jonathan?

—¿A qué te refieres?

—A lo del padre de Sam.

La violación. Zoe se sentó con un nudo de tensión en el estómago.

—¿Quién te lo ha dicho?

—¿No imaginaste que la policía iba a investigar tu pasado?

Se levantó y tiró el vaso contra la pared. Zoe se encogió al oír el estallido del cristal.

—¡Están investigando para saber si alguien puede haber tenido algún motivo para llevarse a Sam!

—¿Tienes idea de lo embarazoso que ha sido para mí estar sentado delante del detective Thomas y decirle que el padre de Sam había muerto en un accidente de coche? ¡Soy tu prometido, por el amor de Dios! ¡Se supone que te conozco!

A Zoe le latía violentamente el corazón.

—Anton, por favor. Estoy segura de que ha sido una situación muy violenta, pero tienes que intentar comprenderlo. Tienes que estar a mi lado hasta que... hasta que pueda superar todo esto. Solo te pido que tengas paciencia y me des una oportunidad de explicártelo.

Anton la rodeó entonces.

—¿Explicar qué? ¿Por qué has estado mintiéndome desde que te conocí? ¿Cómo puedes pedirme que te apoye? ¿Cómo voy a quererte y a apoyarte si ni siquiera te conozco? Aquí estoy, dejando de trabajar, reuniéndome con la policía, ofreciendo una recompensa... Y tú, durante todo este tiempo, has sabido que probablemente se la había llevado él.

—Eso no es verdad —se levantó. No podía permitir que continuara regañándola—. Lo último que sabía de él era que estaba en la cárcel.

—Pues ahora está fuera.

—Sí...

—¿Jonathan estaba al tanto de esa información? ¿Ese detective tan atractivo que desde el primer momento parecía interesado en ti lo sabía?

Zoe nunca había visto a Anton tan enfadado. Cuando se enfadaba, tendía a encerrarse en sí mismo. Pero aquel enfrentamiento era la culminación de otros muchos problemas. Su relación estaba en crisis mucho antes de la desaparición de Sam, sobre todo por desacuerdos económicos.

—Anton, tranquilízate.

—¿Que me tranquilice? —gritó.

—Hoy he hablado con Franky. ¡No la tiene él!

—Entonces, no me dijiste la verdad cuando me dijiste que ibas a Los Ángeles —rió con amargura.

—No sabía que veríamos a Franky.

—¡Tonterías!

—Es verdad. Jonathan no me lo dijo hasta que llegamos allí.

—Pero sí que le contaste que te habían violado, ¿verdad? A él sí que le confiaste la verdad.

—¡Eso no es justo! Él lo sabe a través de Skye. Ella forma parte del grupo de apoyo a las víctimas al que estuve asistiendo años atrás.

Si hubiera pensado en ello, Zoe se habría dado cuenta de que la policía investigaría en su pasado y encontraría esa información, pero no había pensado en las posibles consecuencias. Y, desde luego, no había pensado que podrían llegar a contárselo a Anton.

—Pues yo creo que has sido tú la que se lo has contado. Y que eso era lo que le estabas diciendo cuando os estabais abrazando en mi jardín.

Zoe sintió rodar una gota de sudor entre sus senos.

—No estábamos abrazándonos y lo sabes. Estaba destrozada, Anton, y él...

—¡Se comportó de una forma completamente inapropiada!

Zoe sacudió la cabeza. ¿Cómo podía explicarle lo que había pasado en aquel momento? Lo que había ocurrido en el hotel había sido completamente inapropiado, pero no aquel abrazo. Jonathan no esperaba recibir nada a cambio del consuelo que le ofrecía y ella no había tomado nada más que el consuelo que necesitaba.

–Las cosas no fueron tal como tú has decidido interpretarlas.

–¿Cómo puedes decir eso cuando yo era el único que no sabía nada?

Las canas que clareaban sus sienes le hicieron parecer de pronto menos elegante y casi... viejo. ¿Cuándo habría cambiado? Ella siempre había sido consciente de su diferencia de edad, pero nunca le había importado. ¿Y por qué todos aquellos rasgos que la habían atraído de él, como el hecho de que fuera un hombre de éxito, ordenado y estable, ya no le resultaban tan atractivos?

¿Era por su reciente atracción por un hombre más joven? ¿O quizá la desaparición de Sam estaba actuando como una llamada de atención y la había sacudido de tal manera que estaba replanteándose toda su vida?

–No te lo conté porque...

–¿Por qué? –la urgió cuando se le quebró la voz.

Zoe se esforzó en intentar explicar lo que solo podía ser definido como instinto.

–Porque no quería que nadie lo supiera. Fue una experiencia terrible. Prefería olvidarlo, fingir que no había pasado. Piensa en cómo se sentiría Sam si alguna vez llegara a saberlo.

Anton la miró con tristeza y sacudió la cabeza.

–Otra vez Sam y tú. Yo ni siquiera cuento.

–Yo... Nosotros... Por favor, Anton. No te lo he contado porque todavía no estamos casados y... ya sabes que he tenido muchas relaciones complicadas. Era algo que pertenecía al pasado. No sé por qué nadie tiene que saberlo.

–Estabas ocultándome la verdad, Zoe. Solo me contabas lo que quería oír. Eso no es ser sincera ni honesta.

–No creo que tenga nada de malo intentar proteger a Sam –le contradijo.

–El problema no es solamente Sam, ¿verdad? No te has tomado en serio nuestra relación.

–Me la he tomado suficientemente en serio como para estar dispuesta a casarme contigo.

–Dijiste que sí con los labios, y quizá también con tu mente, pero no con el corazón. Nunca has llegado a quererme de verdad.

¿Sería cierto? Zoe cerró los ojos con fuerza. Todo su mundo se estaba derrumbando y no podía hacer nada para impedirlo.

–Todo eso pertenece al pasado –dijo por tercera vez.

Pero no había convicción en su voz. En el fondo, sabía que Anton tenía razón. Se había enamorado de la idea de convertirse en la esposa de alguien como él, de romper por fin con la vida de precariedades que hasta entonces había conocido, de conseguir un poco de respeto. Nunca había estado enamorada de él. Pero no podía haber encontrado un momento peor para reconocerlo.

–¿Y cuando Sam desapareció? ¿No pensaste entonces que quizá fuera un buen momento para mencionar a Franky? –se burló Anton.

Zoe jugueteó con la esterilla decorativa que había encima de la mesa. Era ridículo tener sobre la mesa, que nunca se utilizaba, esterillas, pensó.

–¿Zoe?

Zoe le miró a los ojos.

–Ya te he dicho que hemos comprobado que Franky no la tiene.

–¡Es un violador! ¿Crees que va a admitir un secuestro?

Zoe deseó entonces poder retroceder en el tiempo: una semana, dos, un año… No haber conocido nunca a Anton. Haberse negado a salir con él. Le habrían ido mucho mejor las cosas si se las hubiera arreglado sola. Todavía tendría a Sam a su lado. Y echaba de menos a Sam infinitamente más de lo que podría llegar a echar de menos a Anton, mucho más de lo que había anhelado el sueño de una vida cómoda y una existencia tranquila.

–Para él ha sido toda una sorpresa saber de la existencia de Sam. Y su abuela ha respondido por él.

–Su abuela.

–Sí, su abuela.

–¿Y qué abuela no mentiría para proteger a su nieto? Seguro que Franky y ella son capaces de cubrirse las espaldas tan bien como tú. Al fin y al cabo, también ellos vienen de los barrios bajos.

Zoe sintió un frío glacial. Era cierto que le había ocultado algunas cosas a Anton, pero él siempre había sido consciente de su pasado. Ella jamás había intentado aparentar ser lo que no era.

–¿Cómo puedes ser tan desagradable conmigo en un momento como este?

Anton se cubrió brevemente la cara.

–Tienes razón. Lo siento. Estoy herido, pero tú ya tienes suficientes preocupaciones, así que ni siquiera puedo tener la satisfacción de desahogarme.

Zoe le miró boquiabierta.

–Mi hija ha desaparecido, ¿y te lamentas de no poder despotricar y reprocharme lo desgraciado que eres?

–No debería haberme enamorado de ti, Zoe. Eres demasiado joven y demasiado atractiva para mí. No era realista creer que un hombre de mi edad podía conservar a una mujer como tú. Además de la diferencia de edad, hay otras muchas diferencias. Mis padres me lo advirtieron desde el principio. Pero… –alzó las manos–, aquí estamos.

Zoe se sentía tan fría como una estatua de mármol. No podía moverse y apenas podía respirar.

–Así que ahora resulta que soy un error.

–Continuar intentando mantener una relación contigo sería un error. Tanto si estoy dispuesto a aceptarlo como si no, esto nunca ha sido lo que yo pretendía.

Zoe, consciente de la maleta que tenía a su lado, pensaba a toda velocidad en todas las posibilidades que le quedaban. Sus únicas pertenencias eran la ropa y el maquillaje. El coche lo había vendido semanas atrás y había utilizado el poco dinero que le habían dado por él como entrada para el Lexus que todavía estaba pagando. Habían decidido que necesitaba un vehículo más seguro y más presentable si iba a convertirse en agente inmobiliaria.

Pero había perdido el trabajo. Ni siquiera iba a poder seguir pagando los plazos del coche.

–¿Me estás echando de tu casa?

–No, claro que no. Puedes quedarte una semana o dos, hasta que la situación de Sam se resuelva... de una u otra forma.

–De una u otra forma –repitió Zoe, y soltó una carcajada–. Qué generoso por tu parte.

–Yo no quería que ocurriera esto, Zoe.

Pero Zoe sospechaba que se alegraba de verse de pronto libre de toda responsabilidad.

Al igual que ella, Anton se había enamorado de un ideal. Estaba deseando casarse con una mujer joven y atractiva. Pero no era suficientemente flexible como para compartir sus pertenencias con ella, y menos aún su vida. En aquella situación, estar a su lado significaba ser testigo de la peor pesadilla imaginable para una madre. Ya había probado aquel amargo bocado y no estaba interesado en seguir compartiéndolo. Prefería regresar a su existencia rutinaria y segura sin tener que preocuparse de si ella iba a ser capaz o no de pagar sus cuentas.

–¿Es por los diez mil dólares, Anton? ¿Ese es el problema? –le preguntó Zoe–. Ahora que ha llegado el momento, no eres capaz de compartir tu dinero, ¿verdad?

No era una acusación del todo justa. A Anton le importaba más el dinero de lo que a ella le habría gustado, pero sabía que no era el dinero el motivo de su ruptura. Pero estaba enfadada y dolida. Y Anton le pagó con la misma moneda.

–¿Por eso estás conmigo? ¿Para que pueda darte dinero y todo cuanto necesites?

–¿Crees que he estado utilizándote durante todo este tiempo?

Al ver que no contestaba, Zoe comprendió cuál era la respuesta. A Anton le había molestado verse excluido de sus secretos, pero si ella hubiera estado realmente enamorada de él, la habría perdonado. Saber que no lo estaba le hacía sentirse utilizado, y no quería que le tomaran el pelo. Su orgullo no se lo permitía. Tampoco quería arriesgar tanto en una relación que posiblemente no duraría. Ella se había convertido en una mala inversión, en un lastre.

¿Y eso qué significaba? Eso significaba que Zoe iba a tener que vivir sin su hija, sin su prometido y sin una casa. Y que tendría que prescindir de la recompensa para recuperar a Samantha.

Agarró la botella de ginebra de encima de la mesa y se bebió el último trago con una mueca de repugnancia. Después, se dirigió al dormitorio. Anton la siguió.

—¿Qué haces? —le preguntó.

—Me voy.

—Pero si es media noche —repuso Anton.

Aun así, había más alivio que convicción en su voz. Todo había terminado entre ellos, así que prefería que se marchara cuanto antes.

—Ya lo sé.

—¿Adónde vas?

—No tengo ni idea.

Anton la observó mientras hacía las maletas.

—Saldrás adelante, Zoe. Eres una superviviente.

Zoe ni siquiera se molestó en mirarle. Temía echarse a reír y no ser capaz de parar.

—Te agradezco los ánimos, Anton.

Anton ignoró su sarcasmo y la miró con la misma seriedad de siempre.

—Espero que encuentres a Sam… Si quieres… puedo prestarte el dinero de la recompensa. Ya me lo devolverás más adelante.

Por lo visto, estaba intentando aplacar su conciencia por haberla abandonado en un momento tan difícil de su vida.

—No, gracias. Ya me las arreglaré de otra manera.

Repentinamente ansiosa por escapar de su presencia, de su casa y de sus ridículos ofrecimientos, aceleró el ritmo de sus movimientos. Hasta ese momento, no había sido consciente de la claustrofobia que aquel hombre le provocaba. Anton era capaz de quitarle todo el color a la vida.

–Me llevo el Lexus –anunció.

–Por supuesto. Si te sirve de ayuda, yo haré el próximo pago. Para darte tiempo hasta que encuentres otro trabajo.

Zoe se volvió entonces hacia él.

–Eso es como decirle a alguien que acaba de perder una pierna que vas a regalarle una tirita –respondió, y en aquella ocasión, fue incapaz de controlar la risa.

Capítulo 18

—Tengo un regalo para ti.

Tiffany sonrió con tal entusiasmo que Sam encontró las fuerzas necesarias para sentarse. Aunque Tiffany no había dicho qué regalo era, Sam vio la tostada con mermelada. La olió, incluso.

—¿Por qué me traes eso? —le preguntó.

Tiffany alzó la tostada.

—No me parece una respuesta muy entusiasta.

—Es solo que… no sé por qué me traes un regalo.

—Porque soy una buena persona. ¿Por qué si no? Ya sabes que a Colin no le gustaría. Si se enterara, me dejaría esta noche sin cenar. Pero voy a arriesgarme por ti.

Aquel gesto de amabilidad estuvo a punto de hacer llorar a Samantha.

—Gracias.

—De nada. ¿No huele bien? —le pasó la tostada por delante de la nariz.

A Sam se le hizo la boca agua.

—Mmm.

—¿Hoy has comido pienso? ¿Puedo decirle a Colin que te estás comportando como una buena mascota?

—Un poco.

Todavía sentía en el estómago las croquetas que había comido. Días atrás, semanas quizá, Samantha había perdido ya la noción del tiempo, Tiffany le había llevado un cepillo de dientes y pasta dentífrica. Pero Sam tenía que utilizar el agua del cuenco para lavarse los dientes, y eso significaba que o bien se tragaba la pasta de dientes, o echaba a perder el agua. Había optado por la primera opción, pues así se libraba al menos del sabor de la comida para perros. En aquel momento, la combinación le estaba revolviendo el estómago y provocándole un ligero mareo.

—¡Bien hecho! Ahora, sonríe. Hoy no quiero ver a nadie triste a mi alrededor.

Sam sintió una oleada de esperanza.

—¿Es que hoy es un día diferente?

Tiffany se encogió de hombros y alargó la mano para poner la tostada a su alcance. Cuando Sam intentó abalanzarse sobre ella, su sonrisa se hizo casi traviesa.

—Te apetece, ¿verdad? —preguntó riendo.

Sam no sabía si debía confiar en aquella nueva faceta de Tiffany. ¿Estaría fingiendo únicamente que iba a darle la tostada?

—¿Eso es un sí? —la urgió Tiffany al verla vacilar.

Sam asintió.

—Demuéstralo.

—¿Cómo?

—Enséñame algún truco.

Sam se aferró a la manta.

—¿Qué clase de truco?

—Haz tus necesidades delante de mí. Como un perro.

Sam miró hacia la arena para gatos que le habían dejado en una esquina. Había tenido diarrea y la arena apestaba a pesar de que Tiffany la había cambiado durante su última visita.

—Eso es asqueroso.

—¿Por qué? ¿Tú no haces pis delante de tus amigas?

—Pero ellas no me miran.

—Vamos, las dos somos chicas.

A Sam se le cayó el corazón a los pies. Tiffany no quería verle hacer sus necesidades. Lo único que quería era obligarla a hacer algo que le hiciera sentirse humillada. En eso era igual que Colin.

–No –respondió en voz tan baja que apenas se oía a sí misma.

–¿Qué has dicho?

Sam no respondió.

–Maldita sea, ¡qué cabezona eres! –exclamó Tiffany con incredulidad–. Rover hacía pis delante de mí. No le importaba hacerlo a cambio de una recompensa.

Sam pensó en las marcas de la pared. Había seguido el ejemplo de Rover haciendo sus propias marcas.

–¿Qué le pasó a Rover?

–Eso no es asunto tuyo –miró la tostada y volvió a ponerse de mal humor–. Oh, qué demonios. Cómetela –se la lanzó–. Yo no puede permitirme el lujo de comer tantas calorías. Pero si te niegas a hacer pis delante de Colin, te arrepentirás. De eso puedes estar segura.

Sam gateó sobre el colchón para agarrar la tostada. Tenía miedo de que Tiffany cambiara de opinión y se la quitara, pero su secuestradora ya no parecía tener ningún interés en la comida. Se apoyó contra la pared y comenzó a hablar de Colin como si Sam fuera su mejor amiga. Sam le oía mencionarle, pero no le prestaba ninguna atención. Estaba demasiado ocupada recogiendo hasta la última gota de mermelada que había caído al suelo.

–Todo va a salir bien –le estaba diciendo Tiffany–. Creo que me he preocupado por nada. Colin me quiere, pero se enfada con demasiada facilidad ¿sabes?

–Mmm –contestó Sam.

En realidad, no tenía ni idea de a qué se refería. Pero quería mantener a Tiffany ocupada mientras ella disfrutaba de la primera comida normal que había ingerido desde lo que le parecía una eternidad. Y la mantequilla estaba tan dulce…

–Hay mucha gente que tiene genio –continuaba parloteando Tiffany–. Él intenta superarlo. Y nunca ha permitido que su enfado se interponga entre nosotros. Deberías haber visto las rosas que me ha mandado.

Con rosas o sin ellas, Samantha sabía que Colin tenía más problemas que el genio. Era un auténtico loco.

–Es muy guapo, ¿no te parece? –preguntó Tiffany.

Sam acababa de dar el último bocado a la tostada. Cerró los ojos y masticó lentamente, saboreándola todo lo posible.

–Te he hecho una pregunta –le advirtió Tiffany, repentinamente irritada–. No entiendo cómo puedes idolatrar de esa manera un simple pedazo de pan. Si te comportas así, no te traeré más comida.

–¿Qué has dicho? –preguntó Sam.

–He dicho que Colin es un hombre muy atractivo, ¿no te parece?

Sam mantuvo la boca cerrada y la fulminó con la mirada. Tiffany se levantó.

–¿Qué pasa? No me digas que te gustaría decirme que no.

–No es atractivo –respondió–. Es el hombre más feo que he visto en mi vida.

–¡Ese comentario es muy desagradable!

Sam no entendía cómo era posible que estuviera pronunciando aquellas palabras. Incluso mientras lo hacía, sabía que iba a arrepentirse de lo que estaba diciendo, pero no podía contenerse.

–Es malo y retorcido y espero que tenga un accidente de coche al volver del trabajo y se muera desangrado. Si eso pasara, bailaría de alegría sobre su tumba, porque el mundo sería un lugar mucho mejor sin él. ¡Y sin ti! Si tuvieras un poco de cerebro, lo mínimo, no le ayudarías. Eres tan mala como él y vais a acabar los dos en el infierno, junto a todos los monstruos que se dedican a hacer daño a la gente.

Tiffany parpadeó como si estuviera demasiado estupefacta como para responder.

–Estúpida ni… –empezó a decir, pero Sam todavía no había terminado.

–A lo mejor me matas, pero te descubrirán, Tiffany. Te descubrirán, te encerrarán en una celda y entonces serás tú el animal. Te pudrirás en la cárcel hasta el día de tu muerte y después vendrán a buscarte los demonios, te arrastrarán al infierno y allí terminarás, retorciéndote de dolor.

—¡No volveré a traerte nunca otro regalo!

Tiffany salió indignada de la habitación y Sam intentó seguirla. Tenía que intentarlo. Aquella podía ser su única oportunidad. Pero Tiffany la empujó hasta el fondo de la habitación.

Se hizo el silencio durante varios segundos. Después, la puerta volvió a abrirse y Tiffany regresó con un collar para perros y una correa.

—¡Cómo te atreves a hablarme de esa forma! Rover era mucho más dulce que tú. ¡Y me alegro de que no te importe morir porque es probable que Colin te mate en cuanto vuelva a casa! ¿Crees que Rover y tú sois las únicas mascotas que hemos tenido? ¡Claro que no! El cadáver de la última chica que tuvimos todavía está pudriéndose en el fondo de una letrina.

Asustada por las consecuencias de su desafío, Sam se acurrucó en una esquina.

—¿Qué vas a hacer? —gimoteó.

—Ya lo verás. En cuanto lleves esto unos cuantos días, dejarás de comportarte como una niña mimada.

Sam intentó resistirse, pero en su estado, no era rival para Tiffany, que ni siquiera retrocedió cuando Sam comenzó a gritar las posibilidades de un contagio. Después de meterle el collar en la cabeza, se lo ató con tanta fuerza que Sam apenas podía respirar. Se tiró al suelo, intentando llenar de aire sus pulmones, mientras Tiffany se cernía sobre ella con las aletas de la nariz abiertas por el enfado y el esfuerzo.

—¿Te gusta así? —preguntó, y se lo cerró un poco más.

Sam no podía contestar. Vio unos puntos negros danzando ante sus ojos y, a los pocos segundos, todo se tornó oscuro.

No era la primera vez que Zoe dormía en el coche. Cuando a los diecisiete años se había ido de casa en el viejo coche que su padre le había comprado, Samantha y ella habían pasado más de una noche en el asiento de atrás, acurrucadas para darse el calor del que habrían disfrutado en un hotel o un apartamento. Al no tener ni el título de bachiller, Zoe no podía aspirar a un buen trabajo y en el caso de que lo hubiera encontrado, no tenía a nadie que pudiera hacerse cargo de Sam. Así que se había dedicado a recorrer el estado de albergue en albergue, cuando no tenía algún novio que pudiera proporcionarle una vida más estable. Si el chico en cuestión era de confianza y estaba dispuesto a cuidar a Sam, Zoe buscaba trabajo por las noches en establecimientos de comida rápida. Pero sus relaciones nunca duraban lo suficiente como para asentarse. Siempre la habían atraído los hombres rebeldes, o los artistas con grandes sueños y poco sentido de la responsabilidad, justo lo contrario que Anton Lucassi, que era el hombre con el que esperaba poder mantener una relación estable. Él era el padre que toda madre habría deseado para su hija.

Quizá Anton y ella hubieran sido más compatibles si no hubiera sido tanta la diferencia de edad, o si sus pasados hubieran sido diferentes, o si Anton no continuara resentido por el daño que le había hecho su primera esposa. Era demasiado suspicaz como para volver a enamorarse y ella demasiado desconfiada como para tener fe en el amor.

De modo que allí estaba, en medio de otra ruptura. En cierto modo, le aliviaba no tener que volver a escuchar los constantes, y a veces irritantes, consejos de Anton. Era demasiado sabelotodo. Pero le descorazonaba pensar que no era capaz de conservar ninguna relación sentimental.

Se enderezó en el asiento, estiró el cuello para relajarlo e hizo un inventario de lo que llevaba en el bolso. Tenía que intentar mitigar el dolor que le provocaba su situación intentando ser práctica. No era la primera vez que estaba en la calle. Lo superaría, reharía su vida. ¿Pero cómo? ¿Qué activos tenía para poder iniciar una nueva vida?

Llevaba unos doscientos dólares en la cartera, y una tarjeta de crédito que le permitía disponer de tres mil dólares, siempre y cuando Anton no se la anulara, pues estaba también a su nombre. Era bastante probable que cerrara sus cuentas en cuanto su conciencia se lo permitiera. Podía alquilar una habitación en un hotel barato, pero incluso en el caso de que Anton le permitiera utilizar la tarjeta, cada dólar que gastaba en sí misma era un dólar menos invertido en la búsqueda de Sam.

Suspiró y recorrió con la mirada las bolsas que llevaba en el asiento trasero del coche. Junto a las maletas que había guardado en el maletero, eran todo lo que Sam y ella tenían. Pero aunque lo vendiera todo, además de la sortija de compromiso, no conseguiría el dinero necesario como para ofrecer una recompensa. Un anillo empeñado y un montón de ropa usada no iban a sumar una gran cantidad.

Pensó en llamar a Jonathan, pero apenas se conocían. No quería saltar de una relación a otra, y menos en el estado en el que se encontraba. No era justo esperar que Jonathan la ayudara. Así que…

—¿Y ahora qué? —musitó, mirando desalentada por la ventanilla.

Después de salir de casa, había conducido hasta el aeropuerto, donde había pasado el resto de la noche imaginando que había encontrado a Sam y que estaban a punto de irse de vacaciones a México. Ya había amanecido, pero se negaba a abandonar sus sueños. Fijaba la mirada en los mapas, imaginando cómo sería todo…

Hipnotizada por los sonidos y el movimiento del aeropuerto, continuó observando. No estaba segura de durante cuánto tiempo. Cuando por fin salió de aquel letargo, el sol estaba en lo alto. No podía continuar allí, sin hacer nada, se dijo a sí misma. No podía dejarse arrastrar por la desesperación. Sam contaba con ella.

Le prometió en silencio a su hija que aguantaría, tomó el teléfono que había dejado en el asiento y llamó al detective Thomas.

No estaba. Eran más de las ocho, pero al parecer, todavía era pronto. Había gente con vidas más regulares que la suya.

Le imaginó desayunando con su esposa, disfrutando de una segunda taza de té antes de ir al trabajo y no pudo evitar enfadarse con él por no estar disponible. Pero no tenía derecho a pedirle más de lo que estaba haciendo. El detective Thomas había demostrado ser un hombre responsable, había investigado todas las pistas, había llamado a todos los refugios, había hablado con sus vecinos. Pero para él, aquello solo era un trabajo. El caso de Sam no se diferenciaba de otros que también tenía que resolver.

Al tiempo que cerraba la mano libre en un puño, Zoe llamó a Skye. Odiaba tener que volver a pedirle ayuda a su amiga. Su organización ya había corrido con los gastos que Jonathan y ella habían tenido en Los Ángeles. Pero estaba dispuesta a hacer cualquier cosa, incluso a pedir en la calle, para encontrar a su hija. Necesitaba que los medios de comunicación dieran cobertura a su caso. Alguien tenía que haber visto a su hija. A lo mejor Skye tenía contactos que podían ayudarla a dar publicidad a la noticia, o podían volver a mostrar en televisión la fotografía de Sam.

El teléfono sonó tres veces, pero justo en ese momento, oyó un pitido anunciando una llamada entrante. Esperando que fuera el detective al que acababa de intentar localizar, descolgó el teléfono.

—¿Diga?

—Hola, ¿cómo estás?

No era Thomas. Era su vecino, Colin Bell.

El sonido de su voz evocó inmediatamente su conducta de la noche anterior.

—Bien —mintió.

Como ya no confiaba en sus verdaderas motivaciones, no quería contar ni con su ayuda ni con su apoyo. Sabía que tendría que arreglárselas sola, como había hecho durante toda su vida

—¿Y tú? —añadió.

—Preocupado y avergonzado.

Zoe no quería saber por qué. A pesar de lo bien que se había portado con ella cuando la había acompañado a preparar los carteles, prefería evitarle. Pero Colin continuó antes de que hubiera podido contestar.

–Siento mi conducta de anoche, Zoe. Tiffany me ha dicho que me comporté como un baboso, que es posible incluso que te asustara. No sé qué me pasó.

–Yo diría que llevabas una copa de más.

–Llevaba varias copas de más –la corrigió–. A veces me dejo llevar por la presión del trabajo y bebo demasiado, pero eso no es excusa para hacerte pasar un mal rato en tu situación.

Si se hubiera mostrado más arrogante, Zoe habría continuado molesta, pero parecía tan arrepentido que no pudo menos que perdonarle.

–Disculpa aceptada.

–¿De verdad? ¿No lo dices por decir? Me siento como un verdadero estúpido.

Zoe sonrió. La conducta de su vecino no era en aquel momento la mayor de sus preocupaciones. Por lo menos había reconocido que se había pasado de la raya. Teniendo en cuenta su arrepentimiento y que no era probable que aquello fuera a repetirse, puesto que habían dejado de ser vecinos, no tenía sentido mostrarse desagradable.

–Olvídalo. En aquel momento, no eras tú mismo.

Colin dejó escapar un silbido.

–Eres tan guapa como generosa. Pero no lo digo con doble sentido, así que no me cuelgues.

–En ese caso, me limitaré a decir gracias –respondió Zoe riendo.

–Y en cuanto a mi preocupación, la cuestión es que me he acercado a ver a Anton antes de ir a trabajar y me ha dicho que te habías ido de casa.

–Es cierto.

–Espero que no tenga nada que ver conmigo.

El recuerdo de lo ocurrido la noche anterior le hizo sentirse incómoda.

–¿Por qué va a tener que ver contigo?

–Ha sido todo tan rápido que tengo miedo de que haya pensado que en el jardín pasó algo más de lo que realmente ocurrió.

Zoe suspiró con cierto alivio al oírle.

—No, no ha sido eso. Ha sido una combinación de factores. La esperanza ciega. La estupidez. La búsqueda de un perfil de hombre con el que no encajaba... Afortunadamente, no tenía necesidad de entrar en detalles, así que decidió culpar a la situación en la que se encontraban.

—Supongo que nuestra relación no ha podido soportar la tensión de haber perdido a Samantha.

—En cualquier caso, no era suficientemente bueno para ti, Zoe. Un hombre tan mayor... Nunca he entendido qué veías en él.

Zoe veía seguridad y estabilidad, pero dudaba de que un hombre que había alcanzado el éxito a la edad de Colin pudiera comprenderlo. Él nunca había tenido que luchar para sobrevivir.

En cualquier caso, lo que Anton iba a darle había resultado ser al final una ilusión. La había decepcionado tanto como los hombres con los que había estado antes. Más incluso.

Pero no podía cargar sobre él todas las culpas. Probablemente, si se hubiera permitido ver la realidad tal y como era, habrían roto meses atrás. Anton le había ofrecido un hogar, un trabajo y un ambiente alejado del alcohol y las drogas, pero no estaban hechos el uno para el otro.

Pensó en Jonathan y en el deseo que la había invadido en el instante en el que había posado los labios en su cuello. Aquello le había abierto los ojos, le había demostrado que había renunciado a su propia sexualidad demasiado pronto.

—Supongo que no encajábamos tan bien como pensábamos.

—Espero que no te haya dejado completamente abandonada. ¿Tienes dinero? Porque si no, yo puedo prestártelo.

Cualquier traza de hostilidad hacia su vecino desapareció en aquel momento. No quería pedirle dinero prestado, de la misma forma que tampoco había querido pedírselo a Anton. No le conocía y sospechaba que a Tiffany no le haría ninguna gracia. Aun así, le pareció muy amable al ofrecérselo.

–No lo necesito, pero gracias por ofrecérmelo.

–¿En dónde estás?

–En un hotel.

–¿En cuál?

Zoe se alisó las arrugas del vestido.

–En un hotel pequeño, en el centro de la ciudad.

Había visto dos hoteles de ese estilo la noche anterior, y había tenido oportunidad de conocerlos en la época en la que se alimentaba en comedores benéficos.

–¿Te refieres a uno de esos hoteles de la calle Dieciséis?

–No me he fijado en qué calle estaba. Me he limitado a entrar.

–Ah –se produjo un silencio–. ¿Se sabe algo de Sam?

–No ha habido ningún cambio.

–¿De verdad? ¿La policía no te ha dicho nada?

Zoe puso el coche en marcha y arrugó la nariz al ver que el indicador de la gasolina se detenía a medio depósito.

–Están haciendo todo lo que pueden.

–No es suficiente.

–Yo pienso lo mismo.

Pero a lo mejor no podían hacer nada más. Ni siquiera Jonathan había sido capaz de averiguar lo que había ocurrido.

–He organizado una partida de búsqueda con secretarias y abogados de mi bufete. He pensado que podríamos recorrer el barrio y los alrededores mañana por la mañana enseñando la fotografía de Sam. Después, podemos peinar el terreno que hay al lado de nuestra urbanización.

Justo cuando acababa de decidir que Colin no le gustaba, su vecino tenía un gesto como aquel. ¿Qué demonios le pasaba? Necesitaba apoyos, y no podía permitirse el lujo de ser selectiva. Sobre todo cuando se encontraba con personas que estaban dispuestas a ayudarla.

–Se supone que la policía va a hacerlo hoy, pero no creo que haga ningún daño volver a explorar el mismo terreno.

–Eso es exactamente lo que pensaba.

–Te agradezco mucho la ayuda.

–No tienes por qué darme las gracias, pero puedes venir a cenar esta noche a casa para que organicemos las diferentes rutas –la invitó–. Yo puedo ir a buscar los mapas después del almuerzo.

Si Colin se estaba tomando tantas molestias, ¿cómo iba a negarse?

–Claro. ¿A qué hora quieres que vaya?

–He quedado con unos amigos alrededor de las nueve, así que… ¿por qué no quedamos a las seis?

Era una hora temprana y había dejado claro que no pretendía prolongar la velada. Eso evidenciaba que la cita no tenía segundas intenciones, lo cual serviría para poner fin a todas sus dudas.

–De acuerdo, a las seis me parece bien.

–Genial. Nos veremos entonces –contestó Colin, y colgó el teléfono.

Zoe suspiró mientras presionaba la tecla con la que poner fin a la llamada. Anton había pasado a la historia. Su vecino, que nunca le había gustado, se estaba mostrando más amable que nunca. Su hija continuaba desaparecida. Tenía muy poco dinero, estaba sin casa y sin trabajo. Y no podía olvidar la noche que había pasado en el hotel con el detective de Skye. Estaba perdida y él parecía ser la única persona a la que podía aferrarse.

¿Cómo podía haber cambiado tanto su vida en solo unos días?

En vez de llamar a Skye otra vez, Zoe decidió conducir hasta la sede de la organización. Puso el coche en marcha y retrocedió por la misma carretera por la que había llegado la noche anterior. Pero antes de que hubiera llegado a la autopista, sonó el teléfono.

–¿Diga?

–¿Zoe? Soy Jonathan.

–Sí, ya lo sé –había reconocido su voz al instante–. ¿Cómo estás?

–Esperanzado. Es una apuesta arriesgada, pero creo que podríamos tener una pista.

Capítulo 19

–¿Qué quieres decir con eso de que has invitado a Zoe a cenar?

Se suponía que Tiffany tenía que estar comenzando la ronda de las diez para asegurarse de que ninguno de los ancianos a los que atendía se había escapado. Pero la llamada de Colin la había pillado mirando con anhelo las barras de chocolate de la máquina expendedora. De vez en cuando, perdía el control sobre sí misma y compraba una. Se metía en el cuarto de baño, se la comía a toda velocidad y tiraba las pruebas del delito porque no quería que sus compañeras de trabajo le hicieran bromas por haberse saltado la dieta o, peor aún, le fueran a Colin con el cuento.

–Exactamente lo que he dicho –contestó Colin–. Ten la cena lista para las seis de la tarde.

Tiffany bajó la voz para evitar que pudiera oírla cualquiera que estuviera cerca.

–No podemos invitar a Zoe a casa.

–¿Por qué no?

Tiffany hizo sonar las llaves que llevaba en el bolsillo de la bata. Eran las llaves que abrían la puerta de la sección de enfermos de Alzheimer. Aunque ella no atendía aquella sección, tenía que llevarlas encima en todo momento por si llegaba una visita. La mayor parte de los días, no tenía sentido. Los enfermos de Alzheimer rara vez recibían visitas. Pero todos los que trabajaban en la residencia tenían acceso a aquella sección, quizá para que a aquellos a los que se le ocurriera aparecer por allí, no les diera el aspecto de una prisión.

—¿Y si sube al piso de arriba, Colin?

—Es demasiado educada para hacer algo así. Y estaremos con ella todo el tiempo. No irá a ninguna parte.

—Pero no tenemos por qué invitarla a nuestra casa.

Para ella, invitar a Zoe a su casa era cometer una imprudencia del todo innecesaria. Pero Colin parecía cada día más y más insensato. Su sed de estímulos había crecido últimamente y se sentía invencible. Aquella combinación iba a terminar causándoles problemas.

—¿Estás de broma? Tiff… —soltó un juramento—. Espera un segundo. Tengo que cerrar la puerta.

Mientras esperaba nerviosa, Tiffany le imaginó rodeando su escritorio y cerrando lentamente la pesada puerta de madera de su elegante despacho. Tiffany había sido la típica niña gordita de la que todos se reían en el colegio, pero había terminado casándose con un abogado. Con un abogado de un prestigioso bufete, además. Estaba muy orgullosa de Colin, de su casa y de la mujer en la que se había convertido. Le encantaba coincidir con personas a las que había conocido en el pasado y disfrutaba viendo cómo reaccionaban cuando se enteraban de quién era y veían lo mucho que había cambiado. Y esa era la razón por la que no quería que Zoe fuera a su casa. Aquella era la primera vez que su marido invitaba a otra mujer a su casa. Tiffany no podía permitir que aquel capricho continuara. Podía terminar yéndoseles de las manos.

Colin volvió al teléfono, pero hablaba tan bajo que Zoe tenía dificultades para entender lo que decía.

—¿Qué? —le preguntó.

—Que sé lo que hago.

—Me parece bien que finjamos que estamos intentando ayudar, pero… ¿por qué no puedes organizar tú solo la búsqueda?

—Porque quiero que vea lo mucho que nos estamos esforzando. Si conseguimos ganarnos su confianza, será la primera en defendernos si se nos acusa de algo.

—Entonces, hazlo en su casa, con Anton. También es importante ganarnos su confianza.

—Zoe ya no vive allí. Se fue ayer por la noche. Ya te dije que no iban a llegar a casarse.

No era una buena noticia. Tiffany se asustó al saber que Zoe estaba disponible.

—Aun así, podemos vernos fuera. No creo que sea inteligente llevarla a nuestra casa cuando… bueno, ya sabes.

—Es un movimiento preventivo. He estado pensando en Rover. Si se despierta y comienza a hablar, podría dar algunos detalles. Si alguno de esos detalles encaja con nuestro perfil, Zoe podría comenzar a sospechar. Al fin y al cabo, vivimos en la puerta de al lado. Así que tenemos que abrirle la puerta de nuestra casa, hacerle sentir que puede disponer libremente de ella. Para cuando se vaya esta noche de allí, estará tan convencida de que no tenemos nada que esconder, que inmediatamente descartará cualquier posible coincidencia.

—¿Pero por qué esta noche? —se quejó Tiffany.

Aquella era su única oportunidad de contar con la plena atención de su marido, de convencerle de que no había perdido la capacidad de satisfacerle.

—No salgo del trabajo hasta las cinco. Y después tengo que ir al gimnasio.

Una voz quebrada por los años la interrumpió.

—¿Tiffany? ¿Tiffany Bell, eres tú?

Era la señora Floyd, de la habitación 32-D.

Tiffany tapó el auricular para responder.

—Sí, soy yo, ¿necesita algo?

—No llego a la manta.

La señora Floyd inventaba todo tipo de excusas para tener a Tiffany a su lado. Normalmente, a Tiffany no le importaba. Comprendía la soledad de los residentes. Pero no fue la compasión la que hizo que acudiera aquel día a su habitación. Quería evitar la mirada vigilante de su jefa, que rondaba constantemente por la residencia y podía aparecer en cualquier momento.

–Aquí tiene –le colocó la manta a los pies.

–¿Tiffany? –la llamó Colin.

–¿Qué?

–Olvídate del gimnasio, pasa por el supermercado y compra todo lo que puedas necesitar. Puedes comprar unos solomillos que estén ya precocinados. Así solo tendrás que darles vuelta y vuelta en la plancha. Y no te olvides de comprar algo de picar para los chicos.

–¿Con quién estás hablando? –quiso saber la anciana dama.

–Con mi marido –Tiffany se llevó un dedo a los labios para pedirle que se callara–. ¿Así que van a venir? ¿Los dos, Tommy y James?

–Me dijiste que querías que vinieran. ¿Vas a cambiar de opinión ahora que estoy tan excitado?

–No, claro que no.

Apareció una sombra en el marco de la puerta y una nueva voz interrumpió la conversación.

–¿Tiffany?

Tiffany alzó la mirada y miró a su jefa.

–¿Sí?

–Concéntrate en el trabajo.

–Lo siento. Ahora mismo iba a colgar.

–Que sea ya.

Amanda Hargraves se cruzó de brazos y esperó a ver si Tiffany obedecía.

–Tengo que colgar –le dijo Tiffany a Colin.

–Ten la casa lista, y asegúrate de tomar precauciones con la mascota –se precipitó a añadir él.

–¿Las de siempre?

–Esta vez, dos pastillas. No quiero sorpresas. Esta promete ser una gran noche.

Sí, prometía ser una gran noche, desde luego. Pero mientras ponía fin a la llamada, Tiffany no podía decir que la esperara con ilusión. Su única esperanza era que Colin terminara tan complacido que le durara el buen humor durante todo el fin de semana que proyectaban pasar en la cabaña.

La señora Hargraves dio un golpe en la pared para mostrar su satisfacción por la rapidez con la que Tiffany había obedecido y siguió su recorrido, pero la señora Floyd observó a Tiffany con interés.

—No hay nada como estar felizmente casada —comentó.

Tiffany guardó el teléfono en el bolsillo y sonrió.

—No.

—¿Estás muy enamorada?

—Preferiría morir a tener que vivir sin Colin.

La mirada legañosa de la anciana pareció perderse en el pasado.

—Yo sentía lo mismo por Richard. Que Dios le tenga en su gloria.

La diferencia era que Tiffany lo decía de forma literal. Y, por culpa de Zoe, se estaba enfrentando a la peor amenaza de su vida. No debería haberse llevado nunca a Sam. Colin no se habría encaprichado de su vecina si ella no hubiera intentado tapar un error con otro.

A pesar de las quejas de la señora Floyd, que decía que había pasado más de una semana desde la última vez que habían jugado al pinacle, Tiffany se excusó y regresó a la máquina expendedora. Allí se compró dos barritas de chocolate que se comió inmediatamente.

Zoe llegó al hospital, donde había quedado con Jonathan, vestida con una bonita blusa sin mangas y unos vaqueros que acentuaban la largura de sus piernas y su esbelta figura. Pero no llevaba ya la sortija de compromiso. Un detalle en el que Jonathan habría preferido no fijarse. Pero la línea blanquecina de su dedo le indicó que la ausencia de la sortija era tan poco habitual como reciente. ¿Por qué se la habría quitado justo ese día?

Mientras ponía fin a una llamada con otro cliente, se fijó en las bolsas de plástico que ocupaban el asiento trasero del coche, todas ellas al límite de su capacidad y apiladas hasta alcanzar el techo. Si contenían basura, no era normal meterlas allí. Y si no...

–¿Va todo bien? –le preguntó a Zoe cuando esta salió del coche.

–Sí –cerró la puerta con una sonrisa nerviosa–. ¿Qué ha pasado?

Miró hacia la entrada del aparcamiento como si quisiera desviar la atención de su coche.

–Por favor, no me digas que hay alguien seriamente herido. Y menos, Sam.

Sabía que si hubiera sido Sam la que estaba allí, se lo habrían dicho ya, de modo que, en realidad, no tenía tanta prisa en recibir explicaciones. No, cuando llevaba toda la ropa y el resto de sus posesiones personales apiladas en el coche como si lo hubiera sacado todo precipitadamente de la casa de Lucassi.

–Definitivamente, hay alguien herido, pero no es Sam.

–Entonces ¿quién es?

Adoptando un aire de concentración total, pasó por delante de él como si esperara que la siguiera, pero Jonathan no se movió. A lo mejor no había sido capaz de encontrar ninguna pista que pudiera llevarle hasta Sam, pero no era difícil imaginar lo que le estaba pasando a Zoe. Vio en el asiento de pasajeros el vestido de verano que llevaba puesto el día anterior, colocado encima de la maleta que él mismo había levantado en el viaje a Los Ángeles. También había una manta y una almohada a los pies del asiento de pasajeros.

–¿Te fuiste anoche de casa?

Zoe se volvió con el ceño fruncido en una expresión de tristeza, pero se encogió de hombros.

–En realidad, ha sido lo mejor. Anton y yo no estamos hechos el uno para el otro.

Jonathan deseó con todas sus fuerzas no haber sido el motivo de la ruptura, por culpa del pequeño avance que no había sido capaz de evitar en el hotel.

–Debería habértelo dicho, pero todavía estoy sorprendida por lo rápido que ha sido todo.

–¿Deberías haberme dicho que no estabais hechos el uno

para el otro? –entonces fue él el que se encogió de hombros–. Lucassi no me gustaba.

–Por lo visto, todo el mundo se había dado cuenta de que no formábamos una buena pareja –gruñó Zoe.

El día anterior, Jonathan había deseado tocarla, besarla. Había intentado demostrarle que, tanto si era capaz de reconocerlo como si no, ella también le deseaba. Y allí la tenía en aquel momento, moviéndose por la ciudad con todas sus pertenencias, como si no tuviera un lugar a donde ir.

Mierda.

–¿Qué ha pasado? –le preguntó.

Zoe le observó un instante y decidió ser sincera con él.

–No tiene nada que ver contigo, así que no te sientas culpable.

¿No tenía nada que ver con él? Qué esperanzador. Se suponía que tenía que ayudarla, no complicarle la vida todavía más.

–Gracias por librarme de culpas, pero creo que no me vendría mal una explicación.

–No hay mucho que decir. Las personas cambian. Cambian las necesidades. Todo esto ha llegado en… un momento de claridad.

Sonó el teléfono de Jonathan, pero este lo ignoró. Llevaba toda la mañana sonando. Sus clientes iban a ponerse furiosos, pero ninguno de ellos tenía problemas más urgentes que encontrar a la hija de Zoe.

–¿Estás segura de que es la clase de decisión que debes tomar en un momento como este?

–Ha sido una decisión mutua, no la he tomado yo sola. Y no creo que sea este el momento de preguntarme si he hecho bien o no.

Siguió con la mirada a un todoterreno que acababa de girar en la entrada y aminoraba la velocidad mientras el conductor buscaba aparcamiento.

–Por supuesto, el momento podía haber sido mejor –añadió con pesar–, pero lo que ha pasado con Sam ha sacado lo peor de los dos y nos ha hecho reconocer que no somos felices juntos.

–Y el hecho de que compartiéramos la habitación del hotel no le sentó muy bien.

–Ni siquiera salió ese tema –se frotó las palmas de las manos en los pantalones–. Por favor, no te preocupes por lo de San Diego. Para empezar, te debo una disculpa por haberte puesto en una situación comprometida. Debería haber pedido una habitación individual.

Estaba intentando establecer una distancia emocional y Jonathan se dijo a sí mismo que debería sentirse aliviado. No tenía sentido iniciar una relación con ella. Pero la lógica rara vez se imponía al deseo, y tampoco lo hizo en aquel momento.

–No me importó compartir la habitación contigo.

–Lo sé –se aclaró la garganta–, ¿vamos?

Todavía no. Tenía más cosas que decir.

–No pasó nada cuando estuvimos juntos, Zoe. Has dicho que yo no tuve nada que ver con lo que pasó, pero si esta ruptura tiene algo que ver con el hecho de que te sientes culpable por desearme, no creo que hayas actuado…

–No me siento culpable. Tengo todo un historial de errores en lo que se refiere a los hombres –hizo un gesto de despreocupación–, y este solo es otro ejemplo. Las rupturas ya no me duelen.

Zoe era la primera mujer con la que Jonathan había deseado hacer el amor después de haberse enamorado de Sheridan, y acababa de decirle que estaba demasiado harta como para que nada de eso le importara. Era una señal de advertencia, una señal que pensaba tomarse muy en serio.

–Skye me contó que Anton no era como… como los otros hombres con los que habías estado.

–Y es cierto. Supongo que esa es la razón por la que forcé la relación. Pero he descubierto que una relación sin amor no mejora en mucho a las que tuve en el pasado. Sin amor, la relación no arraiga lo suficiente como para mantenerse firme en los momentos difíciles.

–Así que estás bien aunque os hayáis separado.

Zoe se colocó el bolso en el hombro.

–No estaré bien hasta que haya recuperado a mi hija. Pero superaré la ruptura. En eso tengo mucha experiencia.

Jonathan bajó la voz.

–¿Por qué no me llamaste?

–Porque te habrías ofrecido a alojarme en tu casa.

–¿Y no necesitabas una casa en la que quedarte? –desvió la mirada hacia el coche.

–No tenía derecho a esperar que tú me la ofrecieras.

Jonathan la miró con el ceño fruncido.

–Además, yo habría aceptado –confesó Zoe.

–¿Y qué tiene de malo aceptar la ayuda de un amigo?

–Tú no eres mi amigo, Jonathan. Eres un detective privado –fijó la atención en la persona que acababa de salir del todoterreno. Estaba suficientemente lejos como para que no pudiera oírla–. Y es posible que hubiéramos terminado durmiendo juntos.

Jonathan deseó poder afirmar que no habría intentado aprovecharse de su presencia en su casa, pero si Zoe volvía a mirarle como le había mirado en el vestíbulo del hotel, no sabía si podría resistirse. Zoe había estado con Anton durante meses, pero estaba más sola que ninguna otra mujer que hubiera conocido, y ni siquiera lo sabía. Jonathan quería saciar su hambre, y también la de Zoe, pero su historial en lo que a relaciones se refería no era mejor que el de ella.

Se dirigió hacia la entrada y Zoe le siguió.

–¿No vas a hacer ningún comentario? –le urgió ella.

–Quién sabe lo que habríamos hecho –replicó él.

El hombre que acababa de salir del todoterreno parecía tener prisa. Pasó por delante de ellos sonriendo y con un ramo de flores en la mano. Zoe y Jonathan se detuvieron bruscamente para no tropezar con él.

–Parece que acaba de ser padre –musitó Zoe.

Pero Jonathan, demasiado preocupado como para aceptar distracciones, ignoró a aquel desconocido.

–¿Dónde has pasado la noche?

–Cerca del aeropuerto.

El teléfono de Jonathan volvió a sonar. Miró hacia el identificador de llamadas, vio que era Robbie, el fiador al que estaba ayudando a encontrar a la persona que había quebrantado la libertad condicional, y silenció el móvil. Ya le llamaría más tarde.

—¿No vas a contestar el teléfono? —preguntó Zoe.

—¿Tienes dónde quedarte esta noche?

—Todavía no, pero ya encontraré algún sitio.

Jonathan decidió respetar su decisión. Zoe tenía demasiadas cicatrices. Y él también.

Llegaron a las puertas del hospital, que se abrieron automáticamente.

—Ahora dime por qué estamos aquí —le pidió Zoe.

—Esta mañana he leído un artículo en el periódico que me ha puesto en alerta.

Zoe se detuvo un instante y dio después dos rápidas zancadas para alcanzarle.

—¿Qué decía ese artículo?

A Jonathan le preocupaba cómo podía reaccionar Zoe al enterarse de la noticia, pero no podía ocultársela y tras el encuentro con Franky Bates, ya le había demostrado que era mucho más dura de lo que él pensaba.

—Hace poco han encontrado a un chico de catorce años vagando por los bosques de Placerville. Le habían secuestrado hace dos meses.

Zoe se detuvo.

—¿Está vivo? ¡Qué alivio para sus padres!

Jonathan asintió.

—Pero le encontraron desnudo y gravemente herido.

Zoe le miró a los ojos.

—¿Qué te hace pensar que puede tener algo que ver con Sam?

—No muchas cosas —admitió—. Apareció el día de la desaparición de tu hija. Podría ser una coincidencia, pero a mí me parece que es un dato a tener en cuenta. Como tiene una edad parecida a la de tu hija, y porque ese tipo de cosas no son muy habituales por aquí, he llamado al marido de Skye.

—Es detective del Departamento de Policía de Sacramento, ¿verdad?

—Exacto. Y ha sido suficientemente amable como para hacer unas cuantas llamadas al departamento del sheriff y conseguir información.

—No creerás que es el mismo hombre que se ha llevado a Sam, ¿verdad?

—No necesariamente. Como te he dicho, las posibilidades son bastante remotas, pero merece la pena investigar —además, no tenían otra cosa.

—¿Y qué más has averiguado?

Jonathan estuvo a punto de soltar una maldición cuando volvió a sonar su teléfono. Robbie Babcok no iba a renunciar tan fácilmente. Quería que le pagaran por haber atrapado a un hombre que había quebrantado la libertad condicional con un robo a mano armada. En aquella ocasión, Jonathan colgó el teléfono. No iba a poder dejar ese asunto durante mucho tiempo, pero necesitaba hablar con Zoe durante algunos minutos sin que los interrumpieran.

—El pobre chico estaba en estado de shock y farfullando incoherencias cuando le encontraron. No han conseguido que contestara de forma coherente a ninguna pregunta, pero todas las palabras que decía parecían girar alrededor del mismo tema.

Zoe se llevó la mano al pecho.

—¿Cuál?

—Hablaba de alguien a quien llamaba «amo», decía que le trataban como a un perro y que le ponían un collar de perro que le asfixiaba.

Zoe palideció.

—¿De dónde es ese chico?

—Su familia vive en Antelope, pero no estaba en su casa cuando desapareció. Iba hacia el instituto.

Zoe sacudió la cabeza.

—Antelope no está lejos de mi casa, pero no veo la relación con Sam. Como tú mismo has dicho, el hecho de que le encontraran el mismo día que ella desapareció, puede no significar nada. Y...

Jonathan alzó la mano.

—No he terminado. El policía que le acompañó en la ambulancia, no dejó de preguntarle en ningún momento que quién le había dejado así. Tenía miedo de que el chico muriera y el caso quedara sin resolver. Sabiendo que podía estar suelta una persona tan cruel, estuvo presionándole.

—¿Y consiguió que dijera algún nombre?

—No, solo «amo», hasta que le preguntó que dónde podía encontrarle.

Zoe abrió los ojos como platos.

—¿Y entonces?

—El chico bajó la voz y dijo la única frase coherente: «no cualquier canalla puede vivir en esa parte de Rocklin».

Toby Simpson, el chico del que Jonathan le había hablado a Zoe, permanecía inconsciente en la unidad de cuidados intensivos. Sus padres no se apartaban de su lado. Después de que Jonathan les explicara los motivos por los que les habían permitido visitarle, Zoe entró unos minutos, vio al chico magullado y herido, observó los tubos que le conectaban a las diferentes máquinas y sintió que se le desgarraba el corazón.

«Vive», le pidió en silencio, «lucha, ayúdanos a encontrar al monstruo que te ha dejado así».

Las lágrimas se deslizaron por su rostro, pero no fueron muchas. Estaba comenzando a acostumbrarse a aquella pesadilla. El dolor fue reemplazado rápidamente por un fiero enfado que se transformó en una férrea determinación. No iba a renunciar jamás, se prometió a sí misma. Si el hombre que había dejado a Toby en ese estado tenía también a Sam, dedicaría hasta el último centavo que pudiera arañar y hasta el último segundo de su vida a atraparlo. Removería cielo y tierra hasta encontrarle, y después le haría pagar por lo que había hecho.

Los señores Simpson, los padres del chico, permanecieron en silencio mientras Zoe recorría a su hijo con la mirada y después la siguieron al pasillo.

Zoe se sentía culpable por molestarlos en un momento tan duro. Ya habían tenido que soportar un infierno. Lo último que necesitaban era que aparecieran dos desconocidos en el hospital y les bombardearan a preguntas. Pero también pensaba que entre todos tenían que poner fin a aquel sufrimiento, tenían que reclamar la aparición de sus hijos y proteger a los otros. No sabía si su hija estaba en manos del mismo hombre, pero el hecho de que ambos niños estuvieran relacionados con aquella zona acomodada de Rocklin lo hacía muy probable. Esa clase de delitos no eran muy comunes y Rocklin no era tan grande.

—¿Estaba consciente cuando llegó al hospital? —les preguntó Jonathan a los padres.

—Lo estuvo durante unos minutos —fue la traumatizada señora Simpson la que contestó. El agotamiento se reflejaba en su voz.

Jonathan hundió las manos en los bolsillos.

—¿Dijo algo, cualquier cosa, que pueda ayudar a determinar quién le hizo esto? ¿Algún nombre, alguna característica?

—No —en aquella ocasión fue el señor Simpson, un hombre calvo y fornido, varios centímetros más bajo que su esposa, el que contestó—. Intentamos preguntárselo, pero se aferró a mi mano y… —no pudo continuar y la señora Simpson terminó por él.

—Comenzó a llorar —parpadeó varias veces, luchando también ella contra las lágrimas—, y después entró en coma.

Jonathan apretó un músculo de la barbilla y Zoe supo que estaba teniendo la misma reacción que ella. Quería agarrar a aquel hombre, fuera quien fuera, quería detener al responsable de tanto dolor absurdo.

—¿Qué han dicho los médicos? —preguntó Zoe.

La señora Simpson intercambió una mirada de preocupación con su marido.

—No nos prometen nada.

Jonathan le había entregado su tarjeta a la señora Simpson nada más llegar.

–Por favor, si se produce algún cambio, pónganse en contacto con nosotros.

La madre del chico se secó los ojos y asintió.

–Llevo su teléfono en el bolso.

–Siento haber tenido que molestarles en un momento como este –susurró Zoe, y comenzó a alejarse.

Pero la señora Simpson la agarró del brazo.

–No lo sienta –le dijo–. Haremos todo lo que esté en nuestras manos para ayudarla. Alguien tiene que detener a ese hombre, si es que pretende hacer daño a otra criatura.

Zoe asintió. Aquella criatura podía ser su hija.

Capítulo 20

—Ahora sabemos dos cosas que no sabíamos antes —analizó Jonathan mientras salían del hospital.

El enfado latía con tanta fuerza en el interior de Zoe que apenas podía mantener la voz baja.

—¿Cuáles? —abrió la puerta del coche con más fuerza de la necesaria—. ¿Que quienquiera que haya hecho eso es un sádico?

Jonathan pareció considerar su respuesta.

—De acuerdo, supongo que sabemos tres cosas, pero dos de ellas son buenas.

Zoe metió la mano en el bolso para buscar las llaves del coche. Quería alejarse cuanto antes de aquel hospital, de aquel chico destrozado. Y de aquellos padres que le habían causado una impresión tan profunda. Porque era demasiado duro contemplar su agonizante espera. En dos o tres meses, antes quizá, ella podía estar en esa misma situación. Si tenía la suerte de encontrar viva a su hija.

—¿Buenas? —repitió—. Creo que me he perdido algo.

—Piensa en ello.

Apoyó la mano en la puerta del coche de Zoe, que permanecía abierta. Si se hubiera tratado de cualquier otro conocido, aquel gesto habría parecido casual y en absoluto amenazador, pero el cuerpo de Jonathan parecía aprisionarla y estaba tan cerca que Zoe se sentó inmediatamente tras el volante, intentando poner distancia entre ellos. No quería sentir lo que estaba sintiendo por Jonathan. Y menos aún en medio de aquel torbellino de sentimientos. Teniendo tan mala suerte como tenía en las relaciones, ¿qué sentido tenía buscarse más problemas?

—No quiero pensar en ello.

—Después de esto, sabemos que podemos delimitar nuestros esfuerzos a la zona de Rocklin —dijo Jonathan.

—Si es que estamos buscando al mismo hombre.

—Y podría ser así.

—Aun así, no parece que la policía vaya a comenzar a registrar casas.

—Pero no pueden impedir que nosotros empecemos a llamar a las puertas. Es una zona pequeña. Y quienquiera que secuestrara a Toby, necesita cierta intimidad, porque retiene a sus víctimas durante mucho tiempo. De modo que podríamos descartar a Anton, a Franky y a tu padre, aunque no lo hubiéramos hecho ya.

—Muy bien, ya sabemos que hay tres personas que no son culpables. ¿Se supone que eso tiene que hacerme feliz?

—Lo de la felicidad es un término relativo. Pero te estoy diciendo que hoy estamos en mejor situación que ayer. El hecho de que retenga a sus víctimas, de que le guste jugar con ellas, nos dice algo sobre la clase de persona que es.

Frustrada porque no era capaz de localizar las llaves, vació el bolso en el regazo y clavó la mirada en Jonathan.

—No es suficiente. ¿Has visto cómo está ese chico?

Jonathan la miró a los ojos.

—Está vivo, Zoe.

—Apenas. Es posible que mañana no puedas decir lo mismo. Y apuesto a que durante estos últimos dos meses, han sido muchas las ocasiones en las que ha deseado estar muerto.

—A lo que yo me refiero es a que su secuestrador le ha mantenido con vida durante más de dos meses. Esa es una cantidad de tiempo extraordinaria. La mayor parte de los secuestros terminan con la víctima muerta en cuestión de horas. Tendré que hablar con Jasmine…

–¿Jasmine?

–Una antigua compañera de Skye. Es una de las fundadoras de la organización y ha llegado a convertirse en una criminóloga excelente. Se casó hace poco y se ha mudado a Louisiana, pero continúa trabajando por cuenta propia. Creo que podría ayudarnos a averiguar la clase de individuo al que nos enfrentamos.

–El hecho de que le llame «amo» indica que es un hombre.

–Y como tú misma has dicho, también un sádico. Pero necesitamos más información.

Zoe se encogió de hombros con un gesto de desesperación.

–No nos estamos enfrentando a un hombre. Estamos enfrentándonos a un demonio.

–Pero por el tipo de demonio que es, podemos mantener la esperanza de que Sam continúe viva.

Zoe no se sentía particularmente esperanzada en aquel momento. Lo único que sentía era una insaciable sed de venganza. Aquella era la única manera de compensar todo lo que había perdido. Lo único que le permitía ser fuerte y continuar luchando.

Se aferró al bolso y buscó de nuevo las llaves.

–Quiero que vuelva Sam. Pero aunque no consiga que regrese –alzó la mirada hacia Jonathan–, no descansaré hasta ver encerrado a ese criminal.

–Le agarraremos –le prometió Jonathan.

Zoe encontró por fin las llaves del coche.

–Y cuanto antes mejor.

–¿Qué piensas hacer hoy?

Zoe metió la mano en el encendido para poder bajar la ventanilla. Jonathan retrocedió y cerró la puerta.

–Voy a intentar hablar con algún medio de comunicación –pensaba pedirle ayuda a Skye, pero ya no la necesitaba. La historia de los Simpson le había proporcionado suficiente pasto para la prensa–. Y más tarde voy a cenar con los Bell, ¿y tú?

–¿Tus vecinos?

–Colin está organizando una partida de búsqueda para el sábado. Queremos preparar las rutas.

Jonathan miró el teléfono y esbozó una mueca al ver la cantidad de llamadas que había perdido. En realidad, no tenía apenas tiempo para dedicarle a aquel caso y aun así, aparte de una pequeña reunión a primera hora, no había programado nada para el resto de la mañana. Nunca había llevado tanto retraso en su trabajo.

–Me gustaría ir a tu antiguo barrio para hacer algunas preguntas. Teniendo en cuenta que Sam estuvo sola en casa durante los días previos a su desaparición y que nadie la vio fuera, creo que el secuestrador tiene que estar cerca.

–Pero la policía ya ha hablado con todo el mundo. Tú mismo has hablado con mis vecinos. ¿Qué sentido tiene seguir insistiendo? Si alguien la tiene, no va a admitirlo.

–Sé que las posibilidades parecen remotas, pero ahora, cuando explique lo que le ha pasado al chico de los Simpson, podré convencer a cualquiera que dudara de que puede ser una situación realmente peligrosa. A lo mejor recuerdan algún detalle que en su momento no encontraron importante. Tenemos que seguir indagando, Zoe.

–El día que te conocí, dijiste que probablemente Sam conocía a su secuestrador.

–Y continúo pensándolo.

Zoe se estremeció.

–En ese caso, tiene que estar muy cerca.

Jonathan se apoyó en la ventanilla y miró hacia el asiento de atrás.

–Entonces, ¿vas a venir esta noche a mi casa?

Zoe puso el motor en marcha.

–No, ni siquiera sé dónde vives.

Jonathan sacó una tarjeta, escribió algo en la parte de atrás y se la tendió.

–Si yo no estoy en casa, tienes una llave debajo del felpudo.

–No voy a ir.

Pero cuando la vio guardar la tarjeta en el bolso, sonrió.

–El perro es muy cariñoso.

–Jonathan, ahora mismo, ni siquiera sé ya quién soy. No puedo tener una relación con nadie.

Jonathan se irguió para que pudiera marcharse.

–En ese caso, dormiremos en camas separadas.

La pregunta era si ella estaría o no dispuesta a hacerlo.

Algo había pasado. Samantha lo supo al instante. Esperaba que Tiffany estuviera enfadada después de su discusión, que cumpliera su promesa de no volver a tener ningún gesto amable con ella. Pero allí estaba, con el que parecía ser otro capricho.

–Bébete esto –le dijo, y le tendió un vaso.

Sam había conseguido aliviar parte de la tensión del collar, pero no había podido ensancharlo mucho más. El candado lo hacía imposible.

–¿Qué es eso?

¿Tiffany pretendería matarla? ¿Iba a envenenarla?

–No tenemos tiempo para preguntas –replicó Tiffany–. Pero es mejor que la comida para perros. Eso es lo único que necesitas saber.

Sam aceptó el vaso porque el estómago le sonaba de tal manera que no le resultaba posible rechazarlo. El refresco olía a fresa, que era su sabor favorito.

Lamió el hielo con la lengua. Estaba riquísimo. Pero después de haberse alimentado de comida para perros, probablemente hasta un insecticida le sabría bien.

–¿Por qué me has traído esto? –le preguntó.

–Esto no tiene nada que ver con la amistad. Después de lo de esta mañana, ya no somos amigas.

En ese caso, tendría que haber otra razón y Sam comprendió inmediatamente cuál era. La bebida no tenía por qué estar necesariamente envenenada, pero estaba segura de que contenía algún tipo de medicación. Era como el refresco que le había llevado Colin en otra ocasión. Aquella había sido la única vez que Colin le había llevado otra bebida que el agua que habitualmente le servían en el cuenco. Y la había dejado tan agotada que apenas podía levantar los brazos. Si no pretendían matarla, lo que querían era dormirla. ¿Pero por qué?

El estómago le sonó cuando miró el vaso.

—¿Vais a salir esta noche?

—Eso no es asunto tuyo. No pienso olvidar lo mal que me has tratado.

Sam no estaba en absoluto arrepentida, pero sabía que sería más inteligente fingir lo contrario.

—Debería disculparme. Estaba… muy nerviosa.

Tiffany miró la argolla a la que se fijaba la cadena de Sam.

—Lo que quieres es que te quite la cadena. Incluso cuando no te atraganta, pesa mucho, ¿verdad?

—¿Cómo lo sabes? —preguntó Sam.

Tiffany no contestó.

—Pues no te la voy a quitar.

—¿Y se prometo portarme bien?

Tiffany pareció tentada, pero al final, negó con la cabeza.

—No tengo otra opción. Esta noche, no.

—¿Pero qué pasa esta noche?

—Te gustaría saberlo, ¿verdad? —miró a Sam con el ceño fruncido—. ¿Vas a tardar todo el día en beberte eso?

—Tengo el estómago revuelto. No sé si voy a poder.

Intentó devolver el vaso, pero Tiffany la miró con el ceño fruncido.

—¡No! Tienes que bebértelo.

—¿Por qué?

—¿No lo quieres?

—Sí, claro que lo quiero. Es solo que… tengo ganas de vomitar.

—¿Y? ¡Bébetelo!

—Pero es que no puedo…

—Si no te lo bebes, Colin encontrará otra forma de dormirte —le advirtió.

Así que era lo que imaginaba. Iba a ir alguien a cenar y no querían que hiciera ruido.

–¿Va a venir alguien esta noche?

Tiffany avanzó un paso más y se cernió sobre ella.

–Cierra la boca y bébetelo.

–Ya te lo he dicho. Estoy enferma –y lo mal que olía la arena para gatos así lo demostraba.

No entendía cómo Tiffany podía soportarlo. Quizá solo fuera porque estaba más preocupada de lo normal.

–¡Bébetelo! ¿O prefieres que vuelva a estrangularte?

Sam estaba tentando su suerte, pero sabía que aquella podía ser su única oportunidad.

–¿Puedes… puedes darme unos minutos?

El desprecio con el que la miraba Tiffany le resultaba muy desagradable. Pero por lo menos, su perfume mejoraba el olor de la habitación.

–No puedo perder el tiempo –chasqueó los dedos–. ¡Vamos!

–Si me das más tiempo, podré bebérmelo. ¿Por qué no vas a hacer lo que tengas que hacer y vuelves después a buscar el vaso?

Tiffany soltó una carcajada.

–¿Para que puedas tirarlo? No soy tan tonta.

Soltó una maldición y levantó la cadena, decidida a asfixiarla con el collar. Sam comenzó a tragar tan rápido como le fue posible.

–Ah, así que ahora estás dispuesta a colaborar –se burló Tiffany con sarcasmo mientras soltaba la cadena.

El refresco sabía tan bien que Sam apenas podía soportar la idea de tener que vomitarlo.

–Ya está.

Le tendió el vaso a Tiffany, deseando deshacerse de ella antes de que su estómago comenzara a absorber el líquido.

Afortunadamente, Tiffany tenía prisa y no se lo pensó dos veces. Tomó el vaso vacío y salió y Sam corrió inmediatamente hasta el arenero. Aunque nunca se había provocado el vómito, había visto hacerlo a una amiga en el cuarto de baño del colegio y le había parecido fácil.

Se metió un dedo en la garganta y sintió una náusea, pero

se asustó. No podía hacerlo. Le resultaba demasiado doloroso.

Pero casi inmediatamente, sucedió algo de lo más extraño. No tuvo que seguir intentándolo. Le bastó estar allí, inclinada sobre aquella arena pestilente y con el estómago tan poco acostumbrado a estar lleno. Comenzó a tener arcadas y continuó vomitando hasta estar segura de que no le quedaba nada dentro.

Después, se tumbó en el suelo y escuchó. Las paredes de aquella habitación eran particularmente gruesas. Apenas oía lo que pasaba en el exterior, a no ser que fuera directamente tras la puerta. Pero durante su encierro, había descubierto que si se quedaba en silencio y ponía la oreja en el suelo, llegaban hasta ella los sonidos de lo que ocurría en el piso de abajo. Aunque eran muy débiles, estaba comenzando a distinguir las diferencias entre una puerta al abrirse, el teléfono o las voces humanas.

La casa permanecía en silencio, pero sabía que Tiffany o Colin no tardarían en ir a verla.

Después de sacudir el arenero para cubrir el vómito, volvió al colchón arrastrando la cadena y con la esperanza de que la peste que inundaba la habitación hubiera cubierto ya el olor a vómito.

Esperaba haber sido suficientemente rápida y haberlo vomitado todo. No podía quedarse dormida. Tenía que permanecer consciente, averiguar lo que iba a pasar. Era muy posible que Colin y Tiffany estuvieran esperando una visita. No tendrían necesidad de drogarla si fueran a salir. Salían continuamente y ella no había conseguido escaparse.

Obligándose a permanecer sentada, mantenía las rodillas pegadas contra el pecho mientras estaba pendiente de cualquier movimiento. Si volvían, fingiría estar profundamente dormida para que no tuvieran que preocuparse por ella. Después, cuando estuviera claro que había llegado la visita que esperaban, emplearía las escasas energías que le quedaban para gritar y hacer ruido con la cadena. Haría ruido para llamar la atención de sus invitados.

Pero sabía que si los únicos que la oían eran Tiffany o Colin, sus marcas en el rodapié no llegarían a las sesenta y seis que había dejado Rover.

Fue Tiffany la que abrió la puerta cuando Zoe llamó.

—Hola —la saludó.

Sonreía, pero parecía tan reservada y distante que Zoe permaneció en la puerta en vez de entrar, a pesar de que Tiffany se había apartado para invitarla a pasar.

—¿Ocurre algo? —preguntó Zoe.

El esfuerzo que hizo Tiffany por poner más ánimo en su sonrisa fue evidente.

—Por supuesto que no. ¿Qué te hace pensar lo contrario?

—Pareces… tensa.

—No es nada. He tenido un mal día en el trabajo. Y después, tu detective privado ha venido a buscarme cuando estaba viniendo hacia casa y me ha hecho algunas preguntas sobre Sam, así que voy un poco atrasada —se abanicó el rostro y Zoe dedujo que había tenido que cocinar a toda velocidad—. Por supuesto, no me ha importado —continuó diciendo Tiffany—, pero yo no tengo manera de ayudar, y ya se lo dije a la policía.

—Lo siento. Es solo que… espera que alguien haya visto u oído algo que se le haya podido pasar por alto. Y como tú estabas en casa aquel día…

—Ojalá hubiera oído algo.

—Lo sé. Y te aseguro que no pretendía causarte ninguna molestia.

Zoe estaba deseando marcharse o entrar. No quería permanecer en la puerta, y correr el riesgo de que Anton la viera. No estaba segura de lo que sentía por él y no tenía ganas de enfrentarse a la confusión o el resentimiento que podría generar un reencuentro. Si no hubiera sido por Sam, no habría vuelto a poner los pies en aquel barrio.

—¿Prefieres que venga más tarde, después de que Colin y tú hayáis podido cenar y relajaros? No tienes por qué invitarme a cenar…

–No te preocupes –la interrumpió Tiffany–. La cena ya está casi lista –señaló el sofá–. Siéntate. Colin todavía no ha llegado, pero no tardará.

Zoe entró en aquel salón que había vislumbrado apenas el día de la desaparición de Sam. No estaba tan ordenado como entonces, pero el mobiliario era de la calidad que le había parecido apreciar desde la distancia. El sofá, la mesita del café e incluso los cuadros parecían haber sido comprados en una tienda de saldos. Zoe había estado suficiente tiempo con Anton como para reconocer un objeto de segunda categoría. Él solo tenía objetos auténticos y del más alto precio. Pero todo estaba perfectamente coordinado, incluidos los cuadros de villas mediterráneas que colgaban de la pared. Solo las rosas que había encima de la mesa del comedor desentonaban en aquel ambiente de tonos salmón.

–Qué bonitas –las alabó Zoe, señalándolas.

Tiffany asintió.

–Gracias. Me las ha regalado Colin.

–Espero no haberos estropeado una cena de aniversario o algún acontecimiento especial.

–No. Solo me las envió para decirme que me quería –sonrió radiante, encantada con las flores.

–Qué considerado.

Y qué tranquilizador. Cualquier cosa que demostrara que Colin estaba enamorado de su esposa, le hacía sentirse mucho más cómoda sobre lo interesado que parecía estar en mantenerla como amiga.

–¿Puedo ayudarte en algo?

Tiffany se mordió el labio, como si estuviera considerando el ofrecimiento.

–¿Es normal ayudar cuando uno está invitado? –le preguntó–. ¿Crees que sería un gesto de mala educación que lo aceptara?

–En absoluto –contestó Zoe riendo–. Soy perfectamente capaz de hacer de pinche, sobre todo sabiendo que ha sido mi detective el que te ha retrasado. Por favor, dime qué quieres que haga.

–Estaba preparando la ensalada. Si puedes terminar de cortar las zanahorias y los pepinos y añadir la remolacha y los cacahuetes, podré ir a cambiarme antes de que Colin llegue a casa.

–No te preocupes.

Tiffany le mostró dónde estaba la cocina y corrió al piso de arriba, como si Colin fuera un invitado y no uno de los anfitriones. Pero a Zoe no le extrañó que quisiera impresionar a su marido. De hecho, lo encontró entrañable.

Zoe estaba terminando de añadir la remolacha a la ensalada cuando entró Colin en casa.

–¿Hola? ¿Tiff? Eh, ¿dónde está Zoe?

Zoe asomó la cabeza por la puerta de la cocina.

–¡Estoy aquí! Tu mujer ha subido a cambiarse.

Por un momento, Colin se la quedó mirando con tan obvia admiración que Zoe tuvo que mirar las rosas para recordarse que la relación de Colin y Tiffany iba perfectamente.

–¿Tienes hambre? –le preguntó para distraerle.

–Desde luego –contestó él.

Pero Zoe tuvo la extraña sensación de que no estaba hablando de comida.

–Tu mujer ha preparado una cena extraordinaria.

Regresó a la cocina, esperando que Tiffany no tardara en aparecer. Y Tiffany no la decepcionó. Segundos después, la oyó bajando la escalera a toda velocidad.

–¡Colin, ya estás en casa!

–Por fin –respondió él–. Te juro que no sé lo que harían sin mí en ese bufete. Soy el socio más reciente, pero creo que hago el ochenta por ciento del trabajo.

A Zoe le parecía bastante improbable. Tenía la sensación de que estaba intentando impresionarla, pero decidió concederle el beneficio de la duda.

–Eso es porque eres muy inteligente –le alabó Tiffany.

Se produjo un silencio. Zoe esperaba que estuvieran abrazándose y besándose. Después, apareció Colin en la puerta de la cocina, ya sin el maletín, y Tiffany pasó por delante de él para hacerse cargo de la ensalada.

–¿Te gusta nuestra casa? –le preguntó Colin.

–Es preciosa.

–¿Tiffany te ha hecho la gran gira? El plano de la casa es distinto que el de la de Anton. Tenemos un dormitorio menos, pero así disponemos de otra habitación encima del garaje.

¿Y esa es razón suficiente como para querer mostrársela? Desde luego, para Zoe no, pero no quería parecer maleducada.

–Todavía no. Prácticamente, acabo de llegar.

–Déjame enseñarte lo que vamos a hacer en el patio.

Se volvió y regresó con un diseño que incluía una barbacoa, una piscina y un jacuzzi, además de algunas mejoras de jardinería.

–Quedará genial. ¿Cuándo piensas empezar?

–Dentro de un año, más o menos.

–¿Cercarás la piscina cuando tengáis hijos?

La pregunta fue recibida con una mirada de desconcierto.

–¿Por qué?

A Zoe le parecía evidente.

–Por razones de seguridad.

–Colin nunca ha querido tener hijos –intervino rápidamente Tiffany–. Y yo estoy de acuerdo con él. Solo queremos estar juntos.

Zoe miró directamente a Colin. ¿No le había dicho la otra noche que querían formar una familia?

–Espero que lo que ha pasado con Sam no te haya hecho cambiar de opinión.

–No, no es eso –se encogió de hombros–. Probablemente tengamos hijos algún día. Pero será más adelante, mucho más adelante. Solo tengo veinticinco años. Todavía me quedan muchas cosas por hacer antes de atarme de esa manera.

–Desde luego, los hijos representan un gran compromiso –musitó Zoe.

–En eso tienes razón –le guiñó el ojo Colin–. Pero las mascotas sí que me gustan. Son algo completamente diferente.

Zoe nunca le había oído hablar de animales.

—¿Tienes mascotas?

—Todavía no.

Tiffany le dirigió a su marido una mirada que indicaba que aquel podía ser un tema de conflicto entre ellos.

—Estamos considerando la posibilidad de tener un perro —comentó Colin.

—¿Qué clase de perro? —quiso saber Zoe.

Colin abrió una botella de vino y le sirvió a Zoe una copa.

—¿Qué clase de perro crees que me gustaría?

Zoe sonrió.

—No estoy segura.

—Uno al que pueda entrenar para mi placer.

Pero antes de que pudiera continuar hablando, Tiffany le interrumpió. Y parecía casi enfadada.

—La cena ya está lista.

Capítulo 21

–¿Estás colocado? –le susurró Tiffany a Colin en la cocina cuando se quedaron a solas. Habían terminado la cena y para Tiffany había sido muy doloroso ver lo atento que era Colin con Zoe. En aquel momento, Zoe estaba en el cuarto de baño.

Colin la miró con el ceño fruncido.

–Claro que no. ¿De qué estás hablando?

–No me mientas. Estás drogado. Lo sé.

Invitar a Zoe a cenar había sido una mala idea. Tiffany ya había estado preocupada desde que Colin se lo había anunciado, pero después de lo ocurrido, su preocupación era máxima. Por las miradas que le había dirigido Zoe durante toda la cena, estaba segura de que había notado lo extraño que estaba Colin. Probablemente había sentido también su interés sexual. Porque Colin no había dejado de mirarla como si estuviera deseando desnudarla.

–¿Has tomado éxtasis? –le preguntó.

–¿Y a ti qué te importa? –colocó los platos en el fregadero–. De todas formas, hemos organizado una fiesta para más tarde. No sé qué importancia tiene que yo me adelante.

–¿Qué has tomado?

–Me he metido una raya de coca antes de salir del despacho, ¿vale? No creo que sea para tanto.

–¿Y no crees que deberías haber esperado, Colin? ¡Tenemos que tener cuidado con Zoe!

–No he hecho nada sospechoso.

–Pero si sigues hablando de mascotas y diciendo lo inteligentes que son algunas de ellas, comenzará a pensar que todo esto es muy raro. ¡No vuelvas a hablar de animales! La estás poniendo nerviosa. Y a mí también.

Colin negó con la cabeza con un gesto de incredulidad.

–Estás exagerando.

–¡No, no estoy exagerando! Y si quieres que James y Tommy vengan esta noche y les ayude a divertirse, será mejor que te des prisa y comiences a organizar esa ruta para que Zoe pueda marcharse.

Colin la agarró entonces por la cintura.

–¿Me estás amenazando?

Tiffany parpadeó rápidamente, intentando contener las lágrimas.

–No quiero terminar en la cárcel, como mi hermano.

–¡Nadie va a ir prisión!

–¡Cállate! –le ordenó Tiffany–. Estás hablando demasiado alto. Ve a deshacerte de Zoe.

Colin la soltó y se cruzó de brazos.

–¿Y si no quiero deshacerme de ella? ¿Y si me apetece tener otra mascota? Madre e hija.

A Tiffany se le aflojaron las rodillas. Siempre había temido que llegara aquel momento. Que su marido comenzara a perder la cabeza.

–¡No podemos quedárnosla!

–No podrá escapar, y no será difícil deshacerse de ella cuando nos hartemos.

–No es una niña. Es más inteligente, más fuerte que su hija. Y tiene más recursos. Sería muy diferente. ¿Y quién sabe a cuánta gente le ha dicho que iba a venir a cenar?

–Pero imagina cómo reaccionaría al ver de nuevo a su hija. En cierto modo, le estaríamos haciendo un favor –se echó a reír e inclinó la cabeza mientras la miraba–. Estaríamos dándole lo que quiere.

Y al mismo tiempo, él estaría consiguiendo lo que quería. Le encantaría ser testigo del doloroso momento en el que

Zoe se diera cuenta de que había sido apuñalada por la espalda por alguien a quien consideraba un amigo.

Tiffany se mordió el labio. Colin a veces la asustaba de
verdad.

–¡Sí! Así comprenderá que tú y yo tenemos una relación
abierta, que no tiene por qué resistirse a la atracción que
siente por mí –replicó–. Para ella, eres un gran obstáculo, estoy seguro. Siempre está hablando de ti.

Tiffany le miró boquiabierta. Estaba perdiendo a su marido, y aquella era la prueba. Le bastó ser consciente de ello
para estar a punto de desmayarse. Y por mucho miedo que
tuviera a Colin, más temía a la posibilidad de tener que vivir
sin él.

–No tenemos una relación abierta –musitó.

–¿No vas a acostarte esta noche con mis amigos? ¿Cómo
lo llamarías tú, entonces?

–¡Has sido tú el que me ha suplicado que lo hiciera!

–Pero si a mí no me importa que lo hagas, a ti tampoco
debería importarte. Ya te lo dije, el sexo, es solo sexo. Es
solo por diversión, para darle un nuevo giro a una fiesta.

–¿Por diversión? Si secuestras a Zoe, estaremos cavando
nuestra propia tumba. Ni se te ocurra pensarlo.

Colin la presionó contra el mostrador y comenzó a besar-
le el cuello.

–Vamos, Tiffany, hazlo por mí.

Tiffany comenzó a flaquear, como le ocurría siempre que
Colin la presionaba. Era tan divertido… y tan cariñoso cuando estaba contento. Pero cada vez le resultaba más difícil hacerle feliz.

–Está en permanente contacto con la policía y con ese
detective. ¿Y si les ha dicho que iba a cenar aquí?

–¿Por qué iba a decírselo? Ha venido a cenar a casa de su
vecino. No tiene por qué contar todo lo que hace a lo largo
del día. Le basta con que puedan localizarla por teléfono si
encuentran a Sam.

Tiffany oyó el ruido de la cisterna del cuarto de baño y
supo que iban ya contra reloj.

–Es demasiado arriesgado.

–Vamos, Tiff. Incluso en el caso de que les haya dicho que iba a cenar aquí, puedo evitar que sospechen de nosotros.

–¿Cómo? –susurró Tiffany.

–Eso déjamelo a mí.

–¡Pero yo no quiero hacer esto!

–Claro que quieres. Cuando termine con ella, dejaremos que disfruten James y Tommy.

En ese momento, Tiffany tuvo la certeza de que Colin estaba yendo demasiado lejos.

–¡Pero entonces James y Tommy sabrán que está aquí!

–Les drogaremos, ataremos a Zoe y le pondremos una bolsa en la cabeza. James y Tommy estarán tan colocados que pensarán que es una amiga tuya y que todo forma parte de la fiesta. Y si Zoe intenta resistirse, terminará estrangulada por el collar. ¡Esa es la parte más excitante!

Pero Zoe no se resistiría si mezclaban las drogas con el alcohol. Estaría completamente inconsciente.

Tiffany se clavó las uñas en las palmas de las manos. ¿Cuánto podía costarle todo aquello? ¿Unas cuantas drogas y unas cuantas horas? Si era eso lo que Colin quería, ¿no podía darle esa satisfacción?

Era tentador. No soportaba aquel repentino encaprichamiento de Colin por su vecina. Zoe no solo era más guapa que ella, sino que también era algo mayor y probablemente, representaba un mayor desafío intelectual para Colin. Sabía que una mujer como ella podría retener su interés durante mucho más tiempo.

Tiffany no quería volver a sentirse una mujer no deseada. Estaba dispuesta a cualquier cosa antes que a eso. De modo que tenía que poner fin a aquel enamoramiento de forma permanente si no quería tener que comenzar a preguntarse si su marido soñaba con otra mujer. Si continuaba persiguiendo a Zoe y aquello terminaba con una aventura con todas las de la ley, ella perdería mucho más que si cedía a una noche de sexo. Colin sabía encandilar a las mujeres. A ella no le costaba nada imaginárselo comprándole joyas y flores a Zoe y apoyándola en su desgracia mientras intentaba ganarse su afecto. Era mejor darle aquella noche lo que quería que tener que pagar un precio mucho más alto más adelante.

–¿Qué me dices? –intentó persuadirla Colin, acariciándole los senos–. ¿Me dejarás hacerlo?

La determinación de Tiffany terminó de esfumarse. Le encantaba que Colin la tratara con tanta ternura.

–¿Cómo vamos a manejar la situación?

El grifo del cuarto de baño se cerró en el momento en el que Colin estaba sacando una pastilla envuelta en plástico de su bolsillo.

–Ponle esto en la bebida. No se lo esperará, viniendo de ti.

Tiffany fijó la mirada en la pildorita blanca. No era la primera vez que veía una pastilla de Rohypnol. De hecho, había tomado aquel somnífero en un par de ocasiones, porque Colin tenía curiosidad por saber cuánto tiempo duraban los efectos y qué recordaba después de tomarla.

–Si acepto, tendrás que matarla. No la quiero viviendo en mi casa.

Por lo menos, cuando aquello terminara, Zoe no volvería a ser una amenaza.

–Te estás convirtiendo en una mujer muy malvada –bromeó Colin mientras le mordisqueaba el lóbulo de la oreja–. Supongo que es verdad lo que dicen de los celos.

Tiffany imaginó a la que hasta el día anterior había sido su vecina secándose las manos y completamente ajena a lo que estaban planeando para ella.

–¿Eso es un sí?

–Preferiría no tener que deshacerme tan pronto de su hija. Sería una gran mascota –suspiró exageradamente–. Pero… supongo que una mascota es más que suficiente.

–Entonces, ¿lo harás? ¿Esta noche será el final?

–Si eso es lo que hace falta para que estés de acuerdo…

En ese momento se abrió la puerta del pasillo y a Tiffany comenzó a latirle a toda velocidad el corazón.

–¡Colin, espera! No creo que sea capaz…

–Claro que eres capaz –le dirigió una sonrisa y la animó con un asentimiento de cabeza mientras le colocaba la pastilla en la mano y cerraba los dedos a su alrededor–. Es una zorra. Se lo merece.

Los efectos de la cocaína que había esnifado en el trabajo comenzaban a desaparecer. El efecto de una raya le duraba poco más de una hora. Colin quería meterse una nueva dosis, y llevaba una bolsa de cocaína en el maletín, pero se obligó a esperar.

«Ya disfrutarás más tarde. Esta promete ser una gran noche».

Sabía que pronto podría conseguir lo que quería, olvidar la frustración que había sufrido. De modo que se concentró en continuar recreando aquella farsa, en la imagen que Tiffany y él necesitaban dar para conseguir que aquello ocurriera. La imagen de una joven pareja afectada por la desaparición de una niña y dispuesta a hacer todo lo posible para ayudar a sus vecinos por el bien de la comunidad. Adoptó una expresión de preocupación y fingió concentrarse en las rutas que estaban organizando.

Tiffany continuaba lavando los platos. Colin notaba su nerviosismo y la veía mirarlos de vez en cuando a través de la puerta. Pero sabía que Zoe estaba demasiado concentrada en lo que estaban haciendo como para notarlo. Estaba sentada a su lado, en la mesa del comedor, con la cabeza enterrada en los mapas que Colin había extendido sobre la mesa mientras intentaban determinar cuántas casas y cuántas manzanas podrían visitar los voluntarios.

–Necesitamos cubrir todo el terreno posible mientras contemos con ellos –Zoe miró con el ceño fruncido la zona este, que estaba menos poblada–. Pero es una zona demasiado extensa para poder recorrerla a pie.

–En ese caso, deberíamos dividir las rutas. Queremos que todo el mundo las complete en una cantidad razonable de tiempo –propuso Colin–. Así, si tenemos que organizar otra partida, sabremos exactamente las zonas que se han cubierto y las que no. Es preferible ser metódico a intentar abarcar demasiado.

–La policía ha sido muy metódica.

–Eso no importa. En una ocasión, vi un programa en el que la chica a la que estaban buscando apareció en medio de un parque en el que habían estado buscándola durante varios días. Es fácil que se pase algo por alto.

–Supongo que sí.

Zoe parecía más relajada después de la cena. O a lo mejor estaba comenzando a hacer efecto el somnífero. Había bebido ya más de la mitad de la copa que Tiffany le había ofrecido después de cenar.

«Termínatela de una vez», le ordenó Colin mentalmente, mientras disfrutaba de su copa. Él sabía, por propia experiencia, que el Rohypnol tardaba unos treinta minutos en hacer efecto, pero ese era aproximadamente el tiempo que Tiffany llevaba bebiendo. ¿Pero habría bebido ya suficiente? Si así era, pronto comenzaría a dormirse…

–Yo creo que podemos ir hasta el rancho Stanford.

Zoe asintió y Colin volvió a desear que terminara esa maldita copa. No quería tener que esperar a que llegaran Tommy y James. Prefería tener a Zoe para él solo, poder disfrutar en la intimidad del dormitorio como si estuviera casado con ella en vez de con Tiffany. A lo mejor la compartía más tarde, una vez se hubiera saciado, pero quería que aquello durara horas y no quería sentir la presión de las prisas. Si al final iba a matarla, podía hacer todo lo que quisiera sin tener miedo a herirla de tal forma que no pudiera recuperarse. Aquello prometía añadir una nueva dimensión a la experiencia. Normalmente, intentaba mantener con vida a sus esclavos durante el mayor tiempo posible, y eso significaba que tenía que evitar destrozar el objeto que le proporcionaba tanto placer. No era nada fácil tener esclavos. Él solo había conseguido cuatro. Uno de ellos estaba en coma. Y Samantha estaba dormida en el piso de arriba. Cuatro no eran muchos.

Aunque a veces, tenía tanto miedo a las consecuencias de que le descubrieran como Tiffany.

Pero sus deseos eran cada vez más potentes, al igual que la sed de sangre y de violencia. Tenía que haber dolor, un dolor espantoso, para que fuera capaz de alcanzar el clímax. Por eso había terminado rebelándose Rover. Y por eso ya no era capaz de mantener relaciones sexuales con Tiffany. No le excitaba. Ni siquiera las ataduras o la cera caliente podían satisfacerle.

Recordaba a su primera esclava, una niña de diez años llamada Laurie a la que había secuestrado en un parque a los seis meses de casarse con Tiffany. Tiffany continuaba pensando que la había dejado escapar, pero la verdad era que la había matado y había escondido su cadáver en el bosque. La había escondido tan bien que no creía que pudieran llegar a encontrarla jamás. En aquella época, no estaba seguro de que Tiffany estuviera de acuerdo con dar una solución tan tajante a su problema y no había querido decírselo. Desde entonces, actuaba como si fuera la necesidad la que le empujara a tomar decisiones tan drásticas. Tiffany no tenía por qué saber que desde el primer momento le había parecido lo más cómodo.

–¿Colin? –la voz de Zoe, en la que se mezclaban la confusión y el desconcierto, interrumpió sus pensamientos.

Colin parpadeó, repentinamente consciente de que se había quedado con la mirada perdida.

–Lo siento –fingió un bostezo–. Ha sido un día duro de trabajo y estoy cansado. ¿Tú cómo estás?

–Bien. Ya casi hemos terminado, ¿verdad? –se reclinó en la silla y terminó la copa de vino.

Colin la señaló cuando la estaba retirando.

–¿Quieres más?

–No, gracias.

–Ya tenemos organizadas la rutas para los diez voluntarios que hemos confirmado. Pero podríamos organizar otro par por si alguien trae a un amigo.

Zoe volvió a inclinarse sobre el mapa.

–Es mejor que sobre a que falte. Pero las vías del tren están demasiado lejos. Tenemos que concentrarnos en esta zona –señaló la parte del mapa que terminaba en Roseville.

–Una decisión difícil. Sam podría estar en cualquier parte… –incluso en el piso de arriba de esa misma casa.

–Cuando hablé con el detective Thomas sobre esto, me dijo que deberíamos concentrar los esfuerzos en un radio de cinco kilómetros a la redonda.

–¿El detective Thomas está al tanto de la partida? –Colin no tenía miedo. En realidad, ya se lo esperaba.

–Se lo he comentado y ha dicho que vendrá con nosotros, y que se sumarán también más policías.

Aquellas palabras hicieron añicos la fantasía que Colin había estado construyéndose, pero tenía que enfrentarse a la realidad, saber exactamente a lo que se enfrentaba.

–¿Le has dicho que ibas a venir a cenar con nosotros?

Zoe deslizó la copa hacia el centro de la mesa.

–No, ¿por qué?

–Me estaba preguntando si deberíamos haberle invitado. Tiene más experiencia en organizar partidas que nosotros. Y ya ha recorrido toda esa zona.

–Pero como tú mismo dijiste, tenemos que volver a intentarlo. Y creo que estás haciendo un gran trabajo –le alabó Zoe con una sonrisa de agradecimiento.

Parecía tan sincera, tan deseosa de escapar de la situación en la que él mismo la había metido… A él le hacía sentirse extremadamente poderoso ser la persona que controlaba su felicidad.

No podría atender a James y Tommy aquella noche, decidió. Serían un obstáculo en su camino…

–Además, tengo la sensación de que no han tenido que enfrentarse a muchos secuestros de menores –estaba diciendo Zoe.

–¿Y qué me dices de tu amigo, el detective privado? –preguntó Colin–. ¿No debería haber venido?

Zoe miró la copa vacía como si estuviera preguntándose cuándo se la había terminado, o por qué comenzaba a sentirse mareada cuando solo había bebido una copa de vino, y con el estómago lleno.

—No habría venido aunque le hubiéramos invitado.

—¿Por qué no?

—Quería hacer algunas entrevistas esta noche.

—¿Con quién quería hablar?

—Con la mejor amiga de Sam y con sus padres.

Perfecto. Jonathan tenía otras cosas que hacer.

—¿Sabe con quién estás?

Zoe cerró los ojos y sacudió ligeramente la cabeza. Era evidente que el Rohypnol comenzaba a hacer efecto.

—¿Zoe?

Zoe intentó abrir los ojos.

—¿Mmm?

—¿Sabe que estás aquí?

—Mmm.

—¿Lo sabe? —le urgió Colin—. ¿Le has dicho a Jonathan que ibas a venir a cenar con nosotros?

Zoe asintió.

—Ha dicho… que… se acercaría… más tarde.

Un problema añadido. Habría sido mucho más fácil si no le hubiera dicho nada. El coche de Zoe estaba aparcado en la calle de enfrente, no en el camino de la casa de Anton. Pero era un coche tan conocido que a ningún vecino le extrañaría verlo allí. De hecho, aunque estuvieran al tanto de la separación, probablemente pensarían que había ido a ver a Anton.

Pero Colin tenía que evitar dejar cualquier rastro.

—¿Adónde vas? —preguntó Zoe, arrastrando las palabras.

Colin esperó que la pastilla fuera la dosis adecuada. No quería dejarla. Prefería ser testigo de cómo reaccionaba a sus atenciones. Esa era la parte más divertida.

—Solo voy a ayudarla a recoger la cocina.

—Tienes… una mujer… encantadora.

—Tenías que verla cuando me ayuda a asesinar a alguien.

Tiffany, que estaba en aquel momento tras él, ahogó un grito, pero Colin soltó una carcajada y le hizo un gesto para que se marchara. Zoe estaba demasiado colocada como para darse cuenta de que estaba hablando en serio. Incluso se echó a reír.

—Estoy empezando a asustarme —susurró Tiffany, acercándose a él.

—¿Estás de broma? ¡Mírala! ¡Está completamente indefensa!

Era evidente que Zoe no les estaba escuchando. Estaba demasiado ocupada intentando averiguar qué ocurría. Se había levantado y volvió a sentarse tambaleando en la silla.

—Cuidado —le advirtió Colin—. Creo que deberías tumbarte.

—Lo… lo siento… No sé… No puedo… Debe de ser la bebida, pero…

—Te sentirás mejor en cuanto descanses —le aseguró, y la condujo hacia el sofá.

—Colin… —le dijo Tiffany en tono de advertencia—. Ya lo has oído. El detective sabe que está aquí. En cuanto la eche de menos, vendrá a interrogarnos a nosotros. Y eso podría causarnos problemas.

¡Pero todo estaba encajando de forma perfecta! Colin no podía dejar pasar aquella oportunidad.

—Puedo ocuparme de eso.

—¿Cómo?

—Zoe, ¿tienes el teléfono móvil en el bolso? —le preguntó.

—¿Qué? —Zoe intentaba mirarle a través de los párpados entrecerrados.

—El teléfono móvil. ¿Dónde lo tienes?

Aunque con movimientos torpes y descoordinados, Zoe consiguió sacar el teléfono del bolso.

—¿Qué… qué estás haciendo? —preguntó cuando Colin se lo quitó.

—Voy a enviarle un mensaje a Jonathan.

—Oh, bien… Dile que… dile que venga a recogerme.

—No te preocupes —le acarició la mejilla—. Conmigo estás a salvo.

—Colin, esto es una locura —le advirtió Tiffany, cerniéndose sobre su hombro.

—¡Cállate! Ya te he dicho que tengo un plan.

–Es demasiado arriesgado.

–¡He dicho que te calles! Y desnúdate.

–¿Qué?

–Es más alta que tú, pero con unos tacones y en la distancia, podrías hacerte pasar por ella.

–No lo entiendo…

–Ya lo entenderás.

Cuando le quitó el bolso a Zoe, esta ni siquiera protestó. Permaneció tumbada en el sofá, con la mirada clavada en el techo mientras Colin rebuscaba en el bolso.

–Esto te ayudará –dijo, y le tendió a Tiffany las gafas de sol.

–Pero es de noche –protestó–. Nadie lleva gafas de sol por la noche.

–¡No tienes ni idea! Últimamente Zoe las lleva puestas muchas veces para que no se note que ha llorado. Después de lo que le ha pasado a Sam, a nadie le extrañará.

Tiffany le miró indignada. Colin sabía que la estaba presionando demasiado, pero también que no le quedaba paciencia.

–Vamos –Colin chasqueó los dedos para obligarla a ponerse en movimiento–. Si haces lo que te digo, todo saldrá bien.

Aunque a regañadientes, Tiffany comenzó a desnudarse mientras Colin desnudaba a Zoe.

–Espera… ¿qué está pasando? –Zoe intentó resistirse cuando empezó a quitarle los pantalones–. ¿Anton?

Colin se inclinó hacia ella y le susurró al oído:

–Tranquila, cariño, soy yo. Solo estoy intentando llevarte a la cama. Necesitas descansar.

Después de aquello, Zoe no volvió a protestar. Su respiración se hizo más lenta y profunda y tenía la boca ligeramente abierta. Si no hubiera sido porque tenía demasiada prisa como para disfrutarlo, Colin se habría echado a reír al verla en un estado tan lamentable.

Un segundo después, ya en ropa interior, Zoe tenía el aspecto de una enorme muñeca tumbada en el sofá.

—Eh, ¿dónde está esa lencería de fantasía? —preguntó Colin mientras clavaba la mirada en el sujetador blanco y en las bragas de lunares rosas—. Esperaba algo más de ti.

—¡Colin!

Colin se volvió y vio a su esposa haciendo un puchero.

—¡Deja de preocuparte! Te quiero y lo sabes. Ahora, vístete y llévate el coche de aquí —le lanzó la ropa de Zoe y las llaves del coche—. Si te cruzas con algún vecino, toca el claxon y salúdale con la mano. Intenta que te vean salir del barrio, pero sin exhibirte y sin salir del coche.

—¿Y adónde voy?

Colin sacudió a Zoe por los hombros.

—Eh, ¿dónde ibas a dormir esta noche?

—¿Mmm?

—¿Dónde te alojas?

No hubo respuesta.

—¡Zoe!

Zoe puso los ojos en blanco y se empezó a reír.

Aquella incapacidad para responderle, más que excitarle, le enfureció. Iba a violarla durante horas y después, la mataría. Jamás había hecho nada igual. Siempre se había contenido. Pero aquella noche no necesitaría reprimirse. Podría hacer realidad todas las fantasías con las que había soñado, por extremadas que fueran.

—¿Dónde tengo que dejar el coche? —volvió a preguntar Tiffany.

—¡Déjalo en un hotel!

—¿En cuál?

—En cualquiera que esté al menos a media hora de aquí. Preferiblemente una cadena que atienda a tanta gente que nadie se fije en ti.

Tiffany le miró con los ojos abiertos como platos.

—¿Por qué tengo que ir tan lejos?

—Porque cuando desaparezca, no queremos que la busquen por aquí.

Además, quería poder estar a solas con ella sin tener que soportar los celos de Tiffany.

—Oh.

—Deja sus gafas de sol en la habitación que te den y utiliza su tarjeta de crédito y su carnet de conducir. Y mantén en todo momento la cabeza gacha, por si hubiera cámaras.

—¿Y cómo voy a volver a casa?

—Vete en taxi a cualquier gasolinera que esté a unos dos kilómetros de allí. Ve al cuarto de baño, ponte tu ropa y entierra la suya en la basura, de manera que sea imposible encontrarla.

—¿Y después qué? ¿Te llamo para que vengas a buscarme?

—¿Es que eres tonta? Nuestros coches no pueden salir de aquí. Tendrán que quedarse en el camino de la entrada.

Además, y aun a sabiendas de que aquello era lo que más le preocupaba a Tiffany, pensaba estar muy ocupado disfrutando de su última conquista.

—¿Entonces tengo que volver andando?

—No creo que te pase nada por andar un poco.

—¿Y James y Tommy? —miró el reloj—. Estarán aquí en menos de una hora.

—Cancelaré la cita.

Tiffany estaba cada vez más acongojada.

—¡Pero me habías prometido que se la dejarías a ellos!

Colin, que no estaba dispuesto a permitir que le arruinaran la diversión, se volvió furioso hacia su esposa.

—Voy a matarla, ¿de acuerdo? Creo que con eso deberías tener más que suficiente. ¡Una noche! ¡Solo estoy pidiendo una noche! Así que, a menos que prefieras que te mate a ti, te sugiero que hagas exactamente lo que te he dicho. ¡Y ahora!

Tiffany apenas podía respirar.

—¿Matarme? —repitió—. Sé que no querías decir eso.

Colin sacudió la cabeza.

—Sal inmediatamente de aquí.

Pero Tiffany no se movió. Una lágrima comenzó a descender por su mejilla. Colin se obligó entonces a abrazarla. Sabía que de esa forma se ganaría más rápidamente su complicidad.

–Lo siento, cariño. Ayúdame, ¿quieres? Estoy muy nervioso. Hemos ido demasiado lejos como para detenernos ahora. Tenemos que prepararnos para lo peor.

Tiffany se sorbió la nariz mientras Colin se separaba de ella.

–De acuerdo, me voy. Me voy ahora mismo –dijo, pero no se movió–. ¿Y el detective?

–Ya me he ocupado de él.

–¿Cómo?

–Le he enviado un mensaje desde su teléfono diciéndole que salía de nuestra casa y que iba a buscar una habitación para pasar la noche, que le llamaría mañana por la mañana. Cuando alguien advierta la desaparición de Zoe, encontrarán su coche y lo relacionarán con la habitación del hotel. A nosotros no nos pasará nada.

–Eres muy inteligente, Colin.

–Soy abogado, cariño, ¿es que esperabas menos de mí?

–No, claro que no –y salió cerrando la puerta de un portazo.

–¿Zoe?

La agarró por la barbilla y le hizo volver el rostro hacia él. Tenía los ojos abiertos, pero Colin no estaba seguro de que estuviera viéndole.

–Zoe, ¿me oyes?

No parecía registrar sus palabras.

–Maldita sea. Esa porquería era más fuerte de lo que pensaba.

No debería haberla utilizado. Debería haberse limitado a arrastrarla al piso de arriba y a atarla una vez allí. Pero entonces pretendía organizar un espectáculo para sus amigos. Era la primera vez que se enfrentaba a una mujer adulta y no quería subestimar los posibles peligros. Si le quedaban fuerzas suficientes para gritar o para tirar algo a una ventana, podría llamar la atención de los vecinos. Quizá incluso la de Anton.

Giró a Zoe en el sofá y le desabrochó el sujetador mientras llamaba a sus amigos.

–¿Qué quieres decir con que esta noche no podemos ir? –protestó Tommy–. ¡Ya lo tenemos todo preparado!

–Lo siento, pero Tiffany tiene la gripe.

Se produjo un silencio al otro lado de la línea.

–De acuerdo, entonces, podemos quedar en mi casa.

–No puedo dejarla estando así.

–¿Por qué no?

–¿Qué clase de marido crees que soy? –contestó, y colgó el teléfono.

Inmediatamente, levantó a Zoe en brazos y la llevó al piso de arriba.

Capítulo 22

Intentando vencer el agotamiento, Jonathan dio un largo sorbo al café, ya frío, que tenía en el coche. Acababa de visitar a Marti Seacrest y a sus padres. Si no hubiera sido por la aparición del chico, que había dado un vuelco a la investigación, Jonathan habría pensado que aquel era un caso imposible de resolver. No había ninguna pista. Jamás se había enfrentado a la desaparición de una persona con menos indicios. Ni siquiera hablando con la mejor amiga de Sam había conseguido más información. La niña había repetido lo que había dicho la vez anterior. Había insistido en que Sam no se estaba comportando de forma diferente, no había conocido a nadie, no estaba saliendo con ningún chico en particular y no tenía relación con ningún adulto por Internet.

Cuando le había comentado que Zoe y Anton se habían separado, había hablado de lo mal que le caía a Sam su futuro padrastro. Al parecer, le consideraba un monstruo del control. Pero a Jonathan no le había sorprendido. Ya había descubierto su desprecio por Anton por la forma en la que escondía su rostro en las fotografías que tenía en su habitación.

Apareció en su mente la imagen del chico de los Simpson. ¿Recuperaría la conciencia? ¿Recordaría alguna vez lo ocurrido?

Sonó su BlackBerry. Dejó inmediatamente el vaso de cartón y echó el brazo hacia atrás para sacársela del bolsillo y leer el mensaje de texto que acababa de recibir.

No me encuentro bien. Voy a buscar un hotel. Te llamaré mañana.

Era de Zoe. Sorprendido por el hecho de que hubiera renunciado a ir a su casa y de que no le hubiera llamado para conocer las noticias del día, le devolvió la llamada, pero le contestó el buzón de voz. Era evidente que le estaba evitando. Y aunque no fuera así, sería una locura presionarla. Corría el riesgo de quemarse. Por segunda vez. Pero Zoe necesitaba su amistad y su apoyo. No podía pasar la noche sola en la habitación de un hotel en medio de aquella crisis.

¿O era su libido la que estaba hablando?

La llamó por segunda vez, y obtuvo el mismo resultado.

Suspirando, dejó el teléfono sobre la guantera y comenzó a poner el coche en marcha, pero justo en el momento en el que estaba a punto de salir del barrio, recibió una llamada. Al ver el número, sonrió.

—Por fin —susurró, y descolgó el teléfono—. ¿Ahora que te has convertido en la señora Fornier no tienes tiempo para los viejos amigos? —bromeó.

La risa de Jasmine le hizo echarla de menos mucho más.

—Lo siento, Romain y yo estábamos en el pantano.

—¿En el mismo pantano en el que viven esos cocodrilos que te dan tanto miedo?

—Jonathan, eres un auténtico inculto —respondió Jasmine sin dejar de reír—. Son caimanes.

—Pero los dos tienen los dientes afilados y pueden dejarte destrozado, ¿verdad?

—Verdad. No me gustaría verme cara a cara con ninguno. Pero normalmente son capaces de mantener la distancia. Romain sabe lo que se hace, así que mientras esté con él, creo que estoy segura. ¿Qué querías?

Decidido a pasar por la casa de los vecinos de Zoe para ver si todavía estaba allí, Jonathan tomó la autopista y se encontró con todo un mar de luces rojas. Había habido un accidente o algún derrumbe en la carretera.

–Necesito tu ayuda.

–Por el mensaje que me dejaste, parece que se trata de un caso difícil.

–Creo que podría estar enfrentándome a uno de los peores canallas con los que me he cruzado nunca.

Se produjo una pausa.

–¿Qué información tienes?

Jonathan le contó todo lo que sabía sobre el secuestro de Samantha Duncan, incluyendo la recuperación del chico de los Simpson.

–¿Le encontraron en el bosque? –preguntó Jasmine cuando terminó.

Preguntándose qué habría provocado aquel atasco, Jonathan alargó el cuello e intentó averiguar lo que pasaba, pero lo único que veía eran coches que se habían visto obligados a detenerse igual que él.

–Exacto, cerca de Placerville.

–Investigaré a los propietarios de las casas, las cabañas y los negocios de la zona.

–Es una zona en la que se alquilan muchas cabañas.

–Conseguiré un listado de inquilinos.

Era algo que ya planeaba hacer él.

–¿Cuándo crees que debería empezar? ¿Hace un año, dos...?

–Yo diría que por lo menos dos años. Nunca se sabe... De pronto, puede aparecer un nombre que te llame la atención. Normalmente, los criminales de este tipo suelen reducir su ámbito de acción a zonas que les resultan familiares, áreas en las que se sienten seguros y controlando la situación. Es posible que la persona que secuestró a Toby viva ahora en Rocklin, pero es muy probable que tenga algún motivo para ir de vez en cuando a Placerville.

El problema era que conseguir aquella información implicaría un arduo y minucioso proceso del que quizá no obtendrían ningún resultado. Mientras tanto, Samantha podría estar siendo torturada por el hombre que había martirizado a Toby. Por el bien de la niña, esperaba que pudieran encontrar pronto una respuesta.

—Si ese amo no estuviera familiarizado con la zona, supongo que habría dejado al chico en la interestatal ochenta, no la cincuenta.

—Algo tuvo que llevarle en esa dirección, en vez de hacia Auburn, que sería un destino más natural yendo desde Rocklin —se mostró de acuerdo Jonathan—. Pero yo creo que no pretendía liberar al chico. Creo que Toby consiguió escapar.

—¿Qué te hace pensar eso?

Con desgana, y solo porque necesitaba más cafeína, Jonathan bebió otro sorbo de café.

—Basta verle para saber que no pretendían que sobreviviera. Deberías ver cómo está ese pobre chico.

—Me alegro de poder ahorrármelo.

Jonathan no tenía que preguntar por qué. Habían sido muchas las cosas que Jasmine había tenido que ver en su carrera como criminóloga.

—Entonces, ¿no han conseguido más información del chico, salvo el hecho de que llamaba «amo» a su secuestrador, de que le trataban como a un perro y de que estaba en Rocklin?

—Exacto. Estaba fuera de sí. A pesar de lo malherido que estaba, les costó agarrarle. No confiaba en el primer hombre con el que se encontró, así que el tipo le pidió a su esposa que se acercara, pensando que le resultaría menos amenazadora.

—¿Y eso ayudó?

—No mucho. Toby le dejó acercarse, pero la esquivó en cuanto intentó tocarle. Lloraba llamando a su madre.

—¿Han aparecido más cadáveres por esa zona?

Por su tono de voz, Jonathan supo que no quería ahondar en el estado en el que se encontraba Toby.

—No que yo sepa. Ayer estuve hablando con el marido de Skye.

—David trabaja para la policía de Sacramento, no para Rocklin.

–Pero yo sabía que tenía más relación con otros departamentos que la que podía tener yo –Jonathan avanzó varios metros, junto con otros conductores de la autopista–. Durante los últimos meses no ha habido casos de homicidio, al menos de niños o adolescentes.

–¿Qué detective está a cargo de la investigación?

–Thomas.

–¿Él cree que puede haber alguna relación entre los dos casos?

–He hablado con él hace unas horas. Lo está investigando.

–Podrías pedirle que consiga a alguien que se encargue de los registros de propietarios e inquilinos.

Eso no significaba que Jonathan no tuviera que comprobarlos por sí mismo, pero de esa manera, se aseguraría de que no se les pasara nada por alto.

–Lo intentaré.

Permanecieron varios segundos en silencio. Jonathan quería darle tiempo a Jasmine para analizar la información que acababa de darle.

–¿Qué piensas de ese tipo? ¿Te haces alguna idea de cómo puede ser?

–El hecho de que haya mantenido al chico durante tanto tiempo, me inclina a pensar que es una persona solitaria, que vive aislada. Necesita serlo para poder esconder a su presa durante tanto tiempo, ¿no crees?

–Desde luego, si quiere mantener a alguien secuestrado durante dos meses, tiene que estar bastante aislado.

–Pero hay algo que falla en esa hipótesis. No termina de gustarme…

–Quizá sea por el barrio. Es demasiado rico e influyente para situar en él al hombre solitario y ermitaño que estás imaginando.

–Es cierto, pero hay algo más. Podríamos encontrar otros perfiles en Rocklin, como por ejemplo, un hijo con problemas que esté viviendo con sus padres, o alguien que haya alquilado una casa y no responda al perfil de la población habitual de la zona.

–En esa parte de Rocklin no hay viviendas de alquiler. Me sorprendería encontrar más de dos.

–A lo mejor el secuestrador ha heredado una fortuna de sus padres. De hecho, podría haber heredado incluso la casa y ahora no tiene otra cosa que hacer que raptar niños.

Jonathan había hablado ya con todos los amigos, vecinos y familiares de Sam y no había encontrado a nadie que se ajustara a la imagen que Jasmine describía.

–¿Y qué me dices del móvil? ¿Crees que puede tratarse de delitos sexuales?

–El chico al que encontraron iba desnudo, ¿verdad?

Comenzó a asomar el morro varios coches por delante de Jonathan un Explorer que pretendía cambiar de carril y estuvo a punto de provocar otro accidente.

–Justo lo que necesitábamos –musitó Jonathan.

–¿Qué?

–Nada. Ese hombre podía utilizar la desnudez como una forma de control. O de humillación. Si es un maniaco sexual, es extraño que escoja niños de diferente sexo.

–No especialmente, sobre todo si le interesa el sexo como una forma de tortura, más que como disfrute. Los estudios demuestran que muchos psicópatas intentan satisfacer una fantasía y hacen todo lo posible por hacerla realidad de forma perfecta, pero eso nunca sucede, porque incluso después de haberlo conseguido, renace en ellos la inquietud. Normalmente, esas fantasías giran alrededor de un fetiche en particular.

A pesar del interés que tenía Jonathan en la conversación, estaba comenzando a impacientarse por el tiempo que estaba perdiendo con aquel atasco. A esas alturas, ya no iba a encontrar a Zoe. No le quedaba más remedio que esperar. Los otros carriles tampoco avanzaban y la siguiente salida estaba a bastante distancia.

–¿Esa es la razón por la que suelen elegir víctimas similares? Este tipo ha pasado de un chico de catorce años a una chica de trece.

–Este tipo de criminales tienen que sopesar los beneficios

de conseguir exactamente lo que quieren para la plena satisfacción de sus necesidades. Es posible que el hombre que secuestró a Toby hubiera preferido una chica cuando le secuestró, pero lo que encontró disponible fue un chico y decidió aprovechar la oportunidad. O…

Se produjo un ligero alivio en el tráfico y Jonathan avanzó varios metros. Esperaba que hubiera finalizado el embotellamiento, pero no fue así. De hecho, tuvo que frenar bruscamente para no chocar con la moto que tenía delante.

–¿O qué?

–O a lo mejor te estás aferrando a un clavo ardiendo. Es posible que no haya relación alguna entre los dos casos. Es posible que estés tratando con dos criminales diferentes, y lo sabes.

–Admito que no hay muchos vínculos entre ellos, salvo la relación con Rocklin. Fue eso lo que me convenció de que era el mismo canalla. Y Sam desapareció el día que encontraron a Toby. Los dos tienen aproximadamente la misma edad y los secuestros se han producido en la misma zona, una zona en la que no suelen cometerse este tipo de delitos… Creo que son demasiadas coincidencias.

–En ese caso, si se trata de la misma persona, tiene una gran confianza en sí misma. De eso puedes estar seguro.

–¿Qué te hace pensar eso?

–Cualquier persona normal, estaría temblando de miedo si se le escapara su víctima y probablemente intentaría mantener un perfil bajo durante una buena temporada.

–Probablemente.

–Pero aun así, se llevó a Samantha justo después de que escapara el chico de los Simpson.

–A lo mejor es excesivamente confiado –musitó Jonathan.

–O su impulso es tan fuerte que los inhibidores habituales ya no son efectivos para él. Y podría haber otras muchas razones. Ese es el problema de la criminología. No es una ciencia exacta.

Sonó una sirena tras ellos y Jonathan intentó apartarse para dejar pasar a la ambulancia.

—La zona en la que vive me invita a pensar que es una persona organizada y ordenada.

—Sí, yo también lo pienso. Y diría que es bastante inteligente.

—Eso significa que nosotros tenemos que ser más inteligentes que él. Pero seguimos sin tener pistas.

Vio una luz azul y roja delante de él. Estaba a punto de llegar al lugar del accidente, pero todavía no sabía lo que había pasado.

—¿Has hablado ya con el cartero? ¿Con la persona que revisa el contador de la luz? ¿Con el servicio de limpieza de piscinas?

—La policía y yo estamos trabajando en las mismas listas, así que hemos hablado varias veces con todas esas personas. Solo necesito verificar algunas coartadas.

—A lo mejor Samantha estaba aburrida y se acercó a una tienda. ¿Habéis hablado con los dependientes de las tiendas más cercanas? ¿Habéis estudiado las grabaciones de las cámaras?

—La policía ha estado revisando varias cintas, yo no he visto ninguna. Pero Sam tenía mononucleosis. No es muy probable que fuera andando a ninguna parte.

—Aun así...

—Cuanto más conozco a su madre, más me cuesta creer que se fuera sin su permiso.

Se produjo una breve pausa.

—¿Cuanto más conoces a su madre? ¿Tenéis mucha relación?

—No mucha, pero he pasado varios días con ella.

—Ten cuidado.

Jonathan era consciente de los peligros emocionales que implicaba su trabajo. María, la primera mujer de la que se había enamorado, era también su cliente. Había tenido otras relaciones, pero ninguna tan intensa como la que había mantenido con ella. Había acudido en su ayuda para documentar los malos tratos de su marido y sus muchas aventuras extra conyugales y poder conseguir así la custodia de su hijo. A

Jonathan no le había costado mucho conseguir las pruebas que necesitaba. Dan Bartolo era un hijo de perra. Pero ni el amor ni las pruebas habían bastado para salvar a María. De un día para otro, había decidido volver con Dan, que la había matado dos semanas después.

En el trabajo de Jonathan, no era conveniente mezclar los negocios con el placer. La muerte de María le había enseñado aquella dolorosa lección.

—No está casada.

—Y tú no tienes una relación especial con ella.

—No. Nuestra relación es estrictamente profesional —e intentó recordarse que tenía que continuar siéndolo.

—Estupendo. El mundo puede convertirse en un lugar muy difícil cuando pierdes a tu hijo. La vida sentimental de tu cliente puede cambiar en cuestión de semanas o meses. Es posible incluso que vuelva con su prometido.

—No lo creo.

—Estaba con él por algún motivo. En cuanto asuma lo que le depara el futuro, esa razón podría volver a ser importante.

Jonathan no creía que Zoe pudiera reconciliarse con Anton. Pero se daba cuenta de que no era imposible. Tenía problemas con la figura paterna y, sin lugar a dudas, en eso se basaba su relación con Anton. No hacía falta ser psicólogo para darse cuenta, o para comprender que el conocer la causa no erradicaba el problema.

—Ya he pasado varias veces por eso —dijo, intentando dar el tema por zanjado.

—Lo sé, pero te encanta ayudar a la gente y es muy posible que ahora mismo esa mujer esté destrozada. ¿Te acuerdas de la mujer maltratada que terminó volviendo con el hombre al que había denunciado?

Jonathan elevó los ojos al cielo.

—Gracias por recordármelo, pero María volvió con su marido porque pensaba que era lo mejor para su hijo.

—No me importa el por qué. Intenta encontrar a alguien que esté en plenas condiciones, que tenga algo que ofrecerte.

Frustrado por el atasco de tráfico, y por tener que estar oyendo a Jasmine diciéndole lo que él ya había aprendido de la forma más dura, avanzó varios centímetros.

—Ya está bien de consejos.

—De acuerdo. Creo que ya he cumplido con mi deber de pseudo hermana mayor. Así que, ¿quieres enviarme algún objeto o alguna prenda de ropa especialmente querida por Samantha?

Esa era la razón por la que se había puesto en contacto con ella, lo que había estado esperando durante toda la llamada. No le había mencionado a Zoe las habilidades especiales de Jasmine. Sabía que pensaría que estaba loco si le decía que quería consultar a una criminóloga que además tenía poderes paranormales. Pero había visto trabajar a Jasmine en muchas ocasiones y había sido testigo de cómo se cumplían sus predicciones.

Rezó para que pudiera ayudar a Samantha.

—¿No te importaría?

—En absoluto. Pero no quiero generarte grandes esperanzas. Ya sabes cómo funciona esto. Algunas veces, consigo experimentar sensaciones y otras, nada en absoluto. La mitad de las veces no soy capaz de interpretar lo que me pasa, ni siquiera sé si puedo confiar en lo que intuyo. No sé si podré ayudarte.

—Ya sé que no tienes una bola de cristal, pero cualquier cosa me servirá. Merece la pena intentarlo. Estoy en un callejón sin salida.

—Haré todo lo que pueda —le prometió.

Tras poner fin a la conversación, Jonathan bajó la ventanilla para poder asomar la cabeza. Había un policía haciendo pasar los coches de uno en uno, pero eran varios los carriles que tenía que desalojar a través de un paso tan estrecho.

A esas alturas, seguramente Zoe ya no estaría en casa de sus vecinos, pero aun así, volvería a llamarla para ver si podía pasarse por el hotel en el que se alojaba para buscar algún objeto de Sam.

—Hola, soy Zoe. Ahora no puedo atenderte. Por favor,

deja tu nombre y tu número de teléfono y te llamaré en cuanto pueda.

Jonathan soltó una maldición y le mandó un mensaje de texto: *Llámame. Necesito hablar contigo.*

Sam estaba cansada. No estaba segura de si era porque no había conseguido vomitar toda la droga, por culpa de su enfermedad, que la tenía constantemente agotada, o por los nervios, pero le estaba costando vencer el sueño. Quería cerrar los ojos y dormirse, pero sabía que nada cambiaría si se dormía, por lo menos, para mejor. Tenía que permanecer alerta para poder oír cualquier voz, cualquier portazo, cualquier golpe, cualquier sonido que pudiera indicarle lo que estaba pasando. Pero le parecía inútil. Había estado esperando durante lo que le había parecido una eternidad y no había oído nada. ¿Habrían llegado ya los amigos de Tiffany?

Tenía miedo de que su plan no funcionara, pero la desesperación la animaba a seguir luchando. Tumbada y con la oreja presionada contra el suelo, podía oír sonidos de vez en cuando. O al menos eso le parecía. Quizá fueran imaginaciones suyas, tantas eran las ganas que tenía de oír algo.

Todavía no sabía cuándo debería actuar. ¿Y si al final estaban solo Tiffany y Colin en casa? ¿Habrían cancelado la cita que tenían planeada? ¿O se habría ido ya su visita sin que se hubiera dado cuenta? A lo mejor había desaprovechado una oportunidad.

Aquella habitación estaba tan aislada… Era como si la hubieran encerrado en un universo diferente.

Al final, renunció, se acurrucó en el colchón y las marcas del rodapié comenzaron a borrarse ante sus ojos llenos de lágrimas. No sería capaz de sobrevivir durante sesenta y seis días en esas condiciones. No sería capaz de soportar ni una semana más.

–Mami, ¿dónde estás? –susurró.

No sabía cuánto tiempo había pasado desde la última vez

que había llamado así a su madre, pero se sentía de pronto muy pequeña y asustada.

–Quiero estar contigo –suplicó en el silencio.

Y de pronto, llegó hasta ella una vibración. Al principio no fue capaz de entender lo que significaba, pero cuando volvió a presionar el oído contra el suelo, comprendió que alguien estaba gritando.

–¡Colin! ¡Eh! Tu coche está en el camino de la entrada, así que sé que estás en casa. ¿Tiff?

–¿Papá? Baja ahora mismo, ¡Tiff no está vestida! –gritó Colin en respuesta.

Un momento después, se oyeron pasos en la escalera.

–¿Es que no sabes llamar a la puerta? –oyó gritar a Colin, antes de que bajara la voz.

Sam se sentó y comenzó a temblar. Además de Tiffany y Colin, había alguien en la casa. Había llegado la hora de llamar la atención de ese tercer invitado.

Pero si el padre de Colin llegaba a enterarse de lo que estaba ocurriendo, ¿se pondría de su parte o de la de ellos?

Capítulo 23

Colin no se lo podía creer. ¿Cómo se le ocurría a su padre presentarse en casa sin avisar? Paddy sabía que él y Tiffany valoraban su intimidad. Normalmente, todos los encuentros familiares tenían lugar en la casita que su padre tenía en Antelope y así era como a Colin le gustaba que fuera su relación. Era la única manera de que funcionara.

En Semana Santa, Sheryl, la mujer con la que estaba casado su padre, había comentado que sería agradable que Colin y Tiffany organizaran una cena en su casa, para variar, pero Paddy había respondido diciéndole que cerrara la boca y le llevara una cerveza. Colin había sido testigo de cómo su padre había echado a Tina, su verdadera madre, de su vida. No iba a presionar a su hijo. Estaba demasiado ocupado intentando reparar el daño que había hecho al permitir que Tina saliera impune después de lo que había hecho cuando Colin era un niño. Por lo menos, Colin y él continuaban hablándose. La hermana de Colin se había puesto del lado de su madre después del divorcio y se negaba a hablar con ellos.

A Colin no le gustaba tampoco su madrastra. Pero por lo menos cocinaba decentemente y como no le gustaba servirles, Colin encontraba cierta satisfacción en obligarla a hacerlo durante todas las fiestas. Además, tener una buena relación con su padre le permitía utilizar su cabaña, lo cual había demostrado ser una gran ventaja.

Algunos de sus recuerdos más agradables tenían que ver con las torturas a las que había sometido a su segunda mascota en aquella cabaña. Sus restos continuaban allí enterrados.

–¿Qué estás haciendo aquí? –preguntó en cuanto llegó al salón.

Su padre permanecía con la mirada fija en la fotografía que había tomado el día que Tiffany y Colin habían anunciado su boda.

Se volvió y miró a Colin mientras este terminaba de abotonarse la camisa. Colin tenía a Zoe atada en la habitación, frente a la cámara de vídeo, y apenas había empezado a desnudarse cuando había oído a su padre. Ser interrumpido en un momento como aquel le había enfurecido más allá de la razón, pero por lo menos había oído a su padre antes de que entrara en el dormitorio.

A Paddy no parecía importarle haberse presentado en casa en un mal momento. Se pasó la mano temblorosa por el pelo, un pelo abundante a pesar de su edad, y miró a Colin a los ojos.

–Tengo que hablar contigo.

Colin no pudo evitar mirar hacia las escaleras. Tenía preparados todos sus juguetes y estaba ansioso por ver durante cuánto tiempo podía sobrevivir Zoe a lo que le tenía preparado, quería ser testigo de cómo reaccionaba al dolor a la degradación. Lo último que le apetecía era tener que soportar a su padre.

–¿No puedes esperar?

–No.

¡Hijo de perra! Evidentemente, algo andaba mal, pero a Colin no le importaba en ese momento. Probablemente era algo relacionado con su hermana pequeña. Su padre llevaba dos años intentando reconciliarse con Courtney. Quería disculparse y hacer las paces con ella, pero Courtney, o bien había cambiado de número de teléfono, o estaba evitando sus llamadas.

Su padre estaba ablandándose con los años, pensó Colin.

¿Qué había sido de aquel hombre capaz de pegar a su mujer con cualquier excusa? A veces incluso había tenido que detener a Colin para impedir que saliera en ayuda de su madre. Un hombre como ese tenía que cosechar lo que había sembrado. No podía comenzar a lamentarse a su edad. No era justo.

—Muy bien, ¿qué pasa? Suéltalo ya —le ordenó.

—Lo siento. Tendrás que… disculparme con Tiffany. Ni siquiera estaba seguro de que debiera venir, pero…

Colin se dio cuenta de que se había abrochado mal la camisa y corrigió su error.

—¿Pero qué?

—Acabo de ver algo en la televisión que me ha… preocupado —admitió.

¿Había visto algo en la televisión? ¿Y a él qué demonios le importaba?

—Si es algo relacionado con la política…

—No, es algo relacionado contigo.

—¿Y qué demonios tiene que ver lo que has visto por la televisión conmigo?

—Espero que nada.

Colin se dejó caer en el sofá.

—Estás siendo muy enigmático, ¿sabes?

Su padre señaló hacia las escaleras.

—¿Puedes decirle a Tiffany que baje un momento? Creo que debería estar aquí.

—No creo que a Tiffany le interese, papá. Está esperándome en la cama. No va a bajar ahora porque hayas visto algo que no te gusta por televisión. Ahora, explícame qué te pasa o lárgate de aquí, porque acabas de interrumpir una de las mejores sesiones de sexo de mi vida.

Paddy tomó aire.

—Han encontrado a un chico vagando por los bosques.

Colin no esperaba que su padre le relacionara con Rover. En medio de su obsesión por Zoe y de su enfado por haber sido interrumpido antes de poder tocarla siquiera, casi se había olvidado de su última mascota.

El miedo amilanó su cólera, pero no fue tan estúpido como para demostrarlo.

–Sí, yo también vi la noticia hace un par de días. Pobre chico. ¿Ha salido del coma?

–No. No están seguros de que pueda sobrevivir.

–Es una tragedia. Pero… –Colin hizo un gesto, como si no terminara de comprender a Paddy–. No te entiendo, ¿has venido hasta aquí para contarme esa historia tan triste sobre un adolescente?

–Han mostrado un mapa señalando la zona en la que encontraron al muchacho.

–¿Y?

–Era cerca de la cabaña de Mike.

La erección de Colin hacía tiempo que había desaparecido. Intentaba controlarse, actuar como si en realidad no estuviera preocupado, pero lo estaba. Y tenía motivos para ello.

–¿Quién es Mike?

–Un amigo del trabajo, ¿no te acuerdas? Se hizo cargo de la tienda de jardinería cuando el inútil del hijo de Sheryl se enfadó y me dejó plantado.

–Ah, sí, Mike.

–Hace un par de años os puse en contacto con él para que le alquilarais su cabaña porque la familia de Sheryl estaba en la mía. Queríais pasar una semana en el campo.

Colin intentó mantener una expresión neutral.

–¡Vaya! ¿El chico al que encontraron estaba en la cabaña de Mike? No lo sabía, qué pequeño es el mundo. Pero cuando vi la noticia, no especificaron tanto.

–Están pidiendo datos a la población –Paddy le miró más de cerca–. ¿Todo esto no significa nada para ti?

–¿Por qué iba a hacerlo?

–El chico dice que la persona que le dejó así vive en Rocklin.

Colin se encogió de hombros.

–Y a lo mejor es cierto.

Paddy bajó la voz.

–Colin, estoy aquí porque tengo miedo de que tengas algo que ver con la desaparición de ese chico.

La adrenalina que comenzó a correr entonces por sus venas, le permitió a Colin reaccionar con aparente indignación.

–¿Crees que yo soy capaz de apalear a un niño?

Esperaba que su padre se pusiera a la defensiva tras aquella pregunta. Por mucho que hubiera cambiado con los años, continuaba teniendo genio suficiente como para poder provocarle. Pero Paddy no reaccionó con enfado.

–Quiero pensar que no. Para serte sincero, no puedo imaginar un escenario peor, pero el hombre que tuvo secuestrado a ese chico insistía en que le llamara «amo». Cuando oí eso, me sentí como si acabaran de darme un puñetazo.

–¿Lo dices en serio? Por favor, papá –Colin consiguió soltar una carcajada–. Es posible que le hiciera llamarme así a Courtney cuando éramos pequeños, pero todo era un juego. Eso no me convierte en un desalmado capaz de hacer daño a un niño.

–¿Un juego? A ella no parecía divertirle.

–Esas cosas son normales entre hermanos.

Su padre no hizo ningún comentario.

–¡Vamos, papá! –insistió Colin–. Yo no soy el único que utiliza esa palabra. ¿Qué me dices de las relaciones sadomasoquistas? Podría ser cualquiera. ¿Cómo iba a ponerme yo en contacto con ese chico?

Antes de haber terminado la frase, fue consciente de que había hablado demasiado. La respuesta era obvia y su padre la soltó inmediatamente.

–El chico desapareció cuando estaba en mi barrio.

El lenguaje corporal de su padre hizo que a Colin se le debilitaran las rodillas. Aunque fuera de forma inconsciente, lo sabía. No quería enfrentarse a ello, probablemente porque no quería sentirse responsable de aquello en lo que su hijo se había convertido. Estaba muy orgulloso de él, especialmente desde que Colin había terminado la carrera.

Pero en el fondo de su corazón, Paddy lo sabía. Y la verdad le hacía sentirse enfermo.

Colin alzó la barbilla.

—No he sido yo.

—Tienes relación con el lugar en el que le atraparon y con el lugar en el que le encontraron. Y…

—¿Y qué? —le espetó Colin, decidiéndose a atacar—. Tú también crees lo que dice mamá, ¿verdad? Crees que llevo la crueldad en la sangre.

—No sé qué creer.

—Incluso en el caso de que haya querido secuestrar a un niño, ¿cómo voy a hacerlo estando Tiffany en casa? ¿Cómo iba a retenerlo aquí durante dos meses?

Por el rostro de Paddy se deslizó una lágrima. Colin nunca había visto llorar a su padre. No sabía qué hacer, no sabía qué decir, pero no podía permitir que aquel encuentro terminara así, porque su padre terminaría yendo a la policía.

—¿Qué te pasa? —le urgió.

—Nadie ha dicho durante cuánto tiempo estuvo retenido el chico —contestó Paddy.

¡Mierda! Había esnifado otra raya de coca después de que Tiffany se marchara y no era capaz de pensar con claridad. No estaba manejando la situación como debía. Su padre estaba cada vez más cerca de la verdad. No sabía cómo iba a salir de aquello.

El sudor empapaba su cuerpo y hacía que la camisa de algodón se pegara a su espalda.

—Lo dijeron en el informativo que yo vi.

Se obligó a mantener la calma y vio que regresaba la esperanza a los ojos de su padre.

—¿De verdad?

—Claro que sí. ¿Cómo iba a saberlo yo si no lo hubiera oído antes?

—¿Y la chica que ha desaparecido? Su madre ha salido en los informativos y es igual que tu vecina.

¡Hijo de perra! ¿Cómo habría reconocido a Zoe? Paddy y Sheryl apenas iban a su casa. Pero Tiffany y él vivían al lado de Lucassi y Zoe llevaba ya nueve meses allí. Era lógico que hubieran coincidido en algún momento.

¿Debería decirle a su padre que la persona a la que había visto en televisión no era su vecina? Eso era lo que le habría gustado contestar. Pero a su padre le resultaría muy fácil desmentirlo y él se pondría en una situación insostenible al ser atrapado en una mentira. Se pasó la mano por el pelo y chasqueó la lengua.

—Sí, es cierto. La secuestraron a principios de semana. Es increíble, alguien la secuestró en su propio jardín. Por cierto, Zoe acaba de irse de aquí, ha venido para ayudarme a organizar una partida de búsqueda para mañana. Los otros abogados del bufete y algunas secretarias van a unirse a nosotros.

—¿Y por qué tienes que ir a buscarla? —preguntó su padre.

A Colin le dolían los músculos por la tensión.

—Porque podría estar en peligro. Acabas de decirme que alguien se la llevó...

—¿Ese alguien no eres tú, Colin?

—¡No!

Colin no estaba dispuesto a renunciar. Podía salir de aquella situación mintiendo, como tantas veces lo había hecho en el pasado. Su madre era la única que podría adivinar la verdad. Había intentado combatir al demonio que vivía en él, pero solo había conseguido alimentar su deseo de hacer daño.

—Sé que es una coincidencia extraña, pero no he sido yo. Cuando no estoy trabajando, estoy con Tiffany. No tendría tiempo suficiente para secuestrar a un niño, y mucho menos a dos.

—Sí, yo también he pensado en ello. Mientras conducía hasta aquí, me decía continuamente que era una locura tener tanto miedo. No podías ser tú. No podía ser mi propio hijo. Quizá dejé que tu madre fuera un poco dura contigo cuando eras pequeño, pero solo porque quería mantener a la familia unida. Ahora me siento mal cuando pienso en ello. Pero hace mucho tiempo que Tina está fuera de nuestras vidas, Colin. Es posible que necesites ayuda. En más de una ocasión me he ofrecido a pagarte un psicólogo, pero siempre has insistido en que estás bien. Pero los dos sabemos que Tiffany te idolatra. Sería capaz de cortarse las venas si se lo pidieras.

Sin la presencia de nadie más en su vida, la coartada que Tiffany podría proporcionarle sería muy pobre. Pero aquel era su padre. Paddy había sido un testigo privilegiado de su relación.

—Estás subestimando a Tiffany —replicó—. Jamás me permitiría secuestrar a nadie… ¡Y menos aún intentar matarle!

Su padre quería creerle. Por eso había ido hasta allí, para convencerse de que sus sospechas eran infundadas.

—¿Estás seguro de que es a ella a la que subestimo?

Colin le agarró del brazo.

—¿Estás de broma? Eres como mamá. ¡Siempre acusándome! ¡Siempre pensando de mí lo peor!

A su padre no le gustaba que le compararan con Tina. Retrocedió y miró a Colin a la cara.

—¿Tú no le has hecho daño a esos chicos? Dime la verdad, Colin. Si no me dices la verdad, no puedo ayudarte.

Las dudas de Paddy le dieron un respiro a Colin. Soltó una risa escéptica.

—Relájate. Yo no le he hecho ningún daño a nadie.

Pero justo en ese momento, Samantha comenzó a patear y a gritar, y a pesar de la insonorización de la habitación, se la oyó gritar:

—¡Socorro! ¡Socorro! ¡Estoy encadenada al suelo! ¡Por favor, llamen a mi madre!

El padre de Colin palideció. Era evidente que también él la había oído.

—Dios mío —susurró y se dirigió corriendo hacia las escaleras.

Así que pensaba que podía salvarla. ¡Pensaba que él iba a dejarle pasar!

—No tan rápido —le advirtió.

Y le empujó con fuerza, haciendo que se golpeara la cabeza contra el canto de la pared. Paddy se hizo un corte en la frente del que comenzó a brotar la sangre. El golpe le dejó conmocionado. Parpadeaba y miraba a su hijo, como si no pudiera fijar la mirada, pero a Colin no le conmovió en absoluto ver a su padre en el suelo. De hecho, lo único que sintió fue un profundo alivio.

—No deberías haberte casado nunca con mamá, ¿sabes? Aunque era mucho más inteligente que tú, era una mujer mezquina. Y no deberías haber venido a mi casa.

Después, de rodillas en el suelo, comenzó a golpearle la cabeza con la base de la lámpara.

Cuando estuvo seguro de que su padre estaba muerto, se echó hacia atrás, agotado, pero lleno de júbilo. Matar a un adulto no era muy distinto a matar a un niño.

—Ya no eres tan duro y tan fuerte como antes, ¿verdad, papá? —le preguntó e hizo una mueca de disgusto al ver la hendidura que había dejado en la lámpara de bronce—. ¡Mira lo que me has hecho hacer! Esta lámpara era muy cara.

Dejó el arma sobre la alfombra y escuchó con atención, esperando oír a Sam. La odió en aquel momento. La odió como a nadie en el mundo. La mataría de la forma más dolorosa, se prometió. Pero la casa estaba en silencio. Al menos por lo que él podía decir, Zoe no había respondido a las llamadas de su hija, lo que quería decir que todavía estaba bajo los efectos de las drogas. Y Sam, o bien había renunciado a seguir pidiendo ayuda, o se había dormido. En cualquier caso, ya se encargaría de ellas más tarde. De momento tenía que ocuparse de su padre.

«Respira hondo». Cerró los ojos, intentando superar la oleada de adrenalina que le había dejado temblando. Todo iba a salir bien. Habían estado a punto de atraparle pero había conseguido salvar el pellejo. Lo único que tenía que hacer era deshacerse del cadáver de su padre.

¿Pero cómo?

Se levantó y comenzó a pasearse de un lado a otro sobre la alfombra. Arrastraría a su padre hasta el garaje, donde nadie pudiera verlo, y limpiaría la sangre. En cuanto Tiffany volviera, le pediría que llevara el coche de Paddy a la sala de billar a la que iba casi todos los fines de semana. Y más tarde, cuando los vecinos estuvieran dormidos, metería su propio coche en el garaje, ocultaría el cadáver de su padre en el maletero e iría a enterrarlo a las montañas. Al día siguiente, Paddy Bell se convertiría en otra persona desaparecida.

Dio media vuelta y siguió caminando. ¿Funcionaría su plan? No tenía por qué fracasar. Paddy no le había contado a Sheryl sus sospechas, Colin estaba seguro. Aquella era la clase de información que uno no compartía hasta estar del todo seguro. Pero si Sheryl sabía que Paddy había ido a verle, Colin tendría que enfrentarse a algunas preguntas.

No importaba. Sheryl jamás le creería capaz de hacerle daño a su padre. Culparía a su propio hijo, Glen, un hombre muy exaltado que había puesto fin al negocio que Paddy y él compartían.

Sí, Glen cargaría con la culpa. Si Sheryl o alguien comentaba que Paddy había ido a verle, Colin podría decir que su padre había pasado por allí antes de ir a ver a Glen, con el que pretendía hacer las paces. Sheryl sabía que Paddy estaba más interesado que su hijo en recuperar la relación. Últimamente, a Paddy no le gustaba estar enfadado con nadie.

Lo único que tenía que hacer él era mantener la sangre fría, tener más cuidado y ser inteligente.

Pero acababa de llevar el cadáver al garaje y estaba comenzando a limpiar la sangre cuando llamaron a la puerta.

Mientras permanecía en la puerta de Colin Bell, esperando a que le abrieran, Jonathan volvió a mirar el teléfono. Nada. Mientras el equipo de emergencias despejaba el choque múltiple que le había retenido en la autopista durante veinte minutos, le había enviado tres mensajes a Zoe, pero esta no había contestado a ninguno y tampoco contestaba al teléfono cuando la llamaba.

Algo estaba pasando. No tenía sentido que no tuviera el teléfono a mano, por si recibía alguna noticia.

Cuando Colin abrió por fin, aunque asomándose por una rendija de la puerta, Jonathan comprendió que no quería que le molestaran. Pero su sonrisa fue tan amistosa como siempre.

–Siento haberte hecho esperar. Estaba en el garaje.

Jonathan asintió.

–No te preocupes. Estoy buscando a Zoe, ¿la has visto?

–Ha cenado aquí.

–¿Y hace cuánto se fue?

Colin frunció el ceño, como si quisiera calcularlo perfectamente.

–Hace una hora.

–¿Y ha dicho adónde iba?

Una gota de sudor resbaló por la sien de Colin. Parecía haber estado haciendo ejercicio, pero iba con vaqueros y con una camiseta y estaba descalzo. A lo mejor, acababa de desnudarse después de una sesión de ejercicio y había tenido que vestirse a toda prisa cuando había llamado a la puerta. Si era así, no le extrañaba que le hubiera molestado la interrupción.

–Ha comentado que estaba cansada. Pero a lo mejor Anton la ha visto cuando se dirigía hacia el coche y ha intentado hablar con ella. Ya sabes que se han separado...

Jonathan miró hacia la casa de Lucassi.

–No está allí su coche.

–Es posible que se hayan ido juntos.

Aquella posibilidad no le hizo sentirse mejor. A lo mejor se equivocaba con Zoe. A lo mejor había vuelto con Anton, pese a haberle dicho que la suya era una relación sin amor. Al fin y al cabo, María había vuelto con Dan, ¿no? Y Dan le había roto la nariz y el brazo y había terminado matándola.

–Supongo que es posible –dijo Jonathan–. Gracias.

Pero consiguió ponerse en contacto con Lucassi cinco minutos después y este juró y perjuró que no había vuelto a ver a Zoe desde que se había ido de su casa la noche anterior.

Capítulo 24

A Tiffany le flaquearon las rodillas cuando vio el cadáver de su suegro. Se tapó la boca horrorizada, se dejó caer al suelo, apoyándose en la pared del garaje, y fijó la mirada en la sangre que cubría el rostro de Paddy.

—Está muerto —susurró.

Era evidente. Colin se lo había dicho en cuanto había entrado en la casa y le había visto limpiando, y aquella era la prueba. Pero ver no era lo mismo que creer. Desde que se habían casado, los sentimientos de Colin hacia su padre habían sido ambiguos. A veces le culpaba por no haber impedido el daño que había sufrido a manos de su madre. Otras veces, le perdonaba y olvidaba. Pero Tiffany siempre había tenido debilidad por Paddy que, a diferencia de la madre de Colin, había sido amable con ella desde el principio. Cuando sabía que iba a ir a su casa, le compraba sus galletas favoritas. Las que llevaban pastillas de chocolate, pensó distante.

—¡Levántate! —le ordenó Colin—. Necesito que me ayudes —como no se movió, le dio una patada—. Vamos, ¿qué demonios te pasa?

Tiffany parpadeó y fijó la mirada en su marido.

—¿Que qué me pasa a mí? —intentó controlar la voz, pero aun así, no pudo evitar gritar—. ¡Acabas de matar a tu padre! ¡Vas a pasarte el resto de la vida en la cárcel, como mi hermano!

—¡Cállate! ¿Quieres que alguien te oiga?

Levantó el puño y se cernió sobre ella como si fuera a pegarla, pero Tiffany no se acobardó. Estaba demasiado desconcertada como para tener miedo.

–¿Por qué, Colin? –preguntó, mientras intentaba asimilar lo que acababa de ver–. ¿Por qué has hecho algo tan terrible? Yo… le quería.

Colin esbozó una desagradable sonrisa.

–Oh, por favor. ¿Le querías? Pero si apenas le conocías.

Como siempre, Tiffany se había quitado los zapatos antes de entrar en casa. El garaje conservaba el calor de un día excepcionalmente cálido, pero sentía los pies como dos bloques de hielo sobre el suelo de cemento.

–Claro que le conocía.

–Pero le has conocido cuando ya era mayor. Antes no era tan bueno. Siempre se ponía del lado de mi madre. Cuando estaba en el instituto, mi madre intentó encerrarme en un centro de menores, y él estuvo de acuerdo.

–¡Pero si la dejó precisamente por eso! Aquella fue la gota que colmó el vaso, decía siempre tu padre.

–Antes de que se separaran, estuvo a punto de permitírselo.

Tiffany alargó la mano para acariciar a su suegro y tocó los callos de sus manos. Necesitaba tocarle para convencerse de que era realmente él. Después de lo que Colin le había hecho, su rostro apenas era reconocible.

–Pero… ¿por qué lo has hecho? ¿Porque sigues enfadado por lo que te hizo cuando eras niño?

Preocupado por sus vecinos, Colin mantenía la voz baja, pero incluso sus susurros revelaban su pánico.

–¡Me había descubierto, Tiffany! –empezó a enrollar una manta alrededor del cuerpo de su padre–. Había visto a Zoe en el informativo, llorando porque había perdido a su hija y lo había descubierto.

Tiffany le soltó la mano a Paddy para que Colin pudiera continuar envolviéndole.

–¿Pero cómo? No, no es posible.

Colin se enderezó, jadeando por el esfuerzo.

–¿Eres tonta? Ya te lo he contado todo antes de traerte aquí. Ya sabes cómo lo descubrió.

–Rover habló del amo.

Sí, eso lo recordaba, pero todo lo demás, la parte que explicaba cómo había relacionado Paddy el nombre que Colin obligaba a utilizar a su hermana para dirigirse a él con la desaparición de Rover y la de Sam, le parecía incomprensible. No podía comprender que Paddy hubiera llegado a descubrir la zona más oscura y secreta de sus vidas. Siempre había sido muy distante.

Colin se inclinó sobre Paddy.

–Rover no le dijo nada. Lo oyó en un informativo.

–Entonces, Rover se lo dijo a alguien. ¿Eso quiere decir que ha salido del coma?

En cuanto terminó, Colin se limpió el sudor de la frente, manchándose involuntariamente de sangre.

–No lo sé. Pero tenemos que actuar rápido.

–Actuar rápido –repitió Tiffany, fascinada con la sangre–. ¿Pero qué podemos hacer?

Paddy había muerto. Sus vidas ya no volverían a ser como antes. ¿Por qué había tenido que hacer Colin una cosa así? ¿Por qué había matado a Paddy?

–Escúchame bien –Colin le hizo levantarse, agarrándola por los hombros y la sacudió–. Te necesito. Ahora no me eches todas las culpas a mí.

–Pero…

–Pero nada. Todo esto es culpa tuya. Si no hubieras dejado escapar a Rover, no estaríamos en este lío.

–¡No pude evitarlo!

–¿Y lo de Sam? Se suponía que tenía que estar inconsciente. ¿Cómo ha sido capaz entonces de organizar tanto escándalo?

Tiffany recordaba haber visto a Sam dormida en el colchón.

–No lo sé. Yo metí las dos pastillas en el refresco y ella se lo bebió. ¡Lo vi con mis propios ojos! Y la última vez que fui a verla, estaba completamente dormida.

–Seguro que no se lo bebió. Dos pastillas de esas bastan para tumbar a un hombre de mi tamaño durante horas. Así que todavía eres más culpable.

¿Ella era la culpable de la muerte de Paddy? Tiffany sentía tras los párpados el ardor de las lágrimas que le atenazaban también la garganta

–Pero yo le quería... –volvió a susurrar.

–Pues él no te quería a ti. Ni siquiera me quería a mí.

–¡Eso no es cierto!

Colin la sacudió otra vez.

–Me importa un comino, ¿me has oído? Si haces lo que te digo, todo saldrá bien. Si no, terminaremos los dos en la cárcel ¿Lo comprendes?

Tiffany se dijo a sí misma que debería limpiarle la sangre de la frente, pero no era capaz de tocarla.

–Yo solo... No sé qué hacer. Nada nos devolverá a tu padre.

Colin la soltó y comenzó a arrastrar el cadáver de su progenitor.

–No estoy intentando recuperar a mi padre. Voy a enterrarlo en un lugar en el que no puedan encontrarlo. Pero ahora mismo tienes que ayudarme a bajar a Zoe y a meterla en el maletero.

El nombre de Zoe se abrió paso entre el estupor y el miedo de Tiffany.

–¿Vas a enterrarlos juntos?

–No, quiero que la lleves a la habitación que has alquilado en el hotel y la dejes allí.

–¿Viva?

Con un gruñido final, Colin empujó a Paddy contra la pared.

–Sí.

–Pero mañana por la mañana se despertará.

–Eso es justo lo que necesitamos.

–¡Dijiste que ibas a matarla, pero has matado a Paddy!

–¿Qué quieres de mí? –Colin retrocedió de nuevo hasta donde estaba ella–. ¡Fuiste tú la que dejaste escapar a Rover!

Yo estoy haciendo todo lo que puedo. Estoy intentando salvarnos el pellejo.

—¡Pero dijiste que la matarías!

Tiffany no era capaz de ir más allá, porque no quería que Paddy estuviera muerto. Quería que muriera Zoe. Porque así Colin volvería a ser tan atento con ella como lo había sido siempre. Quería que sus vidas volvieran a ser como antes, quería regresar a la normalidad. No le importaba que tuvieran una mascota. Colin las había tenido en otras ocasiones. Era Zoe la que representaba una amenaza para su relación.

Colin volvió a secarse el sudor que empapaba su frente, y volvió a mancharse de sangre.

—¡No puedo matarla! ¿Lo entiendes? Ese detective privado amigo suyo vino hace media hora. La estaba buscando.

—¿Y? No creo que piense que está con nosotros.

—Lo pensará cuando vea que no está en el hotel —agarró una de las toallas que utilizaba para sacar brillo al coche y limpió la sangre—. Y volverá aquí a buscarla porque este es el último lugar en el que estuvo.

Tiffany le observaba trabajar y era testigo de cómo sus afanes parecían empeorar aquel desastre.

—¿Pero cómo se va a enterar de que no está en la habitación del hotel? Ni siquiera sabe qué hotel he elegido.

—Es fácil adivinarlo.

—¿Cómo?

Colin echó un chorro de limpiador sobre los restos de sangre.

—Llamando a todos los hoteles de Sacramento. Puede hacerlo en menos de una hora. Y cuando encuentre el hotel en el que está registrada, llamarán a su habitación.

—Y verán que no está allí.

Colin sacó una bolsa de basura y metió en ella la toalla manchada de sangre.

—Entonces se pondrá en acción e irá llamando puerta a puerta hasta que la encuentre. O se pondrá en contacto con algún policía para que obligue al recepcionista a localizarla.

Tenemos que conseguir que llegue a la habitación en la que se supone que está.

–Pero si la dejamos viva, podrá decir que la has obligado a acostarse contigo.

Colin dejó el limpiador.

–No me he acostado con ella. Ni siquiera he tenido oportunidad de tocarla, porque justo en ese momento ha llegado mi padre.

A pesar de la situación, Tiffany no pudo evitar un cierto alivio al oírlo. No soportaba imaginarse a Colin con Zoe. No le importaba que les obligara a hacer favores sexuales a sus mascotas porque, normalmente, también las ponía a su disposición. Era un juego.

Pero Zoe era diferente.

–A lo mejor se acuerda de que la desnudamos.

–Imposible. Está completamente inconsciente y ha estado así desde que te marchaste.

–Pero tienen que pasar ocho horas para que se pasen los efectos del somnífero. Por lo menos eso me pasó a mí. ¿Qué pasará si Jonathan Stivers la encuentra y se da cuenta de que la han drogado?

–Compraremos un bote de somníferos y los dejaremos en la mesilla de noche para que parezca que los ha comprado ella. El detective pensará que solo ha tomado uno y ella no se acordará de lo que ha pasado. Es nuestra única opción. Si Zoe desaparece ahora, lo tendremos todo en contra.

Tiffany miró la figura inerte envuelta en la sábana. La sangre había desaparecido, los trapos también. Habían apartado el cadáver de la puerta para poder llevar a Zoe y dejarla en el coche. A lo mejor todavía había esperanza.

–De acuerdo, la dejaremos en la habitación del hotel y enterraremos a… –se obligó a decir el nombre– Paddy.

Colin colocó la bolsa de basura con la toalla encima del cadáver de su padre.

–Exacto.

–¿Dónde? –preguntó.

–Deja que sea yo el que se encargue de eso.

–Muy bien –afortunadamente, no tendría que cavar ella la tumba.

Tiffany tomó aire y recordó entonces algo que Colin había dicho de Sam.

–¿Tenemos que matar también a Sam? ¿Es mejor deshacernos ya de todo?

–No. Todavía no he terminado con ella. Pero vas a tener que llevarla a la cabaña de Paddy. Tenemos que sacarla de casa cuanto antes. Yo me quedaré aquí y dirigiré la partida de mañana, como se suponía que iba a hacer. Me reuniré contigo mañana por la noche.

Tiffany recordaba lo que les había hecho Colin a las otras mascotas en esa misma cabaña. ¿Continuarían allí sus fantasmas? Se había preguntado antes por aquella posibilidad, temía que el espíritu de la chica a la que Colin había matado continuara rondando por la casa, pero la idea nunca le había asustado tanto como entonces.

–No quiero ir sola, Colin. Si no estás conmigo, me parece un lugar muy tenebroso.

Colin le sostuvo la puerta para que pudiera pasar.

–¿Por qué? Es solo una cabaña. No hay ningún vecino en kilómetros a la redonda.

–Ese es precisamente el problema. Está muy aislada. Y… ¿y si me pierdo? Es muy complicado conducir por esas carreteras. Apenas hay señales.

–Eso no tiene ninguna importancia. Has estado allí suficientes veces como para encontrarla.

–Preferiría esperar a ir contigo.

Colin la agarró con fuerza del brazo.

–¡No puedes esperarme, maldita sea! Ese detective privado está rondando esta zona, buscando a Zoe. Y cuando Paddy no aparezca, también vendrá Sheryl. No podemos tener a Samantha ahí arriba con todo lo que está pasando. Además, necesitamos que la gente pueda moverse por la casa a voluntad. Todo lo que hagamos durante las siguientes veinticuatro horas va a ser muy importante.

Por lo menos, el incidente le había asustado. Ya no le decía que se estaba preocupando por nada. Él también estaba preocupado y por fin estaba siendo cauteloso.

–¿Y los tablones de las ventanas? ¿Y el candado de la puerta?

–¿Qué pasa con todo eso?

–Podrían hacernos preguntas.

–Quitaremos el candado y meteremos allí mi batería para justificar el hecho de que la habitación esté insonorizada –la instó a cruzar la puerta–. Ahora, ayúdame a vestir a Zoe.

Tiffany se detuvo en seco.

–¡Oh, no!

–¿Qué pasa?

–Su ropa está en el cuarto de baño de la gasolinera.

Con una maldición, Colin la empujó al interior de la casa.

–¡Vete a buscarlas mientras yo la meto en el maletero! Podemos vestirla en el hotel.

Con un asentimiento, Tiffany fue corriendo a buscar los zapatos. Resbaló sobre el suelo húmedo y estuvo a punto de caer. Era la sangre de Paddy… o lo que quedaba de ella después de que Colin hubiera intentado limpiarla.

–Corre –la regañó Colin cuando se quedó paralizada.

Tragándose la bilis que le subió a la garganta, Tiffany se puso los zapatos. No quería pensar, no quería reconocer que Paddy se había ido para siempre. Porque si Colin había sido capaz de matar a Paddy, podía matar a cualquiera.

Recordó cómo la había agarrado por el cuello la noche que Rover se le había escapado. ¿Sería posible que la matara a ella?

No. Nunca. Ella era especial para él, ¿o no?

–¿Colin? –le preguntó vacilante desde la puerta.

La inseguridad que reflejaba su voz hizo que Colin se volviera.

–¿Qué?

–Me quieres, ¿verdad?

–Lo eres todo para mí, Tiff. Jamás voy a olvidar lo que estás haciendo, te lo juro.

Conseguirían superarlo. Encontrarían la manera. Y después, serían tan felices como lo habían sido hasta entonces.

Incluso sin Paddy.

Tiffany le dirigió una temblorosa sonrisa.

–Será mejor que te limpies la sangre de la frente.

Aunque se le nublaba la vista, Zoe sabía que no estaba sola en la habitación. Intentó sentarse y miró con los ojos entrecerrados. Quería averiguar quién era el hombre que estaba sentado frente a ella. Pero la cabeza le latía con tanta fuerza que apenas podía levantarla de la almohada y no era capaz de distinguir sus facciones. Había demasiada oscuridad en aquella esquina. La única luz existente procedía del cuarto de baño.

¿Quién era? ¿Jonathan? Tenía que ser él. Anton ya no formaba parte de su vida y, además, tampoco tenía un cuerpo tan atlético, ni siquiera a oscuras.

¿Dónde estaban?

En un hotel, evidentemente. Pero no podía recordar en cuál, ni en qué parte de la ciudad estaba, ni cómo había llegado hasta allí. De lo único que se acordaba era de que al final había cambiado de opinión y había decidido permitir que Jonathan la acogiera en su casa. Era la opción más barata, la más segura, y además, necesitaba su amistad. Si apoyarse en él era un error, ya se enfrentaría más adelante a las consecuencias. Pero lo haría cuando aquella catástrofe hubiera terminado. Las rupturas no eran dolorosas si se tomaban precauciones desde el principio. Estaba segura de que podría manejar a Jonathan de la misma forma que había manejado a otros hombres antes que a él: disfrutaría de su compañía siempre y cuando fuera preferible a estar sola. Pero no podía permitirse establecer ningún vínculo sentimental. A lo mejor no estaba jugando limpio al reservarse la parte más sensible y vulnerable de sí misma, pero era la única manera de sobrevivir.

Pero entonces, si no tenía miedo de terminar sufriendo, ¿por qué al final se había ido a un hotel? ¿O sería Jonathan el que la había llevado allí?

–¿Jon?

Su voz fue poco más que un graznido, pero bastó para que

Jonathan reaccionara. Alzó la cabeza bruscamente, como si acabara de despertarse.

—¿Zoe? —se levantó y se sentó a su lado en la cama—. ¿Estás bien?

No estaba segura. Se sentía como si tuviera la peor resaca del mundo. Pero la noche anterior solo había bebido un par de copas de vino. ¿O no?

No estaba segura. Se recordaba sentada a la mesa con Colin y Tiffany, organizando la partida, pero no se acordaba de lo que había ocurrido después.

—No me encuentro muy bien —admitió—. ¿Qué... qué ha pasado? ¿Cómo he llegado hasta aquí?

Jonathan le apartó el pelo de la frente. Fue un gesto rebosante de ternura, la caricia que podría haber recibido de un amante, y deseó tener más contacto con él. Deseó la liberación que Jonathan prometía con solo mirarla, con el mero hecho de estar allí, preocupado por ella.

—Estamos en un motel. Tu coche está delante de la habitación, ¿no lo has traído tú?

—Si no me has traído tú, supongo que sí, pero... Si no estabas conmigo cuando he llegado, ¿cómo has entrado en mi habitación?

—Gracias a David.

—¿El marido de Skye?

—Después de localizarte, estuve llamando a la puerta, pero no me abrías, así que le llamé, vino y el director nos abrió. Estábamos preocupados. Queríamos asegurarnos de que estabas a salvo.

—¿Pero cómo he llegado yo hasta aquí?

—¿No lo recuerdas?

Parecía haber un enorme vacío entre lo que había pasado después de la cena y aquel momento.

—A lo mejor es por el dolor de cabeza.

Evidentemente, la tensión y los nervios de los últimos días comenzaban a cobrarse su factura y la cabeza estaba jugándole una mala pasada. Había comido y dormido muy poco durante la última semana y en casa de Tiffany y Colin apenas había probado las judías verdes con patatas. El alcohol debía haberle afectado más de lo que pensaba.

–¿Qué hora es?

El reloj digital de la mesilla de noche estaba vuelto. Colin se inclinó para verlo.

–Cerca de las cuatro de la madrugada.

–Si tú no me has traído hasta aquí, ¿cómo sabías dónde estaba? –le preguntó–. ¿Te he llamado?

–No, eso ha sido lo que me ha preocupado. Después de recibir tu mensaje, no conseguía hablar contigo.

–¿Mi mensaje?

Jonathan la miró con extrañeza.

–¿No me digas que tampoco te acuerdas de eso?

Debía de haber sufrido una crisis nerviosa. No podía acordarse de nada, y eso la asustaba. ¿Estaría perdiendo la cabeza? ¿La desaparición de Samantha estaría poniéndola al límite?

Miró frenéticamente a su alrededor, buscando algo que le resultara familiar, pero no reconocía nada. Estaba segura de que era la primera vez que estaba en aquella habitación. Vio entonces los somníferos en la mesilla de noche. No sabía de dónde habían salido, pero esa tenía que ser la razón de que estuviera tan atontada.

¿Por qué habría tomado pastillas para dormir? ¿Y si recibía alguna noticia de Sam? ¿Y si Sam la necesitaba?

Jonathan continuaba sentado a su lado, pero estaba pendiente de su teléfono. Un segundo después, se lo mostraba para que pudiera ver la pantalla.

No me encuentro bien. Dormiré en un motel. Te llamaré mañana.

–¿Ese mensaje te lo he enviado yo? –preguntó ella después de leerlo.

–A las ocho y cinco.

El corazón le latía con fuerza. No podía recordarlo, de la misma forma que tampoco se recordaba conduciendo hasta aquel motel desconocido. Pero no quería reconocerlo. No quería que Jonathan pensara que estaba loca.

–Oh… sí, supongo que sí. Supongo que esas pastillas me han dejado un poco confundida.

–¿Cuántas has tomado?

Zoe le dijo que había tomado dos, pero en realidad, no tenía ni idea.

Jonathan cambió de postura.

–¿Por qué te has alejado tanto de Rocklin, Zoe? Sobre todo teniendo en cuenta que se ha organizado una partida de búsqueda a primera hora de la mañana.

Era una buena pregunta. Para la que le habría encantado tener respuesta.

–Siento tener que admitirlo, pero me temo que salí un poco achispada de casa de Colin y Tiffany. Solo tomé un par de copas de vino, pero… –se frotó la cara–. Me cuesta creer que viniera hasta aquí conduciendo. Me parece algo irresponsable y peligroso.

–El recepcionista dice que estabas sobria cuando le pediste la habitación.

–A lo mejor el alcohol me hizo efecto después –pero entonces, recordaría cómo había llegado hasta allí. Aquello no tenía sentido.

–A lo mejor –respondió Jonathan, pero la estaba observando detenidamente.

–¿Va todo bien? –preguntó Zoe.

–Sí. Túmbate e intenta dormir. Supongo que mañana por la mañana te encontrarás mejor.

Comenzó a levantarse, pero Zoe le agarró la mano.

–¿Te quedarás conmigo?

Jonathan no dijo nada. Se limitó a tumbarse a su lado. Lo siguiente que supo fue que tenía la cabeza de Zoe en el hombro y que ella apoyaba la mano en su pecho como si quisiera sentir el ritmo de su corazón.

El calor de Jonathan, e incluso el olor de su ropa, le proporcionaban un gran consuelo. Pronto, el dolor y la confusión desaparecieron y se dejó arrastrar por el sueño…

Capítulo 25

Había algo que no encajaba. Jonathan no podía decir lo que era, pero Zoe parecía desorientada. Mucho más desorientada que lo que podían justificar un par de copas de vino. A lo mejor había bebido un par de copas más, y quizá no quisiera admitirlo. Su conducta podía deberse al efecto combinado del alcohol con los somníferos. Era bastante probable. Pero si había bebido tanto, ¿por qué no se habían ofrecido Colin o Tiffany a llevarla? Según Colin, estaba perfectamente cuando había salido de allí, y el recepcionista así lo había confirmado.

En cuanto Zoe pareció quedarse suficientemente dormida como para que sus movimientos no la molestaran, Jonathan se levantó. Zoe había leído el mensaje como si nunca lo hubiera enviado, y había mirado los somníferos como si no los hubiera comprado ella. Y ni siquiera parecía saber por qué estaba a más de treinta minutos del centro de la ciudad. Había media docena de hoteles en Rocklin, que era donde se suponía que tenía que estar al día siguiente por la mañana, y los precios no eran particularmente bajos en la zona por la que había optado al final.

Pero era el estado de su ropa el que más le inquietaba. Antes de hablar con ella, lo había ignorado, pensando que podría explicárselo cuando se despertara. Una vez había comprendido que Zoe no era capaz de explicarle nada, no podía evitar pensar en lo raro que era todo aquello. David y él la habían encontrado con los botones de la blusa medio desabrochados y los vaqueros sin abrochar. Por lo que él había visto, ni siquiera llevaba la bolsa de aseo.

Moviéndose lo más quedamente posible, se llevó los somníferos al cuarto de baño, donde podía encender la luz. El bote parecía recién comprado, como la propia Zoe había dicho. Y eso significaba que podría comprobar cuántas pastillas faltaban.

Quitó la tapa y se las echó en la mano. La etiqueta decía que contenía cuarenta y ocho pastillas. Si se había tomado dos, deberían quedar cuarenta y seis. Pero un rápido recuento le indicó que solo quedaban cuarenta.

–¿Se ha tomado ocho? –musitó, y volvió a contarlas.

Efectivamente, había cuarenta pastillas. Eso podía explicar por qué estaba tan desorientada, pero le resultaba difícil creer que hubiera tomado una sobredosis de somníferos sabiendo que su hija continuaba secuestrada.

Fue a buscar la papelera y la metió también en el cuarto de baño. Puesto que acababa de comprarlas, debería haber una bolsa de farmacia en alguna parte.

Esperaba encontrar un recibo, algo que pudiera decirle dónde había parado a comprarlas y a qué hora. A lo mejor la persona que se las había vendido recordaba algo más de su estado y su conducta.

Pero no había nada. Pensó en su teléfono. A lo mejor había hablado con alguien que pudiera decirle cómo se encontraba, alguien a quien pudiera localizar. Pero sin contar con su permiso, le parecía una invasión excesiva a su intimidad.

Regresó a la silla en la que antes se había quedado dormido, pensando en cómo la había encontrado y en lo confundida que parecía, y decidió que no le importaba invadir su intimidad si era por su bien. Muchas mujeres echaban la culpa al alcohol cuando en realidad las habían drogado. Y muchas de ellas tenían síntomas de jaqueca después. Si aquella noche había pasado algo que no debería haber ocurrido, tenía que saberlo.

De modo que se llevó el bolso de Zoe al cuarto de baño,

sacó el teléfono y buscó los mensajes que había enviado. Solo encontró el que le había enviado a él. Y en el historial de llamadas, no figuraba ninguna hecha después de las cinco y media. En cuanto a las llamadas entrantes, había recibido cuatro suyas, una del detective Thomas y otra con un código del sur de California. Imaginó que era de la amiga de su padre, la mujer que había conocido en la caravana.

Al final, abrió la bandeja de entrada. Allí vio el mensaje que le había enviado pidiéndole que su pusiera en contacto con ella. Tenía otra llamada de Anton. Su exprometido había llamado después que él. Pero lo extraño era que... ambas llamadas parecían haber sido leídas.

Si Zoe había recibido un mensaje urgente, ¿por qué no había respondido? Podría haber estado llamándola para decirle que Toby había salido del coma, o que había conseguido alguna información sobre Sam.

Adoraba a Sam, y, sin embargo, aquella noche no parecía haberle importado nada su hija. Era como si hubiera decidido arrojar todas sus preocupaciones al viento. Eso no era propio de Zoe y por eso precisamente le inquietaba.

Abrió el mensaje que le había enviado Anton. Se dijo a sí mismo que no debería leerlo, pero estaba suficientemente intrigado sobre lo que había pasado aquella noche como para darse permiso.

No es fácil superar nuestra separación, Zoe. Verte esta noche sabiendo que ya no aceptas mis caricias, me ha roto el corazón.

Cuando Jonathan había hablado con él, Anton le había dicho que no había visto a Zoe. ¿Querría decir que no había hablado con ella? ¿O le habría mentido? A lo mejor la había drogado y...

Al recordar cómo la había encontrado, tumbada en medio de la cama, como si alguien la hubiera dejado precipitadamente allí, Jonathan salió del cuarto de baño y la miró. Cuando habían estado en San Diego, Zoe se había negado a tomar ninguna clase de somnífero. Incluso en el caso de que hubiera cambiado de opinión, Jonathan estaba convencido de que habría contestado a su mensaje si lo hubiera leído.

¿Qué demonios había pasado aquella noche? Si, tal como había dicho el recepcionista, había llegado perfectamente, ¿qué habría pasado después? ¿Se habría encontrado allí Anton con ella? ¿La habría seguido? ¿Habría una tercera persona?

Jonathan no lo sabía, pero decidió que debería intentar asegurarse de que no la habían violado.

Cuando encendió la luz, Zoe se estiró y se tumbó de espaldas en la cama.

—¿Jonathan?

—Sí, soy yo.

Se inclinó sobre ella, la agarró por la barbilla, le hizo inclinar la cabeza de lado a lado y le examinó los ojos, la nariz, la garganta y la boca.

Zoe le miró con el ceño fruncido.

—¿Qué haces?

—Buscar posibles lesiones.

—¿Por qué voy a tener lesiones?

—Espero que no las tengas.

Zoe se colocó la almohada en la cabeza para que no le molestara la luz.

—Necesito dormir más.

—¿Puedes quitarte la camisa, Zoe? Quiero ver si tienes arañazos o moratones en el pecho.

Había tratado con suficientes casos de violación como para reconocer las marcas que temía encontrar allí. Incluso había trabajado en un caso en el que las huellas dejadas por los dientes del violador en el seno de una mujer habían conducido a su detención.

Zoe no respondió.

Jonathan le quitó la almohada y la sacudió suavemente del hombro.

—¿Zoe?

Zoe farfulló algo, pero era incoherente. Iba a resultar imposible arrancarle una respuesta en aquel momento. Así que le desabrochó rápidamente los pocos botones que continuaban abrochados y le quitó la blusa.

Encontró el tirante del sujetador retorcido por la espalda y el broche del sujetador atado por un solo corchete, lo que hizo aumentar sus sospechas. Ninguna mujer se ponía el sujetador de ese modo, a no ser que estuviera completamente borracha. El recepcionista había dicho que Zoe iba perfectamente vestida y estaba totalmente sobria cuando había llegado al hotel. Pero entonces, ¿por qué se había desnudado después, había tomado tantos somníferos como para arriesgarse a una sobredosis y había vuelto a vestirse precipitadamente?

Alguien la había vestido. Por eso estaba así. Y quienquiera que la hubiera vestido, probablemente la había desnudado antes.

Completamente convencido de que algo pasaba, le quitó los vaqueros y examinó el resto de su cuerpo o, al menos, lo que podía ver sin quitarle la ropa interior. Excepto una línea roja a la altura del tobillo que podía indicar que había sido atada, pero que realmente no era concluyente, no vio ninguna prueba de abuso o maltrato.

Mientras continuaba estudiando la marca, Zoe volvió a despertarse y le miró con los ojos entrecerrados.

–Quiero llevarte al hospital para que te examinen –le dijo a Zoe mientras le bajaba la pierna.

–¿Por qué? –preguntó somnolienta.

Ya había sufrido demasiado. ¿De verdad quería decírselo?

–Es solo una cuestión de… precaución.

Zoe no dijo nada, pero cuando Jonathan comenzó a ponerle la blusa, le detuvo y le guió la mano hasta su seno.

–Tengo una idea mejor.

Todos los músculos de Jonathan se tensaron, pero no se permitió posar la mano allí donde Zoe le pedía. La deseaba. La había deseado desde la primera vez que la había visto. A pesar de Sheridan. A pesar de que era su cliente.

Pero aquel no era el momento.

Le apartó la mano con delicadeza y le acarició la mejilla con un dedo.

—Te mereces algo más de lo que has recibido hasta ahora, Zoe.

La respiración de Zoe comenzaba a ser tan profunda como la suya.

—¿Eso significa que tú vas a dármelo?

Su voz ronca y su sonrisa sensual indicaban que había interpretado sus palabras de la forma más atrevida. No era eso lo que Jonathan había pretendido decir, pero no la corrigió. Sabía que Zoe no buscaba una relación que fuera más allá de lo físico. Ya no quería arriesgarse a ser la pareja de nadie.

—¿Jon? —le urgió al verle vacilar.

A Jonathan se le aceleró el pulso. No era fácil mantener la cabeza fría. Pero no tenía otra opción.

—No.

A Zoe no la habían violado. Apoyado en el coche que había dejado en el aparcamiento de Sierra College, Jonathan escuchaba a Colin organizar la partida. Al no encontrar ninguna herida que pudiera delatar una violación, el médico de urgencias había atribuido la conducta de Zoe y el lapsus en la memoria al estrés y al exceso de alcohol. Al final, pero solo porque Jonathan había insistido, había aceptado hacerle un análisis toxicológico. Los resultados no llegarían hasta varios días después.

Jonathan estaba profundamente aliviado por lo que había dicho el médico. Pero continuaban aguijoneándole algunas preguntas. Después de otra noche sin haber dormido apenas, mientras observaba a Colin repartir los mapas entre abogados y vecinos, se sentía como si le hubieran dado una paliza. También habían acudido la prensa y la policía. El detective Thomas ya había hablado y en aquel momento estaba distribuyendo los folletos suministrados por el departamento de policía.

Jonathan lamentaba profundamente que Zoe no estuviera

con ellos. Sabía lo mucho que deseaba hacerlo, pero el médico había insistido en dejarla ingresada en el hospital hasta que estuviera completamente recuperada.

La noche anterior, había tomado algo que le había sentado mal. Por supuesto, Zoe había intentado oponerse a la decisión del médico, pero estaba demasiado débil como para ser efectiva. Antes de que Jonathan se fuera, le había dicho que no volvería a dirigirle la palabra por su negativa a llevarla con él.

Jonathan casi esperaba que fuera cierto. A lo mejor así podía dejar de recordar una y otra vez el momento en el que le había guiado la mano hasta su seno…

Cuando los miembros de la partida comenzaron a montarse en los coches y a dirigirse a las zonas que les habían asignado, Colin se acercó a Jonathan.

—Buenos días.

—Buenos días.

Jonathan sonrió, pero estaba sorprendido por el aspecto de Colin. Aunque iba tan meticulosamente arreglado como siempre, tenía los ojos suficientemente irritados como para indicar que había pasado una mala noche.

—¿Estás bien?

—¿Yo? —Colin se llevó la mano al pecho—. Claro, ¿por qué lo preguntas?

—Tienes un aspecto tan malo como el mío.

—Me acosté tarde —respondió con una sonrisa tímida—. ¿Cuál es tu excusa?

—La misma.

Colin se inclinó para mirar en el interior del coche de Jonathan.

—¿Dónde está Zoe? Creía que iba a venir.

—No se encuentra bien.

Colin frunció el ceño.

—Vaya, ¿qué le ocurre?

—Todavía no lo sé. Pero a lo mejor tú puedes ayudarme a averiguarlo.

—¿Cómo puedo ayudarte?

–¿Cuántas copas de vino se tomó ayer por la noche?

Colin se frotó la mandíbula perfectamente afeitada.

–Tres, cuatro quizá. En realidad no las conté. ¿Por qué lo preguntas?

–¿Cuándo se fue de tu casa te pareció que iba un poco achispada?

–No, si hubiera visto que no estaba bien, la habría llevado yo.

–¿Comió mucho?

–No tanto como nos habría gustado.

Cuatro copas de vino podían causar estragos con el estómago vacío.

–Nos quedamos preocupados por cómo se está tomando todo esto –continuó diciendo Colin–. Tuvimos la sensación de que estaba empezando a resquebrajarse.

–A lo mejor. ¿Dónde está Tiffany?

Jonathan quería hablar con ella. Quizá ella tuviera una perspectiva diferente a la de su marido.

–Se ha ido a la cabaña de mi padre. Antes de que Sam desapareciera, habíamos pensado pasar allí el fin de semana.

–¿Y se ha ido sola?

–Me reuniré con ella cuando acabemos la búsqueda. Quería llevar la comida y limpiar un poco.

Tenía sentido. Todo tenía sentido, salvo la desaparición de Sam y la situación en la que había encontrado a Zoe la noche anterior.

–Es una pena que no podamos ofrecer la recompensa que Zoe comentó durante la cena –comentó Colin–. Estos folletos serían mucho más atractivos si aparecieran así –garabateó la cifra de diez mil dólares bajo la palabra recompensa–. Eso motivaría a cualquier observador.

En Los Ángeles, Zoe le había hablado a Jonathan de aquella recompensa. No le había comunicado que había cambio de planes, pero Jonathan comprendía perfectamente el motivo.

–¿Anton ha incumplido su promesa?

–Esta mañana se ha pasado por mi casa para decirme que

podía ofrecerla, que él se había comprometido. Pero ahora que han roto, no sé si puedo confiar en que sea cierto. Puede ser una estrategia para recuperar a Zoe. Y cuando se dé cuenta de que la cosa no funciona como esperaba, ¿qué? Yo no he podido localizarla, así que…

Jonathan se preguntó qué habría dicho Zoe al respecto. Sabía que estaba dispuesta a hacer cualquier cosa para encontrar a Sam. Y también que probablemente no querría sentirse en deuda con Lucassi.

—Será mejor que dejemos a Anton fuera de esto.

—Exacto. A lo mejor yo mismo puedo ofrecer la recompensa —se ofreció Colin.

Jonathan no sabía si aquello era una fanfarronada de Colin, pero sospechaba que ese era el caso.

—¿A Tiffany no le importaría?

—¿Estás de broma? Aprecia tanto a Zoe y a Sam como yo.

—Estáis siendo muy buenos con ella.

—Es nuestra obligación. Somos vecinos. Bueno, éramos vecinos.

La BlackBerry de Jonathan sonó antes de que pudiera responder. En el identificador de llamadas apareció un número con el código del área del sudeste de California, pero no era el mismo número que había visto en el teléfono de Zoe.

—Gracias por tu ayuda —dijo, y contestó, pero antes de que hubiera podido averiguar quién era, Colin le interrumpió.

—¿Vas a quedarte hoy por aquí?

—Tengo otro compromiso. Solo me he acercado para asegurarme de que todo iba bien. Estaré en contacto con el detective Thomas para mantenerme informado.

—De acuerdo —le tendió a Jonathan un folleto—. Dile a Zoe que espero que se recupere.

—Lo haré.

Jonathan bajó la mirada hacia la fotografía de Sam y se concentró en la llamada.

—¿Diga? —repitió.

–¿Jonathan Stivers? –era una voz de hombre.

–Sí, soy yo.

–Soy Franky Bates.

El hombre que había violado a Zoe a los quince años. Jonathan le había dado su tarjeta, pero la verdad era que no esperaba recibir noticias suyas.

–¿Qué puedo hacer por ti, Franky?

–Eh, bueno, sé que probablemente usted… Bueno, probablemente Zoe no querrá saber nada de mí. Pero… he estado pensando mucho en ello y… me gustaría ayudar. Si ella me lo permite, claro.

Jonathan se sentó tras el asiento del conductor, pero no puso el coche en marcha.

–Comprendo el sentimiento que acompaña tu oferta, pero no puedes hacer nada, Franky.

–Imaginaba que me diría eso. Estoy en Sacramento, dispuesto a hacer todo lo que me pida.

Jonathan se enderezó en el asiento. ¿La presencia de Franky tendría alguna relación con lo que había ocurrido la noche anterior?

–¿Cuándo has llegado?

–Hace un par de horas. Acabo de desayunar. No quería llamar demasiado pronto.

–¿Qué estás haciendo aquí? A lo mejor esa es una pregunta más relevante.

–Esperaba demostrar que quiero ayudar de verdad desplazándome hasta aquí.

–¿Has venido en avión o…?

–En coche. He pensado que ya estaba bien de preocuparme en la distancia. Era preferible presentarme aquí y ver en qué puedo ayudar.

–¿Has tenido algún contacto con Zoe?

–No, claro que no. Pero mi abuela me envía unas cuantas cosas para ellas. Son solo unos bizcochos, una colcha de ganchillo y un regalo para su hija… por si la encontramos. Nada particularmente especial. Pero mi abuela quería ofrecerle algo.

Si Franky había estado conduciendo durante toda la noche, tenía que haber formas de demostrarlo.

–¿Tienes los tickets de las gasolineras en las que has parado esta noche, Franky?

Franky vaciló un instante, pero contestó con voz firme:

–Sí, señor, ¿le gustaría verlos?

–Probablemente. Consérvalos.

–De acuerdo.

Jonathan se frotó los ojos. Franky no era el problema. No, aquella vez, no.

–Creo que no deberías molestar a Zoe –le explicó–. Creo que deberías volver a tu casa y mantenerte al margen de todo esto.

–No he venido a causar problemas. Por eso le he llamado a usted… Solo… necesitaba que supieran que estoy aquí, dispuesto a hacer cualquier cosa. Si quiere que pase las próximas dos semanas ocupándome de papeleos o recorriendo los bosques de la zona, estoy dispuesto a ello. También puedo ir distribuyendo folletos de puerta en puerta. Incluso estoy dispuesto a pagarle a usted si Zoe lo necesita.

Jonathan tenía la impresión de que Franky no andaba tan bien de dinero.

–Me temo que los pagos a los que tiene que hacer frente Zoe son mayores de los que puedes permitirte… pero se lo diré –¿qué otra cosa podía decir? Franky parecía sincero.

–¿Cuánto dinero necesita? –preguntó.

Jonathan sostuvo el folleto frente a él. Desde luego, no le haría ningún daño añadir algún incentivo económico.

–¿Quieres saber de verdad cuánto dinero nos vendría bien?

–Sí.

–Diez mil dólares

Franky soltó un silbido.

–Eso es mucho dinero.

–Sí, es mucho dinero.

–¿Eso es lo que tiene que pagarle?

–No, a mí no tiene que pagarme nada. Pero nos gustaría

ofrecer una recompensa para la persona que proporcione algún dato que pueda ayudarnos a encontrar a Sam.

—Sí, es una buena idea. Debería haber pensado en ello.

—En otras ocasiones, ha funcionado.

Se produjo un momento de silencio.

—De acuerdo.

—¿De acuerdo con qué? —preguntó Jonathan sorprendido.

—Si… si puedo conseguir el dinero, ¿cómo podré hacérselo llegar?

Jonathan miró el reloj y puso el coche en marcha. Había quedado con una mujer que trabajaba en la inmobiliaria que alquilaba cabañas cerca de Placerville. Esta había aceptado reunirse con él un sábado solo para ayudarle, de modo que no podía llegar tarde.

—No quiero que ahora vayas a robar un banco solo porque te hemos dicho que necesitamos diez mil dólares, Franky.

—No voy a hacer nada ilegal. De ningún modo. He cambiado.

—¿Tienes otra forma de conseguir el dinero?

—Solo una. Pero creo que funcionará.

Jonathan estuvo a punto de ponerlo en duda, pero la convicción que reflejaba su voz sugería que tenía intención de cumplir su promesa.

—Estupendo, si estás decidido, llámame cuando tengas el dinero y quedaré contigo.

Capítulo 26

La cabaña estaba tan aislada que no tenía ni agua corriente ni corriente eléctrica. Tiffany ya había hecho un viaje a la letrina y necesitaba volver, pero lo estaba posponiendo. El olor era insoportable y también las moscas. Pero no era aquel el verdadero problema. Aquel espacio tan diminuto y oscuro y el gemido de la puerta al abrirse le hacían sentirse como si estuviera metiéndose en un ataúd. Y, en cierto modo, así era. Allí era donde Colin había tirado el cadáver de la mascota que había precedido a Rover, una mascota que habían conseguido en Nevada, cuando habían ido a Las Vegas para celebrar que Colin se había licenciado como abogado. Colin decía que el limo y las pastillas para la fosa séptica que se utilizaban para eliminar el hedor, acelerarían la descomposición. Pero cada vez que entraba allí, Tiffany no podía evitar preguntarse qué quedaría de aquella niña, o si su fantasma continuaría vagando por el bosque, esperando a que volvieran. La verdad era que ella podría ir al bosque en vez de a la letrina, pero, en cualquier caso, tendría que ir allí para buscar papel higiénico.

Con un escalofrío, dejó de lado la revista que estaba leyendo. Por muchas veces que leyera aquel artículo sobre las estrellas de una cadena de televisión, estaba demasiado nerviosa para comprender una sola palabra. No podía dejar de pensar en que Sam estaba encerrada en el cobertizo.

«Olvídalo. Es lo que se merece», se dijo.

Se levantó y comenzó a pasear por la cabaña. Al cabo de un rato, entró en la cocina. Era su habitación favorita, pero no se quedó, porque todo le recordaba a Paddy, desde su lugar favorito en la mesa hasta el recipiente de cristal en el que guardaba la cecina, que descansaba sobre el mostrador. Llevaba casado con su segunda esposa más tiempo del que Colin y ella llevaban juntos, pero Sheryl nunca había ido a la cabaña. Decía que no entendía qué sentido tenía renunciar a las comodidades de una casa y probablemente ni siquiera sabía exactamente dónde estaba.

Aquel era el terreno de Paddy, aunque hacía más de un año que no iba por allí. A medida que iba envejeciendo, parecía cada vez más satisfecho con el mero hecho de poder estar con Sheryl y dejaba que fuera Colin el que utilizara la cabaña.

Pero aunque llevara tanto tiempo sin pasar por allí, Tiffany continuaba percibiendo su olor. El olor de la lana de sus camisas combinado con el olor del puro constituían una fragancia única que permanecería para siempre en la cabaña.

—No soporto haberte perdido —musitó, retorciéndose las manos.

¿Dónde estaba Colin? Necesitaba que le dijera que todo iba a salir bien. No había vuelto a ponerse en contacto con ella desde la primera hora de la mañana, cuando le había obligado a darle unos somníferos a Samantha y había metido a la niña en una maleta enorme. Había estado a punto de esconderla en el maletero del coche, pero después de lo que había pasado con Rover, había preferido dejarla en el asiento de atrás. En ese caso, si se despertaba y empezaba a pedir ayuda, estaría a su alcance.

Pero Sam no se había despertado. No había dicho ni pío en todo el trayecto. Ni siquiera se había despertado cuando Tiffany había sacado la maleta y la había llevado rodando por aquel terreno tan accidentado.

Con un suspiro, Tiffany volvió a salir para ver cómo estaba. El cobertizo que se convertiría temporalmente en la guarida de Sam apestaba casi tanto como la letrina. Pero no iba a permitir que Samantha entrara en la cabaña después de lo que había hecho la noche anterior. Ella era la culpable de la muerte de Paddy. Si no hubiera empezado a gritar, Colin habría podido convencerle de que sus preocupaciones eran infundadas. El propio Colin lo había dicho.

—¿Sam?

Tiffany abrió la puerta y asomó la cabeza en el interior del cobertizo. Había abierto antes la maleta para poder atar la cadena del collar a una estaca que estaba clavada en el suelo, tal y como Colin le había indicado que hiciera, pero Sam continuaba acurrucada en el interior de la maleta. No contestó. Ni siquiera abrió los ojos. Colin había acertado con la dosis en aquella ocasión.

—¿Te creías muy lista por haber vomitado, verdad? Pues bien, espero que te guste dormir fuera. Porque el frío que hace aquí es insoportable. Anoche estabas demasiado dormida como para darte cuenta, pero ya te enterarás esta noche —y tampoco le iban a hacer ninguna gracia los mosquitos.

Con una sonrisa burlona, cerró la puerta y se obligó a ir a la letrina. Justo en ese momento, oyó que se acercaba el coche de Colin. Terminó rápidamente en la letrina y corrió a su encuentro.

—¡Ya estás aquí! —se arrojó a sus brazos en cuanto Colin salió del coche—. Estaba muy preocupada por ti.

—Estoy bien —la besó en la sien mientras se liberaba de ella y aquel pequeño gesto hizo a Tiffany extraordinariamente feliz.

—¿Qué ha pasado? ¿Has tenido alguna noticia de Sheryl?

—Me ha llamado cuando estábamos buscando a Samantha.

Tiffany sintió cómo se esfumaba aquel momento de placer.

—¿Y qué ha dicho?

—Ha dicho que mi padre no volvió anoche a casa y quería saber si le había visto.

—¿No le había dicho que iba a verte?

—No.

–Es una suerte.

Se llevó la mano a los ojos para protegerse de los rayos del sol que se filtraban a través de los pinos e intentó analizar la expresión de Colin.

–Sí, eso nos facilitará las cosas.

–¿Y cómo ha ido la búsqueda de Sam?

–Como un reloj –sonrió–. Nadie ha encontrado nada. He encargado pizzas para comer y he llevado a todo el mundo a nuestra casa. He pensado que sería el remate final.

Tiffany le miró boquiabierta.

–¿Y la sangre? ¿Estás seguro de que no quedaban restos de sangre?

–Completamente. He tenido mucho cuidado. Y cuanta más gente entre en casa, mejor. Si la policía entra para buscar pruebas, le será mucho más difícil encontrarlas.

–¡Oh, qué bien!

–Ya te dije que lo tenía todo bajo control.

Tiffany le dio una patada a una piña.

–¿Sheryl está muy preocupada?

Las arrugas que se formaban alrededor de los labios de Colin le indicaban lo agotado que estaba.

–Sí, la verdad es que sí.

Aquella noticia hizo que se le hundiera el ánimo. Tiffany apreciaba a Sheryl casi tanto como a Paddy y no quería que sufriera.

–¿Qué le has dicho?

–Le he dicho que saldría a buscarlo –sacó el teléfono móvil del bolsillo, aunque los dos sabían que allí no tenían cobertura.

–Así que no puedes estar ilocalizable durante mucho tiempo.

–No, le parecería extraño.

Pero Tiffany no quería pasar otra noche allí sola.

–¿Y el Día de la Madre?

–¿Qué pasa con el Día de la Madre?

–Teníamos planes.

–Sí, bueno, pero nuestros planes han cambiado. Será mejor que me vaya. Solo he venido para asegurarme de que todo iba bien.

Tiffany quería tomarse aquella frase como una prueba de su amor, pero entonces, Colin añadió:

–No podía arriesgarme a que dejaras escapar a Sam, como hiciste con Rover.

Comenzó a caminar hacia el coche, pero Tiffany le alcanzó antes de que hubiera cerrado la puerta.

–¡Espera! Vuelvo contigo. No puedo estar aquí si Paddy ha desaparecido. Esta es una crisis familiar. Parecería extraño que no estuviéramos juntos, haciendo todo lo posible por recuperarlo.

Colin frunció el ceño. Parecía a punto de negarse, pero casi inmediatamente, pareció reconsiderar su respuesta.

–Tienes razón –miró hacia el cobertizo–. Supongo que no hay ningún motivo por el que tengas que quedarte aquí.

–No. Sam está atada, no va a ir a ninguna parte.

Tiffany prefería poder llorar la ausencia de Paddy con Sheryl, quería ofrecerle su consuelo. Era lo menos que podía hacer por ella.

–Le dejaremos algo de comida y una manta, por si hace mucho frío, y volveremos cuando podamos.

–De acuerdo –Tiffany ya no quería castigar a Sam. Solo quería volver a casa con Colin–. Yo me ocuparé de todo –le dijo.

Comenzó a retroceder, pero Colin la agarró del brazo.

–Espera. ¿Estás segura de que la estaca está bien clavada?

–Completamente.

–Será mejor que vaya a comprobarlo. Métete en el coche.

Sacó una manta del coche, fue a buscar a la cabaña unas barritas de sésamo y un zumo y se dirigió hacia el cobertizo.

Cuando regresó, asintió satisfecho.

–Ni un hombre más grande que yo podría sacar esa estaca, pero he puesto otra, solo por si acaso.

Tiffany se metió en el coche en silencio. Se preguntaba si, para cuando volvieran, Sam habría muerto, pero se negaba a permitir que su preocupación le impidiera marcharse. Desde un primer momento, había sido consciente de aquella posibilidad.

La forma en la que Kino, que estaba dormitando a sus pies, alzó la cabeza, puso a Jonathan en alerta cuando Zoe entró en la cocina.

—¿De verdad crees que una médium podrá ayudarnos?

Preguntándose si habría cometido un error al contárselo, Jonathan alzó la mirada del ordenador en el que estaba cruzando los datos de la lista que la propietaria de la inmobiliaria le había enviado aquella mañana con la lista de personas que habían estado en contacto con Sam.

—Ya veremos. Le he enviado un jersey de Sam y el osito de peluche que ganó en Disneyland hace unos años. No me gusta darte falsas esperanzas, sobre todo después de lo decepcionante que ha sido la búsqueda de hoy, pero Jasmine ha descubierto cosas sorprendentes en el pasado.

—¿Tan buena es?

Consciente de que tenía oportunidad de hacer una nueva amiga, Kino se acercó hasta ella. Zoe le respondió con una sonrisa y una caricia detrás de las orejas y se apoyó en el brazo de una de las sillas de la cocina. Iba vestida con un pantalón de chándal de Jonathan y una camiseta, y llevaba los pies descalzos. Jonathan se la había llevado a casa en cuanto había salido del hospital, una hora atrás, y había cargado con parte de su equipaje, pero la mayor parte de sus cosas continuaban en el coche, metidas en aquellas bolsas negras. Lógicamente, cuando había abandonado la casa de Lucassi había hecho el equipaje sin ninguna clase de organización y esa era la razón por la que había tenido que prestarle unos pantalones. Al salir de la ducha, Zoe había descubierto que llevaba una camiseta en el maletín, pero no unos pantalones para estar en casa.

—Es muy buena. Pero sus poderes no sirven para resolver todos los casos. Ese es el problema.

Zoe se recogió el pelo en una cola de caballo. No llevaba ni una gota de maquillaje encima, pero tampoco lo necesitaba. Tenía una piel preciosa y unos ojos en los que cualquiera desearía ahogarse.

Al tenerla tan cerca y oliendo tan deliciosamente, Jonathan recordó la visión de Zoe semidesnuda. El resultado fue un disparo de testosterona que envió su concentración al infierno.

—¿Cómo te encuentras? —le preguntó.

—Mejor.

Le miró a los ojos de una forma tan directa que le sorprendió. Le estaba haciendo saber que no rechazaría una propuesta sexual. De hecho, como había mostrado previamente su interés, probablemente la esperaba. Pero Jonathan sabía que sería una estupidez relacionarse con ella de ese modo. Zoe era una auténtica superviviente. Apenas había pestañeado después de la ruptura con Lucassi. No estaba dispuesta a hacer ninguna inversión emocional en una relación y él no estaba seguro de que quisiera volver a ser el perdedor en una relación amorosa.

—Me alegro.

Zoe inclinó la cabeza hacia el ordenador.

—¿Has tenido suerte con las cabañas?

—Todavía no, pero quedan muchos nombres que cruzar y esta es solo la lista de una de las dos inmobiliarias de la zona. Además, me he puesto en contacto con otras que alquilan segundas residencias cerca de allí.

—Pero esas dos son las que están más cerca de donde encontraron a Toby, ¿no es eso lo que me has dicho antes?

—Exacto. Estaba en tal estado que es imposible que pudiera caminar mucho, así que es el mejor lugar para empezar.

Zoe se colocó detrás de él, posó las manos en sus hombros y comenzó a darle un masaje para aliviar la tensión de sus músculos.

—Creo que ya es hora de que descanses —le dijo.

Colin cerró los ojos mientras ella hundía las manos en sus hombros.

–¿Tan mal estoy?

–Como un cadáver andante.

–Eso no es muy halagador –repuso él con una risa.

–Estás muy sexy. Bueno, en realidad, siempre estás sexy.

A menos que hubiera malinterpretado el deseo que se escondía detrás de aquellas palabras, aquello no solo era un cumplido, sino también una invitación. Jonathan se volvió para ver su expresión.

–No tienes que ofrecerme ningún incentivo para que continúe trabajando en este caso, Zoe. No voy a parar hasta que encontremos a tu hija.

Zoe dejó de acariciarle.

–No estoy intentando manipularte. Esto no tiene nada que ver con un intercambio de favores.

Jonathan le hizo colocarse delante de él.

–Entonces, ¿con qué tiene que ver?

Zoe se sonrojó y desvió la mirada, y Jonathan tuvo la impresión de que no siempre era tan directa como pretendía.

–Con una forma de escape, supongo. Con un momento de olvido.

Jonathan podía ofrecérselo, por supuesto. Zoe estaba preocupada por Sam y necesitaba distraerse, aunque solo fuera durante unos minutos. ¿Pero adónde les conduciría eso? A pesar de lo que Jonathan le había dicho a Sheridan, en realidad, él ya estaba preparado para sentar cabeza, para casarse. El sexo por el sexo no le bastaba. Quería formar una familia con la mujer adecuada. Y estaba comenzando a darse cuenta de que encontrarla no era nada fácil.

–Me recuerdas a una novia que tuve –le dijo.

–¿De verdad? –Zoe vaciló un instante, como si no estuviera segura de si eso era una buena o una mala noticia, pero de todas formas, preguntó–: ¿Y cómo era?

Colin imaginó entonces a María.

–Preciosa. Una mujer maravillosa –bajó la voz–. Y estaba enamorada de otro hombre.

Zoe se inclinó entonces hacia él y rozó sus labios.

–Yo no estoy enamorada de nadie.

Jonathan enmarcó su rostro entre las manos y posó la mirada en su boca. Deseaba mucho más que aquel beso fugaz que Zoe acababa de darle.

Durante un breve instante, se permitió imaginarla en su cama, bajo él. Pero sabía que, por mucha ternura que volcara en aquel encuentro, tenía muy pocas probabilidades de alcanzarla de verdad, o de encontrar aquella dimensión añadida al sexo que tanto ansiaba.

—No, no estás enamorada. Ni de Anton ni de nadie. Y supongo que nunca lo estarás.

Zoe retrocedió bruscamente.

—¿Qué se supone que significa eso?

—Significa que ya he tenido bastantes encuentros intrascendentes, Zoe. Tengo casi treinta años, soy un hombre adulto y estoy buscando algo más.

Zoe se mordió el labio y le miró fijamente.

—¿Y no crees que esté dispuesta a dártelo?

—No creo que puedas —respondió, y se fue a dormir.

Solo.

No tardó en arrepentirse de su decisión. Pero Jonathan fue suficientemente cabezota como para estar dando vueltas en la cama durante tres horas antes de reconocer que, a pesar de todas sus buenas intenciones, el final podía resumirse en una sola palabra: capitulación. Deseaba demasiado a Zoe como para que pudiera ser de otra manera. Eso significaba que no había madurado tanto como pensaba.

«Estás cometiendo otro error», se dijo a sí mismo. Pero eso no cambiaba nada.

Por agotadora que hubiera sido la batalla que había librado contra sí mismo durante aquellas semanas, terminó levantándose y cruzando el pasillo. Kino, que estaba durmiendo en su dormitorio, no se molestó en seguirle.

Zoe no había cerrado la puerta de su habitación.

Jonathan la empujó con un dedo. Las bisagras gimieron y Zoe se recostó en la cama. Desde el marco de la puerta, Jonathan podía ver cómo caía la melena por sus hombros desnudos. Aquella habitación no tenía persianas que impidieran pasar la luz porque no daba a la casa de ningún vecino y era una habitación que utilizaba principalmente como almacén.

—¿Jon?

Consciente de que ella no podía verle tan bien como él a ella, Jonathan dijo:

—Sí, soy yo.

—¿Ha ocurrido algo malo? —preguntó Zoe.

—No —pero, evidentemente, estaba mintiendo.

—¿Qué quieres?

Jonathan pensó en utilizar las palabras que había dicho la propia Zoe, «una forma de escape, un momento de olvido». Pero para él la respuesta era mucho más sencilla y podía resumirse en dos palabras:

—A ti.

Zoe se llevó la mano a los ojos y Jonathan comprendió entonces que había estado llorando. Se sintió culpable y deseó poder retroceder en el tiempo para reencontrarse con ella en el cuarto de estar, hablar menos y hacer mucho más.

—No —musitó—. Ha sido una estupidez pensar que nuestra relación podía ser diferente. Ambos sabemos que es mejor mantenerla en un terreno impersonal.

¿Impersonal? No había nada de impersonal en lo que habían vivido durante aquella semana. Pero Zoe se tapó y se volvió hacia la pared.

Jonathan esperó, deseando que cambiara de opinión. Le bastaba recordar el roce de sus labios para enloquecer de deseo. Pero al ver que Zoe continuaba sin moverse y en silencio, regresó al dormitorio.

Zoe escuchó el sonido de los pasos de Jonathan y agradeció en silencio que se hubiera marchado. Por desesperada y sola que estuviera, acababa de terminar una relación y no podía comenzar otra. Y mucho menos con un hombre que la afectaba tanto como Jonathan. Quizá hubiera decidido que

Anton tenía las cualidades que necesitaba en una pareja. Pero el pensamiento racional parecía tener muy poco que ver con la atracción que sentía hacia Jonathan. Era todo instintivo, un deseo nacido en lo más profundo de sus entrañas que la impulsaba a hacer el amor con él sin miedo a las consecuencias.

Pero rendirse a aquella atracción animal siempre le había causado problemas y hacía que la separación fuera mucho más difícil. Zoe ya no sabía ni quién era ni hacia dónde se dirigía. Lo único que sabía era que tenía que encontrar a Sam y era ese impulso el que la mantenía fuerte y centrada.

En otras palabras, tenía que utilizar la cabeza.

Pero estaba perdiendo la esperanza e intentaba aferrarse a cualquier cosa buena que pudiera ofrecerle la vida. Y lo único bueno que le ofrecía en aquel momento parecía ser Jonathan.

Continuaba con la mirada fija en la oscuridad tiempo después de que la casa quedara de nuevo en silencio, pensando en Toby. ¿Recuperaría la conciencia? Ella rezaba todos los días para que así fuera, pero, de momento, no había cambiado el estado en el que se encontraba.

Y la línea entre la vida y la muerte era tan delgada...

Quizá el error no fuera involucrarse con un hombre que no debía. A lo mejor el error estaba en no estar con él mientras pudiera.

Capítulo 27

Cuando Zoe entró en el dormitorio, Jonathan no dijo nada, se limitó a apartar las sábanas. Aunque minutos antes había entrado en la habitación de Zoe con una camiseta, debía de habérsela quitado antes de meterse en la cama, porque estaba en el suelo. Zoe distinguió la línea de sus musculosos hombros y su pecho desnudo, y su cuerpo se tensó de anhelo.

Pensó en Sam, pero rápidamente bloqueó aquellos pensamientos. No más dolor, se dijo. Necesitaba una tregua.

Ella se había quitado el pantalón de chándal que Jonathan le había dejado. Era demasiado grueso como para dormir con él, y se había puesto un camisón de tirantes, pero Jonathan la miraba con tanta intensidad mientras se acercaba a la cama que le hacía sentirse desnuda.

Cuando estuvo a su lado, vaciló, sintiéndose de pronto tímida e insegura. Pero Jonathan no le dio tiempo a pensárselo dos veces. Se puso de rodillas en la cama y deslizó las manos bajo el camisón para agarrarla por la cintura y hacerla volverse de manera que quedara iluminada por los rayos de luna que se filtraban por la persiana.

Kino golpeó el suelo con la cola, como si aprobara aquel encuentro, pero a Zoe no le importaba la presencia del perro. En aquel momento, lo único que le importaba era acariciar a Jonathan y que él la acariciara.

—Espera —le interrumpió—. ¿Tienes protección?

—Tengo preservativos. No te preocupes por eso.

Zoe le abrazó entonces, dejó que la besara y se estremeció al sentir el contacto de su lengua en su boca.

—Todo saldrá bien —le prometió Jonathan—. Todo saldrá bien.

Zoe hundió las manos en su pelo mientras profundizaba su beso. El deseo corrió por sus venas, intensificando de tal manera cada sensación que hasta el más ligero roce le hacía temblar.

—Me gusta cómo besas.

Jonathan siguió elevando las manos hasta quitarle por completo el camisón.

—Qué visión —susurró con voz ronca y cargada de admiración ante su desnudez.

Se inclinó entonces hacia ella, justo lo suficiente como para rozarle los pezones con el pecho desnudo.

Aquel ligero contacto tuvo la fuerza de una descarga eléctrica. Zoe se oyó contener la respiración antes de que Jonathan la estrechara por completo contra él.

No tardaron mucho en estar los dos tumbados en la cama. Zoe se olvidó intencionadamente de todo y se entregó a las sensaciones que él evocaba, aparcó las preocupaciones y se sintió liberada por primera vez desde hacía días, semanas o años. Cuando Jonathan la colocó debajo de él, estaba tan dispuesta y ansiosa que estuvo a punto de gemir de frustración al advertir que se detenía.

—Mírate. No había visto nunca a una mujer tan hermosa —susurró, agarrándole las manos por encima de la cabeza.

—¿Con cuántas mujeres has estado así? —le preguntó Zoe con una sonrisa burlona.

—Con las suficientes como para saber de qué estoy hablando —le dirigió una sonrisa cargada de sensualidad y bajó la cabeza hasta su seno.

Para cuando la alzó de nuevo, Zoe apenas podía respirar.

—Esto era inevitable —le dijo Jonathan.

Al verle tan serio, el miedo se abrió paso a través del placer. ¿Qué ocurriría si se enamorara de él? ¿Y si se enamoraba y la relación no funcionaba? ¿Qué le quedaría entonces?

Zoe estuvo a punto de huir a la seguridad del dormitorio. En el caso de que aquella relación se prolongara, no sería capaz de separarse de Jonathan con la misma facilidad con la que se había separado de Anton. Lo sabía con la misma certeza que sabía que después de hacer el amor con él, ya nada sería igual. ¿Qué significaría aquello para su vida? ¿O para la de Sam, en el caso de que pudiera recuperar a su hija?

Necesitaba ser más prudente. Pero había llegado demasiado lejos como para dar marcha atrás.

Zoe se despertó desnuda en medio de las sábanas revueltas. Atrapada entre Jonathan a un lado y Kino al otro, apenas podía moverse. Pero no le importaba. No tenía prisa por ir a ninguna parte. Sintiéndose inmensamente satisfecha, cerró los ojos e intentó fingir que era otra persona y que aquel momento podía durar toda una vida.

Pero entonces sonó el teléfono, recordándole que no era otra persona y que su hija continuaba desaparecida.

Apartó entonces a Kino de su camino, se levantó y corrió a la cocina en busca de su teléfono. Ni siquiera perdió tiempo en vestirse. Después de una noche tan maravillosa, no pudo evitar esperar que aquella llamada fuera la que había estado esperando.

A lo mejor la pesadilla terminaba ese mismo día...

Pero el teléfono le indicó que se trataba de una llamada de Colin Bell.

Le invadió la desilusión. No eran las buenas noticias que esperaba. Si hubieran encontrado a su hija, habría llamado el detective Thomas. Pero Colin había hecho todo lo posible para ayudarla a encontrar a Sam y ella ni siquiera se había puesto en contacto con él después de la partida que había organizado el día anterior. En cuanto Jonathan le había notificado que no habían encontrado ninguna pista, había decidido tomarse algún tiempo para asimilar la decepción antes de llamar para dar las gracias.

Ahogó un suspiro, decidió que ya no tenía sentido posponer aquella llamada y contestó con toda la amabilidad de la que fue capaz, teniendo en cuenta que Colin la había obligado a abandonar un lecho cálido y a alejarse del único consuelo real que había conocido desde que su hija había desaparecido.

–Eh, feliz Día de la Madre.

¿Era el Día de la Madre? Lo había olvidado. De hecho, teniendo en cuenta sus circunstancias, habría preferido no saberlo siquiera. Y pensaba que la mayor parte de la gente así lo entendería, pero imaginaba que la intención de Colin era buena.

–Gracias.

–¿Cómo estás? He estado preocupado por ti.

Zoe se habría sentido mejor si hubiera hablado en plural.

–Estoy mejor, gracias –salió de la cocina y fue a sentarse en el sofá.

–¿Qué te pasó ayer? Tuvo que ser algo serio para que no participaras en la partida.

–No lo sé, la verdad –no quería mencionar los somníferos–. Debía de ser un principio de gripe.

–Sí, la gripe puede ser terrible.

Zoe estaba a punto de contestar cuando apareció una imagen extraña en su cabeza. ¿Era un recuerdo? ¿Un sueño? Se vio a sí misma sentada a la mesa del cuarto de estar de Colin, mirando… ¿eran los mapas? Tiffany estaba en la cocina, lavando los platos. Colin, que estaba sentado a su lado, se levantó.

Zoe se oyó a sí misma haciendo una pregunta:

–¿Adónde vas?

Fue Colin el que contestó.

–A ayudar a Tiffany con la cocina.

–Tienes una mujer encantadora –era su propia voz, y sonreía.

–Excepto cuando me ayuda a asesinar a alguien –respondió Colin con una carcajada.

Era un recuerdo borroso y absolutamente surrealista. ¿Significaría eso que era un sueño? ¿Una alucinación provocada por el alcohol que había tomado durante la cena?

Seguramente. Nadie hacía un comentario como ese delante de un invitado.

–¿Zoe? –preguntó Colin.

–Sí, sigo aquí.

Oyó ruido en el pasillo, lo que indicaba que Jonathan se había levantado. Miró hacia él y le vio apoyado en el marco de la puerta. Se había puesto unos boxers, lo que hizo a Zoe más consciente de su propia desnudez. Aunque habían hecho el amor la noche anterior, le resultaba violento reencontrarse con él a la luz del día, sobre todo, estando desnuda en su cuarto de estar. De alguna manera, le parecía muy distinto a estar con él en el dormitorio.

–¿Quién es? –preguntó.

Zoe tomó una de las mantas del sofá para taparse.

–Colin Bell.

–¿Y qué quiere?

Zoe intentó no admirar en exceso a Jonathan, que permanecía semidesnudo frente a ella. Cuando vivía con Anton, había intentado convencerse de que la atracción física, o la falta de ella, en realidad no importaba. Lo importante era la amabilidad, la lealtad. La confianza. Era eso lo que consolidaba una pareja.

Y continuaba pensando que era lo más importante, pero era sorprendente la fuerza que podía llegar a tener la atracción física. Especialmente con un hombre como Jonathan, que era también amable, leal y digno de la más absoluta confianza.

–Solo quiere saber cómo estoy.

–¿Con quién hablas? –preguntó Colin–. ¿Hay alguien contigo?

Los celos que reflejaba su voz la molestaron, pero no fueron suficientemente explícitos como para que pudiera reprochárselos.

–¿Es Anton? –insistió.

–Colin, ya basta.

–Solo me estaba preguntando si habéis vuelto.

—No, no hemos vuelto.

Se produjo un silencio.

—No estarás saliendo con otro…

Indignada, Zoe se aferró con fuerza al teléfono.

—Mira, ahora mismo no tengo ganas de hablar. A lo mejor te llamo más tarde.

—¿Estás enfadada conmigo?

—No, claro que no. Te estoy muy agradecida. Pretendía darte las gracias ayer. Te agradezco de verdad todo lo que has hecho. Es solo que… hoy va a ser un día especialmente duro para mí, ¿sabes?

—Sí, por supuesto. Lo comprendo.

—Gracias. Te llamaré más tarde —dijo.

Pero Colin no se despidió de ella. La sorprendió con otra pregunta.

—Es Jonathan, ¿verdad?

Zoe alzó la mirada hacia el hombre al que acababa de mencionar su interlocutor, que en aquel momento la miraba con el ceño fruncido.

—¿Perdón?

—El hombre con el que estás.

—Colin, ya basta. No estoy con nadie.

—Deberías decírmelo. Tarde o temprano lo averiguaré.

—¿Por qué tienes tanto interés?

—Porque no es justo.

—¿Justo? —repitió Zoe estupefacta.

—No me has dado una sola oportunidad.

—¡Pero si estás casado!

Colin soltó entonces una carcajada.

—Estaba de broma.

Zoe suspiró.

—Por un momento, has conseguido engañarme.

—Lo sé. Crees que todos los hombres te desean.

Zoe se tensó.

—No, eso no es cierto.

—Entonces, ¿por qué no podías contestar una maldita pregunta? —le espetó Colin y colgó el teléfono.

Zoe, demasiado estupefacta como para reaccionar, se quedó mirando fijamente el teléfono.

–¿Qué ocurre? –Jonathan cruzó la habitación.

Zoe alzó la mirada hacia él.

–Era Colin Bell –le explicó–. Acaba de gritarme... Ha sido muy extraño.

Pero no más extraño que aquel retazo de sueño. En el caso de que hubiera sido un sueño. Teniendo en cuenta su sentido del humor, no estaba segura de qué podía considerar Colin divertido.

–¿Qué te ha dicho? –preguntó Jonathan.

Zoe sacudió la cabeza y dejó el teléfono a un lado.

–Nada.

No podía explicar la extraña conducta de su vecino. Y, desde luego, no quería que Jonathan la acusara de lo que Colin acababa de decirle: «crees que todos los hombres te desean».

Jonathan posó la mano en su rodilla.

–¿Tienes hambre?

¿De verdad tenía que enfrentarse al día que tenían por delante? Era domingo. El Día de la Madre. No iban a conseguir más datos sobre las cabañas de alquiler y no podrían hablar con nadie sin arriesgarse a interrumpir una celebración familiar. ¿Qué podían hacer para encontrar a Sam?

Había pasado ya toda una semana y ni siquiera sabían ya dónde buscar.

Alargó la mano para apartarle a Jonathan el pelo de la frente.

–¿No podemos volver a la cama?

Jonathan la miró en silencio. Después, la levantó en brazos y la llevó al dormitorio.

Había sido una estupidez. Colin cerró los ojos, sacudió la cabeza y dejó el teléfono en medio de la mesa para no arriesgarse a tirarlo al otro extremo del restaurante. No debería haber perdido el control con Zoe. Se había esforzado mucho para conseguir ser su amigo. Y después de aquella llamada, Zoe no volvería a confiar en él.

–¡Mierda!

La anciana que estaba sentada frente a él se quedó boquiabierta al oírle lanzar aquel exabrupto. Colin la fulminó con la mirada, pero ella no desvió la suya y Colin le hizo un gesto grosero con el dedo.

Los ojos de la mujer parecían a punto de salírsele de las órbitas y le insistió a su marido para que se cambiaran de mesa. Estaba quejándose al encargado cuando Tiffany volvió a la mesa.

Colin dejó cuarenta dólares en la mesa, para pagar la cuenta, que no les habían llevado todavía, se levantó y le hizo un gesto a su esposa para que le precediera.

–¿Nos vamos? –preguntó Tiffany, sorprendida.

–¿No ves que me he levantado?

Hablaba con voz queda, para que no les oyeran. Ya había llamado suficientemente la atención.

Tiffany miró su plato con tristeza.

–Pero si todavía no había terminado…

–Pues ya has acabado.

No iba a permitir que un encargado estúpido y obeso que apenas ganaba quince dólares a la hora se acercara a él con aquella corbata grasienta y le reprochara su lenguaje.

–¿Por qué? –preguntó Tiffany. Advirtió entonces la tensión que había en el restaurante–. Se suponía que íbamos a celebrar el Día de la Madre, y que yo podría comer lo que quisiera. Tú mismo lo has dicho…

–Pues he cambiado de opinión –señaló con un gesto hacia la puerta, pero Tiffany no se movió.

–Apenas he probado la comida.

–¿Y? Tú no eres madre –susurró.

–Porque hemos decidido no tener hijos. Soy mujer. Y podría tener hijos si tú quisieras.

–Cierra la boca. Ya has comido bastante. Mira lo que tengo que hacer para evitar que te conviertas en una ballena. ¡Ahora, mueve el trasero!

–Colin –miró a la pareja de ancianos y al encargado y bajó la voz–. ¿Qué has hecho?

Colin no contestó.

–Si no vienes conmigo, te dejaré aquí –gruñó.

Al final, Tiffany obedeció. En cuanto salieron, Colin presionó el botón de las llaves para desbloquear las puertas del coche. Estaban a punto de llegar a él cuando salió el encargado del restaurante con las manos en los bolsillos.

–La próxima vez que venga a este establecimiento, procure no olvidar los modales.

Colin no iba a soportar que un miserable como aquel le regañara.

–Esto es lo que pienso de su establecimiento –respondió Colin.

Y le mostró también a él el dedo índice.

El encargado era más grande de lo que pensaba, pero no lo suficiente como para que constituyera un auténtico peligro.

–¡No se le ocurra volver por aquí!

–¡No vendría ni aunque me pagaran! –replicó Colin.

Tiffany, roja como la grana, se metió en el coche.

–¿Qué ha pasado? –preguntó mientras veía cómo se asomaban varias camareras a mirarles–. ¡Nos está viendo todo el mundo!

–Y qué. Odio este vertedero.

–No es un vertedero. Es un buen restaurante. Tú mismo lo has elegido.

–Eso era antes de probar sus repugnantes tortitas.

Comenzó a dar marcha atrás y se dio cuenta entonces de que se había dejado algo importante en el restaurante.

–¡Hijo de perra!

–¿Qué pasa ahora?

–Ve a buscar mi teléfono. Está encima de la mesa.

Afortunadamente, Tiffany no protestó, porque Colin no estaba de humor para soportar desafíos. Pero cuando volvió, su expresión delataba que estaba enfadada.

–Has llamado a Zoe –le reprochó en cuanto entró en el coche.

–¿Y qué?

–¿Y qué? Hemos tenido suerte de poder salir del desastre de la otra noche. ¿Por qué no puedes dejarla en paz? Ya tenemos a su hija, Colin. ¿Es que no es suficiente? ¿Qué es lo que quieres de ella?

Ojalá lo supiera. Deseaba a Sam, pero deseaba mucho más a Zoe, sobre todo desde que la había tenido atada en su cama. Había estado a punto de convertirse en un dios para ella, en el dueño de su placer y su dolor, en el dueño de su respiración. Pero su padre lo había echado todo a perder y en aquel momento, Zoe estaba abriéndose de piernas para otro hombre. No podía haber otro motivo para que hubiera un hombre en su habitación a las ocho de la mañana.

Y se había puesto tan digna… «pero tienes una esposa». Era una zorra, igual que la mayor parte de las mujeres. ¿Por qué no podía conseguir que respondiera a sus encantos? ¿No era suficientemente bueno para ella? Era un hombre joven, atractivo, con éxito. Jamás había intentado con tanta insistencia, y tan poca efectividad, conquistar a una mujer.

–¿No piensas contestarme? –preguntó Tiffany.

–Es una creída. Necesita que le bajen los humos.

–Eso ya lo has hecho. Has secuestrado a su hija.

–Fuiste tú la que secuestraste a su hija –la corrigió.

–¡Pero lo hice por ti! Y no sabes cuánto me arrepiento. Quería hacerte feliz, pero lo único que he conseguido ha sido convertirme en una desgraciada. ¿Estás enamorado de Zoe, Colin? ¿La quieres a ella en vez de a mí? –comenzó a sollozar–. ¡Si no la matas a ella, a lo mejor es que quieres matarme a mí!

Colin estaba perdiendo el control de la situación cuando más necesitaba mantenerlo. El día anterior había conseguido salir indemne por un muy ligero margen. No podía derrumbarse. Y tampoco podía permitir que Tiffany se derrumbara. Su madrastra les esperaba en menos de una hora. Tenían que hacer todo lo posible para evitar cualquier tropiezo.

De modo que salió de entre el tráfico, se dirigió hacia una urbanización y aparcó en la acera.

–¿Por qué paras? –preguntó Tiffany entre sollozos–. ¿Qué estás haciendo aquí?

–Tenemos que hablar.

–¿Sobre qué?

–Tienes que tranquilizarte.

–No puedo tranquilizarme. Cada vez que creo que Zoe está definitivamente fuera de mi vida, vuelve a aparecer.

–Eso podría cambiar si me dejaras volver a estar a solas con ella...

–¡No!

Colin alzó la mano.

–Escucha. Lo único que quiero es llevarla a la cabaña y obligarla a ver lo que tengo planeado para Sam. Después, las mataré a las dos.

–No tenemos por qué correr riesgos. Ahora tenemos que vivir como personas normales. Lo que hemos estado haciendo no estaba bien, Colin, y lo sabes.

–Será la última vez, de verdad. Te lo prometo. Te quiero lo suficiente como para renunciar a cualquier cosa por ti.

Haciendo un esfuerzo para recuperar la compostura, Tiffany se secó los ojos.

–¿De verdad?

–Claro que sí. ¿Cómo puedes dudarlo?

–A veces no siento que me quieras.

–Eso es por culpa de tus dudas, de tus antiguas inseguridades.

–Entonces, si te ayudo esta última vez, ¿se acabará todo?

–Se acabará todo.

–¿No habrá más mascotas?

Colin se inclinó sobre ella y la besó con una pasión muy convincente. Pero en todo momento estaba pensando en los labios de Zoe, en el cuerpo de Zoe.

–Por supuesto, pequeña. Estaremos solos tú y yo. Tú y yo juntos para siempre.

Tiffany se aferró temblando a él.

–Eso es lo único que quiero. Lo que siempre he querido.

–Entonces, tráeme a Zoe. Consígueme un fin de semana con ella y no tendrás que volver a preocuparte nunca más.

Tiffany clavó la mirada en la distancia antes de mirarle de nuevo a los ojos.

–¿Ese será el final? ¿Me lo prometes?

–Eso es lo que he dicho, ¿verdad?

Tiffany asintió.

–De acuerdo. Lo haré.

Capítulo 28

El canto de los pájaros era más fuerte que el que Sam oía normalmente. Eso significaba que algo había cambiado. Pero los párpados le pesaban tanto que era incapaz de abrir los ojos. Permaneció acurrucada donde estaba, sin estar muy segura de si quería despertarse. El aire era frío, el olor apestoso, y estaba en una caja.

¿La habrían enterrado viva?

Abrió los ojos con un grito ahogado. Estaba dentro de un espacio muy reducido, pero era una maleta, no una caja, y estaba abierta. Sobre ella, el sol se filtraba por las rendijas de lo que parecía ser un techo de madera. Estaba en una especie de cobertizo. Por el olor a tierra y humedad, imaginó que, si no estuviera dentro de la maleta, estaría tumbada en el barro.

¿Habría estado antes allí? No reconocía aquel lugar y eso la asustó. ¿Cómo iba a encontrarla su madre si ni siquiera ella sabía dónde estaba? ¿Y dónde estaban Colin y Tiffany?

Buscó en su memoria, pero estaba en blanco. Había estado inconsciente y no sabía durante cuánto tiempo. Recordaba los pasos de Colin resonando en el pasillo y abriendo la puerta con tanta violencia que la había hecho chocar contra la pared. A Colin suspirando su odio con una voz colérica y fría. Y estrangulándola hasta asfixiarla por haber hecho ruido. En aquel momento, había llegado a pensar que su vida había terminado. Si el padre de Colin no había podido rescatarla, nadie lo haría.

«Voy a matarte en cuanto tenga tiempo de hacerlo como es debido», la había amenazado Colin. «Date por muerta». Después, la había agarrado del pelo para echarle la cabeza hacia atrás y había estado a punto de ahogarla mientras la obligaba a beber un vaso de agua con un líquido de sabor amargo.

Y después, aquello.

¿Estaría soñando? ¿O estaría muerta? El canto de los pájaros era algo con lo que uno esperaba encontrarse en el Paraíso, pero seguramente, Dios había ideado un lugar mejor que un cobertizo pestilente.

No estaba muerta. Ni siquiera estaba soñando. Cuando intentó moverse, el peso y el frío del collar que llevaba alrededor del cuello lo demostraron. Probablemente Colin y Tiffany la habían abandonado allí. Eso significaba que podría intentar encontrar el camino de vuelta a su casa, o por lo menos, pedir ayuda.

Para ello, tenía que levantarse e intentar moverse mientras pudiera. Pero sus piernas se negaban a colaborar. Estaba muy débil y tenía mucho frío.

No se encontraba bien.

Se echó hacia atrás y fijó la mirada en el forro de la maleta, preguntándose cuánto tiempo podría tardar en morir.

Jonathan tenía que levantarse de la cama. En febrero, sus padres se habían trasladado a la casa que tenían en Iowa para cuidar al padre de su madre, que había sufrido un infarto cerebral, afortunadamente no muy grave, y todavía estaban allí. Su hermana iba a pasar el Día de la Madre con su familia política. De modo que no tenía que dedicarle ningún tiempo a su familia. Pero sí tenía la obligación de llamarles, sobre todo teniendo en cuenta que le había enviado la tarjeta de felicitación a su madre el día anterior. Aunque con la semana que llevaba, le sorprendía haberse acordado siquiera.

Levantó la cabeza de la almohada para ver el despertador y bostezó.

–Hora de levantarse.

Kino parecía estar de acuerdo. Hociqueó a Jonathan, sin duda alguna, dispuesto a salir.

–¿Ya estás listo?

Zoe dormía apoyada en su pecho. Habían hecho dos veces el amor después de que la hubiera llevado en brazos al dormitorio. Y cuando ya por fin se sentía satisfecho, Jonathan estaba comenzando a sentirse culpable. ¿Qué demonios estaba haciendo? Incluso en el caso de que Zoe pudiera darle ese «más» que él estaba buscando, no estaba seguro de que fuera suficiente para él. Sabía que estaba enamorado de otra mujer.

De modo que, por increíble que hubiera sido aquel encuentro, era una canallada haberse acostado con Zoe, y lo sabía.

–Tengo que localizar a mi madre en menos de quince minutos si no quiero que empiece a llorar. Y que me llame después mi padre para comunicarme lo decepcionado que está por mi falta de consideración. Entonces yo tendría que explicarle que he estado muy ocupado, pero ninguno de ellos lo comprendería.

–Oh, muy bien. En ese caso, será mejor que llames.

Zoe se apartó y se hundió entre las sábanas y Jonathan supo que tenía que conseguir que se levantase y vistiese antes de que se sumiera en una depresión tan profunda que no pudiera salir de la cama. Estaba peligrosamente cerca de hundirse. Cuando habían hecho el amor aquella mañana, había descubierto en ella un abandono casi fatalista que no había notado por la noche, una temeridad que sugería que su propia vida no le importaba tanto como debería.

Eran muchas las cosas a las que Zoe tenía que enfrentarse, pero tendría que hacerlo si no quería que su situación empeorara.

Jonathan se puso los vaqueros y unos boxers.

–¿Estás lista para darte una ducha?

–No especialmente, si quieres ducharte antes que yo, adelante. Te esperaré aquí –musitó en respuesta.

Zoe necesitaba una motivación, hacer algo que pudiera ayudar a Sam.

–Se me ha ocurrido otra idea.

Zoe asomó entonces la cabeza por entre las sábanas.

–¿Qué idea? –preguntó.

Pero no era una pregunta esperanzada. Era más bien una especie de «si tú no quieres quedarte en la cama, déjame dormir a mí».

–Te propongo que vayamos al hospital a ver a Toby. Estoy seguro de que sus padres necesitan un descanso. Podemos quedarnos con él mientras el señor Simpson lleva a su mujer a almorzar.

Zoe se frotó los ojos cargados por el sueño, pero continuó mirándole con expresión insegura.

–Estoy segura de que tienen otros familiares que pueden hacer eso por ellos.

–Y que probablemente también necesitan un descanso. ¿Qué me dices?

–¿Qué puedo decir? –contestó.

Jonathan sonrió.

–Dentro de un rato te encontrarás mejor. Tienes toallas en el armario.

Golpeó suavemente la puerta del armario para mostrárselo y Kino salió corriendo para dirigirse a la cocina.

–Entendido –contestó, pero Jonathan apenas oyó su respuesta.

Iba a ser un día caluroso en Sacramento. A las once, el sol se filtraba por la puerta de cristal, caldeando la cocina.

Jonathan dejó salir a Kino al jardín y llamó después a su madre que, afortunadamente, estaba de buen humor. Le prometió llevarla a su crepería favorita cuando volviera a casa y después, habló unos minutos con su padre. Tras haber cumplido con las obligaciones familiares, se sintió menos culpable por haberse aprovechado de alguien que estaba en la situación de Zoe. Pero tendría que compensarla en el futuro, ser más prudente. Hacía mucho tiempo que no estaba con nadie, eso era todo. Y Zoe era una mujer muy atractiva.

Dio de comer a Kino y se estaba dirigiendo al dormitorio para ver por qué no se había levantado Zoe todavía, cuando sonó el teléfono. Era Sheridan.

Vaciló un instante, preguntándose si debería contestar. No había vuelto a hablar con ella desde que habían coincidido en El Último Recurso el día que se había enterado de la desaparición de Sam. Pero no podían evitarse eternamente. Y ni siquiera era justo por su parte intentarlo. No podía decir que le hubiera engañado, o que le hubiera dado falsas esperanzas. Él ni siquiera había expresado claramente lo que sentía. Estaba demasiado ocupado esperando a que sucediera algo en el momento en el que Sheridan estuviera preparada para iniciar una relación.

Suponía por tanto que debería contestar el teléfono y acabar de una vez por todas con aquella situación.

—¿Diga?

—Hola.

—Hola, ¿qué pasa?

—Esta es la llamada de una amiga que quiere recordarte que tienes que llamar a tu madre.

Jonathan se echó a reír.

—Gracias, pero me he adelantado. Acabo de colgar.

—Estupendo, ¿qué tal está?

—Cansada de estar fuera de casa, pero mi abuelo está casi recuperado.

—¿Podrá continuar viviendo solo?

—Eso parece.

—Supongo que es un alivio.

—Es un viejo muy tozudo.

—Me recuerda a alguien que conozco.

—¿Yo tozudo?

Sheridan se rió suavemente.

—Skye me ha dicho que estás ayudando a buscar a la hija de Zoe Duncan.

—Sí, al menos eso intento.

—No pareces muy animado. ¿No van las cosas bien?

—No tanto como me gustaría.

-Si tú no puedes encontrarla, es que nadie puede encontrarla. Eres el mejor, Jon.

-No hay mucho por donde buscar.

Abrió la puerta de la cocina para dejar que el perro volviera y se perdió la respuesta de Sheridan.

-¿Vas a cenar con tus padres hoy? -le preguntó, cambiando de tema.

-Cain y yo acabamos de llevarlos a desayunar. Mi hermana y su marido están aquí y han traído al bebé.

Jonathan no pudo evitar pensar que debería ser él quien estuviera allí en vez de Cain.

-Una bonita reunión familiar.

Sheridan permaneció en silencio, como si no hubiera pasado por alto su sarcasmo.

-Sí, ha sido muy divertida.

-¿Te estás ocupando de algún caso últimamente? -preguntó Jonathan, intentando hacerle olvidar su patinazo.

-Sí, es un caso antiguo.

-Háblame de él.

-Mi cliente cree que tiene una hermana pequeña a la que no conoció.

-¿Y qué piensa que ocurrió con ella?

-Dice que su madre podría haberla matado, pero lo único que tiene para apoyar su teoría es un recuerdo muy extraño.

-¿No puede pagar un detective privado?

-No, y la policía no va a ocuparse de un caso así, a pesar de que tiene una hermana que corrobora parte de su versión.

-¿Y tú les crees?

-Todavía no lo he decidido. No es muy normal que una madre mate a su propio hijo. Y cuando alguna lo hace, normalmente el crimen no tarda tanto tiempo en ser descubierto. En este caso, han pasado más de veinte años. Resulta demasiado increíble como para ser cierto, ¿no te parece?

-Todo es posible. Cuando uno piensa que ya lo ha visto todo, de pronto vuelven a sorprenderle.

-Creo que esa es la razón por la que me estoy ocupando del caso. Si puedo demostrar que no es cierto, quizá este pobre hombre consiga algo de paz. Y si es verdad, podrá darlo por cerrado. Sin embargo, no vendría mal que me echaras una mano con la investigación cuando estés disponible.

–Podría tardar algún tiempo.

–Me refiero a cuando hayas terminado con el caso Duncan.

–Tengo muchas otras cosas pendientes.

Era cierto. Tenía lleno el buzón de voz. Todavía tenía que revisar algunos mensajes.

Se produjo una corta pausa.

–Antes siempre tenías tiempo para mí.

–Nunca había estado tan ocupado.

–Ya no quieres trabajar conmigo, ¿verdad?

Jonathan maldijo en silencio.

–Eso no es cierto.

–Claro que lo es.

Jonathan no iba a volver a negarlo. Se hizo el silencio entre ellos. Jonathan oyó a Zoe levantándose y deseó colgar el teléfono.

–Será mejor que cuelgue.

–¿Jon?

Jonathan vaciló un instante.

–¿Sí?

–¿Por qué de pronto eres tan desagradable conmigo?

–No estoy siendo desagradable contigo. Es solo que… tengo trabajo.

–Cain me dijo algo ayer por la noche que… me ha hecho preguntarme si no habré interpretado equivocadamente nuestra relación.

«¡Oh, no!».

–¿Cain llegó a tu vida después de haber pasado más de doce años fuera de ella y ahora se ha convertido en un experto en nuestra amistad?

–Exacto. Dice que no parece que fuera solamente una amistad. Que suena como si… –bajó la voz, haciéndole saber que le resultaba embarazoso ser tan franca, pero que estaba decidida a decirlo–: bueno, dice que parece que estabas enamorado de mí.

Jonathan se sintió como si Sheridan acabara de abofetearle. Después de haber escondido sus sentimientos durante tantos años, tenía que enfrentarse por fin a la verdad.

Le habría gustado negarlo. Pero estaba completamente seguro de que Sheridan habría descubierto su mentira. Skye sabía lo que sentía y era posible que se lo hubiera comentado. Si a todo ello le sumaba su reciente conducta, eran muy pocas las probabilidades de que le creyera en el caso de que intentara engañarla.

—Pero no es cierto, ¿verdad? —preguntó Sheridan tentativamente.

—Lo que yo sienta no importa, Sheridan. Estás enamorada de otro hombre.

—Eso no es una negativa.

Jonathan se rió con incredulidad.

—¿Esperabas una negativa?

En aquella ocasión, la pausa duró mucho más.

—No, supongo que no —contestó por fin.

Se oyó el ruido de la ducha, lo que le hizo sentirse más tranquilo a la hora de hablar libremente.

—¿Entonces por qué llamas? ¿Para oírmelo decir?

—Te llamo para averiguar qué demonios ha pasado entre nosotros y para intentar arreglarlo.

—No hay nada que arreglar.

Si no se hubiera interpuesto Cain entre ellos, habría sido otro, pensó. Pero en realidad, no lo creía. Sabía que Cain era el único hombre que podía competir con él en lo que a Sheridan concernía. Llevaba años enamorada de Cain, desde que tenía dieciséis. Cain había continuado en Tennessee cuando ella se había mudado y Jonathan jamás había pensado que volverían a estar juntos. Siempre había dado por sentado que, con el tiempo, Sheridan llegaría a convertirse en su esposa.

—¿Por qué no me lo dijiste? —quiso saber Sheridan.

Jonathan se había pasado la vida esperando a que Sheridan se olvidara del chico que le había roto el corazón a los dieciséis años. Pero el chico en cuestión se había convertido en un hombre, y cuando Sheridan había vuelto a Whiterock, su encuentro había sido muy diferente al del pasado.

–¿Eso habría cambiado algo?

–No lo sé.

–No, en lo que a Cain respecta.

–Probablemente, no –admitió Sheridan–. He estado enamorada de él durante toda mi vida.

–Exactamente. Tengo que colgar.

–¿Quieres que hablemos más adelante?

–¿Sobre qué? Esto es una pérdida de tiempo. Estás casada. Hablar no nos va a llevar a ninguna parte.

–Que no esté enamorada de ti no significa que no te quiera, Jon. Eres mi mejor amigo.

Estaba llorando. Lo notaba en su voz. Pero Jonathan no podía cambiar lo que sentía ni lo que sus sentimientos implicaban en su relación.

–No llores, Sher, tienes a Cain. ¿No te basta con un hombre?

–¿Quererle a él significa que tengo que perderte?

–¿Es que no lo entiendes? No podemos ser amigos. Y tendremos suerte si podemos continuar trabajando como socios. Sabiendo lo que siento por ti, a Cain no le hará ninguna gracia que nos pasemos el día juntos.

–¿Qué quieres decir?

–Quiero decir, que a veces no podemos tenerlo todo.

Jonathan colgó. Estaba dándose un masaje en las sienes, intentando asimilar lo que acababa de ocurrir, cuando un ruido le llamó la atención.

Zoe estaba en la puerta de la cocina, con sus largas piernas semiocultas por una de las enormes camisetas de Jonathan. El hecho de que no llevara sujetador y tuviera el pelo revuelto después de hacer el amor, significaba que había abierto los grifos de la ducha, pero que no se había duchado. Y le bastó mirarla a la cara para saber que había oído más de lo que necesitaba para comprender lo que había pasado.

–¿No crees que pueda darte lo que necesitas? –le preguntó, burlándose de su queja de la noche anterior.

Jonathan se encogió por dentro al ver la decepción que reflejaban sus ojos.

—Lo siento —dijo, pero no sirvió de nada.

Zoe dio media vuelta para dirigirse al cuarto de baño. Un segundo después, cerró la puerta tras ella. Y se oyó el sonido del cerrojo.

A Zoe nada le salía bien. Y, al parecer, eso no iba a cambiar por el hecho de haber perdido a su hija, aunque eso fuera ya más que suficiente tragedia para la vida de nadie. Aquella mañana se había despertado junto a un hombre al que había conocido una semana atrás. Y había permitido que aquel hombre significara algo para ella. ¿Cómo podía ser tan estúpida? ¿No había aprendido nada de sus experiencias anteriores?

Por lo menos, en aquella ocasión había descubierto rápidamente su error. No había perdido semanas o meses esperando un compromiso que no iba a llegar nunca.

—No has dicho una sola palabra desde que has salido de la ducha —le dijo Jonathan.

Estaba sentado frente a ella en un café de la calle L. Habían parado a desayunar antes de ir al hospital.

—¿En qué estás pensando?

Zoe le miró a través de los gruesos cristales de las gafas de sol y tuvo que admitir que, físicamente, continuaba atrayéndola tanto como el día que se habían conocido. A lo mejor eso no había cambiado desde que le había oído hablar con Sheridan, pero todo lo demás, parecía haber dado un vuelco.

—Que soy idiota por haberme acostado contigo. Todo eso de que estabas buscando algo más… ¿por qué no te limitaste a decir que necesitabas darte un revolcón?

Jonathan palideció.

—No estaba utilizándote, Zoe. Me gustas mucho.

—Vaya, gracias —contestó Zoe con una risa amarga.

—Escucha. Anoche cometí un error y estoy dispuesto a

admitirlo. No debería haberte tocado. No solo es imprudente, sino también poco profesional. Además, ninguno de los dos estaba especialmente lúcido. Pero eso no significa que no te aprecie…

—Oh, por favor —bebió un sorbo de café—. No tienes por qué apreciarme. Y tienes razón. Ahora mismo, no me importa nadie, salvo Sam. Lo único que quiero es recuperar a mi hija. Y creo que me acostaría con cualquiera si eso pudiera devolvérmela.

Al verle apretar un músculo de la mandíbula, Zoe supo que había dado en el blanco. Y se arrepintió de la dureza de su respuesta. Pero no lo suficiente como para volver a bajar la guardia. Justo cuando pensaba que era absolutamente indiferente a cualquier hombre, Jonathan había conseguido hacerle daño. Y ella había sido la única estúpida que lo había hecho posible.

—Estás diciendo que no significó nada para ti.

Zoe alzó la barbilla, agradeciendo llevar las gafas de sol.

—Menos que nada.

Los labios de Jonathan, esos labios que tantos rincones de su cuerpo habían besado la noche anterior, formaron una dura línea.

—Entonces, los dos somos culpables.

—Exacto —tiró el vaso de cartón—. Vamos al hospital.

—Zoe…

Había suavizado la voz, lo que quería decir que sus próximas palabras tenían una intención conciliadora, pero Zoe tenía más miedo a la amabilidad que a la indiferencia, o incluso que a la maldad. Era más difícil defenderse de ella.

—No —le interrumpió—. No volverá a pasar y no quiero volver a hablar de ello.

Si quería hacer un mejor trabajo en el futuro que el que había hecho en el pasado, tenía que ser firme desde el principio. Había perdido la razón, se había entregado a la necesidad de sentirse amada. Pero sabía que lo superaría.

—Siento si… si, de alguna manera, te he complicado todavía más tu situación —se disculpó Jonathan.

Parecía decidido a conseguir una disculpa, pero no iba a conseguirla. Zoe no quería volver donde habían comenzado, no quería abrirse y permitir que la consolara, ni permitirse necesitar su consuelo.

–No tienes por qué sentir nada –contestó con una despreocupada sonrisa–. Mi situación no puede ser más complicada.

–Supongo que no.

Zoe se dirigió hacia el coche, diciéndose a sí misma que si Jonathan fuera un hombre tan especial, no conduciría un coche tan viejo. Aquellos pensamientos deberían haberle ayudado a olvidar que la noche anterior había sido una de las mejores de su vida. Pero reconocía en aquella crítica el eco de las opiniones de Anton sobre los ciudadanos productivos, un argumento muy poco sólido para conseguir que Jonathan perdiera su atractivo. Y no funcionó, además, porque sabía que la situación económica de Jonathan no tenía nada que ver con su falta de carácter. Era una cuestión de prioridades. De hecho, no podía evitar admirarle por no necesitar demostrarse a sí mismo su valor a través de sus posesiones, como era el caso de Anton.

Cuando llegó al coche, advirtió que Jonathan no la seguía. Retrocedió sobre sus pasos y le vio en la esquina del edificio, hablando por teléfono.

–Ahora mismo estoy con ella –estaba diciendo–, ¿dónde estás? No, no estamos lejos ¿Por qué no nos encontramos allí?... De acuerdo. Nos veremos dentro de quince minutos.

–¿Quién era? –preguntó cuando le vio colgar.

Jonathan se guardó la BlackBerry en el bolsillo.

–Franky Bates.

Zoe había dado por sentado que el encuentro en San Diego había sido algo completamente accidental. ¿Qué quería decir aquello?

–Parece que está en Sacramento.

–Exacto.

–¿Por qué?

–Dice que ha reunido diez mil dólares para la recompensa de Sam.

No podía ser cierto.

–Imposible. Acaba de salir de la cárcel y está viviendo con su abuela. No puede tener tanto dinero.

–Dice que sí, y en efectivo. Quiere entregártelo a ti. A no ser que prefieras que vaya yo solo.

Zoe consideró sus opciones. Lo que había pasado en la caravana le había dejado cicatrices muy profundas. No quería que Franky volviera a su vida. Pero el hombre que había conocido en el sudeste de California no era el monstruo aterrador que recordaba. Y, en realidad, ver que era un hombre como cualquier otro, había tenido en ella un efecto catártico.

–¿Será verdad?

–Eso no lo sabremos hasta que no estemos allí, pero parece que sí.

Zoe jamás había esperado recibir nada positivo de Franky. Le costaba aceptar su ayuda, aunque fuera sincera. Pero, definitivamente, quería ofrecer todos los incentivos que pudieran ayudar a encontrar a Sam.

No le haría ningún daño encontrarse con él. Y menos estando Jonathan a su lado.

–Vamos –dijo con decisión mientras se colocaba el bolso en el hombro.

Capítulo 29

Franky parecía agotado. Una sombra de barba cubría su rostro e iba vestido con una camiseta blanca y unos vaqueros anchos de talle bajo. Y parecía incluso más nervioso que cansado. Zoe le vio secarse el sudor de las manos en los pantalones y balancearse sobre los pies mientras se dirigían a su encuentro. Un taxi esperaba a pocos metros de él. No era habitual ver un taxi en Sacramento. Y menos aún, en las zonas residenciales.

–¿Ha venido en avión? –le preguntó Zoe a Jonathan mientras este giraba hacia el aparcamiento.

Jonathan frunció el ceño.

–A mí me dijo que había venido en coche.

No tuvieron oportunidad de decir nada más. Franky les estaba observando, Zoe imaginó que aquel era el momento de ver si era cierto lo de la recompensa. Tomó aire y salió del coche.

Franky no caminó hacia ella. Permanecía al lado de una enorme bolsa de color marrón y llevaba otra más pequeña en la mano. Parecía no querer moverse por miedo a asustarla. Y mantenía la mirada fija en Jonathan, como si le resultara difícil enfrentarse a sus ojos. Al cabo de unos segundos, desvió la mirada hacia Zoe, pero en cuanto vio que le estaba mirando, volvió a mirar a Jonathan y se puso rojo como la grana.

Antes de que le hubieran saludado siquiera, sacó un fajo de billetes de la bolsa más pequeña.

–Tengo el dinero –anunció.

Le tendió el dinero y la bolsa a Jonathan, pero este no lo aceptó.

–¿De dónde lo has sacado?

–No he hecho nada ilegal –mostró algunos de los billetes–. Es dinero limpio.

–Entonces, dime de dónde lo has sacado –insistió Jonathan.

Franky le hizo un gesto al taxista para pedirle que no se marchara.

–Mi abuelo tenía una colección de monedas. Algunas eran de la época de la Guerra Civil. Era una colección maravillosa que nos gustaba ver juntos. Me la dejó en herencia cuando murió, además de su camioneta –añadió.

–¿Has vendido la colección? –preguntó Zoe.

–Le pedí a mi abuela que empeñara la colección y me enviara el dinero mientras yo vendía la camioneta –bajó la voz y adoptó un tono de disculpa–. Todavía no suma los diez mil dólares que necesitabas, pero se acerca. Necesito conservar ciento sesenta dólares para volver a casa.

Zoe no se lo podía creer. ¿Había vendido las únicas posesiones de valor que tenía para ofrecerle una recompensa?

–Tome –le dijo a Jonathan al ver que este no hacía ningún movimiento.

Quería entregarles el dinero y marcharse. Estar con ellos le resultaba muy violento. Pero Jonathan no iba a ponerle las cosas fáciles.

–No es para mí. Dáselo a ella.

Era evidente que Franky no se atrevía a mirarla a los ojos. Pero estaba tan contento al poder ofrecerle aquel dinero, que, con la mirada baja, se acercó a ella y se lo ofreció.

–Espero que encuentres a tu hija –farfulló.

Las lágrimas le nublaron a Zoe la visión mientras aceptaba el dinero. Nueve mil doscientos cuarenta dólares. Solo había conservado lo suficiente para regresar a su casa.

–Gracias –le dijo.

Franky asintió y alzó la bolsa más grande.

—Mi abuela te envía esto. Si no lo quieres, lo comprendo. Es solo… un bizcocho de plátano y algunas otras cosas que ha hecho ella.

Sus manos se rozaron cuando Zoe tomó la bolsa. Franky tenía la piel rugosa y seca típica de un trabajador manual. Pero aquel contacto le confirmó lo que ya había comprendido en San Diego: que era tan humano como ella. Después de haber pasado tanto tiempo temiéndole, aquello le servía para poner en su justa dimensión al hombre que tanto daño le había hecho. Y también la ayudó el ver que él también tenía los ojos llenos de lágrimas.

—Lo siento. Espero que algún día puedas perdonarme.

Al parecer, no esperaba que lo hiciera en aquel momento. Bajó la cabeza, dio media vuelta y se dirigió hacia el taxi. Pero antes de que el taxi arrancara, Zoe le hizo un gesto al taxista, buscó en el bolso y le entregó a Franky la fotografía de Sam que había utilizado para el folleto.

—¿Esto es para mí?

—Para ti y para tu abuela. Yo… —tuvo que aclararse dos veces la garganta para superar la emoción que amenazaba con atragantarla—. Aprecio tu sacrificio.

Franky curvó los labios en una sonrisa al ver la fotografía.

—Es muy guapa, ¿verdad?

—A mí me lo parece.

Le tendió la mano y Franky se la estrechó.

Un segundo después, el taxi se ponía en marcha.

Tiffany no podía permanecer quieta. Ver a su suegra sufriendo de tal manera por la desaparición de Paddy era una auténtica tortura. ¿Cómo podría soportarlo Colin? No tenía la menor idea, pero no parecía tener el menor problema. Sentado a la mesa de la cocina, acababa de zamparse un pedazo de bizcocho y en aquel momento estaba raspando el azúcar que quedaba en el plato.

—¿Dónde podrá estar?

Sheryl le repitió a Colin la pregunta que ya había formulado más de cinco veces. Era impresionante ver tan afectada a una mujer que había demostrado un estoicismo extraordinario cuando le habían diagnosticado un cáncer a su hija.

–Ya aparecerá –respondió Colin.

El rostro hinchado de Sheryl parecía una caricatura de sí mismo. Con el pelo teñido de un rojo imposible y recogido en un moño y suficiente maquillaje como para recordar a Tammy Faye, la que otrora fuera toda una estrella de la televisión, Sheryl no era una mujer especialmente atractiva, pero siempre había sido una buena persona e intentaba complacer a todos aquellos a los que quería.

–¿Cómo no voy a estar preocupada? Jamás había hecho nada parecido.

–A ti –Colin dejó el tenedor haciéndolo tintinear sobre el plato y empujó el plato al centro de la mesa–. A mi madre la dejaba constantemente. En una ocasión, se fue durante tres semanas a Las Vegas. Creo que pretendía divorciarse, pero al final, no se atrevió.

El puchero de Sheryl se hizo más evidente mientras intentaba enfrentarse al dolor provocado por aquellas palabras.

–Pero nosotros no teníamos ningún problema. ¿Por qué iba a dejarme?

–A lo mejor no estaba tan contento como pensabas –Colin estiró las piernas y las cruzó a la altura de los tobillos–. A lo mejor quiere sentirse libre. O ha conocido a otra mujer. Es algo que ocurre con más frecuencia de la que nos gustaría.

–¿Crees que se ha ido con otra mujer?

Tiffany se estremeció al advertir el temblor en la voz de Sheryl. Quería consolarla, poner freno a las pullas de Colin, pero no se atrevía.

–Has dicho que encontraron su coche en el billar.

–Pero me dijeron que esa noche no había estado allí.

–Exacto. ¿Eso no te da una idea de lo que ocurrió?

–¿Qué quieres decir? –preguntó Sheryl con impotencia.

–Seguro que conoció a alguien allí.

Se sorbió la nariz. Pero no por culpa de las lágrimas, sino

por la cantidad de cocaína que esnifaba. A veces le provocaba sinusitis y hemorragias nasales.

—Supongo que conoció a una mujer, dejaron su coche y se fueron en el suyo.

—No, tu padre me quiere —respondió Sheryl con un sollozo.

Pero Tiffany comprendió que estaba dispuesta a creer en aquella posibilidad, por la sencilla razón de que no había otra explicación. Las aventuras extraconyugales eran mucho más frecuentes que las desapariciones o los asesinatos.

—Yo no estoy tan seguro. No pretendo echar sal en la herida, pero creo que deberías preguntártelo.

Sheryl se frunció el ceño mientras se secaba las lágrimas.

—¿Tú crees?

—Puedes llegar a ser muy pesada, Sheryl. Si quieres que vuelva, vas a tener que esforzarte.

Sheryl se cubrió el rostro y comenzó a sollozar y Tiffany ya no pudo seguir controlándose. ¿No había hecho Colin ya suficiente daño? Sheryl no volvería a ver a Paddy nunca más y jamás sabría por qué. ¿Por qué tenía que empeorar la situación haciendo que se culpara a sí misma?

Era posible que a Colin no le gustara su madrastra, pero a ella, sí. Era una buena esposa y una buena madre.

—Eso no es cierto —le contradijo.

Habló con voz queda, pero el mero hecho de que hubiera dicho algo ya la convirtió en el centro de atención.

Sheryl bajó las manos.

—¿Tú qué crees?

Tiffany se negaba a enfrentarse a la mirada penetrante de Colin. Sabía que le haría pagar el haberle llevado la contraria, pero en aquel momento, le odiaba casi tanto como le quería.

—Sea lo que sea lo que ha pasado, estoy segura de que no ha sido culpa tuya.

La esperanza de conseguir algún consuelo hizo que Sheryl se acercara a ella.

—¿Tú no crees que se haya ido con otra mujer?

–Desde luego que no. Paddy te quería mucho. Jamás te dejaría, porque nadie puede darle todo lo que tú le has dado –le dijo con convicción.

A Tiffany nunca se le había dado bien mostrar su afecto hacia otras mujeres. Siempre había sido tímida y torpe, probablemente porque su madre había rechazado todos sus acercamientos. Pero un segundo después, su suegra estaba a su lado, llorando sobre su hombro, y a Tiffany no le resultó incómodo. Le parecía algo completamente natural, porque ella compartía la tristeza de Sheryl. Quería que Paddy regresara, no quería que estuviera muerto.

Cuando alzó la cabeza, descubrió a Colin fulminándola con la mirada, pero no se acobardó, como normalmente hacía. Se alegraba de haber intervenido. Si quería que llevara a Zoe a la cabaña, tendría que ser amable con Sheryl.

–¿Pero qué otra cosa puede haber sido? –preguntó Sheryl.

Sus palabras sonaban amortiguadas, porque continuaba hablando apoyada en el hombro de Tiffany.

–Tiffany no lo sabe. No tiene la menor idea –respondió Colin.

–¿Y tú sí?

Tiffany no estaba segura de qué le había hecho preguntarlo. Sabía que estaba yendo demasiado lejos. Pero el alivio que vio en el rostro de Sheryl cuando se separó de ella hizo que mereciera la pena aquel desafío.

–Pueden haberle engañado unos desconocidos –aventuró–. Ya sabes… a lo mejor le han pedido que les ayude porque se han quedado sin batería, o le han pedido que vaya a su casa para enseñarle una escopeta… Ya sabes cuánto le gusta a Paddy la caza. Con la promesa de una buena arma, le podrían convencer de que fuera a cualquier parte. Probablemente le hayan robado y esté herido.

Sheryl se mostró rápidamente de acuerdo.

–Es posible.

Colin se llevó su plato al fregadero, para variar.

–A lo mejor ha sido Glen el que le ha engañado. ¿Alguien ha comprobado dónde estaba ayer por la noche?

La mera sugerencia de que su hijo pudiera haber hecho algún daño a su marido hizo palidecer a Sheryl.

–Glen jamás le haría ningún daño a Paddy. No le haría ningún daño a nadie.

–Glen odiaba a Paddy –le recordó Colin–. Y ya sabes el genio que tiene.

–No. Glen no le ha hecho nada. Paddy volverá. Probablemente esté herido en alguna parte, aturdido. Alguien le encontrará y le ayudará a volver a casa.

–Exacto. Bueno, llámanos en cuanto aparezca. Ahora tengo trabajo pendiente antes de volver mañana al despacho.

Colin se dirigió hacia la puerta, indicándole así a Tiffany que había llegado el momento de marcharse. El valor que Tiffany había demostrado minutos antes, desapareció. Pronto estaría a solas con él en el coche. Volverían a su casa, a aquel barrio residencial aparentemente tranquilo, situado en una de las zonas más seguras de Sacramento.

Pero Tiffany ya sabía que podía ocurrir cualquier cosa detrás de aquella apariencia de paz.

–¿Así que ahora eres la mejor amiga de Sheryl? –se burló Colin mientras conducían hacia casa.

Tiffany no contestó. Mantenía la mirada fija en el parabrisas, como si esperara un castigo severo. Sabía que se merecía al menos otra sesión con el collar y el látigo. Pero todavía conservaba un aire de desafío en su postura y eso, más que enfadar a Colin, le preocupaba. Había dado por sentado que Tiffany estaría de su lado hiciera lo que hiciera, dijera lo que dijera. Que le apoyaría en todo. Lo había hecho en el pasado. Le había permitido secuestrar y torturar a cuatro niños.

Sin embargo, estaba empezando a enfrentarse a él. Por culpa de Paddy. Podía perdonarle lo de las mascotas. En realidad, nunca le había gustado aquella parte de su vida, pero estaba dispuesta a tolerarlo porque no era nada personal. No esperaba que Colin apreciara a unos niños a los que no conocía y con los que no tenía ningún vínculo. Pero sí esperaba que quisiera a Paddy. El hecho de que fuera capaz de matar a su propio padre con tanta facilidad y sin sentir remordimientos, la asustaba.

Y, en el fondo, también le asustaba a él. No estaba seguro de por qué no sentía lo mismo que los demás. Eso le hacía preguntarse si su madre tendría razón sobre él. Había pasado toda su vida intentando demostrar a su madre y al resto del mundo que era tan brillante como cualquiera, tan capaz como cualquiera y más productivo como el que más. Pero aun así, no le importaría realmente no serlo.

Tiffany comenzaba a comprender aquella falta de afecto. Al final, había visto lo mismo que su madre había reconocido cuando aún era niño, lo que su padre se había negado a creer hasta el mismísimo final. Y Colin sabía a donde iba a llevarle aquello. Tiffany estaba empezando a dudar de su amor por ella y aquello era lo único que la mantenía unida a él.

–¿No vas a contestarme? –insistió Colin.

Tiffany se ajustó el cinturón de seguridad.

–Solo me da pena, eso es todo.

–¿Y crees que a mí no?

Tiffany se volvió hacia él.

–Te comportas como si no te importara.

Colin casi podía leer la pregunta que encerraba su cabeza mientras le miraba.

–Porque para mí tampoco es fácil.

Alargó el brazo para tomarle la mano.

Tiffany se sobresaltó, como si no pudiera confiar en aquel tono suplicante y temiera que fuera a hacerle daño. Pero Colin se limitó a acariciarle la mano.

–¿Crees que me atrevo a enfrentarme a la verdad? –preguntó–. Paddy era mi padre, Tiff. No volveré a verle nunca más y yo soy el responsable de su muerte.

Intentó forzar una lágrima, pero fue inútil, no era capaz de llorar. Esperaba que su expresión torturada fuera suficientemente convincente.

–Yo también soy humano, Tiff. Sé que todo esto es muy doloroso para Sheryl. Echará de menos a Paddy, y también tú. Y me siento fatal por ello. Pero yo soy el único que tiene que vivir cargando con la culpa de lo que ha hecho.

Tiffany miró con el ceño fruncido sus manos entrelazadas.

—No deberías haberlo hecho.

—Ya hemos hablado de esto. No tenía otra opción. ¿Preferías perderle a él o a mí? Porque se trataba de eso. Nos habría delatado y nos habrían encarcelado. Tuve que matarle para protegerte, para protegernos a los dos.

Tiffany parpadeó varias veces.

—Esta semana ha sido horrible.

—Lo sé. Y yo he estado particularmente raro. Sobre todo hoy. Lo siento. Es solo que… Me cuesta enfrentarme al dolor provocado por lo que le sucedió a Paddy. No quiero aceptarlo. Es más fácil enfadarme y ser desagradable que asumir lo que ocurrió.

—Eso lo entiendo —respondió Tiffany, que comenzaba a suavizarse.

—¿Cómo te sentirías si estuvieras en mi lugar?

Tiffany esbozó una mueca.

—Exactamente. Estoy viviendo un infierno. Así que, aunque te parezca un poco duro de corazón, por favor, permíteme que me niegue a aceptar la realidad.

Con una mirada compasiva, Tiffany le tomó la mano y se la besó.

—Todo saldrá bien —le aseguró—. De una u otra forma, saldremos de esto.

La terrible tensión que se respiraba en el coche desde que habían entrado, pareció ceder.

—Tengo mucha suerte de contar contigo. Gracias a ti, puedo superar cualquier tragedia.

—Para eso está una esposa.

—Para lo bueno y para lo malo.

Tiffany se llevó la mano de Colin a la mejilla.

—Exacto.

Colin sintió entonces algo. Esperaba que fuera algo más que puro alivio.

–Voy a hacerte un regalo.

–¿De verdad?

–Sí, por el Día de la Madre, y para que me perdones por… lo de Zoe y lo de Paddy.

El humor de Tiffany mejoró de forma visible. Incluso le apretó la mano como si quisiera tranquilizarle.

–¿Qué es?

–¿Te acuerdas de ese diamante que tanto te gustaba?

Tiffany abrió los ojos como platos.

–¿Sí?

–Pues voy a comprártelo.

–¿De verdad? –preguntó casi sin aliento.

–Sí, esta misma noche.

–¡Pero si cuesta cinco mil dólares, Colin! No podemos gastarnos tanto dinero.

–Eh, estás casada con un abogado de éxito, pequeña. Puedo hacerle un buen regalo a mi esposa de vez en cuando.

–¡Pero tendrás que comprarlo con la tarjeta de crédito!

–No te preocupes por eso. Muy pronto ganaré mucho más de lo que estoy ganando ahora.

Sonrió de oreja a oreja, como no lo había hecho en mucho tiempo, y comenzó a ceder la tensión que sentía en el pecho. Volvía a tener a Tiffany donde quería y no iba a ir a ninguna parte.

–En el trabajo todo el mundo me tiene envidia.

–Supongo que ya deberían saber que eres especial.

Colin bajó la capota del descapotable y sonrió al sentir la brisa revolviendo su pelo. Le hacía sentirse libre y despreocupado. ¿Y por qué no iba a sentirse así? En realidad, nada había cambiado. Paddy se había ido, pero podían vivir sin él.

Pero cuando sonó su teléfono móvil, y teniendo en cuenta que la única persona de la que quería saber algo estaba sentada a su lado, no tenía ganas siquiera de comprobar de quién era la llamada.

–¿Es tu teléfono? –preguntó Tiffany al ver que no tenía intención de contestar.

–Sí –con un suspiro, Colin lo sacó del bolsillo.

—¿Quién es? —preguntó ella.

El tono en el que hacía la pregunta sugería que ya había advertido su cambio de expresión.

—No reconozco el número, pero…

—¿Qué?

—Es una conferencia desde Los Ángeles.

—Entonces, puede ser tu madre.

Él también lo había imaginado. La última vez que Paddy había hablado con esta, Courtney estaba viviendo en el sur. Era lógico pensar que Tina no andaría lejos. Siempre habían estado muy unidas.

Tiffany se mordió el labio.

—¿Crees que esperaba que la llamaras hoy?

—Lo dudo. Hace años que no la llamo.

—¿Entonces qué querrá?

Colin no estaba seguro, pero sabía que fuera cual fuera la razón de aquella llamada, no era una buena noticia. La última vez que la había visto, estaba en el instituto y todavía estaba viviendo con su padre. Su madre había ido a verle y le había culpado de haberle rajado las ruedas del coche. Le había gritado y le había acusado de ser el hijo de Satán.

Sí, era cierto que había sido él el que le había rajado las ruedas, pero no debería haberle acusado con tanta facilidad. Por lo menos debería haber tenido alguna duda, o el mínimo deseo de creerle.

—Ahora lo veremos.

Descolgó el teléfono justo antes de que se activara el buzón de voz.

—¿Colin?

Sí, era su madre.

—¿Qué quieres? —le preguntó.

—Quiero que me digas dónde está tu padre.

La tensión volvió y se aferró a sus entrañas. Su madre siempre lo había sabido todo sobre él, por eso la odiaba tanto. Cuando la miraba a la cara, veía la dura verdad frente a él.

—¿Quién te ha contado lo de papá?

–Me ha llamado Sheryl. Quería saber si había vuelto conmigo. ¿Tú te crees? ¡Después de tanto tiempo!

Colin se estremeció. Probablemente había sido él el que había provocado aquella llamada.

–Se está precipitando. Es cierto que papá ha desaparecido, pero estoy seguro de que volverá a casa. Antes siempre volvía, ¿verdad?

–Era muy feliz con Sheryl. Jamás la habría abandonado.

–Bueno, en ese caso, no sé qué decirte. No se ha puesto en contacto conmigo, así que no tengo la menor idea de dónde está.

–Pues yo creo que podrías saberlo. Ayer por la noche me llamó. Yo no estaba en casa, pero me dejó un mensaje. Me decía que quería hablar conmigo sobre algo importante. Algo relacionado contigo.

Colin tensó la mano con la que se agarraba al volante.

–Es la primera vez que me llamas en mucho tiempo.

–Y solo porque hace años me prometí que si alguna vez le ocurría algo a algún miembro de la familia, tú serías la primera persona en la que pensaría.

–¿Te estás oyendo? Estás completamente loca, ¿sabes? Cualquier madre normal pensaría lo mejor de su hijo.

–Esas madres no tienen un hijo como el mío.

–¿Cómo lo sabes? ¿Cómo estás tan segura de que soy diferente?

–Porque eres diferente desde que naciste, Colin. Las primeras palabras que salieron de tu boca fueron una mentira y no has parado de mentir desde entonces. Yo pensaba que la religión podría ayudarte a desarrollar la conciencia de la que careces, pero te dedicabas a engañar a todo el mundo: a los sacerdotes, a los catequistas… Incluso eras capaz de engañar a tu padre.

–¡Si soy como soy es por culpa tuya! ¡Me maltratabas!

Desde el otro lado de la línea llegó hasta él una risa tan incrédula como desdeñosa.

–¿Que yo te maltrataba? ¿Porque intentaba disciplinarte? ¿Porque me negaba a dejarme manipular por ti? Claro que tuve que darte alguna buena zurra. Tu conducta tenía que tener alguna consecuencia y ya no sabía qué más podía hacer. Estaba desesperada y luchando para salvar a un hijo al que quería amar. Pensaba que si eras capaz de responsabilizarte de lo que hacías o de respetar los sentimientos de los demás, podrías llevar una vida decente. Pero era inútil. Eras intencionadamente cruel con tu hermana. Y conseguiste volver a tu padre contra mí. Destrozaste un matrimonio que hasta entonces había sido feliz. Incluso convenciste a tus profesores y a tus psicólogos de que era yo la que tenía que estar en el manicomio.

Y había estado a punto de conseguir que la encerraran justo después de un ataque de nervios. Cada uno de ellos estaba empeñado en que encerraran al otro.

—Y es allí donde tenías que estar. ¿Qué madre le haría a su hijo lo que tú me hiciste a mí?

—¿Desaparecer con Courtney? Era la única opción. Tenía que salvar a la única hija que merecía ser salvada.

—¡Vete al infierno!

Estaba a punto de colgar el teléfono cuando las palabras que dijo su madre a continuación le dejaron completamente helado.

—Voy a llamar a la policía, Colin, y voy a decirles que eres un hombre peligroso.

—Como se te ocurra llamar a la policía, te enterarás de lo peligroso que puedo llegar a ser.

—¿Eso es una amenaza? —preguntó su madre.

Colin se pasó nervioso la mano por el pelo. Tenía que tener cuidado. No podía perder el control. Era posible que su madre estuviera grabando aquella llamada.

—Por supuesto que no. Jamás te haría ningún daño. Ni a ti ni a nadie. Es solo que... me enfada que puedas decir esas estupideces. Siempre has sabido cómo presionarme hasta el punto de hacerme perder la paciencia.

—Dime qué le has hecho a tu padre.

—¡Yo no le he tocado!

—Tu padre te quería y lo sabes. Ese pobre canalla te quería más de lo que nos quiso nunca a Courtney o a mí. Si no hubiera sido por eso, todavía estaríamos juntos. Le debes mucho por la fe ciega que ha tenido en ti. Espero que no se lo hayas hecho pagar de la forma que imagino –dijo, y colgó el teléfono.

Colin sentía el corazón latiéndole tan rápido como si hubiera corrido una maratón.

–¡Hija de perra! ¡Dios mío, la odio! –tiró el teléfono contra el salpicadero–. ¡Continúa empeñada en destrozarme la vida!

Tiffany había oído lo suficiente de la conversación como para palidecer. Ni siquiera recogió el teléfono, que había aterrizado a sus pies.

–¿Cómo lo sabe?

–No lo sabe. No puede hacernos ningún daño. E incluso en el caso de que llame a la policía, no podrán averiguar nada. Lo único que tengo que hacer es pagarle con la misma moneda.

Tiffany abrió los ojos como platos.

–¿Qué se supone que significa eso?

–No te preocupes.

Tomo aire, lo soltó y repitió la operación hasta que se sintió más tranquilo.

–Ya he luchado contra mi madre en el pasado y siempre he conseguido ganarla. A fin de cuentas, me resulta más fácil que a ella granjearme simpatías. Y en esta época, el hijo traumatizado siempre tiene las de ganar.

En el caso de que le causara problemas, podría acusarla de estar decidida a destrozarle la vida. Y podría documentar su acusación.

Capítulo 30

Los Simpson no estaban en la habitación cuando llegaron Zoe y Jonathan al hospital. Una enferma les detuvo en la entrada de la Unidad de Cuidados Intensivos y les preguntó sus nombres. Después, hizo una llamada antes de permitirles el paso.

Las persianas estaban abiertas, permitiendo entrar la luz del sol, y la radio estaba sonando, como si los padres de Toby no quisieran dejarle en silencio. Las flores que estaban en la mesilla alegraban la habitación, pero, al menos por lo que Zoe podía decir, Toby no había mejorado.

Era muy doloroso verle tumbado en la misma cama, conectado a las mismas máquinas, porque cada día que pasaba en aquel estado, disminuían las posibilidades de recuperar la conciencia. Pero al menos los Simpson sabían dónde estaba su hijo. Y podían encontrar un ligero consuelo al saber que ya nadie podía hacerle ningún daño.

—Eres un canalla, amo —musitó Zoe mientras tomaba la mano del chico.

Jonathan la agarró del codo. Intentó pasarle el brazo por los hombros, para mostrarle su apoyo, supuso ella, pero evitó su contacto acercándose a la cama. No podía volver a apoyarse en él. Sabía a donde podía conducirle aquella debilidad. Los recuerdos de la noche anterior invadían su mente cada vez que le miraba. Con compromiso o sin él, su relación tenía una dimensión espiritual que no había experimentado nunca con nadie.

Y ese era precisamente el problema. No podía permitir que Jonathan se convirtiera en el hilo del que pendiera el resto de su vida.

–Vamos a agarrarte –le prometió al canalla que le había hecho eso a Toby.

Oyeron un ruido y Zoe se volvió. Los padres de Toby acababan de entrar con una bolsa de comida. El olor a comida china invadió la habitación mientras se sentaban a los pies y al otro lado de la cama, respectivamente.

Zoe no quería invadir su intimidad. Comenzó a disculparse por haberse presentado sin avisar, pero al ver los ojos chispeantes de la señora Simpson y su enorme sonrisa, se interrumpió a media frase.

–¿Qué ha pasado? –preguntó con curiosidad.

La otra mujer intercambió una mirada con su marido.

–Lyle no quería que la llamara, pero ya que está aquí, voy a decírselo de todas formas.

–Theresa… –comenzó a decir su marido en tono de advertencia, pero ella le ignoró.

–¡Toby me ha apretado la mano esta mañana!

Zoe se quedó sin aire en los pulmones.

–¿Qué?

–Cariño, ya sabes que el médico nos ha dicho que no nos hagamos demasiadas ilusiones. Puede haber sido un acto reflejo. Por eso le he pedido que no la llamara –añadió, mirando a Zoe y a Jonathan con expresión de disculpa–. No quiero crearle esperanzas que luego… Bueno, ya sabe.

–Lo sé.

Zoe lo comprendía perfectamente. Pero la adrenalina que provocaba la emoción de su esposa estaba corriendo ya por sus venas.

–No creo que haya sido un acto reflejo –protestó la señora Simpson–. La mente de nuestro hijo continúa funcionando dentro de ese cuerpo comatoso. Estaba intentando decirme que no renuncie a él. Yo acababa de decirle que hoy era el Día de la Madre, que volviera conmigo –se le quebró la voz, pero se aclaró la garganta y se obligó a continuar–. Y me ha estrechado la mano. Juro que ha sido en ese preciso instante. Eso no ha podido ser una coincidencia, lo crean o no los médicos.

—Cariño, hemos pasado cerca de una hora intentando que lo repitiera... y no hemos conseguido nada –repuso el señor Simpson.

El mero hecho de que fuera posible, ya hacía que a Zoe se le acelerara el corazón. Pero... ¿debían interpretar más de lo que sugerían los médicos? Tomó la mano de Toby y se inclinó hacia él.

—Vas a ponerte bien, Toby. Tienes una familia que te quiere y te están esperando. Ahora mismo están aquí –le dijo.

Aunque fuera muy poco probable que lo hiciera, no podía evitar desear que le apretara la mano, o que le diera cualquier otra cosa a la que aferrarse.

Toby no se movió. Sin embargo, horas después de que Jonathan y ella hubieran vuelto a casa después de haber ido a imprimir un folleto nuevo en el que anunciaban la recompensa que Franky Bates había ofrecido, recibieron una llamada del hospital.

—¡Ha abierto los ojos! –gritó la señora Simpson por teléfono.

—¿Puede hablar? –preguntó Zoe.

Pero no recibió más noticias, porque la pobre mujer lloraba de tal manera que no podía pronunciar palabra.

—He conocido a Sheridan.

Jonathan desvió la mirada hacia Zoe, que estaba caminando a su lado, y alejó a Kino del jardín de su vecino para poder cruzar la calle. Excepto por las luces de las farolas, todo estaba a oscuras y hacía mucho más frío que durante la semana anterior. Zoe se había puesto una de las sudaderas de Jonathan para protegerse del frío, pero no permitía que él se acercara ella. Jonathan lo había intentado varias veces. Aunque no entendía por qué.

–¿En el grupo de ayuda a las víctimas? –preguntó, pero solo porque le parecía la respuesta más inocua.

No quería hablar de Sheridan, y menos con Zoe. Teniendo en cuenta que había hecho el amor con Zoe la noche anterior y esa misma mañana había admitido lo que sentía por Sheridan, no era un tema que le resultara cómodo.

–Sí.

Esperaba que la cosa quedara así, pero Zoe continuó hablando.

–Es una mujer encantadora, Jon. Y muy guapa.

No era más guapa que Zoe, pero Jonathan sabía que esta no se lo creería si se lo dijera. Intentó cambiar de tema.

–Me alegro de que Toby haya salido por fin del coma.

Zoe se recogió la manga de la sudadera, que le llegaba casi a los nudillos, y miró el teléfono, por si tenía alguna llamada perdida. No le importaba el hecho de no haberlo soltado prácticamente desde que había hablado con la señora Simpson, y, por lo tanto, fuera imposible que se le hubiera pasado por alto una llamada.

–Me pregunto si… estará… bueno, ya sabes, si estará del todo bien –dijo preocupada.

No habían recibido un informe completo. La señora Simpson había vuelto a llamar para decir que Toby había reconocido su nombre y esa era la última noticia que habían tenido de la familia. Para evitar molestarlos por partida doble, Jonathan había llamado al detective Thomas y este se había puesto en contacto con los médicos del hospital. Pero, obviamente, estos se mostraban precavidos. La información oficial decía que todavía tardarían varios días en determinar el posible grado de recuperación de Toby.

Eso no impedía que tanto Jonathan como Zoe desearan que se recuperara cuanto antes. Jonathan tenía un motivo más para alegrarse de aquel cambio tan positivo en el curso de los acontecimientos. Horas antes, Zoe había comentado que tenían que volver a casa para que pudiera ir a buscar un hotel. Jonathan esperaba que se fuera en cuanto tuviera oportunidad, pero hasta entonces, no había vuelto a decir nada al respecto. Estaba preocupada, esperando, y Jonathan suponía que era más fácil esperar con alguien que esperar sola.

–En una ocasión, vi un reportaje de una chica que había estado en coma durante cinco semanas –comentó Jonathan–. Le llevó algún tiempo, pero terminó completamente recuperada.

–Espero que sea ese el caso de Toby.

Kino hizo sus necesidades en un árbol y olfateó un agujero hecho por una ardilla antes de que continuaran caminando por la acera, siguiendo la ruta habitual.

–Incluso en el caso de que así sea, será delicado conseguir información después de lo que ha sufrido –le advirtió Jonathan.

Temía que estuviera poniendo demasiadas esperanzas en el chico.

Zoe frunció el ceño, pero asintió. Continuaron caminando en silencio hasta llegar a la esquina, donde Jonathan tuvo que sujetar con fuerza a Kino para que pudiera pasar otro perro junto a su propietario sin recibir un saludo demasiado entusiasta.

–¿Desde hace cuánto conoces a Sheridan? –preguntó Zoe cuando volvieron a andar.

Ahogando un gemido, Jonathan mantuvo la mirada fija en la acera.

–Desde hace unos cuatro años.

–¿Y tuvisteis alguna cita?

–Estuvimos saliendo una temporada.

–¿Qué pasó?

Jonathan suspiró.

–Me gustaba, pero rompí con ella porque no era todo lo que yo buscaba. Después, yo le gustaba a ella, pero rompimos porque esperaba más de la relación.

–Al parecer, llevas mucho tiempo sintiendo algo por ella.

Jonathan le dirigió una mirada fugaz.

–¿De verdad tenemos que hablar de esto?

–¿No somos amigos?

La verdad era que a Jonathan le costaba pensar en ella

como amiga cuando no era capaz de dejar de imaginar su cuerpo flexible estrechado contra el suyo, o aquel momento en el que había gemido su nombre. ¿Pero qué podía decir?

—Si es así como lo llamas.

—Esperaba que el hecho de haberte proporcionado dos o tres orgasmos me hiciera superar al menos la categoría de cliente.

Jonathan esbozó una mueca. Zoe estaba atacando, pero se lo merecía.

—No eres una cliente más. Jamás lo has sido.

—Gracias —inclinó la cabeza—. Y tú tampoco eres un detective privado cualquiera —se echó a reír, pero Jonathan no encontró en absoluto gracioso aquel cometario—. En cualquier caso, si tanto te duele lo que te pasó con Sheridan que no soportas ni hablar de ello, yo…

—¡No me duele! —la interrumpió enfadado, aunque sin saber exactamente por qué.

—¿Entonces por qué te pones así? Ella lo sabe, yo lo sé. Todos sabemos cómo te sientes.

Pero no era en Sheridan en quien pensaba él, sino en Zoe. Cuanto más tiempo pasaba con ella, mayores eran sus ganas de tocarla. Y sabía que las posibilidades de hacer el amor con ella disminuían segundo a segundo.

—Mi relación con Sheridan ya no tiene ninguna importancia. Está casada y somos compañeros de trabajo. Eso es todo.

—¿Has hecho el amor con ella alguna vez?

—Zoe…

—No pasa nada, puedes ser sincero. Anoche tenía tantas ganas de acostarme contigo que lo habría hecho con Sheridan o sin ella.

¿Eso significaba que ya no tenía ganas de acostarse con él? Porque él solo era capaz de pensar en las ganas que tenía de repetir la experiencia.

—Yo también soy culpable de lo que pasó —reconoció Zoe—. Y no esperaba ninguna clase de compromiso —alzó las manos—. La verdad es que no sé por qué me ha molestado tanto.

Aunque Jonathan no quería profundizar en las razones, la

verdad era que se sentía mejor sabiendo que la había molestado.

–Quiero decir… en realidad no tuvo por qué ser nada especial. Estoy segura de que estabas pensando en Sheridan todo el tiempo.

Acababa de ir demasiado lejos. Jonathan se detuvo y la miró de frente.

–Si estás intentando hacerme saber que no tengo ni la más remota posibilidad de volver a acostarme contigo, ya me he dado por enterado –replicó Jonathan, y comenzó a caminar hacia la casa.

Zoe ya había dicho lo que quería. A lo mejor había sido un poco dura, pensó mientras se duchaba. Aun así, Jonathan no había intentado tocarla desde el paseo. Se sentía más segura quedándose con él, durante una o dos noches más, como mucho. No podía imponerle su presencia durante más tiempo. De hecho, ni siquiera hubiera estado allí esa noche, pero no era capaz de enfrentarse a aquellas largas horas recorriendo una y otra vez la habitación de un hotel desconocido y rezando para que Toby recuperara plenamente la conciencia, por su bien y por el de Sam.

Agarró una toalla al salir de la ducha, se secó y se puso el pantalón del pijama que Jonathan le había dejado y una camiseta. Después de cepillarse los dientes y secarse el pelo, salió del cuarto de baño. Esperaba encontrar a Jonathan frente al ordenador. Pasaba mucho tiempo así, trabajando en la mesa de la cocina. Pero lo descubrió sentado en el sofá del cuarto de estar, con el mando a distancia del televisor en la mano y el ceño fruncido.

–¿Echan algo bueno?

Jonathan desvió la mirada hacia ella, la fijó intencionadamente en sus senos y la miró después a los ojos.

–Nada mejor que eso.

Zoe se llevó la mano a los senos, para intentar que dejaran de cosquillearle.

–Lo siento. ¿Preferirías que me pusiera algo más que una camiseta?

–Si tú prefieres que mire hacia otra parte...

Zoe pensó en aquella respuesta y, al final, se encogió de hombros. En cualquier caso, la camiseta que llevaba tampoco era especialmente reveladora. Además, era un poco ridículo hacerse la tímida después de lo que habían hecho. Jonathan no solo había visto sus senos desnudos, sino que los había acariciado y los había besado.

–Si a ti no te molesta, a mí tampoco.

Jonathan arqueó una ceja, pero no hizo ningún comentario. Se volvió hacia la televisión y no se dignó a volver a mirarla. Hasta que comenzaron los anuncios. Entonces fue Zoe la que comenzó a hablar, reclamando su atención.

–¿Dónde conoció Sheridan a su marido?

–No vamos a hablar de Sheridan –respondió Jonathan cortante.

Zoe advirtió la fuerza con la que apretaba la mandíbula y comprendió que estaba enfadado. Al parecer, no era capaz de desviar la conversación hacia un tema en el que ambos se sintieran cómodos. Sheridan era el único tema que parecía disminuir, al menos en cierto grado, la tensión sexual que había entre ellos. El problema era que todavía había demasiados recuerdos de la noche anterior. Demasiado deseo...

A lo mejor se había equivocado al pensar que podía quedarse en aquella casa.

–Debería marcharme –comenzó a decir, y se levantó.

–Ese no es el problema.

–Entonces, ¿cuál es el problema?

Jonathan se levantó y clavó los ojos en los suyos. El cosquilleo que Zoe había sentido en los senos se extendió a todo su cuerpo. Se dijo a sí misma que no iba a retroceder, aunque su instinto la empujaba a hacer precisamente eso. Una retirada solo serviría para demostrarle hasta qué punto la afectaba.

Lentamente, Jonathan posó la mano sobre el seno que se

dibujaba bajo la camiseta, le acarició lentamente el pezón y se apoderó de su boca.

El beso fue como una delicada exploración, dolorosamente dulce. Zoe se dijo a sí misma que debía fingir indiferencia, pero estaba segura de que Jonathan podía sentir cómo respondía su cuerpo a su caricia.

—El problema es lo que me haces sentir. Ese es el problema —respondió.

Y se marchó, dejándola sola en el salón.

Capítulo 31

¿Debería irse a la cama? ¿O ir a la de Jonathan?

Zoe pasó varios minutos intentando tomar una decisión.

Jonathan estaba enamorado de otra mujer.

Pero esa mujer estaba casada. Felizmente casada, de hecho.

No tenía sentido correr esa clase de riesgo. Y desde lo de Sam, no era realmente ella misma, no era capaz de controlar la situación.

Aun así, ¿qué daño podía hacerle estar a su lado mientras tuviera oportunidad? ¿No tendría tiempo suficiente para estar sola más adelante?

Sentada en el borde de una alfombra verde, esperó a que su cuerpo se calmara. Las hormonas debían de estar nublándole el juicio, porque horas antes encontraba cientos de razones por las que acostarse con Jonathan no era una buena idea.

Y, curiosamente, en aquel momento no era capaz de encontrar ninguna que le importara más que sentir sus manos sobre ella.

A lo mejor no tenía nada de malo, después de estar informada de la verdadera situación. Podía ser algo informal. Había mucha gente que tenía relaciones sexuales sin ningún tipo de compromiso.

Sí, mucha gente, pero ella no era así. Se había comprometido con todos y cada uno de los hombres con los que se había acostado. Aquella era la primera vez que deseaba a un hombre que no parecía sentir nada por ella.

Intentaría recordarse eso, decidió. Durante todo el tiempo que estuviera con él, se repetiría aquella frase como un mantra: «está enamorado de Sheridan, está enamorado de Sheridan». De esa forma, le resultaría imposible olvidarlo.

Jonathan supo que aquella vez era diferente. Físicamente, todo funcionaba con más fluidez que la vez anterior. Sus cuerpos parecían hechos el uno para el otro. Pero cada vez que decía algo halagador, algo que la primera noche habría hecho sonreír a Zoe o habría intensificado la fuerza de su abrazo, ella fingía no haberlo oído o volvía la cabeza como si se negara a creerlo.

La única mejora era que parecía confiar más en él en el aspecto físico. La familiaridad que se había establecido la noche anterior les hacía sentirse más cómodos y confiados. A Jonathan le encantaba que en último encuentro hubiera sido capaz de abandonarse al placer sin ninguna clase de resistencia. Y, en un determinado momento, incluso había sido capaz de pedir algo más.

—¿Jonathan?

—¿Hmm?

—Te deseo.

Había bajado la mano para acariciarle y habían disfrutado entonces del más apasionado de los encuentros. Sin embargo, cuando había llegado la mañana, Jonathan estaba casi más frustrado que la noche anterior. Habían hecho el amor tres veces desde que Zoe le había oído hablando con Sheridan, pero no era suficiente. Quería hacerlo una y otra vez, hasta que Zoe por fin cediera y… ¿y entonces qué?

Empezar a quererla. Sí, eso era. Odiaba que se mostrara tan reservada. Él la había acusado de mantener las distancias, pero en realidad, ella había comenzado a sentir una verdadera conexión. Había sido él el que había decidido tirarlo todo por la borda.

Se decía a sí mismo que era preferible que Zoe supiera lo de Sheridan, que era más honesto. ¿Pero realmente lo era?

Inclinó la cabeza para contemplarla mientras dormida. ¿Habría arruinado intencionadamente lo que habían compartido porque Zoe había sido capaz de sorprenderle? ¿Porque no había guardado las distancias tal y como él esperaba que hiciera? Había sido él el que había puesto freno a lo que estaba surgiendo entre ellos. Había sentido el potencial, la amenaza. Su encuentro con Zoe había sido más intenso que todos los que había vivido hasta entonces. Más intenso incluso que lo que había sentido por María.

Desvió la mirada hacia el despertador y esperó a que la aguja llegara a las siete en punto. No quería analizar sus propios sentimientos, pero una pregunta llevaba a la otra. ¿Era Sheridan la que se estaba interponiendo entre ellos? ¿O era el dolor y la decepción que había sufrido con María? ¿El miedo a enamorarse otra vez, a permitir que esos sentimientos culminaran en una relación seria, con todos los escollos y los riesgos que entrañaba? ¿Había decidido fijarse en Sheridan por la simple razón de que era un terreno seguro? ¿Porque sabía que la quería de una forma que jamás amenazaría su libertad? ¿Por eso no se había declarado nunca ni había intentado profundizar en la relación?

Tenía que ser esa la razón. En realidad, nunca había intentado nada serio con Sheridan. En caso contrario, ella no habría necesitado que ni Cain ni nadie le dijera cómo se sentía. Él habría sido feliz limitándose a ser su amigo durante toda la vida. ¿Por qué?

Zoe se movió a su lado.

—Tenemos que levantarnos —farfulló, como si estuviera intentando convencerse de que debía abrir los ojos.

Y Jonathan comprendió la razón de su desgana. Estaba con un hombre al que conocía desde hacía solamente una semana. Su hija estaba desaparecida. La luz del día pondría fin a aquel breve respiro.

La abrazó y enterró el rostro en su cuello. Zoe se tensó, como si aquella demostración de afecto sin ninguna connotación sexual la hubiera sorprendido. Incluso se puso a la defensiva. Jonathan no estaba seguro de por qué lo había hecho. Había actuado por impulso. Pero se sentía bien. Casi tan bien como haciendo el amor.

–A lo mejor hoy es el día –dijo.

–Eso espero –dejó de resistirse a la natural inclinación de acurrucarse contra él–. Voy a distribuir el folleto nuevo por todas partes. Después, a lo mejor me acerco al hospital. Sé que probablemente debería dejar más espacio a Toby y a sus padres. Pero tengo que estar allí, tengo que animarle.

–Lo comprendo.

–¿Y tú qué piensas hacer?

–Me quedaré en casa durante parte de la mañana. Tengo a media docena de personas reclamando mi atención, preguntándome por qué he abandonado sus casos. Y necesito hacer varias llamadas a distintas inmobiliarias.

–El detective Thomas me dijo que iba a quedar contigo esta mañana.

–Y es cierto. Queremos intercambiar impresiones sobre las entrevistas que hemos hecho.

–Gracias.

–De nada.

Zoe le enmarcó el rostro entre las manos.

–No, lo digo en serio. No sé cómo habría soportado esto sin ti.

Cuando Jonathan la miró a los ojos, pasó algo entre ellos. Algo que Jonathan no quería ni nombrar ni reconocer. Pero, al menos por su parte, tenía una cualidad posesiva además de un fuerte deseo de protegerla.

–Será mejor que nos levantemos.

Zoe se movió como si esperara que Jonathan la dejara marchar, pero él la agarró antes de que hubiera podido ir a ninguna parte.

–¿Qué pasa? –le preguntó.

Demasiado confundido como para expresar con palabras lo que estaba sintiendo, Jonathan renunció a decir nada y la besó. El beso comenzó como la delicada fusión de sus bocas.

Pero cuando Zoe entreabrió los labios, la delicadeza dio paso a la pasión. Jonathan deslizó la mano por su vientre plano hasta alcanzar la cálida y húmeda suavidad que ansiaba.

–Hagamos el amor otra vez.

En ese momento, sonó el teléfono.

Con un suspiro, dio media vuelta en la cama. El corazón le latía demasiado rápido como para contestar inmediatamente, pero sabía que Zoe acababa de perder todo el interés por el sexo. Y no la culpaba.

–Pueden ser buenas noticias –dijo.

Y también podían ser malas. Su forma de morderse el labio le indicaba que era tan consciente de ello como él.

Agarró el móvil que había dejado en la mesilla de noche y contestó, aunque todavía le costaba respirar con normalidad.

–¿Jon? ¿Es demasiado pronto?

Era Jasmine.

–No. ¿Has recibido mi paquete?

–Acaba de llegar.

Jonathan había pagado para que llegara antes de las diez, hora de Louisiana.

–¿Y?

–La energía que desprende es tan fuerte que prácticamente he podido sentir a Sam en cuanto he sacado el osito de la caja.

Jonathan se sentó.

–Eso es bueno, ¿verdad?

–Está viva. Estoy segura.

Zoe se incorporó y se apoyó contra el cabecero, cubriéndose con las sábanas hasta el pecho. Jonathan comprendió que se sentía completamente vulnerable. Las pocas defensas que tenía, las había reservado para él.

–¿Puedes decirme algo más?

–Cuando cierro los ojos, oigo pájaros. Montones de pájaros. Más de los que suele haber en una ciudad. Creo que está en el campo. En el bosque, quizá. En un lugar frío, húmedo y oscuro.

—¿Incluso ahora? ¿A la luz del día?

—Está dentro de algo. Esa es la sensación que tengo. Está encerrada.

Escuchar a Jasmine trabajar era fascinante. Iba contando sus impresiones a medida que le iban llegando. Pero lo que había oído Jonathan hasta ese momento no le ayudaba particularmente a encontrar a Sam. Sacramento estaba en la base de Sierra Nevada, lo que significaba que las faldas de las montañas no estaban lejos. Había hectáreas y hectáreas de bosque, todas ellas a poca distancia.

—¿Hay ruido? ¿Algún olor en particular?

—Nada.

—Continúa intentándolo, Jasmine.

—Me temo que el único dato que puedo darte no te va a gustar.

Jonathan tragó saliva.

—¿Qué ocurre?

—Está extremadamente débil. Esa chica necesita ayuda. Y rápido, Jon. En caso contrario…

No terminó la frase. El don de Jasmine la ponía en contacto con emociones extremadamente dolorosas. Jonathan sabía que para ella representaba un gran sacrificio involucrarse de esa forma en un caso como aquel, pero era una mujer fuerte y estaba dispuesta a hacer todo lo que estuviera en su mano para luchar por las víctimas de la delincuencia. No evitaba aquellas sensaciones porque pudieran resultarle dolorosas.

Jonathan miró a Zoe.

—¿Qué pasa? —estaba ya completamente despierta.

—Jasmine cree que Sam está viva.

Zoe se aferró con fuerza a las sábanas.

—Gracias a Dios. ¿Pero dónde está? ¿Jasmine puede ayudarnos a encontrarla?

—Cree que está en alguna parte del bosque.

—¿En el bosque?

Las lágrimas comenzaron a rodar por sus mejillas.

—¿Y qué me dices del hombre que la ha secuestrado? —le

preguntó Jonathan a Jasmine–. ¿Puedes darnos algún detalle sobre él?

–No tengo ni idea. Solo sé que debe de ser un hombre de apariencia normal, o no habría sido capaz de aguantar tanto tiempo sin llamar la atención. Tiene un buen trabajo. Familia. No es el típico hombre del que uno sospecharía.

–¿Cómo puede tener familia y conseguir que no le descubran durante meses? –sabía que a veces ocurría, pero no por ello dejaba de sorprenderle.

–Es más fácil de lo que puede parecer. Supongo que estarás al tanto del caso de ese hombre austríaco que tuvo secuestrada a su propia hija durante veinticuatro años.

–Sí.

Había sido un caso al que le habían dado mucha publicidad. Ese mismo hombre había tenido siete hijos con su hija.

–Su mujer no tenía ni idea. Y le creía cuando le decía que su hija había desaparecido.

–Pero es bastante menos probable que ocurra algo así en Rocklin. La mayor parte de las casas son de nueva construcción y no tienen sótanos.

–Pero sería posible si el secuestrador escondiera a sus víctimas en otra parte –sugirió Jasmine.

–Como en el bosque –añadió Jonathan sombrío.

¿Alguna de las personas a las que había investigado había estado recientemente fuera de la ciudad? No, excepto…

De pronto, Jonathan se acordó de Colin diciéndole que Tiffany estaba en una cabaña. No había participado en la búsqueda del sábado porque había tenido que irse.

Se aferró con fuerza al teléfono. Estaba viendo fantasmas donde no los había. Colin no podía ser el secuestrador porque Tiffany y él siempre estaban juntos cuando no estaban trabajando. Y ambos tenían trabajos regulares que les mantenían atados a la ciudad, excepto los fines de semana. No podían tener a nadie escondido en el bosque. Además, Colin estaba trabajando cuando Sam había desaparecido.

Pero recordó entonces un retazo de la conversación que

había mantenido con el ayudante del sheriff sobre el día que habían encontrado a Toby.

—Estaba fuera de sí —le había dicho—. A pesar de lo malherido que estaba, les costó agarrarle. No confiaba en el primer hombre con el que se encontró, de modo que el tipo le pidió a su esposa que se acercara, pensando que le resultaría menos amenazadora.

—¿Y eso ayudó?

—No mucho. Toby le dejó acercarse, pero la esquivó en cuanto intentó tocarlo. Lloraba llamando a su madre.

Toby también temía a las mujeres. ¿Sería un dato relevante?

—¿Crees que podría tratarse de… una pareja? —le preguntó a Jasmine.

—No sería ninguna novedad. ¿Te acuerdas de esa pareja de Canadá que secuestró a la hermana de la mujer y asesinó a otras dos niñas?

Las extrañas circunstancias en las que Jonathan había encontrado a Zoe en la habitación del hotel hacían más pausible la idea. Acababa de cenar con Colin y Tiffany Bell…

Pero las parejas que cometían delitos de este tipo eran una rara excepción en el mundo de los delitos sexuales. Y si Colin y Tiffany eran culpables, ¿por qué no habían mantenido un perfil más bajo? ¿Por qué invitar a Zoe a su casa? ¿Por qué organizaban partidas de búsqueda? ¿Por qué había llamado Colin a Zoe el Día de la Madre?

¿Porque pensaban que esa era la mejor tapadera?

Posiblemente.

Jonathan le dio las gracias a Jasmine, le pidió que le llamara si surgía cualquier otra cosa y colgó el teléfono. Eran remotas las posibilidades de que Tiffany y Colin fueran los culpables, pero no podía quitárselos de la cabeza. Sobre todo por la implicación de Colin en el caso desde que Sam había desaparecido. Eran muchos los criminales que intentaba participar en la investigación de sus propios crímenes…

Recordó al vecino de Zoe en el aparcamiento de Sierra

College, hablando de lo desesperados que estaban por encontrar a Sam. ¿Sería todo una farsa?

–¿Conoces bien a Colin y a Tiffany Bell? –le preguntó Jonathan a Zoe.

–No muy bien. En realidad, apenas les trataba hasta que Sam desapareció.

«Hasta que Sam desapareció». Aquellas palabras le provocaron un escalofrío.

–No crees que puedan tener ellos a Sam…

Zoe se apartó el pelo de la cara y frunció el ceño.

–Estás de broma, ¿verdad?

–No.

Zoe negó con la cabeza.

–Durante los nueve meses que estuvimos allí, apenas le prestaban atención. Colin parecía más interesado en mí. Y, como tú mismo has dicho, estaba trabajando el día que desapareció Sam. Y no creo que Tiffany pueda hacerle ningún daño a nadie.

Probablemente Zoe tenía razón. Además, había otras cosas que no encajaban. Si Colin y Tiffany tenían a Sam, ¿por qué iban a drogar a Zoe y a desnudarla para llevarla después a la habitación de un hotel sin haber hecho nada? Si la persona que había atacado a Toby hubiera tenido otra víctima a su disposición, se habría aprovechado de ella.

–No puedo imaginarme a Tiffany soportando la brutalidad de lo que le ocurrió a Toby.

–Yo tampoco.

No quería que Zoe sintiera que había sido traicionada por sus vecinos si ese no era el caso. Pero era posible que el secuestrador de Sam hubiera vivido en la puerta de al lado.

Capítulo 32

Misty, la recepcionista de Scovil, Potter & Clay estaba hablando por teléfono cuando Jonathan llegó, pero le dirigió una sonrisa radiante y le hizo un gesto para indicarle que le atendería inmediatamente.

–Por supuesto que se lo diré –dijo por teléfono–. Sí, señor. Siempre lo hago. Gracias. Sí, a lo mejor le dejo contratarme más adelante –se echó a reír–. De acuerdo. A usted también.

Continuó sonriendo mientras escribía una nota en la libreta que tenía al lado del teléfono. Después se quitó el auricular y alzó la mirada.

–¿En qué puedo ayudarle?

–Pues yo...

–¡Espere! Acabo de reconocerle...

Consiguió levantarse de la silla, pero una persona de su edad, que debía andar por los treinta y tantos años, no debería haber necesitado tanto esfuerzo. Evidentemente, no era fácil mover aquellos kilos de más.

–Estaba en la partida del sábado –continuó diciendo–. O estuvo un rato. Tengo buena memoria para las caras. Aunque pocas chicas habrían olvidado la suya –añadió con una risa nerviosa.

Jonathan sonrió, esperando ser capaz de tranquilizarla.

–Pensaba que trabajaba para la policía.

–No, trabajo con una organización benéfica de apoyo a

las víctimas y estoy colaborando en el caso de la desaparición de Samantha Duncan.

La joven suspiró.

–Es una situación terrible. Rezo cada día para que la encuentren. ¿Hay alguna pista?

–Ninguna.

–¡Qué lastima! –se alisó el pelo, luchando contra la electricidad estática dejada por el auricular–. Entonces, ¿ha venido a ver a Colin?

–Sí, ¿está aquí?

La recepcionista estuvo a punto de tirar con el codo un pequeño perro de peluche que tenía encima de un archivador, pero lo agarró antes de que pudiera caerse.

–Me temo que no.

–Pero he visto su coche en el aparcamiento –señaló Jonathan.

–Sí, tiene razón –miró disgustada hacia el pasillo que conducía a los despachos y bajó la voz–. Sí, está aquí. Pero está reunido con el socio más veterano de la firma y me han dicho que no le pase las llamadas.

–Entiendo. Debe de ser una reunión importante.

–Sí, lo es. Creo que Colin puede tener problemas.

Hizo un gesto amistoso, como si tuviera la necesidad de hacerse perdonar el haberle mentido. Jonathan también bajó la voz.

–¿Ha hecho algo malo?

–No exactamente. Es solo que… –se interrumpió–. Dios mío, soy terrible –su risa nerviosa volvió a indicarle, por si no lo hubiera dejado ya suficientemente claro, que le encontraba atractivo–. No debería estar contándole esto.

–¿Por qué no? –Jonathan alzó dos dedos, como si estuviera haciendo una promesa de boy scout–. No se lo contaré a nadie. Se lo prometo.

La joven movió los labios para contarle lo que ocurría:

–Es posible que le despidan.

–¿De verdad?

La joven abrió los ojos con un gesto de absoluta inocencia.

–Su productividad ha bajado. Y aquí no toleran ese tipo de cosas. Todo el mundo tiene que trabajar.

Jonathan tomó una tarjeta de encima de la mesa.

–¿Y tienes idea de por qué puede haber caído la productividad de Colin?

–Ni idea.

–¿Problemas en casa?

La secretaria se mordió el labio.

–Lo dudo. Colin y Tiffany parecen muy felices. Tiffany vino a la fiesta que celebramos por Navidad con un vestido muy escotado y se veía que llevaba su nombre tatuado en… –se sonrojó violentamente–. Tatuado en el pecho, no sé si entiende lo que quiero decir. Antes de que acabara la noche, los dos terminaron bastante borrachos y Colin la exhibía como si fuera un trofeo.

–Si no es el matrimonio, a lo mejor es que no se encuentra bien.

Jonathan dudaba que Colin tuviera problemas de salud, pero era una de las maneras más fáciles de mantener a la recepcionista hablando.

–No, no está enfermo –se inclinó hacia él–. En realidad, el señor Scovil cree que no está mentalmente preparado para enfrentarse a este trabajo.

–¿Y por qué piensa una cosa así?

La recepcionista se volvió y miró al pasillo de reojo.

–A Colin jamás le oirá decirlo, por supuesto. Él habla constantemente de Georgetown. Pero en realidad, no empezó estudiando allí. Empezó en una universidad de Maryland de tercera categoría. En su solicitud de empleo aparece todo.

–¿Pero se graduó en Georgetown?

Misty se encogió de hombros.

–Por lo visto, se las arregló para sacar las notas que necesitaba para hacer un traslado de matrícula.

Colin era un hombre muy inteligente. Jonathan estaba seguro de que ese no era el problema.

–Ya veo. Entonces… ¿no te gusta?

–Sí, me gusta. Supongo que todo el mundo me gusta. Pero… no sé. Puede llegar a ser muy malvado.

Jonathan se negaba a sacar ninguna conclusión a partir de aquella declaración. Por lo que estaba viendo, aquella Pollyanna podía interpretar cualquier cruce de palabras como algo malvado.

–¿Qué ha hecho para que pienses así?

Misty apretó los labios como si estuviera haciendo un esfuerzo para contener las lágrimas.

Sorprendido por aquella repentina muestra de emoción, Jonathan alargó el brazo hacia ella.

–¿Estás bien?

–Me entristece pensar en ello.

–¿En qué?

–Hace unos meses me dejó una nota de lo más desagradable –se ajustó la blusa para evitar que se ciñera a su pecho.

–¿Y qué decía?

–«Me gustaría…» –se puso roja como la grana–. No importa. No debería haberlo mencionado.

Jonathan la miró a los ojos.

–Dímelo.

–No, a lo mejor es su amigo o… lo que sea.

–Solo soy un detective privado que está investigando la desaparición de Samantha Duncan. Solo conozco a Colin porque estoy ocupándome de este caso.

–¿Y por qué ha venido aquí?

–Es solo una visita de cortesía para hacerle saber que estamos investigando su pasado y el de otros vecinos del barrio. Quería que me diera permiso para hablar con su jefe y con algunos de los abogados con los que trabaja.

En realidad, a Jonathan le interesaba más la reacción de Colin que su permiso.

–No creerá que tiene algo que ver con la desaparición de la niña, ¿verdad?

–¿Te sorprendería?

–Claro que sí. Puede que sea muy desagradable, pero jamás secuestraría a una niña.

–Solo es una medida de precaución.

Misty esbozó una sonrisa que, acompañada por el brillo de sus ojos, le hizo parecer casi una niña.

–Apuesto a que Colin se va a enfadar. No le gusta que la gente husmee en sus asuntos. En una ocasión me regañó porque me encontró en su despacho cuando llegó al trabajo, y eso que solo estaba dejándole unos mensajes.

–No hace falta gran cosa para enfadarle, ¿verdad?

–En mi caso, con respirar es suficiente.

–Entonces, ¿qué pasó con esa nota que me has comentado hace un momento?

–Oh, estoy segura de que fue él el que me la dejó. Y lo hizo porque no tenía las copias que necesitaba para la reunión y tenía que ir sin llevarla preparada. Pero no fue culpa mía.

–¿Y qué decía esa nota? –preguntó Jonathan.

–Decía –se aclaró la garganta–: «me gustaría hacerte chillar».

La última parte de la frase la pronunció en voz tan baja que apenas se la oía.

–Ese tipo de expresión puede tener otras connotaciones. ¿Estás segura de que lo dijo en el mal sentido?

–En la nota aparecía la fotografía de un cerdo y encontré la nota clavada en mi silla con unas tijeras.

Jonathan hundió las manos en el bolsillo.

–Entiendo que te preocupara. ¿Cuándo ocurrió?

–Justo después de que Colin entrara a trabajar aquí el verano pasado.

–¿Era una nota manuscrita?

–No, de ordenador, y con un cuerpo de letra bastante grande.

–¿Y no puede haber sido otra persona?

–Nadie haría nada igual. Llevo años trabajando con el resto de abogados. Todos me tratan muy bien.

–Todos, excepto Colin.

Misty pareció estar batallando con la respuesta.

–Me trata bien la mayor parte de las veces. Pero gasta

unas bromas que pueden llegar a ser muy… insensibles. Se ríe por lo bajo, me lanza pullas sobre mi peso… O a veces suelta algún comentario sutil en la sala de descanso sobre la necesidad de dejar comida para todo el mundo. Y puso un candado de plástico en el refrigerador –su expresión se tornó pensativa–. Y también tiene algo en la mirada. A veces me mira como si me odiara. Y creo que es solo porque estoy gorda, porque yo nunca le he hecho ningún daño. Y el día de las fotocopias…

–¿Sí?

–Había estado de reunión en reunión toda la mañana. ¿Cómo iba a hacerle las fotocopias si ni siquiera estaba aquí? Cuando vio que me había ido, debería habérselas hecho el mismo, en vez de dejarme un mensaje.

Muy bien, Colin no era el jefe más agradable del mundo. ¿Pero significaba eso que sería capaz de golpear a un chico hasta la muerte?

–Por lo que dices, entiendo que no lamentarías que le echaran –aventuró Jonathan.

–No creo que vaya a echarle de menos –se ajustó de nuevo la blusa–. Pero no se lo va a decir, ¿verdad?

–No, por supuesto que no.

Se abrió en aquel momento una puerta situada al final del pasillo y salió un hombre de unos cincuenta años. Colin le siguió casi inmediatamente. Parecía tan enfadado que Jonathan dedujo que la reunión no había ido muy bien para él.

–Misty, ¿ha llegado algún envío de FedEx esta mañana? –preguntó el que debía de ser el señor Scovil.

–Ese es el jefe –susurró Misty, señalándolo disimuladamente–. No, todavía no, señor Scovil –su sonrisa se tornó brillante y profesional cuando se volvió hacia él–. ¿Espera algún paquete?

–Sí, y necesito que llegue cuanto antes.

–Le llamaré en cuanto llegue.

–Gracias –se volvió hacia Jonathan–. ¿Me estaba esperando a mí?

–No, en realidad, quería hablar con Colin.

El señor Scovil hizo un gesto con la mano que sugería que preferiría no tener que oír siquiera su nombre.

—Ahí lo tiene –gruñó, y regresó a su despacho.

Dio tal portazo que Misty se sobresaltó, pero Colin pareció ignorarlo.

—¿Qué estás haciendo aquí? –preguntó.

—Quería hablar contigo –contestó Jonathan.

—¿Y no podías esperar a que estuviera en casa?

—Si hay algún problema, podemos vernos más tarde en tu casa.

Colin vaciló un instante, miró hacia la puerta cerrada del despacho del jefe y le pidió a Jonathan que le siguiera.

—No, ya que estás aquí, pasa.

—Gracias.

—¿Y tú qué miras? –le gritó Colin a la recepcionista.

Misty se hundió en su asiento y evitó mirarle, pero mientras se alejaban por el pasillo, Jonathan podía sentir su mirada siguiéndolos.

—No tengo ni idea de lo que puede haberte dicho Misty, pero esa bola de grasa no sabe nada.

Jonathan agradeció que estuvieran a suficiente distancia como para que no pudiera oírles.

—Entonces, ¿no debería creerla cuando dice que jamás le harías daño a un niño?

—Espera un momento –titubeó un instante, pero cerró precipitadamente la puerta–. No creerás… –elevó la voz una octava–, no creerás que yo tengo a Sam.

—No estoy seguro de quién la tiene. Pero algo pasó la noche que Zoe cenó contigo, y quiero saber qué fue.

Colin rodeó el escritorio, se aflojó la corbata y se desabrochó el primer botón de la camisa, pero no se sentó.

—Dios mío, ¿estás hablando en serio? Primero viene mi jefe con la tontería de que quiere recordarme que estoy en «periodo de pruebas» –remarcó las comillas con un gesto–, y ahora vienes a acusarme de haber hecho daño a una persona a la que aprecio. ¿Acaso estoy en una pesadilla?

—Dicho así, parece que tienes complejo persecutorio.

–¡Vete al infierno!

Jonathan se sentó y estiró las piernas.

–Zoe dice que apenas os trataba a Tiffany y a ti antes de que Sam desapareciera.

–¿Así que Zoe está detrás de todo esto? ¿Y me ha señalado a mí con el dedo? ¿Pero cómo es posible que haga una cosa así? ¿Quién estuvo a su lado cuando tuvo que hacer todos esos folletos? ¿Quién cargó con el muerto cuando encontramos a Anton esperándonos a la mañana siguiente? ¿Quién estaba pensando en aportar el dinero de la recompensa? ¡Yo, y solo yo!

Jonathan tuvo que morderse la lengua para no recordarle que en realidad no había puesto un solo centavo. ¿Qué pensaba que estaba demostrando?

–Todavía no has contestado a mi pregunta –dijo con calma.

–¡Mierda! –dio un golpe a su silla y alzó las manos–. Ya tengo suficientes problemas, no necesito uno más. Zoe y yo éramos vecinos. Es normal que los vecinos se unan para hacer frente a una tragedia. Pero estás haciendo que me arrepienta de haber intentado ayudar. Esto solo sirve para demostrar que las buenas acciones no sirven de nada.

–¿Te dedicas a hacer buenas acciones, Colin? –preguntó Jonathan.

–¿A qué viene todo esto? –preguntó Colin con una vena inflamada en la frente.

–Zoe llevaba la ropa mal abrochada cuando la encontré en el motel.

–¿Y?

–Estaba desmayada en la cama. No creo que se desnudara y después se vistiera tan precipitadamente.

–Ni siquiera sabía que se había desmayado.

–Pues fue poco después de estar contigo.

Colin sacudió la cabeza con incredulidad.

–Conmigo y con Tiffany. Te estás olvidando de esa parte. ¿Cómo voy a violar a alguien estando mi esposa en la misma casa?

–A lo mejor a ella no le desagrada la idea. O a lo mejor no se atreve a detenerte. O, a lo mejor, no pone demasiadas pegas.

–Te crees muy inteligente, ¿verdad? –dio una patada al archivador de metal, haciendo un gran estruendo–. ¿Cuál es el problema? No puedes resolver este caso, ¿verdad? Y por eso apareces ahora con este patético intento de culpabilizar a los que tienes más cerca.

Jonathan sintió un músculo tensándosele en la mejilla. Los cambios de personalidad de Colin le hacían difícil determinar si estaba mintiendo. Pero tras haber tomado la conversación un rumbo tan negativo, ya solo le quedaba esperar que, en el caso de que supiera algo de Sam, se enfadara lo suficiente como para delatarse.

–¿Qué le dijiste a Zoe cuando la llamaste por teléfono? –le preguntó, intentando una línea diferente de ataque.

–¿Cuándo?

–Cuando le llamaste al teléfono móvil.

–No sé de qué estás hablando.

Era imposible que lo hubiera olvidado tan fácilmente.

–Sí, claro que lo sabes. Hiciste un comentario extraño, le gritaste. Lo sé por cómo reaccionó.

Colin presionó de tal manera los labios que los hizo palidecer.

–¿Colin?

–Eras tú, ¿verdad?

Su voz y sus ojos se tornaron mucho más inexpresivos, pero lejos de dar la impresión de haber recuperado el control de sus sentimientos, su conducta sugería sentimientos más profundos. Jonathan acababa de cruzar una línea que le enfurecía mucho más.

–¿Era yo el qué?

–Estabas con ella a las ocho de la mañana. ¡Te has acostado con ella! Su hija ha desaparecido y tú le has ofrecido un hombro sobre el que llorar para poder llevártela a la cama. Tiene gracia, ¿verdad? Es increíble que seas precisamente tú el que se preocupa de lo que yo haga.

Jonathan batalló contra las ganas de cerrar los puños y darle un puñetazo.

—Ten cuidado… —le advirtió.

Colin se acercó a él.

—Ah, así que tú puedes lanzar todas las acusaciones que quieras, pero yo no, ¿verdad?

—Me haya acostado o no con Zoe, eso no tiene nada que ver con el secuestro de Sam.

—¡Y yo tampoco tengo nada que ver con ese secuestro! —respondió Colin—. ¡Así que te sugiero que te largues de aquí y te vayas a hacer tu maldito trabajo!

Jonathan sabía que si seguía allí un minuto más, corría el peligro de abalanzarse sobre Colin y romperle la nariz. Pero todavía no había terminado. Le miró fijamente y se levantó.

—Si le has hecho daño a Sam, haré que te arrepientas —le amenazó, y se marchó.

Colin apenas pudo controlar las ganas de lanzarle un pisapapeles a Jonathan. ¡Cómo se atrevía aquel detective, el amante de Zoe, a presentarse en su despacho! Seguramente, Misty ya habría puesto al tanto al resto de abogados de aquella visita y estarían especulando sobre si él tenía o no algo que ver con lo ocurrido. ¡Y todo eso después de haber organizado una partida de búsqueda!

En eso consistía la gratitud. Resultaba casi tan peligroso como indignante.

Comenzó a caminar por su despacho apretando los dientes. El detective de Zoe se creía un hombre muy duro, ¿verdad? No tenía la menor idea de lo que él era capaz de hacer, pero estaba a punto de averiguarlo. Nunca permitiría que nadie le pusiera en aprietos. Antes se enfrentaría a su propia madre, como tantas veces había hecho en el pasado.

¿Y cómo podría darle a Jonathan una lección similar? El señor Scovil acababa de decirle que tenía que terminar los contratos de Joseph Garundy antes de la hora del almuerzo si no quería que le despidiera, pero no iba a permitir que ese viejo cascarrabias decidiera lo que podía hacer y lo que no. Si había conseguido trabajo en aquel bufete, podría conseguirlo en cualquier parte. Siempre había salido adelante.

Sonó el teléfono, pero no contestó. Después, comenzó a sonar su teléfono móvil, pero también lo ignoró. Necesitaba tiempo para pensar…

Dio media vuelta y comenzó a cruzar la habitación. Jonathan había comentado el estado en el que había encontrado la ropa de Zoe. Había relacionado aquel detalle con la desaparición de Sam. Pero en realidad, ¿qué sentido tenía aquella relación? Ninguno. Sencillamente, estaba celoso, tenía miedo de que él también hubiera disfrutado lo suyo aquella noche.

Pero eso no era lo único que le irritaba. Jonathan había alejado a Zoe de su lado cuando mejor les estaban yendo las cosas. Antes del viaje a Los Ángeles, tenían una muy buena relación. Jonathan era el culpable de que Zoe hubiera cambiado. Pero se las pagaría, y ella también. Ninguna mujer tenía derecho a alentarle para después dejarle tirado. Les demostraría a los dos lo que acababan de hacer.

Una llamada a la puerta le hizo alzar la cabeza. Irritado por aquella interrupción, respondió de mal humor:

—¿Qué pasa?

Tan cobarde como siempre, en vez de abrir la puerta, Misty contestó desde el otro lado.

—Tiene a su esposa por la línea uno. Dice que es urgente.

Las llamadas que no había contestado. Debería haber descolgado el teléfono.

—Pásamela.

Intentó imprimir un aire amable a su voz, pero la recepcionista no contestó. Estaba del lado de Jonathan, esa gorda asquerosa.

Colin se sentó en su silla y presionó el botón del teléfono.

—¿Diga?

—¿Colin?

Tiffany no hablaba entre susurros, como hacía normalmente cuando le llamaba desde la residencia.

–¿Por qué no estás en el trabajo?

–Estoy en el trabajo. Bueno, en realidad, estoy sentada en mi coche, gracias a Dios.

Misty había dicho que se trataba de algo urgente.

–¿Por qué gracias a Dios? ¿Qué ha pasado?

–Jonathan Stivers me ha llamado hace un momento, eso es lo que ha pasado. Y ha estado haciéndome preguntas.

–Lo sé, también ha estado aquí. Pero no te preocupes. Yo me encargaré de todo.

–¿Cómo?

Colin tamborileó con los dedos en la mesa. Esa era la pregunta que había estado haciéndose desde que Jonathan le había abordado. Pero vio de pronto repentinamente clara la respuesta. Necesitaba tomar la ofensiva, tenía que contraatacar. Y tenía que hacerlo rápido, antes de que el detective de Zoe pudiera arruinarle la vida.

–Llama a Zoe.

–¿Yo? –gritó Tiffany.

–Sí, tú.

–¿Y qué le digo?

–Dile que mi padre ha desaparecido. Que condujo el sábado por la noche hasta el billar y después desapareció.

–¿Pero por qué voy a decirle eso? –elevó la voz–. ¡Si le digo eso, sabrá que en menos de una semana han desaparecido dos personas de nuestras vidas! ¿No crees que sería demasiado evidente?

–No, es genial. Paddy tenía tantas posibilidades de estar en contacto con Sam como nosotros. Lo que estamos haciendo es proporcionarles la información que buscan.

–No lo comprendo.

–Tienes que decirle a Zoe que al principio pensabas que Paddy se había ido de juerga, pero que al ver que no volvía, empezaste a preguntarte si podría ser el culpable de la desaparición de Sam.

–¡Colin, no! ¡No quiero decir eso de Paddy!

Colin bajó la voz para que no pudieran oírle los abogados que en aquel momento estaban hablando en el pasillo.

–¡Escúchame, maldita sea! Sé lo que estoy haciendo. Sam ha desaparecido y Paddy también. Podemos venderle que la ha secuestrado y se ha fugado con ella.

–Pero Sam desapareció antes que Paddy.

–Eso no importa –Colin comenzó a pensar los detalles de su estrategia–. La tenía escondida, pero yo empecé a sospechar y a interrogarle, y entonces decidió marcharse.

–¿Y qué pudo llevarte a sospechar de tu propio padre?

–Cómo habló de Sam la última vez que estuvo en casa.

–Pero si él nunca hacía ningún comentario de los vecinos.

Colin elevó los ojos al cielo. A veces, Tiffany necesitaba tiempo para asimilar la información.

–¡Pero diremos que sí los hacía, tonta! De hecho, diremos que comentaba a menudo lo guapa que era Sam.

–No soy tonta, Colin. ¡Y no me gusta que me llames tonta!

Intentando no complicar las cosas, Colin se retractó.

–Tienes razón, lo siento. No pretendía insultarte. Solo estoy intentando buscar una solución.

–Yo también lo estoy intentando. Y no sé por qué va a creerse nadie todas esas tonterías sobre Paddy.

–Las creerán porque explicaremos que abusó de mí durante mi infancia. Y diremos que mi hermana también tuvo problemas con él.

–¡Pero es repugnante!

–Exactamente. Bastará esa acusación para que recaigan las sospechas sobre él. Les estaremos proporcionando la respuesta a las dos desapariciones y eso explicará también por qué parece que estamos involucrados en el caso.

–Pero tu madre y tu hermana lo negarán, Colin. Y seguro que la policía las interroga.

Colin sostuvo el teléfono con el hombro mientras se abrochaba la camisa y se arreglaba el nudo de la corbata.

–Eso no tiene ninguna importancia. Que digan lo que quieran. El hecho de que mi madre se llevara a mi hermana y se fuera de casa sin un destino determinado, apoyará mi versión.

—Tina y Courtney te culparán a ti, no a Paddy.

En otras circunstancias, podría haberle molestado que Tiffany lo señalara. No había nada que le irritara más que el hecho de que su madre y su hermana le hubieran abandonado, pero estaba emocionado ante la perspectiva de poder superar a Jonathan Stivers en astucia. Podría permitirse sus más oscuras fantasías y salir libre de sospecha. Incluso mejor, Jonathan perdería a Zoe para siempre y no podría hacer absolutamente nada para evitarlo.

—¿Y? Será su palabra contra la mía. Es lo que he estado haciendo durante toda mi vida.

Tiffany no respondió.

—¿Qué me dices?

—Colin.

—¿Qué? —encontró un caramelo de menta en el cajón de su escritorio y se lo metió en la boca—. ¿Alguna vez me he equivocado?

—No, pero... —resopló en el teléfono—, cuando está Zoe de por medio, no pareces capaz de pensar correctamente.

—Estoy dispuesto a cumplir la promesa que te hice ayer en el coche. Lo único que te estoy pidiendo es que tú hagas lo mismo.

—Lo haría, pero... si le contamos a Zoe lo de la desaparición de tu padre, es posible que sospeche de nosotros. Y, digas lo que digas, no es ninguna estupidez preocuparse por esa posibilidad —añadió, todavía molesta.

Colin hizo un esfuerzo para no perder la paciencia.

—El problema es que ya somos sospechosos, Tiffany. Lo que tenemos que hacer es distraerlos con un escenario probable, desviar la atención. Si Zoe se entera de la desaparición de mi padre por boca de otro, empezará a preguntarse por qué no le he dicho nada y no volverá a creerse nada de lo que le digamos. Esta es una forma de ganar credibilidad.

Tiffany gimió.

—¿De verdad?

El tono resignado de su respuesta le hizo sentir a Colin que el mundo comenzaba a recuperar el equilibrio.

–Exacto. Y entonces, nuestra vida volverá a ser como siempre. Nunca encontrarán ni a Sam ni a Paddy, así que no podrán demostrar que estamos mintiendo. Y en este momento, a Paddy ya no puede importarle su reputación.

–Pero le haría sufrir a Sheryl –se lamentó Tiffany.

Colin tuvo que sofocar las ganas de protestar ante aquella repentina lealtad hacia Sheryl. Le sacaba de sus casillas, pero no tenía tiempo para discutir. Tiffany tenía que llamar a Zoe antes de que Jonathan se pusiera en contacto con ella. Si se daban prisa, podría llevársela delante de sus mismas narices. De otra manera, insistiría en acompañarla a la cabaña y él prefería evitar un enfrentamiento directo.

–No le hará ningún daño a Sheryl porque no se lo creerá.

–¡Y nos odiará!

–No la necesitamos para nada.

–¿Y qué ocurrirá si Zoe le cuenta a la policía lo que yo le diga?

–Les estará dando una pista falsa.

–¿Y qué ocurrirá si esa pista falsa les lleva directamente hasta nosotros? De entrada, les llevará a la cabaña, porque es el lugar más evidente en el que empezar a buscar.

–Tiff, para entonces, Sam ya no estará allí. En cuanto Misty salga a almorzar, saldré de la oficina y me dirigiré hacia allí. Dile a Zoe que Paddy tiene una cabaña y que piensas que podría estar allí con Sam. Llévala hasta allí y yo te estaré esperando.

–No puedo salir del trabajo en medio del día…

–Claro que puedes. Dile a Hargraves que no te encuentras bien.

–¿Y tú? No podrás llegar antes de que Misty vuelva del trabajo.

–Pondré en la puerta el cartel de «No molestar». Ni siquiera se dará cuenta de que me he ido.

–¿Y si intenta entregarte un mensaje? En cuanto se dé cuenta de que te has ido, avisará al señor Scovil.

–Le he dejado muy claro que no puede entrar en mi despacho cuando no quiero que me moleste. Le diré que voy a estar trabajando toda la tarde y que no quiero que me inte-rrumpan por ningún motivo.

Sabía que si no terminaba el trabajo que le habían asigna-do, iba a tener problemas. Pero ya se ocuparía de eso más tarde. En cualquier caso, después de la reunión que acababa de tener con su jefe, dudaba de que pudiera conservar aquel trabajo. Aunque Scovil había sido uno de sus más grandes apoyos, durante los últimos meses le había decepcionado. Llegados a aquel punto, a lo máximo que podía aspirar era a obligar al despacho a despedirle y a evitar que le obligaran a renunciar a su trabajo.

—A lo mejor… te pillan.

—No me preocupa mi trabajo. Estoy harto de trabajar aquí. Sé que puedo encontrar algo mejor.

—Yo pensaba que te encantaba…

Le gustaba la imagen que proyectaba de él, pero podía mantener aquella imagen sin continuar en aquel despacho.

—Este bufete no es de mi estilo. Me limita demasiado. Me gustaría tener más posibilidades de ampliar la práctica de la abogacía.

A aquellas palabras le siguió un sorprendido silencio, tras el cual Tiffany dijo:

—Estás cambiando, Colin.

—No, no estoy cambiando.

—Es por culpa de las drogas, ¿verdad?

—No, las drogas no tienen nada que ver. Hoy no he toma-do nada. ¿Por qué no te tranquilizas?

—¿Cómo vamos a arreglárnoslas sin tu sueldo?

—Nos las arreglaremos.

—¡Pero si acabas de comprarme un diamante!

—¿No has oído lo que te he dicho? Estoy harto de que me controlen. Odio estar aquí. ¿Te importa más el dinero que yo?

No hubo respuesta. Colin sacó un espejo del cajón de su mesa, se miró y se arregló el pelo. Había dejado que Scovil y Stivers le irritaran, pero debería haber sido más inteligente. Podía salir indemne de las peores situaciones. Algo que su madre siempre había odiado en él.

—¿Tiffany?

—¿Qué?

—¿Estás dispuesta a ayudarme o no?

—Creo que no deberíamos secuestrar a Zoe.

—¿Por qué no?

—Es demasiado… peligroso.

—Podemos atribuirle a Paddy el secuestro. Será fácil. Espera y verás.

—Colin, por favor. Quiero resolver nuestros problemas, no empeorarlos.

Colin se levantó de la mesa.

—Hicimos un trato, Tiffany. Después de esto, pondremos fin a lo de mis mascotas, tal como acordamos. Pero tienes que confiar en mí. Y no podremos salir de esta si no estás dispuesta a colaborar.

—No podemos ir a la cabaña. Zoe llamará a la policía e irán directamente hacia allí.

—No importa. Dales una dirección falsa y así les tendremos entretenidos durante por lo menos una hora. Ya sabes cómo es esto. Para cuando lleguen a la cabaña, tendremos a Sam y a Zoe fuera de allí.

—¿Adónde irás?

—Hablaré con Tommy para que me deje utilizar la cabaña que su primo tiene alquilada en Chester.

—¿Y dónde estaré yo? —le preguntó.

Volvían a aparecer los celos. Colin estaba empezando a cansarse. ¿Cuántas veces tendría que tranquilizarla?

—Tú te quedarás esperando para contarle a la policía la terrible historia de cómo te encontraste a mi padre con Sam al llegar a la cabaña. Les dirás que te amenazó con un rifle, que obligó a Sam y a Zoe a meterse en un coche que no reconociste y que se marchó.

—¡No! ¡No podemos hacer una cosa así!

—Claro que podemos. Tendremos que despeinarte y arañarte para que parezca que has intentado ayudarlas. Te convertirás en una heroína. Y yo tendré también lo que quiero.

—Por supuesto, tú tendrás lo que quieres.

Colin ignoró la amargura que rezumaba aquel comentario.

–El plan es perfecto. Entonces, ¿vas a llamarla?

–¿Ahora?

–Por supuesto.

–Dime otra vez por qué estoy haciendo esto.

Colin sonrió.

–Porque me amas.

Capítulo 33

Jonathan, de pie en el salón de los Bell, apagó el teléfono para que no pudieran sorprenderle de forma inesperada. Sabía que Colin y Tiffany estaban en el trabajo, había hablado con los dos, pero no tenía ninguna garantía de que no fueran a regresar a casa después del almuerzo. O de que no hubieran echado a Colin de Scovil, Potter & Clay, hubiera recogido ya sus cosas y se hubiera marchado.

Guardó la herramienta que había utilizado para abrir la puerta de atrás, se puso unos guantes de látex y comenzó a buscar. Sabía que era arriesgado estar allí. Si le descubrían, podrían acusarle de allanamiento de morada. Pero a esas alturas, tenía muy pocas esperanzas en la legalidad. No había pruebas suficientes como para justificar una orden de registro. No tenía nada, excepto un mal presentimiento sobre los Bell y una sensación de urgencia, probablemente porque había hablado con Jasmine otra vez, después de hablar con Tiffany, y la había encontrado frenética.

Le había dicho que tenía que encontrar a Sam inmediatamente.

De modo que no tenía tiempo de utilizar otros canales. Necesitaría días para conseguir una orden de registro y ni siquiera tenía la garantía de que fueran a dársela.

Un rápido vistazo a la casa era el método más rápido y eficiente de conseguir su objetivo. Y no se sentía en absoluto culpable. Si su intuición no le engañaba, podía salvar la vida de Sam. Y si se equivocaba, no haría ningún daño, sobre todo si tenía cuidado.

Vio marcas de la aspiradora en la alfombra. Toda la casa olía a productos de limpieza. Aquello encajaba con lo que había visto en otras ocasiones cuando había hablado con Colin desde la puerta, así que no encontraba en ello nada extraordinario. Pero sabía que aquel nivel de limpieza no impediría encontrar pruebas de la presencia de Sam, en el caso de que hubiera estado allí alguna vez. Jasmine insistía en que estaba en un bosque, pero si Tiffany la había secuestrado, y tenía que haber sido ella, puesto que Colin no estaba en casa durante las horas en las que había desaparecido, Sam tendría que haber estado en la casa en algún momento.

Sin embargo, ni siquiera una búsqueda exhaustiva le proporcionó alguna pista. Excepto el dormitorio principal, las habitaciones del piso de arriba estaban prácticamente vacías, lo que hizo que el registro fuera muy rápido. En una había una mesa y un archivador de plástico con diferentes materiales organizados por cajones, evidentemente, para las manualidades de Tiffany. En otra habitación, fuertemente insonorizada, había una batería y nada más. Pero no le sorprendió tampoco. Eran muchas las parejas jóvenes que solo amueblaban las habitaciones principales de la casa hasta que tenían hijos o alguna otra razón para plantearse un gasto extra.

El espejo del techo del dormitorio podía considerarse un poco chabacano, pero no demostraba que hubieran hecho nada malo. Y no vio ningún instrumento de perversión, desde luego, nada de lo que esperaba encontrar en la casa de un hombre capaz de torturar a un niño durante meses.

Treinta minutos después, tras haber registrado todos los rincones de la casa, incluidos el ático y el garaje, Jonathan volvió al salón. Entró en la cocina y descubrió unos somníferos en el armario que había encima del refrigerador. Eran de la misma marca que los que se suponía que había comprado Zoe la noche que la habían descubierto en la habitación del motel. Pero era una marca muy común, así que tampoco podía decirse que fueran una prueba incriminatoria en sí misma.

También le habían llamado la atención un colchón apoyado contra la pared del garaje, probablemente un colchón viejo, y la comida para perros. Tenían un saco enorme de pienso. Le había llamado la atención porque Toby había dicho que le habían tratado como a un perro y los Bell no parecían tener ningún animal. Pero era posible que cuidaran de vez en cuando a las mascotas de sus amigos.

En cualquier caso, Sam no estaba allí. Y no había ninguna prueba de que hubiera estado. Tampoco había visto nada que le hiciera creer que Colin y Tiffany fueran algo más de lo que aparentaban ser.

Mierda. Iba a perder aquel caso. Iba a perder a la hija de Zoe...

Cerró los ojos. Sentía cada latido de su corazón como un puñetazo. Nunca se había sentido tan indefenso, tan impotente. Aparentemente, había perdido todo el día, había estado persiguiendo a un falso culpable justo cuando Sam más lo necesitaba.

Quizá fuera el desánimo, o el hecho de haber estado tan preocupado intentando analizar los detalles de todo lo ocurrido durante la semana anterior, preguntándose en qué se habría equivocado y cómo podría mejorar la búsqueda, pero el caso fue que no se dio cuenta de que había alguien en casa hasta que oyó el tintineo de las llaves.

Y para entonces, ya no tenía tiempo de huir.

¿Dónde estaba Jonathan? Después de lo que le había contado Tiffany Bell, Zoe estaba desesperada por localizarle. Pero había intentado llamarle al menos una docena de veces y siempre le saltaba el buzón de voz.

Acababa de dejarle otro mensaje, y estaba dejándole otro al detective Thomas, cuando entró la llamada de Tiffany, una llamada que llevaba tiempo esperando.

—¿Diga?

—Tengo la dirección —anunció Tiffany, más sombría que nerviosa.

La adrenalina que corría por el torrente sanguíneo de Zoe hizo que la voz le temblara.

—¿Y crees que podrás encontrarla?

—Está bastante aislada, pero... —suspiró nerviosa, pero Zoe comprendía que debía de sentirse completamente fuera de su elemento. La acusación que estaba lanzando contra el padre de Colin era muy seria—, he estado allí en otras ocasiones y creo que podría encontrarla. Lo único que me preocupa es estar equivocada. Aunque, en cierto modo, también me gustaría estarlo. Pero, Dios mío, sería terrible cometer un error de este tipo.

—Te agradezco que hayas estado dispuesta a dar este paso. Sé que no tiene que haber sido una decisión fácil.

—Me hace sentirme desleal, y eso no me gusta. Pero Colin quería que te llamara, aunque solo fuera por si acaso.

—¿Cuántas veces mencionó Paddy a Sam?

—¿Durante todos estos meses? Varias... Decía que era... muy bonita.

Zoe no pudo evitar una mueca de repugnancia al pensar en la intención de aquel cumplido.

—Aun así, yo jamás habría sospechado nada después de su desaparición si Colin no me hubiera recordado... lo de su propia infancia. En realidad, es a Colin a quien tienes que darle las gracias. Y también ha sido él el que se ha acordado de la cabaña.

Zoe se sintió culpable por haber pensado mal de su vecino. Así que habían abusado de él durante la infancia. Era sorprendente que hubiera llegado a convertirse en el adulto que era.

—¿Y esa cabaña rodeada de pinos está en las montañas? —sabía que era así, pero quería oírlo una vez más.

—Sí.

Jasmine le había dicho a Jonathan que Sam estaba en un bosque. Todo encajaba. En el instante en el que había recibido la llamada de Tiffany, había tenido la intuición de que aquella era la pista definitiva. Había encontrado a su hija, o estaba a punto de encontrarla...

Lo único que en aquel momento importaba era llegar hasta ella lo antes posible.

—Es la mejor pista que hemos encontrado hasta ahora, y con diferencia –dijo Zoe.

A lo mejor su intuición la estaba engañando, pero después de haber pasado toda la mañana con Toby, que apenas podía recordar su propio nombre, y menos aún el del hombre que le había dejado en su estado, Zoe estaba dispuesta a correr cualquier riesgo si de aquella manera podía recuperar a su hija.

—No sé –musitó Tiffany–, estoy empezando a arrepentirme.

—¿De qué?

—De llevarte conmigo. A lo mejor es preferible que vaya sola. Podría llamarte desde allí.

—¿Hay cobertura?

—Desde la cabaña no, pero puedo retroceder.

Tardaría una eternidad. ¿Y qué ocurriría si Sam necesitaba a su madre?

—No, quiero estar allí. Además, tú tampoco deberías ir sola.

—Paddy jamás me haría ningún daño. Él no es así.

Pero quizá fuera el hombre que había estado a punto de matar a Toby.

—Espero que tengas razón.

—Puedo pedirle a Colin que venga conmigo –sugirió Tiffany.

Zoe se arrancó nerviosa las cutículas de la uña. Sí, sería mejor que Colin las acompañara, por si Paddy se ponía violento. Tiffany aseguraba que no era un hombre agresivo, pero Zoe no estaba en absoluto convencida.

—¿Podrá venir?

—Todavía no, pero podemos esperar a que salga del trabajo.

—No, no podemos esperar.

Zoe se jugaba demasiado en ello. Sam estaba en la cabaña, en el bosque. Tenía que estar allí. Todo lo que había dicho Tiffany tenía sentido. Zoe había hablado con la policía y le habían confirmado que habían denunciado la desaparición de un hombre llamado Paddy Bell. Incluso lo que había hablado con Jonathan aquella mañana apoyaba las palabras de Tiffany. Sí, los Bell estaban involucrados en el caso, pero no de la forma que él sospechaba. Estaba deseando decirle que los culpables no eran ni Colin ni Tiffany, sino Paddy. En el caso de que se confirmaran sus sospechas.

—¿Estás segura de que quieres venir?

Al parecer, no le entusiasmaba particularmente que la acompañara. Probablemente tenía miedo de lo que podían encontrarse. Y de lo que eso supondría para ella.

—Sí, estoy segura.

—En ese caso, ahora mismo acabo de girar hacia el hospital para recogerte. ¿Me ves?

Zoe se apartó de la puerta y se protegió los ojos del sol. Sí, allí estaba el enorme BMW de Tiffany, en la entrada del hospital.

—Sí, te veo. Estoy justo en la entrada principal.

—Sí, ya te veo.

Paró el coche y colgó el teléfono sin despedirse, pero le ofreció a Zoe una sonrisa vacilante cuando le abrió la puerta.

—No sabes cuánto te agradezco todo lo que estás haciendo —dijo Zoe.

Tiffany se secó el sudor del labio superior y ajustó las rejillas del aire acondicionado mientras Zoe se instalaba en el coche y se ponía el cinturón de seguridad.

—No tienes que agradecerme nada.

—¿Colin sabe que vamos a ir sin él?

Tiffany asintió.

—Ha llamado a la policía para contar lo de Paddy —Tiffany volvió a colocar las rejillas—. ¿Has localizado a tu detective?

Zoe consiguió atarse por fin el cinturón.

—Todavía no.

–Es una lástima.

Las puertas se cerraron automáticamente en cuanto Tiffany aceleró.

«Lo único que tengo que hacer es salir de la ciudad. Salir de la ciudad. Después, nos encontraremos allí con Colin y él se ocupará de todo».

Tiffany intentaba mantener la calma, pero sudaba de tal manera que estaba empapada y la ansiedad le provocaba dolor de estómago. Colin había matado a otras mascotas en la cabaña, pero solo porque se había visto obligado a ello. Y eran las drogas las que le estaban empujando a hacer algo que en realidad no quería hacer. A la primera mascota la había dejado junto a la autopista de Utha, y tampoco le habría hecho ningún daño a Rover si le hubiera obedecido.

Pero aquello era diferente. Aquella era la primera vez que engañaba a alguien para matarlo, sabiendo de antemano lo que iba a suceder.

Y, sin embargo, Tiffany estaba deseando que lo hiciera. Odiaba a Zoe como nunca había odiado a nadie. Zoe le había robado a Colin. A lo mejor no lo había hecho intencionadamente, pero desde que se había fijado en ella, Colin no era el mismo de siempre. Zoe representaba una amenaza para todo lo que ella amaba, para todo lo que tenía. Por eso quería acabar con ella. Y quería que fuera Colin el que la matara, porque así le demostraría que ella le importaba más que su vecina.

Pero aquello no servía para aliviar su miedo. Eran muchas las cosas que podían salir mal. No podía dejar de imaginarse a Jonathan Stivers llamando al móvil que Tiffany había dejado en el regazo. El detective podía insistir en que se detuvieran y le esperaran. Y también el detective que la policía había asignado al caso. Si Zoe intentaba ponerse en contacto con ellos, esperaba enterarse y poder detenerla.

De momento, lo único que tenía que hacer era salir de la

ciudad. Si conseguía llegar a la sierra, perderían la cobertura y podría por fin relajarse. Al menos un poco.

Desvió la mirada hacia su propio teléfono, que había dejado sobre el salpicadero, y al final cedió y llamó a Colin. Quería saber dónde estaba, tener la tranquilidad de que había conseguido salir del despacho.

—Hola, ¿cómo va el trabajo? —le preguntó en cuanto descolgó el teléfono.

Intentó imprimir a su voz un tono natural, pero esperaba que Colin comprendiera lo que le estaba preguntando en realidad. Su marido no la decepcionó.

—Todavía no he llegado a la cabaña —le dijo—. Tengo que pasar antes por casa para ir a buscar la tarjeta de crédito. Necesitaré dinero para pagar la comida y la gasolina. Así que me retrasaré un poco.

Debía de haberse dejado la tarjeta cuando había pedido por Internet todo aquel instrumental sadomasoquista para la fiesta que quería organizar con sus amigos. El paquete había llegado al día siguiente, pero Tiffany no había vuelto a verlo después de que Paddy hubiera muerto y de que Colin hubiera limpiado la casa. Había hecho desaparecer todos sus juguetes. Colin había limpiado todas y cada una de las habitaciones.

—¿Dónde… dónde está esa caja con las cosas que nos enviaron la semana pasada?

—¿Qué cosas?

—Las que compraste por Internet para la fiesta del viernes.

—Tranquila, están a salvo, en mi maletero.

Así que se las pensaba llevar. A Tiffany se le revolvió el estómago al imaginar la noche que tenían por delante. Quería que Zoe muriera, pero no quería ver a Colin disfrutando del sexo con ella. Y si se mostraba demasiado blando o cariñoso, le rompería el corazón. Pero, incluso en el caso de que solo quisiera hacerle daño, no quería verlo. Ella no tenía la misma pasión por la tortura que su marido. Colin la encontraba extraordinariamente excitante. Las mayores gratificaciones sexuales las obtenía de los gritos y los llantos de los demás. Pero ella no lo soportaba…

Se preguntó si Colin le permitiría marcharse o la obligaría a mirar.

A participar.

A enterrar los cadáveres.

Se estremeció.

–¿Tiff? –la llamó Colin.

–¿Qué?

–Estás con Zoe, ¿verdad?

–Sí, está aquí. Vamos hacia allí.

Zoe la miró y sonrió. También ella estaba nerviosa, comprendió Tiffany. Parecía muy concentrada y apenas hablaba. Algo que ella prefería. No habría sido capaz de mantener una conversación en ese momento. Tenía demasiado miedo de hacer o decir algo que los comprometiera, que alertara a Zoe sobre la realidad de su situación. Tiffany era consciente de lo que podía costarle un error. Le bastaba con recordar lo que había pasado con Rover.

–¿A qué distancia estáis de la cabaña? –preguntó Colin.

–A una hora aproximadamente.

–En ese caso, tendrás que ir más despacio. Misty va con retraso. Esta es la primera vez que no está muriéndose de hambre a las doce, ¿te lo puedes creer? En cualquier caso, llegarás antes que yo.

¡No! No podía llegar antes que él. Quería acabar cuanto antes con aquella situación. Quería que fuera su marido el que se ocupara de Zoe.

Tiffany miró el velocímetro, pero no redujo la velocidad. Siempre podía fingir que se habían perdido en cuanto salieran de la autopista y llegaran a una zona en la que no tuvieran cobertura.

–Espero que no –dijo, para que Zoe pudiera oírlo.

–Dile a Colin que la agradezco mucho su apoyo –musitó Zoe.

Tiffany apretó los dientes e intentó dominar los celos que la devoraban.

–Zoe dice que te está muy agradecida por tu apoyo.

–Dile que haría cualquier cosa por ella –respondió Colin con una risa de satisfacción.

–Dice que espera poder ayudarte –dijo Tiffany en cambio, y colgó el teléfono.

Frunció el ceño con expresión preocupada. Zoe asintió y fijó la mirada en el parabrisas.

En ese momento, sonó el teléfono de Zoe. Era una persona que se había equivocado, pero consiguió poner histérica a Tiffany. Porque sabía que el detective Thomas podía llamar en cualquier momento.

Quienquiera que hubiera entrado en casa y hubiera estado a punto de sorprender a Jonathan, no se había quedado mucho tiempo. Justo cuando la puerta se había abierto, había corrido a esconderse en el garaje, donde apenas había tenido que permanecer un minuto antes de que el coche que habían dejado en marcha en el camino de entrada a la casa se marchara.

No estaba seguro de si era Tiffany o Colin. No había querido comprobarlo por miedo a ser descubierto. Ya había provocado suficientemente a Colin después de que hubieran estado a punto de despedirle y no quería volver a amenazarle.

En cualquier caso, fuera quien fuera el que había ido a casa, no importaba. Lo único importante era que no le habían visto. De esa forma tenía oportunidad de salir, y fue precisamente eso lo que hizo.

Pero tampoco estaba satisfecho con aquella pérdida de tiempo. Colin y Tiffany eran una pareja joven y atractiva. No encajaban en el perfil medio de los pederastas. ¿Por qué se le habría ocurrido seguir una pista tan poco fiable?

Abrió el coche que había dejado aparcado detrás de otra casa para que no pudiera verse desde la calle de Colin.

Se le había ocurrido porque quería resolver aquel caso, por supuesto. Pero en aquel momento, se sentía ridículo. Si Colin fuera el hombre retorcido que había atacado a Toby, quedaría algún indicio en la casa: cintas de vídeo, fotografías, pornografía, juguetes sexuales… algo. Sobre todo si su mujer era consciente de su perversión y no tenía nada de lo que esconderse.

–Qué pérdida de tiempo –gruñó, y volvió a conectar el teléfono.

A la una y media tenía una cita con el detective Thomas y quería ver la hora que era. Afortunadamente, todavía tenía una hora. Pero tenía muchas llamadas perdidas, la mayoría de Zoe.

Ansioso por averiguar qué podía ser tan urgente, la llamó inmediatamente. Zoe contestó a la primera llamada.

–¿Qué ha pasado? –preguntó.

Esperaba que Toby hubiera proporcionado alguna información sobre el hombre que le había hecho daño, cualquier cosa que pudiera ayudarlos a encontrar a ese maldito bastardo. Las palabras de Jasmine se repetían constantemente en su cabeza: «tienes que encontrarla, Jon. Tienes que encontrarla ya». Pero no estaba más cerca de localizar a Sam que el día de su desaparición.

–¿Has oído mis mensajes? –le preguntó Zoe.

–Todavía yo.

Había preferido llamarla directamente a escuchar sus mensajes.

–¿Dónde estás?

–De camino hacia Truckee. Tenemos una pista que puede conducirnos a Sam –le dijo precipitadamente, casi sin aliento.

–¿Qué? –Jonathan detuvo la mano en la llave de encendido. Eso era exactamente lo que estaba esperando–. ¿Gracias a Toby?

–No, Toby todavía está en proceso de recuperación. Todavía no se expresa de forma coherente y los médicos no quieren que le molestemos. Está demasiado débil.

–¿Y de dónde ha salido esa pista entonces?

–De los vecinos.

–¡Estás de broma!

–Pero no es lo que crees –se precipitó a explicarle–. El padre de Colin, un hombre llamado Paddy Bell, tiene todo un historial como pedófilo. Abusó de Colin cuando era pequeño, y también de su hermana.

–No…

–Sí, pero Colin pensaba que era algo que pertenecía al pasado. Un momento terrible que acabó en cuanto la madre de Colin lo descubrió y le dejó –se interrumpió–. Hasta que Paddy desapareció el viernes por la noche.

Jonathan echó la cabeza hacia atrás.

–¿El padre de Colin ha desaparecido?

–Sí.

–¿Qué pasó exactamente?

–No están completamente seguros. Piensan que se ha fugado. Colin vio una noticia sobre Toby en televisión. Le habían secuestrado en el barrio en el que vive su padre.

Jonathan vio a un hombre de mediana edad conduciendo un coche que necesitaba un silenciador.

–¿Y entonces?

–Un par de días después, Colin recordó que su padre conocía a Sam. Al parecer, la había mencionado varias veces.

A Jonathan se le heló la sangre en las venas. No le extrañaba que hubiera sido incapaz de resolver el caso. No había ninguna pista que pudiera conducir a Paddy Bell. En principio, no tenía ninguna relación con lo ocurrido.

–Cuando comenzó a preguntarle a Paddy sobre Sam, debió de ponerse nervioso, porque desde entonces, no ha vuelto a aparecer.

–¿Y por qué Colin no me ha contado nada cuando le he ido a ver hace un par de horas?

–Estoy con Tiffany. Déjame ver lo que dice.

Zoe formuló la pregunta y Jonathan oyó a la mujer de Colin responder:

–No estaba seguro. Los dos esperábamos… esperábamos estar equivocados y que Paddy apareciera. Nadie quiere acusar a un miembro de su familia de algo así. Si en realidad solo se ha fugado con otra mujer, jamás nos perdonaría que hiciéramos público su pasado. Pero cuando tu detective se presentó en su despacho y después me llamó, comprendimos que teníamos que arriesgarnos.

Jonathan se sintió mal por la conducta que había tenido en el despacho de Colin. El hombre ya había tenido un día suficientemente malo. Y, estuviera o no casado, estaba loco por Zoe, lo cual complicaba la situación. No le extrañaba que no hubiera querido contarle lo que sospechaba de su padre.

Por lo menos, al final había hecho lo que debía.

—Así que sabemos que podría habérsela llevado y que puede tenerla en Truckee —le dijo a Zoe.

—Jasmine te dijo que estaba en un bosque, ¿te acuerdas?

¿Cómo iba a olvidarlo? No había sido capaz de pensar en otra cosa en todo el día.

—Sí, claro que me acuerdo.

—Paddy tiene una cabaña a las afueras de Truckee.

—Mierda —puso el coche en marcha inmediatamente—. Voy hacia allí. ¿Dónde estáis?

—Acabamos de pasar Auburn.

—¿Quiénes? ¿Tiffany y tú?

—Sí, vamos en su coche.

Jonathan puso el coche en marcha y se dirigió hacia la autopista.

—¿Y Colin?

—Todavía está en el trabajo.

Por supuesto. Colin había visto lo mal que le había tratado Scovil, sabía que tenía muchas probabilidades de quedarse sin empleo.

—¿Dónde podemos quedar?

—No podemos parar, Jonathan. Vamos contrarreloj.

—Zoe, sé lo que sientes, pero preferiría estar contigo. No tenemos ni idea de lo que podrías encontrarte.

—¿No podemos quedar directamente allí?

Jonathan sabía que no podría convencerla de ninguna manera de que se detuviera sabiendo que Sam estaba tan cerca. Sería capaz de caminar sobre el fuego para rescatar a su hija. Y, de todas formas, no le llevaban mucha ventaja. Podía alcanzarlas poco después de que llegaran.

–De acuerdo. ¿Dónde es?

–Ahora te pasaré a Tiffany para que te dé la dirección.

–¿Has avisado a la policía? –preguntó antes de que Zoe le hubiera pasado a Tiffany el teléfono.

–Le he dejado un mensaje al detective Thomas. Creo que estamos cubiertos. Colin también está avisado.

–Genial. En ese caso, déjame hablar con Tiffany.

–Nos vemos allí.

–Pase lo que pase, Zoe…

No estaba seguro de lo que quería decir. Odiaba imaginarse a Zoe encontrando a su hija en el estado en el que habían encontrado a Toby. O peor, incluso.

–… iré lo más rápido que pueda.

–De acuerdo –Zoe se sorbió las lágrimas y Jonathan supo que estaba llorando–, gracias.

Mientras hablaba con Tiffany, Jonathan se incorporó a la autopista y pisó el acelerador, solo para verse obligado a reducir la velocidad cinco minutos después mientras atravesaba Lincoln. Después de colgar, continuó conduciendo a toda la velocidad que el tráfico le permitía, pero no vio el BMW azul de Tiffany por ninguna parte. Y aunque siguió las indicaciones que Tiffany le había dado, tampoco encontró la cabaña.

Capítulo 34

El único problema de su plan era que no tenían tiempo para implementarlo como era debido, pensó Colin. Tenía que darse prisa, y comenzaba a hacerse tarde.

Le había enviado un mensaje a Tiffany diciéndole que intentara entretenerse durante al menos media hora y ella le había contestado con un: *¡Date prisa!* Pero no podía hacer nada para ir más rápido. Había tenido que pasar por la casa del primo de Tommy para que le diera las llaves de la cabaña antes de salir de Sacramento. La casa, poco más que una choza, en realidad, estaba en Chester, no en Tahoe ni en Truckee, y eso significaba que tenía un largo camino por delante antes de poder alcanzar a Zoe y a Sam. Pero merecía la pena. Al utilizar una propiedad de otra persona, no dejaría pruebas de ninguna clase. Y la relación con el primo de Tommy era suficientemente distante como para que ni siquiera supiera su apellido. Bill Bristol iba a prestarle la cabaña durante toda una semana con la promesa de que Tommy le compensaría permitiéndole utilizar su buggy en la playa durante el verano. Y él iba a compensar a Tommy permitiéndole disfrutar de Tiffany durante dos noches de aquella semana mientras él estuviera fuera. Había intentado reducir el número de noches a una, pero Tommy era un gran negociador y él estaba demasiado desesperado como para no ceder.

Ya solo necesitaba convencer a Tiffany de que hiciera todo lo que Tommy quisiera. Colin le había prometido a su amigo que Tiffany sería completamente flexible. Incluso había improvisado algunas imágenes suficientemente gráficas como para que Tommy aceptara el trato. Con un poco de suerte, el diamante que le había comprado el día anterior a su esposa ayudaría a que se mostrara más dócil. En el caso de que fuera necesario, le compraría cualquier otro regalo. Como un coche, por ejemplo. Y le recordaría que en cuanto terminara aquella semana, Zoe y Sam habrían desaparecido para siempre de sus vidas.

Consciente de que estaba sobrepasando el límite de velocidad, Colin miró por el espejo retrovisor y respiró aliviado al no ver cerca ningún coche de policía. Se dirigió hacia la siguiente salida. Ya estaba casi en la cabaña. En cuanto se encargara de todo en Tahoe y llegara después a Chester, estaría a salvo. Tendría que volver a Sacramento y dejarse ver para que no pareciera que había desaparecido al igual que Zoe, Sam y su padre, y podría justificar las largas horas que había pasado fuera de casa diciendo que había estado ocupado buscando a su padre.

Era genial, no podía haberlo planificado mejor.

Sam oyó que le llamaban desde muy lejos. Estaba buceando, disfrutando de la suavidad y el resplandor del agua e ignoró la voz que la llamaba. No entendía por qué, pero podía respirar. Podía estar debajo del agua tanto tiempo como quería. Algo que debería haberle indicado que aquello no era real. Pero a esas alturas, poco le importaba ya la realidad. Lo único que quería era sentirse bien.

Debería haberse quedado donde estaba, pero su madre estaba al borde del agua, diciéndole que quería hablar inmediatamente con ella.

Se obligó a obedecer, abrió los ojos haciendo un gran esfuerzo y fijó la mirada en la imagen borrosa que se cernía sobre ella.

–¿Mamá? –su voz era apenas un graznido.

–Vaya, pensaba que estabas muerta.

Era la voz de Colin, y no parecía importarle particularmente que estuviera muerta o no. A lo mejor esa era la razón por la que la había abandonado. Sam se había comido ya las barras de cereales y había acabado el agua, y había utilizado las pocas fuerzas que le quedaban para intentar desenterrar la estaca que la mantenía prisionera. Pero había sido inútil. Estaba demasiado débil como para liberarse.

Durante las últimas horas, en realidad no sabía cuántas, se había dejado llevar y había permanecido en un estado de semiinconsciencia, escuchando el zumbido de las moscas. Se posaban sobre ella, le hacían cosquillas en las mejillas, la frente, los brazos y las piernas, pero ni siquiera era capaz de espantarlas.

—Eres un demonio… —musitó.

—Puedes llamarme todo lo que quieras —respondió Colin riendo—. En cualquier caso, tengo buenas noticias.

—¿Te estás… muriendo de cáncer?

Volvió a cerrar los ojos. Le costaba demasiado mantenerlos abiertos. Pero aun así, consiguió sonreír por su propia broma. Tenía que estar loca para provocarle de aquella manera, pero estaba demasiado cansada como para que le importara. Demasiado cansada incluso como para sentir miedo.

—Ja, ja. Eres muy graciosa, ¿sabes?

—Y tú eres un imbécil.

Qué tontería. ¿No se le ocurría un insulto mejor? En el estado en el que se encontraba, no. Y tenía la boca tan seca que apenas podía hablar.

—¿Ah, sí? Y si soy un imbécil, ¿cómo es posible que sea yo el que controla la situación? Eres tú la que estás metida en una maleta, haciéndose las necesidades encima.

Sam se acurrucó en la maleta.

—De todas formas… prefiero ser yo.

Colin volvió a soltar una carcajada.

—¿Estando al borde de la muerte? ¿Con un collar de perro? ¿Y apestando de esa manera?

—Por lo menos —Sam intentó humedecerse los labios agrietados—, yo me merezco que me quieran.

–¡Eres una zorra!

A juzgar por su tono, aquellas palabras consiguieron herirle. Era una pequeña victoria. Pero con Colin, una victoria no siempre era una victoria.

–¿Preferirías que… fuera una estúpida… como Tiffany?

–¿Qué quieres decir con eso?

–¿Qué pensara que… eres alguien… especial?

–Si no cierras la boca, vas a morir antes de que tu madre llegue aquí –le espetó.

Al oír aquellas palabras, Sam tomó aire con fuerza.

–¿Qué has dicho?

–He dicho que apestas como un cerdo.

–¿Qué has dicho de mi madre?

Colin no lo repitió. Se marchó y regresó con un recipiente de agua que le echó encima para quitarle los restos de orina. Después, la llevó al coche, la dejó en asiento de pasajeros, la esposó y ató la cadena al volante.

Para cuando Tiffany llegó a la cabaña, Zoe estaba frenética. Habían tardado más de dos horas en llegar a la cabaña cuando deberían haber llegado en hora y media. Pero cuando por fin la encontraron, el miedo superó a la frustración.

–No hay ningún coche.

–No, no veo ninguno –se mostró de acuerdo Tiffany.

–En ese caso, Paddy no puede estar aquí. Es imposible llegar a este lugar sin ninguna clase de transporte. Está demasiado lejos.

Tiffany no respondió.

–¿Qué podemos hacer ahora?

Era una pregunta que se hacía a sí misma, más que a Tiffany. Se preguntaba, además, si sería capaz de superar aquella nueva decepción.

–Deberíamos registrar la cabaña, ¿no crees? –sugirió Tiffany–. Para ver si alguien ha estado aquí.

Zoe asintió mientras le pedía a Dios que le ayudara a encontrara a su hija. Y que su hija estuviera bien.

Tiffany abrió la puerta.

—A lo mejor… a lo mejor deberías quedarte aquí un momento. Solo por si acaso.

A Zoe se le subió el corazón a la garganta. ¿Por si acaso qué? ¿Por si acaso encontraban a su hija muerta?

La macabra imagen que conjuró su mente estuvo a punto de hacerla vomitar.

—No, iré contigo. Dame un minuto…

Posó la cabeza en las rodillas, intentando recuperar la calma.

—No tienes buen aspecto. Quédate aquí.

Tiffany salió del coche antes de que Zoe hubiera podido dominar las náuseas.

Tras haber visto la cabaña tan vacía, había desaparecido la sensación de urgencia que había impulsado a Zoe hasta aquel momento. El miedo parecía haber puesto una carga de más de cien kilos en sus brazos y en sus piernas y le resultaba casi imposible moverse. ¿Por qué no dejar que fuera Tiffany la que le dijera si podía mirar o no? Zoe no quería que el último recuerdo de Sam fuera la visión que posiblemente la esperaba en el momento en el que cruzara aquella puerta.

Así que observó a la esposa de Colin mientras esta corría hacia la cabaña y desaparecía en el interior. Se obligó después a reclinarse en el asiento y respiró hondo mientras esperaba. Tenía que estar preparada para lo peor, tenía que prepararse para enfrentarse a… lo que fuera.

Afortunadamente, Jonathan no tardaría en llegar. Le bastaba saberlo para que todo le pareciera más fácil.

Pero no apareció ningún coche detrás del BMW. Y un momento después, Tiffany salió de la cabaña y se dirigió hacia un cobertizo sin alzar siquiera la mirada.

¿Qué estaba ocurriendo allí? Tiffany sabía lo nerviosa que estaba.

Presa de la impaciencia, abrió la puerta del coche y salió. Le flaqueaban las rodillas mientras se dirigía hacia el cobertizo, pero la determinación la impulsaba a continuar moviéndose.

–Sam, vive, no te rindas. Sam, tienes que estar viva –susurró.

Antes de que Zoe pudiera atravesar el claro, Tiffany salió del cobertizo y cerró la puerta tras ella.

–¿Has encontrado algo? –preguntó Zoe esperanzada.

–Ha estado allí –Tiffany señaló tras ella.

Zoe fijó la mirada en el cobertizo.

–¿Cómo lo sabes?

–He encontrado los envoltorios de unas barras de cereales y una manta vieja.

¿Eso era todo? ¿Cómo podía estar Tiffany tan segura? Cualquiera podía haber dejado aquellos desperdicios.

–¿Pero no hay…? –tragó saliva antes de ser capaz de pronunciar la palabra– ¿… ningún cadáver?

–No –le hizo un gesto a Zoe–. Ven a comprobarlo por ti misma.

Algo estaba ocurriendo. Cuando había salido del coche, Tiffany era una persona dulce y solícita, pero parecía haber cambiado de personalidad. Sus ojos brillaban de manera extraña y se le dilataban las aletas de la nariz como si estuviera extremadamente nerviosa o excitada.

Zoe consiguió esbozar una sonrisa, a pesar de la tensión que sentía en el rostro.

–No pasa nada. Será mejor que llamemos a la policía.

Tiffany abrió los ojos como platos.

–¿No quieres ver lo que he encontrado?

–No quiero destrozar ninguna prueba –retrocedió–. Si Sam no está aquí, la policía estará mejor equipada que nosotras para analizar las pruebas que puede haber dejado el padre de Colin.

Tiffany miró tras ella.

–Pero entonces, ¿por que has venido hasta aquí?

Porque quería encontrar a Sam. Salvarla, en el caso de que fuera posible. Pero Tiffany acababa de decir que no estaba.

–Prefiero ir a contarle todo a la policía.

–Pero hay algo… –frunció el ceño y volvió a mirar tras ella–, hay algo que deberías ver.

—¿Qué es?

—Ve a verlo.

Esperando ansiosa la llegada de Jonathan, Zoe se volvió de nuevo hacia la carretera. Pero el polvo que habían levantado en su llegada hacía tiempo que había vuelto a asentarse y no se oía absolutamente nada, salvo el zumbido de los insectos.

—No quiero.

—No tienes por qué entrar. Lo único que tienes que hacer es asomar la cabeza. A lo mejor reconoces la parte de arriba del bikini que he encontrado allí.

Si había encontrado la parte de arriba de un bikini, ¿por qué no se lo había dicho antes?

Recordó aquella extraña ensoñación que la acompañaba desde la noche que había cenado en casa de los Bell:

—Tienes una mujer encantadora.

—Excepto cuando me ayuda a asesinar a alguien.

Teniendo en cuenta cómo la estaba mirando Tiffany en aquel momento, aquel fragmento de conversación ya no parecía un sueño. A eso había que sumarle otras reacciones instintivas, como la repulsión, el miedo y la sensación de mareo que asociaba de pronto con la casa de los Bell.

Pensó en Jonathan. Debería haberle esperado.

—No me pongas las cosas difíciles. Eso solo servirá para hacerlo todo más complicado.

—¿Hacer más complicado qué?

Zoe calculó la distancia que la separaba del coche. ¿Habría quitado Tiffany las llaves del encendido?

—La… sorpresa.

—¿Qué sorpresa? La única sorpresa que me interesa es recuperar a mi hija.

Tiffany bajó la voz.

—Te prometo que si vienes conmigo, la verás.

Aunque fuera cierto, Zoe no iba a poder salvar a Sam, en el caso de que la sorpresa de Tiffany tuviera algo que ver con lo que sospechaba. Zoe estaba comenzando a intuir una desconcertante maldad en su vecina.

Necesitaba ayuda si quería salvar a Sam.

—Jonathan no tardará en llegar —anunció, como si el mero hecho de pronunciar su nombre fuera como una especie de talismán.

Tiffany sonrió triunfante.

—Por supuesto que llegará. Siempre y cuando no se haya perdido.

¡Oh, Dios santo! Había sido Tiffany la que le había dado la dirección a Jonathan. Ella ni siquiera había estado atenta a lo que le decía. Estaba demasiado preocupada, demasiado segura de que estaban a punto de encontrar a su hija.

Clavó los ojos en el cobertizo y vio que la puerta se movía. Alguien la estaba mirando desde el interior. Tenía que ser Colin. No estaba en el trabajo. Aquello era una coartada. Estaba allí, esperándolas.

¿Estaría su hija con él? La mera posibilidad le hizo desear correr hacia allí sin pensar en los posibles riesgos. Pero no podía caer en sus garras. Quizá ella fuera la única esperanza que le quedara a su hija de salir con vida.

Giró sobre sus talones y corrió hacia el coche. Apenas acababa de abrir la puerta cuando Tiffany la alcanzó. Cayeron ambas al suelo y se enzarzaron en una pelea. Un portazo de la misma puerta que había visto abrirse segundos antes le indicó a Zoe que llegaban los refuerzos de Tiffany, pero esperaba hacerle algún daño antes de que la superaran en fuerzas.

Pateaba, arañaba, desahogaba toda su rabia y su angustia intentando herir a la persona que había secuestrado a su hija. Y supo que había logrado su objetivo cuando la oyó gritar.

—¡Colin, ayúdame! ¡Está loca!

—Me las vas a pagar —gruñó Zoe.

Y le clavó los dientes en el hombro con fuerza, antes de que Colin consiguiera separarlas.

¿Dónde podía estar la cabaña? Jonathan había seguido las indicaciones de Tiffany paso a paso, pero estaba en medio de

Sierra Nevada, perdido, sin cobertura telefónica y sin ningún teléfono fijo a mano.

—¡Mierda!

Dio un golpe al salpicadero y se encendió la radio, aunque no conseguía localizar ninguna emisora. ¿Qué demonios debería hacer? No tenía la menor idea de dónde estaban Zoe y Sam, y tampoco de cómo localizarlas. Odiaba tener que retroceder, pues sospechaba que estaban cerca de allí, pero al final, se vio obligado a hacerlo. Después de regresar a la autopista, condujo hasta un lugar desde el que poder hacer una llamada.

—Scovil, Potter & Clay.

—¿Misty?

—¿Sí?

—Hola, soy Jonathan Stivers.

—Ah, hola, señor Stivers.

Jonathan ignoró el evidente entusiasmo de su voz.

—¿Está Colin por allí?

—Sí, pero está en su despacho y me ha pedido que no le moleste.

—Es una emergencia.

—Vaya, ¿otra emergencia?

—¿Es que ha habido más?

—Su esposa ha llamado antes diciendo que también era urgente.

Jonathan estaba tan preocupado por hablar con Colin que casi pasó por alto aquella información, pero dos llamadas urgentes en tan poco tiempo le parecían un poco extrañas.

—¿Qué clase de emergencia?

—Por lo visto, Tiffany ha tenido un accidente de coche.

Lo que faltaba.

Jonathan tomó la primera salida que encontró y aparcó en la cuneta.

—¿Las dos están bien?

—¿Las dos? Pero si creo que iba sola.

—¿Cuándo ha sido eso?

—Poco después de que se fuera usted del despacho.

Jonathan suspiró aliviado. Eso había sido mucho antes de que Zoe estuviera con ella. Y si entonces estaba bien, probablemente el accidente solo hubiera sido un roce sin importancia.

–¿Y la otra emergencia?

–¿La de la semana pasada? La madre de Colin se cayó y tuvo que ir a atenderla.

Jonathan no había oído hablar nunca de la madre de Colin, solo de su padre.

–¿Qué día recibió esa llamada?

–Déjeme ver. Voy a revisar la agenda… Aquí está. El lunes. Acababa de cortarme el pelo y Colin entró y me dirigió una mirada extraña.

El lunes. La hija de Zoe había desaparecido ese mismo día. ¿Se trataría de una coincidencia? Era posible. Pero era raro que Colin no hubiera hecho ningún comentario sobre lo que le había pasado a su madre. Zoe había dicho que la madre de Colin había abandonado a su marido después de enterarse de que había abusado de su hijo. A lo mejor la madre y el hijo no estaban muy unidos. Y a lo mejor la caída no había sido tan grave.

–Gracias. ¿Puedes llamar a Colin?

–No le va a gustar –se quejó.

–Le diré que ha sido culpa mía. Lo comprenderá, te lo prometo. Es algo muy importante.

Misty suspiró en el teléfono.

–De acuerdo. Pero me debe una. Y esa una puede significar un almuerzo.

Jonathan abrió la boca para decir que no estaba en el mercado. No le importaría invitarla a comer, era una chica simpática. Pero él ya estaba comprometido. Y en aquella ocasión, no fue en Sheridan en quien pensó.

–Me encantaría invitarte a comer, pero, ¿sabes, Misty? Tengo novia.

–Ese es el problema que tienen siempre los mejores –musitó–. Espere un momento.

Jonathan estuvo esperando durante tanto tiempo que terminó pensando que estaba atendiendo otra llamada y se había olvidado por completo de él.

Al final, Misty volvió a ponerse al teléfono.

–¿Señor Stivers?

–¿Sí?

–Debe de haber salido, pero no sé cuando. Desde luego, yo no le he visto marcharse.

–¿Te importaría hacerme otro favor y comprobar si su coche está en el aparcamiento?

–Ya lo he hecho. El coche ha desaparecido.

Por eso había tardado tanto. Aquella chica era un encanto.

–Y no sabes adónde puede haber ido.

–No tengo ni idea. Pero sí puedo decirle una cosa: no es muy probable que vuelva. El señor Scovil me ha oído preguntar por él y se ha puesto hecho un basilisco.

¿Al final habría decidido ir también él a la cabaña?

–¿Puedes darme su número de teléfono?

–Se supone que no puedo dar ese tipo de información sin estar autorizada.

–Vamos, Misty. Todo esto es para intentar encontrar a esa chica que desapareció.

–Pero si a Colin no le gusta, intentará vengarse.

–No va a volver, ¿recuerdas? Y no le diré cómo he conseguido su número. Probablemente podría conseguirlo de otra forma, pero ahora mismo no tengo tiempo.

–De acuerdo, deme un segundo.

Jonathan la imaginó revisando la agenda telefónica.

–Aquí está.

Jonathan introdujo el teléfono en su BlackBerry mientras Misty se lo dictaba.

–Perfecto, gracias Misty.

–Es una pena que tenga novia –se lamentó Misty, y colgó el teléfono.

Jonathan se rió para sí y marcó el número, pero la preocupación que había sentido segundos antes regresó al ver que Colin no contestaba. Cada vez que llamaba saltaba directamente el buzón de voz. ¿Habría sido Colin el que había regresado a casa cuando Jonathan estaba en el garaje? Si así era, todavía no había vuelto al trabajo.

Tamborileó nervioso los dedos en el volante mientras intentaba pensar el siguiente paso que dar. Tenía que localizar la cabaña, ¿pero cómo?

A lo mejor Paddy se había vuelto a casar y, en ese caso, su esposa...

Consultó la guía telefónica de Antelope, que era el lugar en el que Toby había sido secuestrado. Una mujer contestó casi inmediatamente.

–¿Diga? –parecía nerviosa, esperanzada.

–¿Es usted la señora Bell?

–Sí, soy yo.

–¿Está casada con Paddy Bell, el padre de Colin Bell?

–Exacto.

–Soy Jonathan Stivers. Soy detective privado. Estoy investigando el secuestro de...

–¿De mi marido? –le interrumpió–. ¿Han secuestrado a mi marido? ¿Dónde le tienen?

Jonathan se quitó el cinturón de seguridad.

–No, que yo sepa, señora. Estoy investigando el secuestro de una niña que vivía al lado de su yerno. Desapareció el lunes pasado y la estamos buscando desde entonces.

–¿Una vecina de Colin? –parecía desconcertada–. Es curioso que no lo mencionara. A lo mejor hay alguna relación entre su desaparición y la de Paddy –dijo entre lágrimas–. ¿Pero qué se propone toda esa gente? Al hijo de los Simpson lo secuestraron al ir al colegio, justo al final de esta calle. No lo comprendo.

–Colin cree que su marido podría tener algo que ver con el secuestro de Samantha Duncan.

–¿Qué? Pero si ni siquiera conocía a esa chica. ¿Qué podría querer de ella?

Jonathan bajó la ventanilla, esperando sentir el aire fresco de la sierra.

–Colin dice que su marido es un...

–¡No! –gritó antes de que pudiera terminar la frase.

—Sí.

—¡Es mentira! Conozco a Paddy mejor que nadie. No es ningún pervertido. ¡Es un buen hombre!

El viento que Jonathan había estado esperando le revolvió el pelo.

—¿Nunca tuvo noticias de que abusara de su hijo cuando este era pequeño?

—¡Por supuesto que no! Eso es una locura. Puede preguntárselo a su primera esposa. Le dirá que Paddy era un buen padre. A mí me lo ha dicho muchas veces. Y también que su matrimonio hubiera funcionado si no hubiera sido por Colin.

—¿Qué hizo Colin exactamente?

—Era un niño muy difícil. Un niño muy problemático.

—¿En qué sentido?

—Eso depende de a quién se lo pregunte. Tina, su madre, piensa que es el hijo del diablo. Pero Paddy cree que los problemas de Colin se debían a que eran demasiado duros con él.

—¿Tiene el teléfono de Tina, señora Bell?

—Sí, lo tengo. Yo misma la llamé cuando Paddy desapareció. La considero una amiga. Un momento.

Jonathan le oyó buscar a su alrededor antes de regresar al teléfono.

—Aquí tiene.

Después de que le diera el número, Jonathan le dio las gracias, pero Sheryl le detuvo antes de que pudiera colgar.

—¿Señor Stivers?

—Sí.

—Puedo adelantarle lo que va a decirle Tina antes de que hable con ella. Ella se fue de casa para escapar de Colin, no de Paddy. Courtney, su hija, puede confirmárselo.

Jonathan apoyó la cabeza en la mano. Colin, el hombre al que había sacado de sus casillas esa misma mañana. El hombre que tenía relación con Paddy y con Sam. E incluso con Toby, puesto que este vivía muy cerca de Paddy. Colin, el hombre que tenía en su casa somníferos y pienso para perros, y que había estado con Zoe justo antes de que la encontrara en la cama de un hotel, con la ropa mal abrochada. Jonathan estaba dispuesto a apostar que si hubiera tenido tiempo de pensar en todos aquellos datos, el nombre de Colin habría vuelto a aparecer. O el nombre de alguien que conocía a Colin.

A lo mejor sospechar de él no había sido una locura.

–Tengo un mal presentimiento –le dijo.

–No le habrá hecho ningún daño a su padre, ¿verdad?

Justo en ese momento, pasó una desvencijada camioneta por delante de él y se alejó a toda velocidad.

–¿Cómo contestaría su exesposa a esa pregunta?

–Cuando la llamé, me preguntó inmediatamente dónde estaba Colin el día que Paddy había desaparecido. Me pareció raro que preguntara por su propio hijo, ¿no cree? Yo siempre he estado de acuerdo con Paddy en que los problemas de Colin se debían a la falta de afecto de Tina. Pero ahora, si no fuera por Tiffany, la creería.

–Entonces, ¿le gusta Tiffany?

–Es una chica encantadora, siempre dispuesta a complacer a los demás.

Y, particularmente, a su marido.

–Supongo que estaba con Colin cuando Paddy desapareció.

–Sí, ella misma me lo dijo.

Porque Tiffany estaba al tanto de la verdad, y quería proteger a Colin.

–¿Puede usted decirme cómo se va a la cabaña de Paddy?

–No, lo siento. Ha pasado mucho tiempo desde la última vez que estuve allí. Y siempre era Paddy el que conducía.

Jonathan volvió a atarse el cinturón de seguridad.

–Necesito encontrarla inmediatamente.

–Colin y Tiffany estuvieron ayer allí y no encontraron a nadie.

–Tengo que volver a comprobarlo. ¿Dónde puedo conseguir la dirección?

–Vaya, no sé… –se produjo una pausa–. Supongo que aparecerá en la escritura. Pero no puedo decirle cuánto voy a tardar en encontrarla. Probablemente la tendrá en el garaje de… Un momento, ¿Y Glen? Mi hijo fue alguna vez allí con Paddy. Él sabrá cómo localizarla.

–¿Puede localizarle?

–¿Qué hora es? Sí, las tres. Puedo encontrarle en el trabajo.

–Llámale inmediatamente –le pidió Jonathan, y rezó para que no fuera demasiado tarde.

Capítulo 35

—Eres una pequeña bruja, ¿eh? —Colin parecía más excitado que enfadado al ver a Zoe y a Tiffany luchando—. Jamás habría imaginado que fueras capaz de algo así.

—¿Te alegras de que me haya hecho daño? —Tiffany permanecía en el suelo, cubierta de polvo, con la mano en la herida.

Con una mueca de asco al sentir el sabor metálico de la sangre, Zoe se limpió la boca, se apartó el pelo de los ojos y le fulminó con la mirada.

—¡Eso ha sido por Sam y por Toby!

—¿Te refieres a Rover? —Colin se echó a reír—. ¿También quieres protegerle a él?

—¿Cómo se le puede hacer a alguien tanto daño? ¿Cómo es posible que tú, una persona a la que conozco, que vivía a mi lado, sea capaz de algo así? ¡Eres un monstruo! ¡No eres un ser humano!

Colin hizo un gesto con la mano, desdeñando sus palabras.

—Relájate un poco. Acabas de demostrar que eres tan capaz de hacer daño a los demás como yo. Mira a la pobre Tiff.

Pero en aquel momento, a Zoe le importaba muy poco Tiffany. Era a Colin a quien tenía que derrotar si quería salir viva de allí. Y si quería que su hija viviera.

Se levantó y se sacudió el polvo de la ropa.

–Tiffany es una mujer adulta. Además, ha sido ella la que me ha atacado.

–Nunca me he preocupado por ese tipo de distinciones sutiles –respondió Colin encogiéndose de hombros–. En la vida, uno tiene que disfrutar de lo que le apetece.

–¿Qué le has hecho a mi hija?

Colin curvó los labios en una provocadora sonrisa.

–Lo que importa es lo que estoy a punto de hacerle.

Zoe se clavó las uñas en la palma de la mano. Sam estaba viva.

–¿Para qué me has traído aquí? ¿Para decirme que eras tú el secuestrador? ¿Para matarnos a las dos?

Colin se inclinó hacia ella, aspiró el aroma de su pelo y le lamió la mejilla. Zoe intentó reprimir un escalofrío provocado con el asco, quería fingir que no le molestaba.

–¿Qué quieres de nosotras?

–Te quiero a ti. Te he deseado desde la primera vez que te vi.

–¡Colin! –Tiffany se levantó y le empujó–. Mientras esté yo aquí, no. No puedo seguir viendo esto. Llévatela a la cabaña de Chester y asegúrate de que no vuelva a verla en mi vida.

–Ohh –se burló Colin–. ¿Has oído lo que ha dicho? Quiere que me deshaga de ti. Está cansada de que me provoques con ese precioso trasero.

–Yo jamás te he provocado.

–Me basta mirarte para excitarme.

–¡Colin! –le regañó Tiffany.

–De acuerdo, de acuerdo. Lo comprendo –le dijo a su esposa–. Zoe y tú tenéis algunos asuntos que resolver, así que dejaré que os ocupéis de ello –las miró alternativamente–. Adelante, señoras, pueden seguir peleando –se burló–. Será como una pelea de gallos. Y después tendrás que hacer algo más, Zoe. Supongo que ya sabes a lo que me refiero.

El recuerdo de Franky, del calor sofocante del trailer en aquella aciaga tarde de su adolescencia, invadió a Zoe, provocándole un pánico inmenso.

–No –sacudió la cabeza aterrada, pero aquella negativa no significaba nada para Colin.

Le guiñó el ojo a Zoe. Jamás le había visto tan contento. Zoe recordó entonces todas sus conversaciones. Había estado tan pendiente de representar el papel de la vecina educada y de concederle el beneficio de la duda que no había sabido interpretar las señales de advertencia. Había confiado en las apariencias, en vez de en lo que le decía su intuición. Colin habría podido confundir a cualquiera, pero ella era particularmente vulnerable, porque estaba decidida a no ver el peligro acechando en cada esquina. Después de lo que Franky le había hecho, aquella era la única manera de llevar una existencia normal.

–¿Estás preparada? –le preguntó Colin a su esposa.

–¿Preparada para qué?

–¡Para luchar con ella!

–Colin, no –Tiffany se señaló el mordisco que tenía en el hombro–. ¡Mírame!

–Estás bien, pequeña. Has tenido heridas mucho peores que esa.

–Déjalo ya, Colin. Tienes que llevártela de aquí. Stivers terminará encontrando la cabaña. ¡No es invisible!

–Está tan aislada que es casi como si lo fuera.

–¿Por qué no me escuchas? –le gritó–. ¿Has vuelto a drogarte? ¡Llegará aquí en cualquier momento!

–No, claro que no. Vamos, pequeña –la agarró el trasero y se lo apretó con un gesto lascivo–. ¿No estás dispuesta a pelear por tu marido? Yo pensaba que odiabas a Zoe, que querías que la matara.

Tiffany retrocedió tambaleándose.

–¡Cállate! Dios mío, te odio.

Colin se tensó entonces como si acabara de abofetearle.

Tiffany se cubrió la boca. Evidentemente, se arrepentía de lo que acababa de decir, pero eso no parecía importar. Tiffany tenía razón. Colin tenía que estar drogado. Estaba comportándose de manera muy extraña.

Los Bell se miraron en silencio durante algunos segundos. Al final, Colin caminó a grandes zancadas hasta donde estaba su esposa y la agarró del pelo.

–¿La quieres? –le dijo a Zoe–. Pues aquí la tienes.

Zoe tenía que pensar en la manera de imponerse. Su hija estaba viva. Colin había hablado de ella en presente. ¿Pero dónde podía estar? Esperaba que en el cobertizo de la cabaña. Porque si se la habían llevado de allí, jamás podría encontrarla.

–Quiero ver a Sam.

–Dentro de un momento.

Tiffany hizo una mueca, pero no gritó cuando Colin la obligó a colocar los brazos detrás de la espalda.

–Mi mujer se merece que le enseñen una lección –le lamió la mejilla–. ¿Qué dices, pequeña? Me odias, ¿eh? Eso es lo que has dicho, ¿verdad?

–No pretendía decir eso –lloriqueó Tiffany–. Sabes que te quiero, Colin. Haría cualquier cosa por ti. Te la he traído hasta aquí, ¿o no?

–La has traído aquí para que pudiera matarla –se volvió hacia Zoe–. Si le das una patada en el trasero, la muerte de Sam será rápida.

Lo que significaba que Sam estaba viva, ¿pero durante cuánto tiempo lo estaría?

–Es la mejor oferta que puedo hacerte –le explicó en el mismo tono con el que podría hablar de un negocio completamente inofensivo–. Pero no puedo soltaros a ninguna. No insultaré a tu inteligencia fingiendo lo contrario. Pero te haré el favor de deshacerme de ella de la forma menos dolorosa posible. Después, estaremos tú y yo solos durante toda una semana.

–Colin, estás consiguiendo que me arrepienta de esto –le advirtió Tiffany–. Suéltame.

–No.

–¡Suéltame!

Colin empujó a Tiffany contra Zoe.

–Vamos, pégala –hizo un gesto con la barbilla para señalar el rostro de Tiffany–. Justo ahí.

–¿Y tú qué harás? –quiso saber Zoe.

–Yo me mantendré al margen. Para mí, es una cuestión de puro entretenimiento. Te daré tres puñetazos de ventaja. Después, tendrás que luchar tú sola y ganará la mejor. Si sucede que eres tú, mostraré clemencia.

–¡Colin, ya basta! –Tiffany se retorcía, pero él la agarraba con fuerza.

Volvió a señalarla con la cabeza.

–Aquí la tienes, Zoe. Hace un momento, querías pegarla.

Zoe no quería pegar a nadie. Lo único que quería era marcharse de allí. La percepción que tenía Colin del mundo estaba totalmente distorsionada.

–Pégala –la animó–. Ponle el ojo morado. Piensa en cómo ha tratado a tu hija. Lo único que le daba de comer era pienso para perros. Y la ha tenido atada a una cadena. Es una bruja cruel.

La cólera que le provocaba pensar que alguien podía haber tratado así a su hija era suficientemente poderosa como para que pudiera atacar a cualquiera.

–Fue ella la que la secuestró, ¿sabes? La engañó para que entrara en casa y la encerró cuando tú estabas trabajando. Supongo que cualquier niño confiaría en una persona tan guapa como Tiffany.

–¿Tú la secuestraste? –se dirigió a Tiffany. De alguna manera, le parecía una traición mayor viniendo de otra mujer–. Eres tan mala como él.

Tiffany no era capaz de mirarla a los ojos.

–¡Lo hice por él!

Colin le retorció el brazo a su esposa, haciéndola gritar de dolor.

–¡Ah! Ahora vuelves a echarme las culpas a mí.

Colin podía decir lo que quisiera sobre Tiffany, pero no estaba dispuesto a tolerarle la más ligera ofensa.

–Suéltame.

Tiffany continuaba resistiéndose, pero Colin reía con ganas y seguía sujetándola.

–A lo mejor puedo llevaros a Chester y obligaros a torturaros la una a la otra. Eso sería interesante. Quizá sea mejor olvidarse de Sam. Al fin y al cabo, está completamente inservible. Es casi como si estuviera muerta.

El terror clavó sus zarpas en el corazón de Zoe. ¿Qué le habían hecho a su hija?

—No voy a ir a Chester —se negó Tiffany—. Ya no quiero ir.

—Eres una aguafiestas, Tiff. Deberías alegrarte de que, gracias a Zoe, vuelvas a excitarme otra vez. Sin ella, ya no eres capaz de excitarme.

Las lágrimas empapaban las mejillas de Tiffany.

—No me quieres. Debería haberme dado cuenta mucho antes.

—Has sido tú la que te lo has buscado. ¡Ahora cierra la boca y al final tendrás lo que quieres! Solo estoy pidiendo un poco de diversión.

—¡Has vuelto a esnifar coca! No soporto el efecto que tiene en ti...

—Y además, me odias. Sí, ya lo has dicho —la arrastró hacia Zoe—. Pégala.

—¿Todo lo fuerte que quiera? —preguntó Zoe.

—Todo lo fuerte que quieras.

Sostuvo a Zoe a su izquierda, anticipando un derechazo de Zoe. Pero Zoe era zurda, y no era a Tiffany a quien quería hacer daño.

Zoe unió las manos para que no pudieran verse sus intenciones y pegó a Colin con todas sus fuerzas.

—Ya era hora de que alguien se diera cuenta de que ese granuja está loco.

Glen Hagen apoyó el brazo cubierto de tatuajes en la ventanilla y siguió masticando el palillo que llevaba en la boca desde que Jonathan había ido a buscarle a la gasolinera de Nyack. Glen confiaba en ser capaz de encontrar la cabaña, pero no podía darle la dirección verbalmente porque no conocía la zona.

—Si lo intento, lo único que conseguiré es que te pierdas

–le había dicho a Jonathan cuando este le había presionado–. ¿Crees que sabrás dónde tienes que ir si te digo que gires a la derecha en el peñasco de granito y a la izquierda en el árbol torcido?

Tenía razón, así que Jonathan había decidido esperarle, pero no le había resultado fácil renunciar a la hora que había perdido. Cada minuto que pasaba aumentaba su ansiedad, el miedo a lo que Zoe podría estar pasando le decía que la quería mucho más de lo que nunca había pretendido. Y no era un sentimiento agradable, teniendo en cuenta lo que le había pasado con María.

Tampoco ayudaba que el detective Thomas hubiera entrado tarde en aquel juego. Había pasado la mayor parte del día ocupándose de otro caso, un truculento asesinato y un suicidio, pero acababa de contestar a las múltiples llamadas de Jonathan hacía varios minutos. Le había dicho que la exmujer de Paddy Bell se había puesto en contacto con la policía de Sacramento para que investigaran a Colin y su posible relación con la desaparición de su padre.

Si Jonathan hubiera recibido esa información unas horas antes, todo habría sido distinto.

–¿Cómo sabes que está loco? –Jonathan iba sorteando los coches a toda velocidad.

–Mierda, ¿no puedes conducir un poco más despacio? –le pidió Glen–. Me gustaría seguir viviendo después de esto.

Jonathan le ignoró. Ya había perdido demasiado tiempo.

–¿Cómo lo sabes? –volvió a preguntar.

–Nos conocimos cuando Colin ya era adulto, pero le he visto suficientemente a menudo como para saber que es un taimado y un canalla. Dicho claramente, intenta parecer lo que no es. Pero si no te necesita, puedes llegar a ver al verdadero Colin –se interrumpió–. A mí intentaba evitarme. No tengo nada que ofrecerle. Para él, solo soy un obrero –sacudió la cabeza–. Y su forma de tratar a su esposa…

–¿No la trata bien?

–Delante de la gente sí, aunque si uno se fija, no está tan claro. Lo único que tiene que hacer es mirarla para que ella cierre la boca o haga lo que Colin quiere. Puedo imaginarme lo que pasa cuando están solos en casa. Una vez le oí hablando con Tiffany en un dormitorio de la casa de mi madre, y te aseguro que si hubiera estado en mi casa, le habría echado –se palmeó el bolsillo de la camisa–. No sé por qué he tenido que dejar de fumar precisamente esta semana.

Jonathan continuó conduciendo a través de una zona de acampada para amantes de la vida tranquila.

Frunciendo el ceño por la falta de cigarrillos, Glen se agarró al salpicadero cuando Jonathan torció en otra curva. Abrió la boca para protestar, pero Jonathan le interrumpió antes de que pudiera decir nada.

–¿Por qué el padre de Colin no se daba cuenta de cómo era su hijo?

–Porque Paddy estaba demasiado ocupado culpándose a sí mismo. Ningún padre quiere reconocer que su hijo es una mala persona. Tienden a pensar que todo lo que su hijo hace mal es por culpa de lo que ellos hicieron en su infancia, o de lo que no fueron capaces de enmendar. Entonces les invade la culpa. Mi madre continúa culpándose de que yo no fuera capaz de terminar el instituto. Pero como le dije ayer mismo, fui yo el que tomó esa decisión –masticó el palillo–. Yo también he hecho cosas de las que no me siento orgulloso, pero, desde luego, nada parecido a esto. Nada que pueda convertirme en un pervertido.

Jonathan encendió el intermitente justo a tiempo para deslizarse entre dos coches.

–¿Dónde crees que puede estar Paddy?

–No tengo la menor idea. Colin intentó hacerle creer a mi madre que a lo mejor yo le había hecho algo. ¿Te lo puedes creer? Sabía que Paddy y yo no nos llevábamos bien y decidió culparme. Siempre utiliza ese tipo de estratagemas. Y consigue rentabilizarlas.

–¿Por qué no te llevabas bien con Paddy?

–Montamos juntos una tienda de jardinería y, sencillamente, la cosa no funcionó. Somos demasiado diferentes.

Allí estaba, la salida de Truckee. Cuando Jonathan aprovechó el hueco que había entre un camión y un turismo para adelantar, Glen soltó una sarta de maldiciones.

–¡Vamos a matarnos!

–¿Giro a la izquierda?

–Sí, a la izquierda.

–¿Qué os hacía a Paddy y a ti tan diferentes? –preguntó tras hacer el giro.

Glen se apoyó contra la puerta hasta que Jonathan enderezó la dirección.

–Era un hombre demasiado controlador para mi gusto. No podía faltar ni un solo día, ni siquiera podía dejar que fuera él el que cerrara la puerta. Hacía comentarios sobre cualquier cosa que decía y estaba pendiente de todos mis movimientos. Así que al final, discutimos y me largué –se encogió de hombros–. No he vuelto a verle desde entonces.

Señaló el siguiente desvío.

–Por allí.

–¿Qué le pasó a tu padre?

Glen se preparó para enfrentarse a otra curva.

–Murió de un infarto hace diez años.

–Si Colin ha hecho lo que sospecho, es posible que tu madre haya perdido a otro marido.

–La pobre mujer tendría derecho a algo mejor…

No hablaron más durante el resto del trayecto. Jonathan estaba completamente concentrado en encontrar la cabaña y Glen absolutamente pendiente de la conducción. Se adentraron en la sierra a través de carreteras muy estrechas. Jonathan reconoció los dos primeros desvíos que había tomado la vez anterior, pero el tercero era diferente y la cuarta carretera era apenas visible.

–Este camino prácticamente desaparece en primavera –comentó Glen.

–¿Quién lo mantiene?

–Nadie, ese es el problema.

–¿Hay otras cabañas por la zona?

–No, en unos cuantos kilómetros a la redonda.

–¿Colin viene mucho por aquí?

Glen le miró entonces.

—Continuamente.

Jonathan viró bruscamente para evitar un surco y se adentró en un pequeño claro en el que había una cabaña de troncos, una hoguera de piedra y un cobertizo. La huella dejada por unos neumáticos demostraba que alguien había estado allí recientemente. En el cobertizo encontró una manta vieja y el envoltorio de unas barritas de cereales.

Pero eso era todo.

Zoe se despertó en el maletero de un coche. La cabeza le latía al mismo ritmo que el zumbido de las ruedas. Había intentado utilizar los pocos segundos de desconcierto que habían seguido al golpe que le había propinado a Colin para intentar llegar al coche de Tiffany, pero Colin se había recuperado rápidamente. La había agarrado del pelo y la había golpeado repetidamente.

Después del primer puñetazo, Zoe estaba demasiado aturdida como para sentir nada. Afortunadamente, Colin tenía prisa. Si no hubiera sido así, probablemente a esas alturas estaría muerta. Debía de haberse desmayado y Colin seguramente había aprovechado entonces para esconderla en el maletero y alejarse de allí, porque no recordaba qué había pasado entre medias.

Si al menos el maletero fuera más grande…

Con un gemido, intentó hacer un inventario de sus heridas, a pesar de lo apretujada que estaba. Estaba bastante segura de que se había roto la mano al darle el puñetazo a Colin. Y de que él le había destrozado la mandíbula. No era muy buena marca para su primera pelea.

¿Qué podía hacer en esas circunstancias? Incluso en el caso de que Jonathan consiguiera localizar la cabaña, ya no la encontraría allí. ¿Volvería a verlo otra vez? ¿Volvería a ver a alguien alguna vez? ¿Y qué sería de su pobre hija?

Lágrimas de impotencia, miedo y frustración empapaban su pelo. No podía permitir que Colin ganara, no quería terminar sus días convertida en otro triste dato para la estadística del crimen.

El coche redujo la marcha y se detuvo. Zoe contuvo la respiración, esperando que el maletero se abriera. Pero no ocurrió nada. Por lo que oía, estaban en una gasolinera. Alguien destapó el depósito, introdujo el surtidor y comenzó a llenarlo.

Llegó hasta ella el intenso olor de la gasolina. Oyó en el pavimento unos pasos, probablemente de Colin. Debía de estar yendo a la tienda o al cuarto de baño. Y después la oyó a ella. Era la voz de Sam. Su hija la estaba llamando desde el interior del coche.

—¿Mamá? ¡Mami! ¿Estás bien? —sollozó—. ¿Te ha matado?

Fue tal el alivio que Zoe sintió que apenas podía hablar. Sam no solo estaba viva, sino que estaba muy cerca de ella.

—Sammie, estoy bien.

No había hablado suficientemente alto. Intentando sobreponerse al dolor de la barbilla, volvió a intentarlo.

—No llores, cariño, estoy bien. Todo va a salir bien.

—¿Estás viva? ¡Menos mal!

¿En qué condiciones estaría Sam?

—¿Tú cómo estás?

—Me encuentro mal.

Zoe tomó aire e intentó respirar.

—Lo siento, lo siento mucho.

—Quiero ir a casa.

—Pronto volveremos a casa, cariño. Solo... necesitamos conseguir ayuda.

—Está loco —sollozó Sam—. ¡Va a matarnos!

—No, si no renunciamos a luchar. ¿Puedes salir del coche?

Silencio.

—¿Sam?

—No.

—¿Puedes bajar la ventanilla? ¿O apretar el botón para abrir el maletero?

—Tengo las manos… —hipó—, tengo las manos atadas.

—¿Puedes gritar, cariño? ¿Hacer algo para llamar la atención? Gritaremos juntas. ¿Estás preparada?

—No… no servirá de nada, mamá. Aquí… aquí no hay nadie. Solo el dependiente de la tienda. Y no puede oírnos desde allí.

Por supuesto que no. Colin no se habría detenido allí si hubiera algún riesgo de que lo atraparan.

—¿Adónde nos lleva? —preguntó Zoe.

—No lo sé. A un lugar que tiene… un nombre de hombre.

—¿No lo habías oído antes?

Otro sollozo.

—No.

—¿Y el móvil? ¿Lo ha dejado en el coche?

—Sí, pero… no puedo alcanzarlo. Y es… es una Black-Berry. No sé… no sé cómo funciona.

—Tienes que intentarlo, cariño. Utiliza los pies, la boca. Cualquier cosa.

Se produjo un largo silencio.

—¿Sam?

—¡Ya vuelve!

Capítulo 36

Sam fijó la mirada en la ventanilla mientras Colin entraba en el coche. Había estado a punto de ahogarse con el collar en el esfuerzo, pero había conseguido alcanzar la BlackBerry con la boca e incluso presionar algunos botones al azar utilizando la barbilla. Al parecer, había conseguido llamar a alguien porque oía una voz diciendo «¿Diga? ¿Diga?».

Afortunadamente para ella, Colin estaba demasiado preocupado como para oírla en medio del crujido de la bolsa que dejó a sus pies. Colocó una lata de refresco en el salpicadero y puso el coche en marcha sin mirar siquiera el teléfono.

Sam quería gritar pidiendo ayuda, pero no podía explicar dónde estaban y en cuanto dijera algo, Colin colgaría el teléfono. Si alguien devolvía la llamada, Colin le diría que se trataba de una broma. Mentía demasiado bien como para que una llamada pudiera causarle algún problema.

¿Cómo podía conseguir entonces que la persona que estaba al otro lado de la línea la ayudara?

Sabiendo que su madre estaba cerca, sentía una nueva oleada de energía y esperanza, a pesar de la terrible situación en la que se encontraban. Habían superado muchas dificultades juntas. Encontrarían la manera de salir de aquella.

—¿Colin? —rezó para que no hubieran colgado el teléfono.

–¿Qué?

–¿Dónde… estamos?

Colin estaba particularmente malhumorado aquella tarde. Probablemente por culpa de la nariz. La tenía hinchada y le continuaba sangrando. Y le hacía hablar de una forma muy extraña.

–En la sierra.

Eso no le diría nada a la persona que podía estar escuchando.

–¿Y… adónde vamos?

Colin frunció el ceño al mirar su reflejo en el espejo retrovisor y se palpó con cuidado la nariz.

–¿Qué es esto? ¿Un concurso de preguntas? Yo creía que estabas enferma.

Samantha no se había encontrado peor en su vida. Ni siquiera la vez que había tenido que quedarse en casa por culpa de la gripe y se había pasado tres días vomitando. Pero tenía a su madre cerca. Solo por eso, ya merecía la pena seguir luchando.

–¿Vas a matarnos?

–¿Tú qué crees?

Sam evitaba mirar hacia el teléfono.

–Creo que sí.

–Alguien tiene que pagar por esto –señaló su rostro herido.

Sam deseó que estuviera mucho peor.

–A Rover… le mataste, ¿verdad?

–Cierra la boca –le ordenó–. No quiero hablar de Rover. No quiero hablar de nada. Casi no puedo respirar.

Sobreponiéndose a la debilidad y la fatiga, Sam cerró los ojos.

–¿Por qué… por qué haces esto?

–Porque me gusta, esa es la razón.

Sam había dejado de oír la voz al otro lado. ¿Habrían colgado? Rezó para que no fuera así.

–Yo… yo pensaba que… un abogado que trabajaba para… ¿Cómo se llamaba ese sitio?

–Scovil, Potter & Clay. Es uno de los bufetes más importantes de Sacramento.

–Sí, ya me acuerdo

¿Cómo iba a olvidarlo? Colin hablaba constantemente de él. Cualquiera habría dicho que le había tocado la lotería el día que le habían contratado.

–¿No… no tienes miedo… de ir a la cárcel?

–No.

–¿Por qué?

–Porque eso nunca ocurrirá.

Tenía que seguir hablando. No sabía si iba a servir de nada, pero era la única oportunidad que tenía. Tenía que conseguir que divulgara todo los detalles posibles. Quizá así, la persona que estaba al teléfono, llamara a la policía.

–¿Cómo… cómo sabes que no te pillarán?

–Porque no son suficientemente inteligentes.

–Me dijiste que… dijiste que habías matado… a tu… –estaba tan mareada que ni siquiera sabía lo que estaba diciendo. Sí, a su padre, eso era–… a tu padre.

–¿Y qué?

–Entonces… podrías matar… a cualquiera.

Colin no respondió.

¿De qué más podía seguir hablándole?

–¿Dónde está Tiffany? –preguntó.

–Espero que esté en la cabaña, contándole a la policía lo que le dije que les dijera.

–¿Siempre hace todo lo que le dices?

–Por supuesto.

–¿Por qué?

Colin soltó una carcajada.

–Porque no tiene suficiente confianza en sí misma como para desobedecerme.

Sam estaba a punto de dejarse rendir por el sueño. Ya había entregado las pocas fuerzas que le quedaban.

–¿Y… qué pasaría si no… obedeciese?

A Sam no le sorprendió su respuesta.

–La mataría.

—¿No… no la quieres?
—Es una estúpida.

Lo que acababa de oír Tiffany le hizo tanto daño que apenas podía respirar. Dejó caer el teléfono, se llevó la mano al pecho y debió de dar un volantazo porque un coche que pasaba a su derecha tocó el claxon y estuvo a punto de sacarla de la carretera. Casi acababa de tener un accidente, pero no le importó. Quería morirse. Sin Colin, no tenía a nadie. Ni a su madre, que nunca la había querido, ni a su hermano, que había preferido vengarse a permanecer a su lado. Ni a aquellos niños tan odiosos que se reían de ella cuando estaba en el instituto. En su cabeza se repetía lo que acababa de oír:

—La mataría.
—¿No… no la quieres?
—Es una estúpida.

Seguramente, se dijo, Colin no había querido decir aquellas palabras. Era una especie de representación. Lo hacía de vez en cuando, porque le gustaba impresionar a la gente.

En el fondo, Tiffany sabía que estaba poniendo excusas, las mismas excusas que se repetía cada vez que Colin la decepcionaba. Era más fácil que enfrentarse a la verdad, pero en aquel momento, la verdad la estaba mirando a los ojos y no podía continuar negándola. Colin se estaba destruyendo a sí mismo, la estaba arrastrando en su camino y ni siquiera le importaba.

Tiffany alargó la mano y observó el anillo que le había comprado el día anterior. Quería creer que era una muestra de su amor. Pero todo lo que Colin hacía demostraba lo contrario. Antes de llevarse a Zoe, le había dicho que Tommy iría a verla, que tendría que pasar algún tiempo con él y debería mostrarse abierta y complaciente.

¿Cómo podía importarle tan poco lo que pudiera sentir estando con Tommy? Cuando Colin pensaba participar en la fiesta, era diferente. O, por lo menos, ella había conseguido convencerse de que era distinto. Pero aquello… aquello marcaba un cambio en su relación, y no para bien. Colin solía ser un hombre posesivo, se enfadaba cuando otros hombres la miraban.

Pensó en los restos que habían dejado Rover y Sam en la casa y en el cobertizo. En lo que había hecho Colin con ellos.

¡Hasta dónde se había dejado llevar! Todo por culpa de su voluntad de hacerle feliz, de convertirse en todo lo que Colin deseaba que fuera para asegurarse su amor.

Lloraba de tal manera que ni siquiera podía ver la carretera, de modo que giró en la primera salida que encontró y aparcó en la cuneta. Llamó entonces a Sheryl.

Su suegra contestó al tercer timbrazo.

—¿Sheryl?

—¿Tiffany? Qué voz tan rara, ¿te encuentras bien, cariño?

Tiffany se odiaba de tal manera en aquel momento que apenas podía hablar.

—No, no estoy bien —contestó—. Estoy fatal.

—¿Por qué? ¿Dónde estás?

—Eso ahora no importa. Solo llamaba para decirte...

Imaginó al hombre al que había amado más que a nada o nadie, le imaginó con aquella sonrisa que la enamoraba cada vez que la veía, y estuvo a punto de perder el valor.

—¿Qué te pasa? —la urgió Sheryl.

Tiffany se aferró con fuerza al teléfono.

—Sheryl, Colin mató a Paddy.

—¿Qué?

En cuanto empezó, el resto salió fácilmente. Estalló como si llevara tanto tiempo soportando aquella carga que ya le resultara imposible aguantar ni un segundo más. Entre sollozo y sollozo explicó:

—Le enterró en el bosque... No sé dónde. Yo no quise ir con él. Pero vi a Paddy. Vi la sangre. Y le vi limpiarla. Después...

La interrumpió un aullido de dolor.

—¡No!

—Lo siento —susurró Tiffany.

–Dime que no es verdad –le suplicó Sheryl.

Tiffany deseó poder decírselo. ¿En qué se había convertido? ¿En qué había permitido que se convirtiera Colin? ¿O él había tenido siempre un alma asesina?

–Es verdad, Sheryl. Y no ha sido el único.

Intentó describir a las otras mascotas de Colin, pero a Sheryl no parecían importarle.

–¿Por qué? –preguntó.

Estaba pidiendo una explicación que nadie podía darle, y menos aún Tiffany. No entendía por qué disfrutaba Colin con aquellas cosas. Por mucho que le amara, por mucho que le admirara, había cosas que nunca había llegado a comprender.

–¿Por qué querría hacer nadie las cosas que ha hecho Colin? Porque… le falta algo…

Al darse cuenta de que había aparcado al borde de un precipicio, Tiffany salió del coche y se asomó al abismo.

–Dios mío –lloraba Sheryl–. Dios mío…

Tiffany se acercó hasta el límite y vio cómo caía la arena que ella misma había movido al pisar en el vacío. A lo mejor no quería tanto a Colin como siempre había pensado. A lo mejor estaba enamorada de la idea de ser amada. Había hecho todo lo posible para que por fin alguien la quisiera. Pero no había funcionado porque Colin no era capaz de querer a nadie.

De pronto, empezó a reír.

–¿Qué te pasa? –preguntó Sheryl.

–Colin tiene razón sobre mí.

–¿Qué quieres decir?

–Soy una estúpida.

Sheryl cambió de tono de voz.

–Tiffany, ¿qué ha sido de la chica desaparecida?

–¿Samantha Duncan?

El viento, más frío a medida que avanzaba la tarde, le desordenaba la melena. Estaba en un lugar precioso. En uno de los rincones más bonitos de la tierra.

–¿Dónde está?

–Colin las tiene a ella y a su madre. Se las ha llevado a una cabaña de Chester.

–¿Adónde, exactamente?

–No lo sé, pero su amigo Tommy Tuttle sí.

–No pretenderá matarlas, ¿verdad? Supongo que mató a Paddy porque tuvieron algún tipo de... discusión, ¿no es cierto? No fue un asesinato calculado a sangre fría.

–Mató a Paddy porque Paddy averiguó la verdad. Y también mató a la otra niña. Y va a volver a matar a Sam y a Zoe a no ser que hagas algo para detenerle.

–Esto no puede ser real –musitó Sheryl–. Esto no puede estar sucediendo...

Tiffany la comprendía. También para ella el mundo había adquirido una cualidad irreal. Llevaba tanto tiempo envuelta en aquella sensación que había dejado de notarlo.

Pero comenzaba a comprender todo lo que ocurría. Sabía que nunca volvería a su preciosa casa de Rocklin, que jamás volvería a contarle a nadie que estaba casada con un exitoso abogado. Que no podría presumir de su diamante ni esperar y rezar para ser capaz de poder satisfacer y gustar a su marido al renunciar a su última barrita de chocolate.

No tendría ninguna de esas cosas. Pero tampoco moriría lentamente encerrada en una prisión.

–Llama a la policía –le pidió a Sheryl, y colgó el teléfono.

Regresó al interior del coche y pisó el acelerador.

Por absurdo que fuera, continuaba amando a Colin incluso mientras el coche caía en picado por el precipicio.

Jonathan recibió la llamada de Sheryl Bell cuando se dirigía de vuelta hacia Sacramento. No quería abandonar la cabaña, pues era hasta allí hasta donde le había llevado el rastro de Zoe, pero tenía que llevar a Glen de vuelta a Nyack. Ya no sabía qué más podía hacer. No tenía la menor idea de dónde podía haber llevado Colin a Sam y a Zoe. No tenía ninguna pista. Desde que había vuelto a la zona en la que tenía cobertura, había estado llamando a Colin y a Tiffany constantemente, pero ninguno le había devuelto la llamada.

También había recurrido a Jasmine, pero no había podido decirle nada más, salvo que tenía que encontrarlas rápido. Algo que él ya sabía.

—Puedo decirte dónde está Colin —anunció Sheryl en cuanto contestó Jonathan.

Jonathan pisó rápidamente el freno.

—En Chester, cerca del lago Almanor.

A unas dos horas de distancia por lo menos. Tres quizá, con aquellas carreteras. Jonathan intentó pensar en la mejor manera de llegar hasta allí. ¿A través de Reno? Sí, era la mejor. Cualquier otra posibilidad le retrasaría una eternidad.

—¿Por qué Chester? —preguntó.

—Quiere alojarse en la cabaña de un amigo. Por lo visto, está en un estado tan lamentable que lleva meses vacía.

—¿Quién te lo ha dicho?

—Tiffany.

—¿Tiffany? —repitió sorprendido—. Yo pensaba que estaba de su parte.

Estaba convencido de que estaba involucrada en el caso. Al fin y al cabo, había sido ella la que le había proporcionado la coartada que le había permitido ocultar el asesinato de Paddy.

—No.

Jonathan giró en la siguiente salida. Tenía un GPS en el teléfono, pero tendría que conducir hasta Reno antes de poder utilizarlo.

—¿Dónde está, entonces?

¿Se habrían dividido por algún motivo? ¿Tendría ella a Sam y Colin a Zoe?

—Me temo que le ha ocurrido algo.

—¿Qué?

Sheryl había estado aguantando hasta entonces, pero en ese momento empezó a llorar.

—Tiffany… no parecía la de siempre cuando me ha llamado. Me lo ha contado todo y después, ha colgado el teléfono. La he llamado al menos veinte veces, pero no contesta.

–¿Le ha contado a la policía lo que le ha dicho?

–Sí, por supuesto. Pero sabía que usted estaba buscando a esa niña y he pensado que también podría estar interesado.

Colin se obligó a detenerse mientras se acercaba a un desvió, cambió de carril y se acercó a la cuneta.

Sheryl se sorbió la nariz.

–Tiffany me ha dicho que Paddy está muerto.

Tal y como Jonathan sospechaba.

–Lo siento.

Se produjo un largo silencio que mostraba el enorme esfuerzo que estaba haciendo Sheryl para dominar su dolor.

–Todo ha terminado. Tendré que vivir sabiendo lo que ha hecho Colin. Pero ahora… –se le quebró la voz–, ahora procure no perderlo. Asegúrese de agarrarlo y encerrarlo para que no pueda volver a hacer ningún daño a nadie.

–Lo haré –le prometió Jonathan.

Pero todavía estaba por ver si era capaz de cumplir su promesa antes de que Zoe y Sam perdieran la vida.

Con el mismo miedo que había experimentado la noche que había recibido la llamada de una María aterrada, cuando esta le había susurrado que necesitaba verle, que fuera a buscarla, pisó el acelerador.

Años atrás, no había llegado a tiempo de salvar a María. Pero llegaría a tiempo de salvar a Zoe y a Sam.

La herida que tenía en la nariz y la discusión que había tenido con Tiffany por culpa de su negativa a quedarse esperando a la policía, le habían arruinado la diversión que tenía planeada para aquella tarde.

Colin llegó a Chester justo cuando estaba empezando a anochecer. Había hecho un buen viaje, pero se le habían quitado las ganas de divertirse. Ya no podía respirar por la nariz. Tragaba sangre cada vez que lo intentaba. Y tenía un dolor de cabeza insoportable.

–No puedo creer que esa zorra me haya hecho una cosa así –musitó mientras aparcaba bajo los árboles.

Probablemente tendrían que reconstruirle la nariz, y la cirugía plástica no era precisamente barata. ¿Cómo iba a pagar al cirujano? Tenía que asumir que estaba sin trabajo. Todavía no le habían despedido oficialmente, pero solo era cuestión de tiempo. Además de las numerosas llamadas de Jonathan Stivers, Misty, o alguien del despacho, llevaba un par de horas intentando localizarle. Seguramente, Scovil ya estaba al corriente de que se había marchado antes de tiempo.

Al final, terminó por silenciar el teléfono.

Los faros del coche iluminaban aquella lamentable cabaña, pero apenas la miró. Permaneció sentado en el coche, pesando en la pérdida del trabajo y en las posibilidades de conservar su casa. ¿Sabía realmente lo que estaba haciendo? ¿De verdad era tan inmune a todos aquellos cambios como se creía?

No, había cometido un terrible error. Por culpa de Zoe. Si no hubiera sido por ella, habría continuado en el trabajo, se las habría arreglado como fuera para terminar los contratos y se habría vuelto a ganar la confianza del señor Scovil. Si no hubiera sido por Zoe, continuaría formando parte de aquel prestigioso despacho de abogados. Porque aunque consiguiera otro trabajo, ya nada sería igual. Había perdido el respeto del que era objeto cada vez que mencionaba el nombre de sus socios. Y si Scovil le despedía, ya no encontraría trabajo en ninguna otra parte. La mayor parte de los abogados de la ciudad se conocían. Todo el mundo se enteraría de que le habían echado. Eso significaba que tendría que abrir su propio despacho. Pero para triunfar, necesitaba clientes. ¿Y cómo iba a conseguir buenos clientes si su reputación estaba por los suelos?

Sam estaba profundamente dormida en el asiento de pasajeros, pero aun así, Colin se dirigió a ella.

–Tendrás que esperar.

Le había ofrecido la posibilidad de una muerte rápida. Zoe debería haberla aceptado inmediatamente. Pero no se le había ocurrido otra cosa que romperle la nariz, de modo que se aseguraría de que Sam muriera lentamente y delante de su madre.

Pero antes, tenía que tomar algún analgésico. Cuando había parado en la gasolinera, había ido al cuarto de baño y había intentado meterse una ralla. Sabía que estando colocado, no necesitaría analgésicos. Pero al intentar esnifar, había vuelto a sangrarle la nariz.

Para cuando terminó de llevar a Sam a la cabaña y regresó en busca de Zoe, estaba tan deprimido que ni siquiera le apetecía torturarlas. Deseó tener a Tiffany a su lado. Ella siempre sabía lo que tenía que hacer cuando no se encontraba bien. Le daba masajes en el cuello y le ayudaba a dormir.

Quizá lo mejor fuera dejar allí a Zoe y a Sam y volver a casa con su esposa.

Pero no. Eso le obligaría a conducir hasta Sacramento. Llamaría a Tiffany y le diría que fuera a pasar la noche con él. Tiffany podía llamar al día siguiente al trabajo para decir que no se encontraba bien. La necesitaba. Y se sentiría mejor después de pedirle perdón por haber sido tan agresivo. Tiffany le había dicho que le odiaba y él le había hecho pagar aquella ofensa, pero en ese momento, se arrepentía de haberlo hecho. En realidad, Tiffany no pretendía decirlo. Era la única persona en el mundo que le quería de verdad.

¿Qué demonios le estaba pasando últimamente?

Estaba abusando de la cocaína…

Sacó la BlackBerry del bolsillo, permaneció de pie junto al maletero del coche y comprobó la cobertura. Se llevó una agradable sorpresa al descubrir que tenía cobertura y llamó inmediatamente a su esposa.

—Hola, este es el contestador de Tiffany Bell. Ahora mismo no puedo atenderte, pero deja tu mensaje y te llamaré en cuanto pueda.

Esperó a que sonara el pitido.

—Eh, ¿por qué no contestas? Te echo de menos, Tiff. Hoy me he comportado como un auténtico estúpido en la cabaña. Lo siento. No debería haber hecho lo que hice. No he sido yo, la culpa la han tenido las drogas. Me gustaría que estuvieras aquí, ¿no puedes venir?

Esperó a que le devolviera la llamada. Nunca tardaba más de unos minutos en hacerlo. Pero sacó a Zoe del coche, la ató en la misma habitación que a Sam, estuvo viendo la televisión durante una hora y Tiffany continuaba sin llamar.

A partir de entonces, comenzó a llamarla sin cesar. Una, dos, tres veces… ¿Dónde demonios estaba? Cuatro, cinco, seis llamadas. ¿A qué creía que estaban jugando? ¿Pretendía castigarle por haberla maltratado? Ella era la culpable de todo, había sido ella la que había dejado escapar a Rover. Y allí habían empezado a hundirse.

–¡Todo es culpa tuya! –gritó por teléfono–. No te atrevas a culparme a mí, Tiff.

¿Estaría con Tommy? ¿Estaría pasándoselo tan bien que no le importaba que estuviera intentando localizarla? A lo mejor Tommy la trataba mejor que él, a lo mejor le estaba demostrando lo que era estar con una persona amable.

Comprendía que pudiera enamorarse de un hombre así, y eso le ponía enfermo

–Te arrepentirás –la amenazó–. Iré ahora mismo a buscaros y…

Sonó de nuevo un pitido, haciéndole saber que había agotado el tiempo del mensaje. Ni siquiera tenía el alivio de asustarla.

Agotado, y profundamente preocupado, se hundió en el sofá. Había tomado varios analgésicos, pero no eran suficientes. Necesitaba más. Y necesitaba volver a su casa. Olvidarse de Sam. Olvidarse de Zoe. Las mataría e iría a buscar a su esposa.

Se levantó y se dirigió a la cocina a buscar un cuchillo.

Zoe se acurrucaba contra su hija, intentando ofrecerle todo el calor y el consuelo del que era capaz. La niña continuaba con el mismo bikini con el que la habían secuestrado y en aquella casa hacía demasiado frío.

–Todo va a salir bien –musitó, intentando mantener la calma.

Pero ya no estaba segura de que nada pudiera salir bien. Sam estaba enferma. Necesitaba ayuda, y rápido.

¿Qué podía hacer? Intentó liberarse de las cuerdas, como había hecho constantemente desde que Colin la había llevado hasta allí. Pero hasta el más ligero movimiento le provocaba un dolor insoportable en la mano que creía rota y que se le había hinchado hasta alcanzar unas dimensiones monstruosas. La cuerda le cortaba la circulación de la sangre, empeorando la hinchazón, pero era la mandíbula lo que más le dolía. Sí, Colin le había dado un puñetazo en la cara, recordó en ese momento.

No era extraño que hubiera perdido el conocimiento.

–¿Sam? ¿Estás bien, cariño? –musitó.

Su hija respiraba con dificultad.

–Sí, estoy bien, mamá –susurró.

Zoe tenía que concentrarse para no volver a desmayarse. Con la parte de la cara que menos le dolía, acarició el rostro de su hija. Era una bendición estar tan cerca de ella.

–No sabes cuánto agradezco el poder estar contigo.

–¿Pero estando… así? ¿Aquí encerradas? –repitió Sam suavemente.

–Sí, incluso aquí.

–Te quiero, mamá.

Zoe respiró hondo. Necesitaba permanecer lúcida por el bien de su hija. Tenía que aguantar, ignorar el dolor y urdir un plan antes de que fuera demasiado tarde.

–Yo también te quiero –le dijo.

Justo en ese momento, se abrió la puerta de par en par, golpeando con fuerza la pared.

Capítulo 37

—¿Por qué demonios están tardando tanto? —gritó Jonathan por teléfono.

Había hecho un viaje de casi tres horas, aquella era la sexta llamada que hacía al Departamento de Policía de Chester, y todavía no habían ido a la cabaña.

—¿Tú qué te crees, tío? —respondió irritado el jefe de policía—. ¿Que puedo sacarme la dirección de la manga?

—No, no quiero que hagas nada tan espectacular. Tienes el nombre del dueño, la dirección de su casa, la dirección del trabajo y sus números de teléfono. A lo mejor es una ocurrencia mía, pero, yo llamaría a su primo y le preguntaría cómo demonios se puede llegar a la cabaña. ¿No se le ha ocurrido a nadie esa brillante idea durante estas tres horas?

—No tengo por qué perder el tiempo hablando con un detective sabelotodo.

Jonathan comprendió que estaba a punto de colgarle el teléfono e intentó evitarlo.

—Mira, lo siento, es solo que sé de lo que es capaz ese tipo.

Se produjo un momento de silencio, durante el cual Jonathan tuvo la sensación de que el jefe de policía vacilaba. Al final, no le colgó el teléfono, pero le dijo a la defensiva:

—Hemos estado trabajando con la Policía de Sacramento desde que recibimos la información, ¿de acuerdo? Han hecho todo lo posible para encontrar la información que necesitábamos. Acaban de encontrar a Tommy en Tuttle hace cinco minutos. No estaba en el trabajo, que era donde se suponía que tenía que estar, sino en un cine X de Del Paso Heights. No es precisamente la clase de lugar en el que uno anuncia que va a pasar la tarde. Y, definitivamente, no es el lugar en el que alguien suele atender una llamada, aunque tenga las manos libres para contestarla.

Jonathan se frotó la cara.

–Lo comprendo. No pretendía ofender a nadie. Es solo que… estoy muy asustado. Ese hombre no tiene conciencia.

–Lo comprendo. Una mujer y una niña están en peligro. He enviado tres coches patrulla en cuanto he conseguido localizar la cabaña y ahora mismo me dirijo hacia allí con el cuarto. No tardaremos en llegar.

–¿Dónde están? ¿Puedes darme la dirección? –preguntó Jonathan–. Ahora mismo estoy entrando en la ciudad.

El jefe de policía vaciló.

–Creo que deberías dejar que nos ocupáramos nosotros de esto.

–Ahora que Tommy está disponible, no me resultaría difícil localizarle y hablar con él.

–Estupendo –respondió el policía con un suspiro, y le dio la dirección–. Pero será mejor que te mantengas fuera de nuestro camino, o tendré que meterte en una celda con él.

La sombra del cuchillo que Colin tenía en la mano se reflejaba en la pared. Zoe tenía miedo de que Sam pudiera verla. Quería protegerla del terror. Pero ya no necesitaba hacerlo. Hacía tiempo que Sam había dejado de responder.

–Colin, no lo hagas –mantenía la voz baja mientras le observaba avanzar–. Sam necesita un médico. Haz algo bien para variar y ve a buscar ayuda.

–¿Ahora quieres que te haga un favor? ¿Después de haberme roto la nariz?

Le dio una patada en la pierna. No fue una patada fuerte, solo un gesto con el que enfatizar sus palabras. Pero la rotura de la mandíbula hacía que hasta el mínimo roce resultara tan doloroso que se le nublaba la vista.

–¿Habrías preferido que golpeara a tu esposa? –le preguntó.

Colin no contestó.

–Vamos, Colin –Zoe se humedeció los labios para poder volver a hablar–. Ya me tienes a mí. Puedes hacerme lo que quieras. Pero antes, déjala marchar.

–No podría marcharse aunque la dejara. Y a ti ya no te quiero. Siempre te has creído demasiado buena para mí. Pero no eres mejor que mi hermana o mi madre. No sé cómo he tardado tanto en darme cuenta. Quiero a mi esposa. Quiero volver a casa.

–Entonces, vuelve a casa. Déjanos morir aquí y vete.

A Zoe tampoco le gustaba aquella opción, pero al menos le daría tiempo para continuar luchando, tiempo para intentar liberarse de las cuerdas. Tiempo para que Jonathan y la policía pudieran localizarlas.

–Cállate. Me duele demasiado la cabeza como para escucharte...

–Pero...

–¡Cierra la boca! –se puso en cuclillas, agarró a Sam del pelo y le puso el cuchillo en la garganta.

Sam abrió los ojos, pero no se resistió ni lloró. Parecía no tener fuerzas para nada.

Miró a Zoe como si estuviera despidiéndose de ella, y a Zoe comenzó a latirle violentamente el corazón.

–¡A ella no, Colin! Mátame a mí en su lugar, ¡por favor!

–No voy a ponértelo tan fácil. Ella es lo que más quieres, así que voy a dejarte sin tu hija.

Con un grito agónico, Zoe forcejeó con las cuerdas, intentando detener lo que parecía ya inevitable. Después, cerró los ojos, porque no era capaz de ver lo que tenía ante ella. Pensó que todo había terminado, que Sam estaba a punto de morir. Pero justo entonces, se oyó un tiro procedente de la puerta y Colin cayó al suelo.

El ruido ensordecedor del disparo pareció prolongarse

durante unos segundos mientras Colin permanecía retorciéndose de dolor en el suelo.

—¿Qué demonios ha pasado? —gritó.

Zoe parpadeó varias veces. Esperaba ver a un hombre uniformado, o quizá a Jonathan, en el marco de la puerta. Pero vio a una mujer de mediana edad, con un bonito corte de pelo y una mirada atormentada derrumbándose contra la pared.

—Dios mío, ¡me duele mucho!

Con la respiración convertida en una sucesión de jadeos, Colin giró la cabeza para ver al autor de aquel disparo y comenzó a reír.

—Has sido tú —dijo con una amargura como Zoe no había oído jamás—. Quién habría pensado que te tomarías la molestia de venir hasta aquí desde Los Ángeles.

Pequeña y muy arreglada, Tina Bell parecía salida de un anuncio de unos grandes almacenes, excepto por el hecho de que no llevaba en la mano un bolso a juego con los zapatos, sino una pistola.

—He venido en cuanto Sheryl me ha llamado.

—Supongo que le debo una —la respiración se entrecortaba en su pecho—. ¿Cómo sabía Sheryl que estaba aquí?

Tina bajó la pistola.

—Me dijo que Tiffany le había dicho que ibas a la casa del primo de Tommy.

¿Tiffany le había traicionado? No se lo creía. Y no se lo creería hasta que no tuviera oportunidad de hablar con ella.

—Y te acordaste de que nuestra familia había celebrado aquí el día de Acción de Gracias.

—Sí. Por mi propia salud mental, he intentado mantenerme al margen, pero no he sido capaz. Soy tu madre, Colin. Siempre seré tu madre.

—¿Has venido a matar al monstruo que tú misma has creado? —intentó reír, pero no lo consiguió.

A Tina se le llenaron los ojos de lágrimas.

—No he venido a matarte, Colin. He venido a salvarte de ti mismo. Intenté ayudarte durante mucho tiempo. Pero ahora... –desvió la mirada hacia Zoe y hacia Sam–, me temo que llego demasiado tarde.

Apoyada contra la pared, sacó el teléfono móvil y llamó a la policía. Pero la policía no tardó más de dos minutos en llegar. Y, para alivio de Zoe, Jonathan iba con ellos.

Sam estaba ingresada en el mismo hospital que Zoe. Después de todo lo que había pasado, no podía perderla de vista, ni siquiera sabiendo que estaba completamente a salvo.

Zoe le acarició el pelo a su hija y consiguió darle un beso en la mejilla, a pesar de tener la mandíbula rota. La morfina que le habían inyectado anulaba el dolor. Los médicos estaban pensando en colocarle un aparato al día siguiente para que pudiera soldar bien y ya le habían escayolado la mano.

Tardaría algún tiempo en volver a llevar una vida normal, pero estaba viva. Y tenía a Sam. Y a Jonathan durmiendo en una silla al lado de la cama. No sabía lo que iba a pasar, pero había algo entre ellos, algo que no había encontrado en ninguna otra relación.

–¿Mamá? –musitó Sam.

–¿Qué, cariño?

–¿Dónde está Colin?

–En un hospital diferente.

–¿Vivirá?

Zoe esperaba que no. Aquel hombre no se merecía respirar el mismo aire que el resto de la humanidad, después de lo que les había hecho a Toby, a Sam y a los otros niños. Después de haber matado a su propio padre. Afortunadamente, Toby estaba mejorando y los médicos esperaban que pudiera recuperarse completamente. Lo mismo podía decirse de Sam. Pero los otros dos niños...

–Probablemente. Estabas fuera cuando ha venido el detective Thomas, pero nos ha dicho que la bala no le ha tocado el corazón.

–Porque no tiene –gruñó Sam.

Zoe se rió suavemente.

–Eso es cierto.

–¿Irá a la cárcel?

–Pasará allí el resto de su vida.

–¿Y Tiffany?

–Tiffany está muerta. Se lanzó en coche por un precipicio. La han encontrado hace una hora.

–No sé qué sentir por ella –dijo Sam.

Zoe clavó la mirada en el techo.

–¿Crees que a Colin le dará pena? –preguntó Sam.

–El detective Thomas me ha dicho que lloraba como un bebé al enterarse.

–Así que en el fondo, la quería.

–Todo lo que era capaz de querer.

Sam se acurrucó contra ella.

–Pensaba que no volvería a verte nunca más.

–No habría podido soportarlo.

–¿Dónde está Anton? –preguntó Sam, como si acabara de darse cuenta de que todavía no le había visto.

Zoe pensó la respuesta. Habían cambiado muchas cosas en solo diez días. Había vuelto a ver al padre biológico de Sam, había hablado con él y había aceptado su dinero. Pensó que quizá pudiera hablarle a Sam de él algún día. Ya no necesitaba el dinero de la recompensa, pero tenía la impresión de que Franky querría que se lo quedara. Pensaba hablar con él al respecto. Además de todo lo que había cambiado con Franky, también había roto su compromiso con Anton. Se había ido de casa...

–Supongo que estará en casa.

–¿No va a venir a vernos? ¿No le importa que estemos aquí?

–A no ser que se entere por la televisión, no tiene manera de saber dónde estamos. Ya... no estamos juntos.

Sam alzó la cabeza.

–¿Has roto con él?

Zoe asintió.

–Después de lo que te pasó, me di cuenta de que no éramos... lo que deberíamos haber sido.

Sam no reaccionó inmediatamente.

–¿Y estás triste por eso?

Zoe desvió la mirada hacia Jonathan y vio que no estaba dormido. Tenía los ojos entrecerrados, pero las escuchaba en silencio.

–No, no estoy triste.

–Qué bien. Entonces, ¿estamos solas otra vez?

–De momento.

Sam apoyó la cabeza en la almohada.

–¿Eso quiere decir que podré tener otro perro?

Zoe la abrazó con fuerza.

–Sí, y jamás te obligaré a desprenderte de él.

–Siento lo de Anton. Yo… sé que querías casarte con él. Intenté no fastidiarlo todo, pero…

–No fastidiaste nada. La cosa no fue así. Pero probablemente debería llamarle alguien y decirle que estás bien. O a lo mejor podemos llamarle nosotras mismas mañana por la mañana para asegurarnos de que recibe la noticia.

Como Sam continuó en silencio, Zoe pensó que se había quedado dormida. Pero al cabo de unos segundos, volvió a decir, susurrando apenas:

–Me gusta tu detective. Parece simpático.

Zoe desvió los ojos hacia la mirada firme de Jonathan y sonrió. Estaba sentado frente a la ventana y tenía a Sam de espaldas a él.

–Me encanta cómo te mira –confesó Sam.

Y a Zoe también le encantaba cómo la acariciaba. Le bastaba mirarle para desear que la tocara, aunque le rozara apenas las manos.

–¿Y cómo me mira?

–Como si pensara que eres muy guapa –terminó Sam con voz soñadora.